山震

王峰 · 著

山西出版传媒集团
山西人民出版社

图书在版编目（CIP）数据

山里人 / 王峰著. -- 太原：山西人民出版社，
2025. 7. -- ISBN 978-7-203-14003-0

Ⅰ. I247.5

中国国家版本馆CIP数据核字第2025R501D6号

山里人

著　　者：王　峰
责任编辑：张书剑
复　　审：刘小玲
终　　审：梁晋华

出 版 者：山西出版传媒集团·山西人民出版社
地　　址：太原市建设南路21号
邮　　编：030012
发行营销：0351—4922220　4955996　4956039　4922127（传真）
天猫官网：https://sxrmcbs. tmall. com　电话：0351—4922159
E-mail：sxskcb@163. com　发行部
　　　　　sxskcb@126. com　总编室
网　　址：www. sxskcb. com

经 销 者：山西出版传媒集团·山西人民出版社
承 印 厂：晋中市美琳印务有限公司

开　　本：787mm×1092mm　1/16
印　　张：25.25
字　　数：400千字
版　　次：2025年7月　第1版
印　　次：2025年7月　第1次印刷
书　　号：ISBN 978-7-203-14003-0
定　　价：88.00元

我们都不是局外人

程勤学

　　继《绛州锣鼓》和《李毓秀传奇》两部长篇小说之后，王峰继续在文学大山中攀登跋涉，向着高峰冲击，完成了其第三部长篇小说《山里人》的创作。作为多年的同事与朋友，有幸再次为其作品作序，我深感欣喜，有感而发。

　　王峰是一个事业心极强，办事极其认真执着的人。我与其共事多年，深知他的性格与为人。一旦自己决定的事情，执着劲上来，谁也拦不住。

　　《绛州锣鼓》和《李毓秀传奇》写的都是绛州汾河岸边的事，用绛州人的话说，是"川里人"的故事。这一次，王峰把视角投向了"山里人"。当多少人梦寐以求走出大山之时，他却反其道而行之，走进了大山。

　　从发现姑射深处小山村胡桑庄一通记事碑开始，他多次到山里采风，走进人称"山毛子"的山庄窝铺，走进闪耀着民族记忆和人性底色的精神世界，挖掘石碑背后的故事。从产生动机到完成作品并付梓，王峰把记事碑寥寥数十字的文字记录变成了洋洋洒洒数十万字的长篇小说，愣是让"冰冷的石头说了话"。《山里人》与其说是写出来的，不如说愣是从石头缝里抠出来的，从生活的一个个碎片中挖掘整理出来的社会深层结构的长篇巨著。

　　《山里人》用真情写人，用当地方言描写人物，用实景营造情节故事，把山里人勤劳朴实、热情豪爽的形象活生生地展现在读者面前。为贴近生活实际，作者从汾河边的川里人变成了山里人，完全以山里人的口吻在说话。故事中山里人那些"山味"明显的行为与"土味"十足的话语，给人以身临其境的感觉，大大增加了作品的带入感。捧卷细读，慢慢品味，倍感亲切，读者仿佛也变成了山里人。好的历史性文学作品，既能观史，又能入心，《山里人》做到了。

从个体深入到社会，从衣食住行的世俗生活深入到一个民族的精神世界及其伦理情感之中，是《山里人》的一大特色。

"山里人""川里人""城里人"都是一样的人，本没有好坏与贵贱之分。好人与坏人并不是与生俱来，也不会一成不变。山里人不是愚昧无知的代表，不是印象中的"山气猴气"，他们有着"壁立千仞，无欲则刚"的精神和"包容万物给予天下"的大山胸怀。

你可能是个"山里人"或者"边山人"，然而"不识庐山真面目，只缘身在此山中"。你懂得山吗？山的秉性、山的脾气、山的气质，你知道吗？

你可能是个"川里人"或者"城里人"，而你的先辈可能也是"山里人"。你的根在哪里，你找过寻过吗？

诚如《山里人》所述，山里有好人，如王居汉、高登武等。川里、城里也有坏人，如盼人穷、贾刀笔及谢知州等。然而，普天下总归还是好人多。刘管家、云飞、赵医生、郝知州等，他们有的是山里人，有的是城里人，个别人还是当官的，但他们都是大大的好人。

在小说《山里人》中，"财"与"义"这个人生绕不过的主题，作者力图用文学形式写透写实。

"君子爱财取之有道"，"不义之财不可取"。不义之财的获取，往往伴随着以大欺小、恃强凌弱，以及现实生活中的店大欺客、坑蒙拐骗等恶行。《山里人》的故事告诉我们，凡取不义之财者，虽绞尽脑汁不择手段，终不得善终。凡持"义"护"义"者，财终归其主，义则得褒奖。

在传统与现实文化中，"财"与"义"是一个永恒的主题。"财"与"义"的关系是一个复杂而深刻的社会问题，涉及道德、伦理、经济等社会的多个层面，被广泛讨论和探讨。作者担任新绛县文化促进会和三晋文化研究会副会长，秉持在岗尽责的可贵精神，在地域文化领域中，努力挖掘赓续优秀传统文化之精髓。《山里人》所倡导的诚信友爱、疾恶如仇、乐善好施，正是我们中华民族应该传承与弘扬的优良传统与宝贵财富。

感悟生命的意义，汲取向上向善的精神力量，《山里人》赋予我们的审美旨趣是有穿透力的。它形塑了社会的精神之需，作者笔底方能乘风破浪，行稳致远。

"山里人说话算话。"他们善良与正义，遵守道德，健全人格，树立正确的义利观，能处理好"爱财"与"忠义"的关系。我郑重地荐读《山里人》，因为我们都不是局外人。

（程勤学——新绛县三晋文化研究会会长、新绛县文化促进会会长）

说在前面的话

　　一通清朝道光年间的石碑，记述了晋南古绛州胡桑庄当年一桩充满血腥的讼案。

　　本书根据碑文记事，经走访当事村庄后人创作而成。

　　胡桑庄，一个地处大山深处，仅有二十多户人家的小山村，为维护生存权益，与三个分别拥有数百户人家的大村进行了数年抗争。官司从州县、府衙一直打到省里，再到京城。上上下下反反复复，情节跌宕起伏。几度斗智斗勇，历尽艰辛与磨难，终于赢了官司。

　　整个争讼过程展现了山村乡民不畏强暴、不怕强权，追求公平正义的可贵精神。暴露了封建官僚贪赃枉法、亵渎正义，权色交易、权钱交易的可恶嘴脸。

　　案子牵涉到上百人的生存与数千人的利益，其惨烈程度远超后世的"杨乃武与小白菜"一案。在当前全社会反腐倡廉，崇尚法治的大环境下，案例极具现实意义。

　　除胡桑庄之外，文中涉及到的村庄和当事人均为化名。

目 录

一／一处仙雾缭绕的世外桃源

　　地处汾河下游的晋南腹地，有一座美丽的小城，这便是著名民歌《走绛州》所歌唱的地方——绛州古城。

　　出绛州城往西北方向六十里，便是连绵不断的姑射山。

　　姑射山属吕梁山最南端部分，虽然算不上大山，但却是一座名山，因庄子的《逍遥游》而出名。"藐姑射之山，有神人居焉"，说的就是这个地方。

　　大山深处的姑射山主峰叫尧王岭，尧王岭半山腰有一个十几米深的山洞，俗称仙女洞，是传说中鹿仙女居住的地方。

　　《逍遥游》对鹿仙女有较为详尽的描写，说她"肌肤若冰雪，绰约若处子。不食五谷，吸风饮露，乘云气，御飞龙，而游乎四海之外"。

　　仙女洞是尧帝与鹿仙女喜结良缘的婚房，可谓"天下第一洞房"。姑射山当地民间，世世代代流传着关于第一洞房的美丽传说。

　　话说远古时期，姑射山群峰跌宕、林木茂密，遍地鸟语花香，四处五谷飘香，实乃人间仙境。居住在这里的各路神仙个个温厚善良、乐于助人，平民百姓个个勤劳淳朴、古道热肠。神仙与老百姓和睦相处，过着祥和安宁的日子。

姑射山仙女洞中住着一群美丽善良的仙女，她们吸清风饮甘露，个个皮肤白皙，体态柔美，双眸似泉水般透明，嘴唇如樱桃般红润。仙女们手腕、脚腕上戴着玉镯，头上、胸前挂满各色饰佩，走起路来叮当作响，犹如一首首美妙的乐曲。

鹿仙女是仙女中的佼佼者，她不仅美丽善良，而且机智果敢。遇到大事难事，大伙儿都愿意向她求助。

仙女洞附近有一潭清澈的泉水，名为清水潭。潭中的泉水除了供老百姓饮用，还可以用来浇灌田园。

忽然有一天，潭中来了一对夫妻——乌龙和乌鸦。乌龙自称龙王，称妻子为乌鸦皇后，改清水潭为乌龙潭。他不仅霸占了泉水，还时常兴风作浪，危害附近百姓。每逢乌龙出来做坏事，乌鸦皇后总是在旁边"乌呀乌呀"地叫着，因此，只要听见乌鸦的叫声，人们就知道准没好事。这个说法逐渐成为习俗，一直沿用至今。

自从来了乌龙夫妻，百姓们饮水要到很远的地方去挑，地里的庄稼因为缺水变得枯黄。乡亲们虽然憎恨乌龙，但慑于其淫威，一个个敢怒而不敢言。

为了生活，百姓们只好向鹿仙女求助。善良的鹿仙女好言相劝，希望乌龙能够改邪归正。乌龙非但不听劝说，反而愈加猖狂，三天两头发飙，毁坏百姓房屋与庄稼，到仙女洞前骚扰。不仅如此，乌龙还腾云驾雾到五湖四海游荡，并放出狠话，说姑射山仙女洞住着一群天下最美丽的仙女，自己要统统娶回家来做妃子。

乌龙的罪恶企图虽然未能实现，但姑射山有仙女的事经他之口迅速传遍神州大地，促成了尧帝与鹿仙女一段美好姻缘。自己的辛苦成就了别人，当今的乌龙球一词是否由此演变而来不得而知。

反复规劝，乌龙仍然执迷不悟，鹿仙女决定降服乌龙，为民除害。她带领众仙女来到乌龙潭，要乌龙出来相见。附近各路神仙与百姓听说鹿仙女要降服乌龙，纷纷赶到现场为其助威。

再说乌龙潭中的恶龙，听说鹿仙女来挑战，心想你一个弱女子敢跟我过招，岂不是以卵击石？！他大大咧咧地带着乌鸦皇后从水潭中出来，对鹿仙女喝道："嘿！你来这儿是要嫁给我的吧？说吧，有什么条件？"

鹿仙女并不答话，她镇静地看着乌龙，仿佛要看穿他的五脏六腑似的。见鹿仙女紧盯自己一言不发，乌龙不由自主地摸了摸自己的肚子，莫非自己的软肋被她看出来了？乌龙不由得心虚了……

"哈哈哈……"鹿仙女一阵大笑，银铃般的笑声让在场的乡亲们感到轻松，而爽朗的笑声犹如一把利剑，直刺乌龙的胸膛。

乌龙心里一紧，疑惑地问鹿仙女道："你……你笑什么？"

"我笑你个莽夫，自诩气壮如牛，却原来胆小如鼠！"

"谁胆小如鼠了？"见鹿仙女当着众人和妻子的面数落自己，乌龙梗着脖子说道，"我……我会腾云驾雾，能变天上的飞鸟，会变地上的蚯蚓，不仅能上天入地，还敢潜入大海，我胆子大着哩，天底下没有我不敢干的事！"

"你啥都敢干？"鹿仙女问道。

"啥都敢干！"

"那好！"鹿仙女摘下自己手上的玉镯说道，"既然你能上天入地，能变天上的飞鸟，会变地上的蚯蚓，那你能钻进我这个手镯吗？"

"我干嘛要钻你的手镯？"乌龙疑惑地问道。

"你不是想让我们姐妹嫁给你吗？假如你真能钻进我的手镯，就说明你真的会变，真的有本事，我们就嫁给你。"

"这可是你说的？"

"对，是我说的！"

乌龙不知是计，他猛吸一口气，说声"变"，粗壮的身躯立时变小变细，犹如一条细细的蚯蚓，朝着鹿仙女的手镯"哧溜"一声钻了进去。

说时迟那时快，鹿仙女说声"定"，手镯立时像钢绳一样紧紧勒在乌龙头上。乌龙发现上了当，赶紧恢复原形，但想拿掉头上的玉镯已经不可能了。

鹿仙女接着说声"紧"，玉镯开始变小，乌龙的头被勒出一圈血印。他两眼冒金星，脑袋疼痛仿佛要炸裂一样，赶紧向鹿仙女求饶："姑奶奶，我服了您，从今往后您让我干什么都行，赶紧饶了我吧！"

见乌龙告饶，鹿仙女问他道："想让我饶你，有三件事你必须做到。"

乌龙赶紧应允："别说三件，三十件我也保证做到，求您赶紧说。"

"这一，从今往后不再为害百姓，非但不能霸占泉水，遇到天旱缺雨还要帮着降雨解除旱情。这二，让你的乌鸦妻子安安稳稳待在家里，别到处乱叫。这三，从今往后你做我的坐骑，要随叫随到。"

乌龙哪里敢不允，赶紧表示同意。此后乌龙便做了鹿仙女的坐骑，不再为害百姓，还时常降雨浇灌农田，姑射山又恢复了往日的安宁与祥和。

鹿仙女降服乌龙的事不胫而走，经老百姓之口一传十，十传百，迅速传遍神州大地。

且说尧帝当政之后，派神箭手大羿射日，派鲧治水，并且制定历法，推广农耕，整饬百官，神州大地一派繁荣祥和。

天下稳定了，终于有时间考虑自己的婚事。早听说姑射山仙女的美天下第一，正巧鹿仙女降服乌龙、造福百姓的事传到朝廷，尧帝不免为之心动。他认定这貌美善良又敢于担当的鹿仙女就是自己理想中的妻子。他决定微服巡访姑射山，寻找自己的心上人。

这一天，尧帝来到姑射山，正四处寻找鹿仙女的行踪，忽然间看见一群仙女乘着乌龙飘然而去。仙女们的高贵气质与美貌令尧帝神魂颠倒，遂赶紧向仙女们飞翔的方向追去。来到仙女洞前，仙女们走下乌龙，开始在洞前的空地上唱歌跳舞。

尧帝趋步上前施礼道："各位姐姐，小生这里有礼了！"

突然间一个陌生小伙子站在面前，仙女们不免有点惊慌。正准备离开，只听尧帝开口说道："各位姐姐不必害怕，我来这里并无恶意，我……我是来……"说到这里他不免有点口吃，脸也红了。

见尧帝风度翩翩、彬彬有礼的样子，仙女们不再害怕，开始围了上来。从小伙子的窘态中，心直口快的梅花仙子看透了他的心思，她大胆问道："这位小哥，我替你说吧，你是来寻找心上人的，对不？"

经梅花仙子这样一问，尧帝的脸更红了。可既然来了，就不能打退堂鼓，尧帝壮着胆子说道："这位姐姐，我确实是来寻找心上人的，还请姐姐出手相帮。"

"你不辞辛苦到这深山老林寻找心上人，帮忙当然可以。"梅花仙子故作为难地问道，"只是这姑射山这么大，到哪里找你的心上人呢？"

"她就在你们中间，让我来找找吧。"

"好的，那你就找吧。"梅花仙子对众仙女招呼道"姐妹们，咱们跳起来、唱起来，让这位小伙子找找，看谁是他的心上人！"

花枝招展的仙女们站成圆圈，围着尧帝边唱边舞。

尧帝全神贯注，审视着、端详着。忽然，他一把抓住鹿仙女的手，高兴地喊道："这就是我的心上人！"

仙女们个个美艳无比，尧帝是如何认出鹿仙女的呢？

诸位，这尧帝是何等聪明之人？他发现众仙女虽然个个肤如凝脂，面若桃花，但有一人神采、气质明显超出众人。仔细一看，她只有一只手腕戴着玉镯，所以认定她一定是鹿仙女无疑。因为之前尧帝已经听说过鹿仙女降服乌龙的事，知道她的一只手镯套在乌龙头上。

见尧帝选中了鹿仙女，众仙女都很高兴，纷纷向他们表示祝福，幸福的暖流在尧帝和鹿仙女心中流过。

尧帝从怀中掏出一对手镯，准备为鹿仙女戴到手上，梅花仙子伸手一挡："先别忙着戴，你这个手镯只能算作定情物，要想娶鹿仙女为妻，应该送她一份礼物才行。"

尧帝觉得梅花仙子说得在理，当即应允第二天来送礼物，接着向梅花仙子深施一礼道："感谢您成全我们的好事，您真是为人牵线的热心人，成人之美的大美人！"

梅花仙子因热心牵线搭桥，被尧帝称为大美人。从此后，人们便把成全别人婚姻的人称为"大美人"，"媒人"一词由此演变而来。

第二天，尧帝带领手下来到仙女洞，向鹿仙女送上成双成对的兽皮、锦缎等礼物。众人这才明白，原来这位气度不凡的年轻人竟然是帝王之身。

鹿仙女愉快地接收了尧帝的礼物，接着由梅花仙子作证，两人确定了婚事，并宣布三天后在仙女洞举行婚礼。向心上人送上珍贵物品作为定情物，再送上丰厚物品作为聘礼，从此成为男女婚嫁的定式。

喜鹊仙子迅速把喜讯传遍了整个姑射山，这之后，喜鹊就成了四处报喜的吉祥鸟。

第三天一早，各路神仙与当地百姓纷纷来到仙女洞，帮着打理尧帝与鹿仙女的婚礼。沉稳随和又爱操心的羊大仙成为里里外外协调大伙的管事人，这便是后来婚礼上"总管"一职的由来。

喜鹊仙子站在仙女洞前负责迎来送往，清脆的声音为婚礼增加了喜气。蛇仙子抖落身上的鳞片变成五彩石，铺满仙女洞前蜿蜒的山路。

牡丹仙子在路旁与洞中摆满了各色鲜花，凤凰仙子在洞口上方挂上了华丽的门帘，膀大腰圆的熊大仙摆好了雕花喜床，妖媚的狐仙女铺好柔软的锦被，并为喜床挂上了粉色帐幔。

水果仙子送来了寓意多子多福的石榴等各种水果，松鼠仙子送来了红枣、坚果，兔仙子带着弟子们跳起欢乐的舞蹈，鹦鹉仙子带领手下唱起欢乐的歌谣。

乡亲们敲打着鼍鼓，送来了肉食和五谷，众人一起动手忙着准备丰盛的婚宴大餐。

仙女洞内外乐音袅袅，鼓声喧天，人声鼎沸，热闹非凡。

总管羊大仙思谋，尧帝和鹿仙女成婚，晚上的婚房应该格外亮堂，一定要制作足够多的花烛。羊大仙的主意得到一致赞同，大伙都抢着要做这件事。总管羊大仙权衡再三，决定由细心的莲花仙子和松树仙子共同负责花烛制作。

莲花仙子和松树仙子精心谋划，制作出了以莲花为底座，松塔为烛体的花烛，既漂亮美观又端庄吉祥。

不仅仙女洞要亮，仙女洞外的群山也要亮，总管羊大仙与众人商议后，决定就地取材，制作火把。

姑射山有一种特有灌木叫黄络柴（黄栌，当地方言黄念 huo），这种树红皮黄心，极易点燃。秋天一到，黄络柴的绿叶变成鲜艳的红叶，颇具喜庆意味。尧帝成婚，用黄络柴做火把再合适不过。

百姓们一起行动，用黄络柴做了大量火把。从此，用黄络柴做火把的习俗便延续下来。直至今日，当地人仍保留着结婚时点黄络柴火把的习俗。

看着一排排黄络柴火把，尧帝感觉这种颜色既鲜艳又神圣，不由得心中大喜。之后他便让裁缝为自己做了一身黄色衣服，黄色遂逐步演变成为天子服饰的专用之色。

忙碌了一整天，终于到了晚上，庄严神圣的时刻来到了。

众仙女组成的伴娘队分列仙女洞两边，打着黄栌柴火把的乡亲们排满了山路两侧。

尧帝与鹿仙女在梅花仙子及众人簇拥下，缓缓步入仙女洞。莲花仙子吹了一口气，遍布洞中的花烛顿时亮堂起来，光华耀眼。松树仙子来到洞外，对着群山吹了一口气，漫山遍野的松塔花烛全部亮了起来，火把与花烛照得仙女洞与整个姑射山如同白昼一般。

尧帝与鹿仙女正式结为夫妻，开始了甜蜜的爱情生活。

因为尧帝与鹿仙女新婚之夜在仙女洞中度过，又因两人成婚时洞里洞外、漫山遍野花烛高照，亮如白昼。从此，人们便把结婚的房间称为"洞房"，把新婚之夜称为"洞房花烛夜"。

这么一个产生美好动人故事的地方，四千年后的清朝道光年间，却发生了一个令世人震惊的悲情故事。

欲知详情如何，且听笔者慢慢为您分解。

二／悠然自得的山里人

姑射山山连山，峰连峰，高一点的山峰大都为青色石头，而低矮的山头就不一定全是石头，有不少是隆起的土疙瘩。

姑射山主峰尧王岭下往东不远处，有一个方圆二三里的土疙瘩。环绕着土疙瘩，有几十孔土窑洞，这便是古绛州最靠北，也最偏僻的小山村——胡桑庄。

胡桑庄是一个移民村，历史不是很长。小山村东、西、北三面环山，只有南面一条称为娘娘峪的山谷中有一条羊肠小道，通过小道可以下山到达平川地区。

明朝万历年间，一些无地可种的乡民逃荒至此开荒种地，聚居而形成村落。逃荒人既没有钱又没有可供建房的材料，只能选择在土疙瘩向阳的斜坡处挖窑洞居住。村子起先没有名字，后来村里人见土疙瘩周围有不少胡桑树，便自称胡桑庄。

姑射山树多石头多，但可供耕种的土地不多。为了养家糊口，胡桑庄人只能四处寻找适合垦荒的地方，开垦的土地大多离家较远。为了侍弄庄稼，一些人家不得不在春种时带上种子和生活用品，在地头搭上临时庵子①住下来，等到秋天收获后驮着粮食回家。

由于村小人稀，又都是移居而来，人与人之间不像大村那样有贵贱之分，邻里之间相处得十分融洽。为便于共事，大伙儿推举办事公道又有能力的智者担任村里主事。这个主事虽然比不得大村的保长，但在胡桑庄人心中有着至高无上的权威，村里的大事小情均由主事与各家商量着办。

在主事协调下，农忙时节，村里会把壮劳力集中起来，并集中所有牲畜和农具，分轻重缓急，帮着各家各户耕种田地、收获庄稼。平日里，无论哪家有事，全村人都会一起上阵，竭尽全力帮忙。真正是一家有喜全村乐，一家有难全村帮。

因胡桑庄周边山林属于绛州衙门官产，开垦来的土地自然属于官田，须向绛州衙门缴纳租银。其时，绛州官办教育兴盛，光书院就有七八所。为给书院筹措资金，州衙将辖区内不少土地划为学产，胡桑庄周边的土地也归了学产。考虑到胡桑庄山民开荒种地的难处，绛州学政与村里主事协商，所定地租远低于平原地区，二百余亩山地，每年仅向绛州学内交十两银子。

淳朴的山里人，对官府的关照心知肚明。每年秋收之后，胡桑庄主事都会及时收齐银子，向绛州学内交足地租。交完地租后尚有剩余银子，各家各户便用来修缮窑洞、置办农具、添置衣服，以及买过年过节时的东西。

从明朝万历年开始，到清朝道光年，勤劳朴实、与世无争的胡桑庄人一直过着悠闲自得的日子。

早上，迎着格外明朗的朝阳，男女老少一起外出劳作。晚上，全村人数着满天明亮的星星而眠。除了种地，人们春天采野菜，夏秋之际采收野果以补充粮食的不足。吃不了的柿子与核桃，还有漫山遍野的连翘、党参、黄姜、丹参、柴胡、葛根等药材，采集来可以换取银两。冬闲时，全村人一起砍伐灌木烧制木炭，编制箩筐。野猪、野兔时不时会窜到身边，偶尔还能猎取到豹子和野狼。木炭、箩筐和吃不了的野味也能换取银两补贴家用。

在绝大多数农村人家缺吃少穿的年代，胡桑庄人日子过得虽然不算富裕，但基本做到了吃穿不愁，而且十分安然。对于没有过多奢望的山里人来说，就像是一群羊生活在绿茵茵的草地上，算是很幸福的光景。

时光到了 1826 年，大清朝道光六年。

秋收之后，眼见各家各户粮食都入了仓。这一天，胡桑庄主事王居汉告知各户当家人，吃过晚饭到仙女洞集合，商量交地租的事。

为啥要到仙女洞？因为各家各户的土窑洞空间狭小，全村只有仙女洞一处宽敞地方，遇到大事，村里人便会在那里集中。

胡桑庄主事不搞封建世袭。一代主事年老体衰之后，村里人便推举能干的人担当新主事。

王居汉时年四十多岁，国字脸、刀字眉、中等个子，虽不敢称虎背熊腰，却也有着山里人壮实的身板。同所有胡桑庄人一样，王居汉不识字，但精明能干，为人正直，胆大心细，且口才极好。与一辈子待在胡桑庄的山里人所不同的是，王居汉阅历比较广。他小时候在绛州城里的杂货铺当过学徒，稍大时又在平川地带的富人家当过长工，还跟着富商的驼队去过西安、兰州等地。

王居汉年轻时跟人练过几天拳脚，因而身手比较敏捷，他徒手打死豹子的事在胡桑庄家喻户晓、妇孺皆知。

其时王居汉正值二十多岁的青春年华，在富人家当长工。年关将近，王居汉从东家那里领了工钱，准备回家过年。紧赶慢赶，进了娘娘峪口时已是半夜时分。

山谷中空无一人，偶尔传来一两声野鸟的鸣叫，野兽争夺食物的嘶叫令人心惊胆战，猫头鹰的怪叫声更是令人毛骨悚然，胆小的人会因此吓出毛病。

王居汉笃信老辈人的话："男人头上可以生火"，他不时用手指刮刮头皮，为自己壮胆。突然，他感觉好像有人用手搭在自己的肩头。王居汉心想，这么荒僻的山沟里难道会有强盗来抢东西？伸手一摸，毛茸茸的爪子，还听到了呼哧呼哧的喘息声，这哪里是强盗，分明是野兽。说时迟那时快，王居汉顾不上分析到底是狼还是别的啥东西，两手抓住搭在肩头上的两只爪子使劲往前边一甩，身后的野兽恰巧被甩在身前一块突出的石头上。听见一声嚎叫，王居汉才发现自己抓住的是一只豹子。没容豹子喘息，王居汉接着抡起它在石头上连摔了七八下，直到豹子没了声息才住手。王居汉擦擦额头上的汗珠，长舒了一口气，然后扛起死豹子回到胡桑庄。

王居汉不仅胆大心细机敏过人，还热情善良。当长工那会，有一年年关领到工钱回家过年。刚到家门口，听说小时候的同伴聂三合的老娘病了，他急需用银子为娘看病。王居汉没进家门，掉头就到了聂三合家，把刚领的工钱一股脑给了聂三合。

还有一年秋收季节，遇到了多年少有的连阴雨。一连十几天雨不停歇，已经成熟的庄稼眼看就要烂到地里，胡桑庄人家家户户心如汤煮。玉米还稍微好一点，成熟的谷子尤其怕雨淋，时间一长就会出现返青现象，成熟的谷穗会长出新芽。果真那样的话，谷子就成了一文不值的柴草，种谷子的人家个个焦急万分。王居汉家那年就种了两亩谷子，夫妻两个天天坐在窑洞口，望着淅淅沥沥的秋雨发愁，心里不住地祷告，盼着天晴雨住。

这一日，天好不容易放晴，太阳终于露出了笑脸。王居汉正准备同老婆去自家地里收谷子，听见村里主事五九爷传话，说李二婶家柿柿凹的谷子因为地势低洼，急需大伙帮忙收割。王居汉二话没说，带着老婆就跟着大伙一起去帮李二婶家收割谷子。等到李二婶谷子收完后，她才知道王居汉家也种了急需收割的谷子，感动得热泪直流。

王居汉的优秀品质，使他成为山村人心中的英雄与偶像。在老主事五九爷年老体衰时，村里人众口一词推荐其为新主事。

话归正题，接到王主事告知，各家户主陆续来到仙女洞集中。

瞅瞅先到的聂三合，王居汉关心地问道："三合，今年雨水好，你们家野猪岭的谷子收成不错吧？"

"哈哈哈……"豪爽的聂三合一阵大笑，"确实长得不错，谷穗有一尺多长。"他接着说道，"我今年运气真好，刚搭好庵子，晚上就有一只大野猪来偷吃，被我逮了个正着，杀死后一半肉送回家，另一半煮熟后用盐水腌着放到阴凉处，一连吃了几个月，真是过足了肉瘾，哈哈哈……"聂三合突然想起了什么，他认真地问大伙道，"你们都吃到野猪肉了吧？"

"吃到了。"大伙一起回答。

"那可是个两年多的大肥猪，肉香吧？"

"香！"

王居汉拍拍聂三合肩膀，"别显摆了。"接着问身旁的发小田富贵道，"富贵，你家柿柿凹的玉稻黍②收成也不错吧？"

田富贵高兴地回道："好着哩，玉稻黍穗长得像胳膊一样粗！"

"你家那块玉稻黍地离村里远，收好的粮食都运回来了吧？"

"登武侄儿和几个小伙子一起帮忙，都运回来了。" 田富贵回答道。

"那就好，那就好！"王居汉感慨地说道，"登武真是个好娃，小时候大家伙儿没有白管他。"

"是的哩，这娃如今长得人高马大，成了村里第一彪小伙，看着就打心眼里喜欢！"聂三合说道。

两人议论的高登武时年十八九岁，是胡桑庄个子最高、最壮实的小伙子。他一米八几的个子，虎背熊腰，方正的脸庞黑里透红。高登武三岁时父亲因病去世，是乡亲们帮忙把他拉扯大的。多年来，大伙倾心照顾着孤儿寡母，春耕秋收、粮食碾打收晒，一起帮着操办。逢年过节，凑钱买好年货、节货送到家里。

正说着话，高登武进了仙女洞。王居汉一眼便瞅见他脚上穿的裹沿底③新布鞋，不由得眼前一亮。由于山高林密，胡桑庄人平日出行，全是一些淹没在树枝和荆棘之间，只有胡桑庄人自己找得见的"路"。村里人外出时总要随身带一把砍刀，一边走一边砍掉挡道的荆棘和树枝。因为这个原因，裹沿底布鞋虽然好看，但胡桑庄人只有在相亲等重要场合才会穿。平时只穿更实用的麻布底鞋，这种鞋虽然外观不好，但耐脏、耐磨、实用。

看见高登武穿着一双裹沿底新布鞋进洞来，王居汉顿时明白了母子二人的用意，这孩子长大了！

王居汉瞅着高登武和蔼地问道："登武，你家的粮食都收拾好了吧？"

"叔，您放心吧，都收拾好了。"高登武一副感恩的样子，"小时候靠乡亲们帮忙，我现在长大了，不用大伙再操心！"

王居汉瞅瞅高登武脚上的新鞋，笑着说道："干活的事不用大伙操心，可你该找媳妇了，这事大伙得操心！"

高登武脸红了，他低头瞅瞅自己的鞋，轻轻说道："这事不急，我妈说了，再过两三年，等攒够了银子就给我找媳妇。"

一旁的聂三合接口说道："哪里还需要找，董家二女早就看上登武了。没看见登武脚上的新鞋嘛，一定是小娥给做的。"

董家二女说的是村里董盛虎家姑娘，比高登武小两岁，是胡桑庄最俊的姑娘。

王居汉赶紧问高登武道："登武，是真的吗？"

高登武的脸一下红到耳朵根，不好意思地回答道："是……不是，是……"

王居汉明白了，他瞅瞅旁边的董盛虎问道："孩子们有意，你可不能反对啊！"

董盛虎虽然对高登武这个未来女婿一百个满意，但当着众人不便明说，只能笑笑回答："孩子们的事，由他们吧！"

董盛虎这样一说，在场的人都满意地笑了。

王居汉接着又问了各家的收获情况，看看人已到齐，便对大伙说道："人到齐了，咱们说正事吧。"

主事这样一说，大伙顿时安静下来。

王居汉首先问大伙道："各家的庄稼都收完了吧？还有谁家需要帮忙的请吭气。"

大伙纷纷表示，地里的庄稼已经收拾完毕，没有麻烦事需要帮忙。

王居汉接着问道："租银都带了吧？"

大伙齐声应道："带了。"说着话分别把应交的银子交给王居汉。王居汉收好银子接着说道："既然个人家里都没有什么大事，咱就趁着天气暖和，抓紧干点大伙的事。一是把几处陡坡砌上石头台阶，二是把村东头坍塌的水窖修好。"

大伙对主事的提议一致表示同意。

原来胡桑庄虽然有乌龙潭的水可供饮用，但遇到天旱时泉水不够用，需要水窖里的雨水补充。为方便用水，大伙在村子东西两头分别修了两个水窖，作蓄水用。前一段时间，因雨水冲塌了村东头的水窖，王主事遂决定利用秋后的空闲修理一下。

见大伙没意见，王居汉对田富贵叮咛道："我明儿个要去庙北村送租银，你和三合先带着大伙干。"

田富贵和王居汉一起长大，从小就是形影不离的好伙伴。他虽不如王居汉那样有魄力，但心思缜密，办事稳重，故王居汉喜欢托付他办事。听当哥的这样一说，田富贵立即答应道："行，你放心去吧，家里的事有我操心。"

眼见天黑了下来，王居汉磕着火石，引火点燃了身旁石台上的灯碗。想送大伙回家。这时忽然一阵大风吹来，灯灭了。王居汉想重新点燃灯碗，被聂三合伸手挡住："不用点了，熟路，闭着眼也能摸回去。"

大伙摸黑走出仙女洞，发现满天的繁星不见了，代之而来的是黑压压的乌云。

王居汉拉着田富贵的手叮咛道："天要下大雨了，我走后你操点心，和乡亲们一起看住水道，尽量往村西头的水窖里多蓄点水，但注意不要把水窖冲坏，两个水窖已经冲塌一个，再坏一个就麻烦大了。"

田富贵使劲握了一把王居汉的手道："明早个你还要赶路，早点回去歇着吧，放心，家里有我。"他接着叮咛王居汉道："单府换了当家人，听说这个新东家跟老东家不一样，你跟他打交道要当心！"

王居汉哈哈一笑，自信地说道："换东家有何妨？咱山里人身正脚正，人实在，心实在，办事实在，就算与鬼打交道也能感化他。"

聂三合插话道："假如他是条狼呢？"

"咱山里人连豹子都不怕，还怕狼吗？"王居汉自信地说道，"是狼那咱就打他狗日的！"

注：
①庵子——用树枝和蓬布搭起来的临时住房，可住两三个人。
②玉稻黍——玉米或者称玉苾。
③裹沿底——用白布把鞋底分层裹住，然后再纳好，显得更美观。为区别于麻布底千层鞋，而叫裹沿底。

三 / 谁说穷孩子长大后一定是好人

　　胡桑庄所在的姑射山脚下，有一座占地十几亩的山神庙。

　　山神庙北、东、西三面坐落着三个各自拥有数百户人家的大村子，分别叫做庙北村、庙东村、庙西村。三个村子分别由单、田、吕三大姓组成，庙北村人多姓单、庙东村人多姓田、庙西村人多姓吕。三大姓氏各有自己的家族宗祠，单、田、吕三大财主分别担任三姓的族长，分别掌管着三个村子的大事小情。三大财主各有良田近千亩，家里是鸡鸭成群、骡马满圈，长工佣人一大片。三大财主中尤以单大财主最为有钱，不仅土地多，在绛州城里和附近的汾城、乡宁县城还分别开设有山货店。

　　据说三庄本是一家人，后因家庭纷争，兄弟三人分庄而住，从而形成了三个村子的格局。老大沿袭单姓住庙北村，老二取单字中间部分姓田，住庙东村，老三取单字上部两个口字姓吕，住庙西村。由于同宗同源，三庄人因而互称亲姑子①。

　　话题再回到胡桑庄。

　　由于村小民贫，加上地处深山交通不便，胡桑庄人祖祖辈辈没有人识字，故而每年交给绛州学内的租银由庙北村亲友代缴。从明朝万历年间起，至清朝道光年间，经历了王朝更替，胡桑庄的主事换了几任，庙北村帮助缴纳租银的人也换了几个，这样的规矩延续了几代人，一直相安无事。

道光六年，胡桑庄人的好日子算是到头了。

其时，为胡桑庄人代缴租银的人成了单锁银。之前代缴租银的事由单锁银父亲担任，其父前些日子去世，此事自然就落到他的头上。

单家是庙北村第一富户，世世代代与人为善，在边山②一带享有盛名。单家当家人单锁银与王居汉年龄相仿，虽然也穿短衣筒裤，头上也系着边山百姓喜欢的"猫儿眼"③头巾，但是他眉清目秀、白白净净，与黝黑壮实的一般边山人明显不同。别看单锁银人长得有模有样，人品可不怎么样。他虽然有大号，但乡亲们背地里都不叫他的大名，而叫他"盼人穷"。此公人如其名，嫉妒心极强，几乎成为病态。自己家里比较富裕，却见不得别人家过好日子，看见哪家日子过得好，盼人穷心里就难受。一个最典型的例子，他自己喜欢吃肉，却闻不得别人家传出的肉味，看见哪家吃肉他嘴里就叨叨："有两外屌钱，烧的！"

看到这里可能有人会问，盼人穷的长相，他这种行事风格，不像是豪爽大方的边山人啊？算你说对了，盼人穷其实不是真正的庙北村人，而是外来人。

九岁那年，家乡遭遇水灾。盼人穷家所在的村子被洪水淹没，其父被冲塌的房梁砸死，盼人穷姐弟俩跟着母亲一路讨吃要饭来到庙北村。

屋漏偏逢连夜雨，母亲连病带饿死在村头。盼人穷姐弟俩失去了依靠，趴在母亲身上哭得死去活来。

常言道："穷人的孩子早当家。"懂事的姐姐止住哭声，对盼人穷说道："弟弟，妈不在了，我们不能让她暴尸街头。"

这时的盼人穷还属于"人之初，性本善"阶段，他盼人穷的性格是后来才有的。听了姐姐的话，他可怜巴巴地问道："姐，你说该怎么办？"

"我们得买一副棺材安葬妈妈。"

"我们连吃的都没有，哪里有钱买棺材？"

"我有办法弄到钱。"姐姐坚定地说道，"我要卖掉自己，换钱给妈买棺材。"

盼人穷哇地一声哭出声来，望着姐姐说道："姐，不能卖你，我不能没有你，要卖就卖我。"

姐姐也忍不住哭了，她紧紧抱住弟弟道："也是的，卖掉我谁来照顾你？"姐姐为难地说道："可是把你卖到别人家，我更不放心啊！"

"要不我们两个一起卖，卖给一家人。"

一句话提醒了姐姐，她决定按弟弟的意思办，姐弟两人卖给同一家人。

从外地到山西一路讨吃要饭，见过无数孩子被卖时头插茅草的情景。姐弟俩如法炮制，从路旁拔来茅草分别插在头上，手拉手跪在地上，姐姐哭着对路人哀告道："各位爷爷奶奶、大伯大婶、大哥大姐，我们姐弟愿意自卖自身安葬母亲，请你们行行好，把我们两个一起买去！"

那年头，大部分人家节衣缩食，哪个有钱买两个吃饭的半大孩子回家？过路人看着可怜的盼人穷姐弟俩，虽然表示同情，但一个个摇头而去。

世上的事情谁也说不准，很多不可能成的事情往往很容易就成了。阴差阳错，盼人穷姐弟俩得到了庙北村第一大财主的眷顾，从而彻底改变了自己的命运，也因此酿成了三庄人与胡桑庄的讼案。

中国人崇尚善恶有报，讲究积德行善。有钱人做善事多是为了财源广盛、人丁兴旺，但有时往往不能遂心如愿。庙北村第一大财主单志成家世代与人为善，可到了单志成这一代，虽然家业兴盛，但人丁不再兴旺，其父先后娶了三个老婆，只生下单志成一个独苗。单志成更是可悲，与妻子婚后只生了一个姑娘，之后再也没有生养。从小受孔孟礼教熏陶的单志成，深知"无后为大"的道理，妻子也曾多次劝他纳妾，为单家生个男孩传宗接代。而单志成全然不为所动，因为他读过一些欧洲人的书，受西方文化影响，讨厌一夫多妻的生活，觉得那是对妇女的侮辱。单志成这样的处事风格，加上他与人为善，时常接济有困难的乡邻，使他有了"善东家"的美誉。

见丈夫不愿意纳妾，妻子改劝他抱养一个男孩。善东家仍然不同意，因为那样的话，按照世俗，女儿就得嫁出去。他舍不得自己的千金凤儿嫁到别人家，想把她永远留在自己身边。凤儿虽然长得俊俏，但左眼有点斜，善东家怕她嫁到别人家会被人欺负。

管家老刘深知东家的心思，他出主意道："东家，我看这样，你领养一个比凤儿大一点的男孩，长大之后让他与凤儿成亲，入赘到咱们家，这样咱家既有了男孩，女儿又不用出嫁，岂不是两全其美？"

听到管家这样的建议，单志成不由得露出笑容："好吧，就照你说的办，以后出去办事留意着点，有合适的娃及早告我。"

"好嘞，你等好吧，一定会有好消息。"

事情还真是凑巧。

这一天，刘管家出外办事回来，路过村口，正好看见头插茅草的盼人穷姐弟俩，边上围着一群看热闹的人。刘管家分开人群上前打量，发现两个孩子虽然蓬头垢面，但透过污垢看得见他们俊俏的脸蛋，皮肤明显比一旁的孩子白。

刘管家心里一阵高兴，这是缘分呢，还是老天有眼，怎么就想什么来什么？！

刘管家走到姐弟俩跟前，摘下他们头上的茅草，爱怜地拍拍他们身上的尘土。

姐姐怯生生问道："这位大爷，您这是要买我们姐弟吗？"

刘管家拉住两人的手说道："是的，跟我走吧。"

盼人穷不知哪里来的勇气，他挣脱刘管家的手问道："我们自卖自身是为了安葬母亲，你肯为我妈买棺材吗？"

刘管家回答："那是当然啦。"

看热闹的人见姐弟俩不明就里，一位大妈赶紧对姐弟俩介绍："这位是单大财主家的刘管家，单家有的是钱，他能骗你们吗？"

另一位接着说道："你们算是遇上好人了，快跟着走吧！"

听人们这样一说，姐弟俩这才半信半疑地跟着刘管家往单府走去。

因为没有提前征得东家同意，刘管家没有直接把两人带进单府。他交代看门人照看好两个孩子，自己前去通报。还未进东家的房门，便大声说道："东家，有喜事，有喜事！"

"啥喜事？"

"东家，特大喜事！"刘管家把遇见两个孩子的事讲了一遍，接着说道，"东家，两个孩子眉清目秀的，看着就招人喜欢。我看那个男娃比咱家凤儿大，正好了了您跟夫人的心愿。您一辈子积德行善，这是善有善报啊！"听完管家的话，善东家心里一阵欢喜，遂一边让刘管家去门房接人，一边让丫鬟去请夫人。

听到老爷传唤，单夫人赶紧来到厅堂。片刻工夫，刘管家领着盼人穷姐弟俩来到跟前。善东家夫妻俩端详，果然如刘管家所说，姐弟俩长得眉清目秀，明显比边山孩子们皮肤白净。夫妻俩打心眼里喜欢两个孩子，当即决定认盼人穷姐弟俩为自己的儿女，并取名单淑娟、单锁银。盼人穷姐弟俩自是喜不胜喜，郑重地对善东家夫妻行跪拜礼，亲切地又叫爹又叫妈。突然间增加了一双可爱的儿女，善东家两口子喜不胜喜、心花怒放。

随后，善东家让人为盼人穷的母亲买了一副上好的棺材，并选了一块风水宝地予以安葬。

从穷人家突然到了富人家，由人见人烦的讨吃鬼变成人见人敬的有钱人，盼人穷姐弟俩像是一步登了天，兴奋之情无以言表。聪明伶俐的姐姐知道善东家夫妻的好恶决定着自己的命运，她总结了几句话叮嘱弟弟盼人穷："干活要勤奋，做事要顾家，忘记过去人和事，只认单家爹和妈！"

之后的日子里，姐弟俩每日早起晚睡，一天到晚忙个不停，事事处处表现得十分得体，深得单府上下喜欢。

抱养别人家孩子，最担心的是孩子不忘自己的亲爹妈，从而跟自己有隔阂。盼人穷姐弟俩自从来到单家，对自己的亲爹妈与老家的人和事只字不提，仿佛来庙北村之前的事从没有发生过，自己就是单家老两口的亲生儿女一样。姐弟俩这样的表现，逐渐消除了单老东家两口子的担忧。

几年过去，盼人穷姐弟俩长大了。姐姐单淑娟出落成了人见人爱的漂亮大姑娘，盼人穷也长成了英俊的半大小伙子。

单淑娟瓜子脸、柳叶眉，一双传神的大眼睛滴溜溜圆。既有南方姑娘的妩媚，又有边山少女的热情。加上皮肤白皙、身段苗条，说她有倾国倾城的容貌也不为过，村里人都称她"白牡丹"。时间一长，白牡丹的名气在边山一带越传越广。年轻小伙子有事没事都爱到单府门前转一转，为的是能远远看一眼白牡丹。

前来为白牡丹提亲的人络绎不绝，几乎踏破单家门槛。为门当户对，善东家选定庙东村田大财主家大公子，把单淑娟嫁了出去。

又过了两年，眼见得盼人穷也长成了壮实的小伙子。几年的相处，盼人穷的聪明懂事让善东家和夫人越来越满意，有瑕疵的凤儿对英俊的盼人穷更是从心底里喜欢。

善东家和夫人商量道："两个娃都长大了，选个合适的日子让他们圆房吧！"

妻子正有此意，两人一拍即合，再一问女儿，凤儿当然也愿意，于是就为两人办了婚礼，入了洞房。

按说从小受尽苦难的盼人穷经好心人提携脱离苦海，长大后应该具有和善心肠，可谁知道啥事都有不同寻常的个例，他偏偏养成了"盼人穷"的性格。来单家多年，单锁银表面上只管干活，对其他事情一副不闻不问的样子，其实对什么事情都很关注，只不过表面上不过问而已，盼人穷的性格也一直压抑着没有表露。

前不久，善东家因病去世了，盼人穷终于露出了自己的真实面目。他脱去身上的短衣筒裤，摘掉头上的猫儿眼头巾，换上长袍马褂，戴上瓜皮帽，此后再也不跟长工们一起下地干活。

多年不戴帽子，加上自己并非单家嫡传，盼人穷总觉得头上的帽子不正，因而总会不由自主地扶扶帽子。

这天，盼人穷正在房间里谋算事情，一阵大风刮来，房门"咣当"一声被风吹开了。走出房门一看，天空阴森森的，黑压压的乌云从头顶滚过。这时，一阵大风裹着沙子吹过来，吹掉了盼人穷头上的瓜皮帽。他弯腰捡起帽子，吐出嘴里的沙子，大声呼喊道："凤儿，凤儿，刮这么大风，去看看大门关好了吗？"

盼人穷知道大门有专人看管，他其实是想看看妻子肯不肯听自己的话。看见凤儿答应着去了，盼人穷脸上露出一丝难以察觉的笑容，大有"多年的媳妇熬成婆"的快感，他从鼻子里哼出一声："哼哼，这单家从此我说了算！"

注：

①亲姑子——亲戚的意思。

②边山人——绛州人称姑射山麓沿线百姓为边山人。

③猫儿眼——因边山百姓争强好胜的性格，被称为"猫儿眼"，他们喜欢把头巾在头上挽一道箍，人们戏称为"猫儿眼头巾"。

三　谁说穷孩子长大后一定是好人

四／本性初现

　　盼人穷想称霸单府的想法早就有了，只不过没有表露出来而已。

　　刚来单家时，善东家曾经想送盼人穷去私塾读书识字，但他有自己的想法。逃难路上，见过不少因冻饿而死的读书人。这些人明显比一般百姓瘦弱，经不起残酷环境折磨，死得更快、死相更惨。经历了这些，盼人穷认定读书识字不仅没有用，反而有害，所以坚决不肯去读书。

　　他对善东家说道："爹，小子娃①不吃十年闲饭，我已经快十岁了，我不想去读书，我要帮着家里干活！"

　　"干活的机会有的是，你这个年龄，先读点书才是。"

　　"爹，读书没有用，您老人家读了那么多书，不也照样没有啥用嘛！"此话一出，盼人穷立刻意识到说错了，赶紧纠正道，"爹，我说错了，您千万别生气，我不是说您读书没有用，是说我读书没有用。"

　　见盼人穷态度坚决，想想自己读了一辈子书，三十多岁才考了个秀才，读书确实也没有起到啥作用，善东家不好再坚持自己的意见，便对盼人穷说道："那就随你吧，跟着长工们干一些力所能及的活儿，注意别累着就是了。"

　　"爹，放心吧，我劲大着哩，累不着。"此后，盼人穷便一直跟着长工们一起干活。

到单家三十多年，名为单家儿子，但干的活却与长工没有两样，而且比长工还要上心，简直就是一个不要钱的长工头儿。

开始时由于年龄小，盼人穷不懂农事，只能跟着长工们干。稍为年长一些，便开始参与农活谋划。春天播种时，哪个地块该种什么庄稼，施什么底肥，每亩地下多少种子，他都要与长工们一起精心筹划。夏秋收获季节，他与长工们一起商量，早早确定每个地块的收割顺序。收割庄稼时，一个谷穗、一颗麦粒、一朵棉花都要捡起来，不肯落在地里。

除了干活，家里的大事小情他从不掺和，更不拿主意，一切事情全凭善东家两口子决定，几十年唯一参与的事是儿女们的婚事。

与凤儿成亲后，两人先后生下两个女儿、两个儿子。按照善老东家的意思，孙子孙女都该读书识字，但因盼人穷反对，只让小孙子云飞读了点书。儿女们陆续到了婚嫁年龄，善东家叫来盼人穷商量道："锁银，这么多年你啥事都不拿意见，这娃们是你和凤儿生的，起名字、过满月、过生日这些小事都由我和你妈包办，可成亲这样的大事你得拿点主意才是。"

"爹！"盼人穷亲亲地叫了一声，然后很得体地说道，"有您和我妈在，家里的事哪里用得着我操心，您和我妈看着给娃们找个好主就是了。"

"话是这样说的，你是他们的亲爹，总该拿点主意。"

见善东家非要自己表态，盼人穷便试探着说："爹，那我就说说自己的意思，要是说得不合适，您老可千万别生气，就当我没说。"

"你说吧，我听着哩。"

"要我说呢，您两个孙女的婆家，就在庙北村、庙东村和庙西村的有钱人家中找，娃们过门后生活上不受屈，想看爷爷、奶奶了，随时就能回来。"

"好好好，这个主意好！"

见自己的意见得到肯定，盼人穷接着说道："您两个孙子找媳妇更得近一点，就在咱庙北村找，但家里条件不要太好，有钱人家的女子娇贵，不好伺候，穷人家的女子过了门听话，干事勤快，娘家也不敢造次。"见善东家没有反感的意思，他又说道："庙北、庙东、庙西是边山一带的大村，三个大村的有钱人都成了咱们的亲姑子，这以后边山有了大事，不就是咱们家说了算吗？！"

"想不到你这娃平日里蔫蔫的不说话，肚子里还真有货。"善东家高兴地夸奖盼人穷道，"你比为父想得深远！"

"爹，这全是您这么多年教养的结果。"

"哦，哈哈哈……"善东家一阵开心的大笑，心中升腾起满满的幸福感，从心底里感激刘管家为自己捡来这么一个好儿子！看来我善家真的是善有善报，总算有了顶门立户的柱子，接着对盼人穷说道，"好，就照你说的这么办！"

按照盼人穷的意思，大女儿倩文嫁给了庙西村第一富户吕府的二儿子，大儿子娶了庙北村一个恓惶人家的女子单小莲做了媳妇，小儿子云飞、小女儿倩云分别与本村富户家订了娃娃亲。

盼人穷的假表现，不仅骗过了善东家两口子和单府所有人，也迷惑了四邻八舍。村里人都说，单家找了一个不花钱的长工。连单府长工也认为盼人穷与自己一样，个别大胆的长工干活时甚至不叫他少东家，而称呼他"头儿"。

面对乡亲们的指指点点，盼人穷一笑了之。对个别长工的不尊，盼人穷也表现得很大度，非但不生气，反而乐呵呵道："有头儿在，干活可得卖力，不能偷懒啊！"

貌似老实巴交的盼人穷，心里其实清楚得跟明镜似的。他所做的一切，都是在为今后布局。

表面上从不谈过去的事，心里每时每刻都在念叨，自己是外地人，是狼家后代。其实他家本姓冷，因为不识字，所以误认为自己姓"狼"。他心里无时无刻不在念叨，将来单府的一切，都是我们狼家的。自己要成为单府的当家人，不仅在单家说了算，还要在庙北村说了算，在庙东村、庙西村说了算，在边山一带说了算。

他像一条被困在夹缝中的狼，等待着冲出樊笼的机会，像一条蛰伏在树洞中的毒蛇，默默地积蓄着能量。

终于等来了翻身的这一天，善东家去世了。

在善东家的葬礼上，他完成了自己最后一次表演，演给单府所有人看，演给单家所有亲戚看，演给庙北村人和所有来宾看。他放声痛哭，甚至比凤儿哭得还要伤心。

按照当地规矩，老子死后，家中长子即成为当家人。按说单家只有盼人穷这么一个小子，不存在兄弟之争，成为单府当家人理所当然。但由于自己不是亲生的，盼人穷丝毫不敢大意。因为单老太太还健在，要成为单府名副其实的当家人，必须得过她这一关，并从她手里夺取单家大权。

经过深思熟虑，盼人穷开始了自己的夺权行动。

第一步，先从单老太太的贴心人下手。盼人穷心里清楚，这一步要成功，必须得有妻子凤儿的支持。成婚这么多年，盼人穷在外面豁着身子干活，在家里对妻子是事事关心、处处体贴，只把个凤儿哄得滴溜溜转。盼人穷自信能说服妻子帮自己的忙，他以关心老太太的口吻同凤儿商量道："爹不在了，咱得把老妈照顾好。"

"那当然了，爹妈要你来单府干啥，不就是为了照顾他们吗？！"

"还是我们家凤儿明事理！"盼人穷竖起拇指接着说道，"伺候咱妈的韩老妈子年龄大了，我想给咱妈换一个年轻一点的丫鬟，你看行吗？"

原以为老实巴交的凤儿会听自己的话，没想到她态度坚决地说道："不行，别的事都可以，这事万万不行！"

"为什么呀？"盼人穷问道。

"我舍不得韩妈她老人家离开单府，老妈也舍不得她离开，这事不要再提！"

"不就是一个伺候人的下人吗，你为啥对她这么上心？"

"不，她不是下人，她是我的恩人，她在我心中的分量同母亲一样重！"说着话凤儿哭了，"我从小吃韩妈的奶长大，这么多年她不仅精心伺候老妈，待我也像亲女儿一样……"

原来单老太太生下凤儿时没有一点奶水，四方求医没有结果。不得已，只好找奶妈代为哺育。

韩妈的第一胎是个女儿，第二胎是儿子，比凤儿大一个多月。生了儿子的韩妈心里高兴，心想凭借自己充足的奶水，一定能让儿子吃饱吃足，长高长胖。

单府这边四处打听，知道韩妈的奶水充足，于是托人上门相求。想着凤儿没有一点奶水吃，善良的韩妈心生怜悯，便答应喂她奶水。原以为自己的奶水足够两个孩子吃，没料想小时候的凤儿食量特别大，韩妈的奶水根本不够两个人吃。为了让凤儿吃饱，韩妈狠心减少了儿子的奶水，紧着奶水喂凤儿。每当儿子饥饿难耐的时候，韩妈便用面糊糊喂他。一年多下来，韩妈自己的儿子因为缺奶水面有菜色，瘦骨嶙峋，而凤儿则因为奶水充足面色红润，身高体胖。

把凤儿奶大后，韩妈被单老太太留在府中，做了自己的贴身佣人。因为凤儿没有兄弟姐妹，韩妈的儿子便被留在单府，陪凤儿玩耍。小时候的凤儿仗着自己人高马大，总爱欺负瘦小的哥哥。韩妈的儿子有时候受不了凤儿的欺负，会向母亲告状。每逢这种时候，韩妈总会批评儿子，说他做哥哥的不够大度。儿子时常因为被冤枉而痛哭，韩妈不仅不予安慰，反而会严厉责骂儿子。

长大成人后，凤儿常常为小时候的任性自责，心想一定要善待韩妈，以报答她的养育之恩。如今丈夫竟然要辞退韩妈，凤儿哪里能够同意，她对盼人穷道："今后你就是当家的了，别的事你说咋办就咋办，都听你的，唯独辞退韩妈这事不行！"

见凤儿态度坚决，盼人穷心想自己想简单了。以凤儿跟韩妈的感情，要辞退她肯定行不通，于是变换口吻道："哎呀呀，对不起，我不是要辞退韩妈，老人家对夫人有养育之恩，怎么能辞退呢？"

"那你是什么意思？"

"我的意思是韩妈年纪大了，不能再让她辛苦干活，让她回家养老，单府每年照发她佣金。"

凤儿心想这倒是个好主意，于是点头同意道："这个办法不错，韩妈是该休息了，你早这样说不就对了？！"

"那咱这就去跟妈说说这事，行不行？"

凤儿满口答应道："行！"

两人一起来到单老太太房间，盼人穷没有说话，由凤儿向老太太说了换佣人的意思。

单老太太与韩老妈子相处了几十年，两人之间情同姐妹，无话不谈，自然不愿意更换佣人。

凤儿用盼人穷之前教给自己的话说道："妈，您舍不得韩妈离开，我更舍不得她。可是韩妈年纪大了，不能再让她辛苦干活。我跟锁银的意思，让老人家回家养老，单府佣金照发。"

凤儿说的确实在理，单老太太答应道："既然你们一片好心，那就让韩妈回家颐养天年去吧！"

最关键的难题解决了，盼人穷轻轻舒了一口气，心想下面的事情就容易多了！

从单老太太房间出来，盼人穷把凤儿送回房间，一个人去往刘管家房间。

刘管家一手把盼人穷姐妹俩带进单府，对他俩可谓恩重如山。有鉴于此，盼人穷平日里对刘管家也是尊重有加。到了房门前，盼人穷大老远地叫道："刘叔，刘叔！"

刘管家赶紧出了房间，把盼人穷迎到屋内坐下，恭恭敬敬问道："少东家，有事吩咐一声就是了，怎么能麻烦您亲自登门。"

"刘叔，您是我的大恩人，又是单府多年的管事人，我一个小辈请教还来不及，怎敢吩咐您？单府的事今后咱爷俩商量着办，不要再说什么吩咐。"

"看您说的，您年龄虽小，但我们属于主仆关系，这个规矩我懂，有事您吩咐我做就是了。"

"刘叔，我说过了，是商量，不要再说吩咐。"

刘管家心想这娃还真是懂礼貌，看来这做好事必有好报，于是答应道："好好好，您说吧，有什么事商量？"

"老东家不在了，单府的事还得仰仗您多操心！"

"这是自然的，我一定尽力，就是舍上这把老骨头也在所不辞！"

"那好，有一件事我跟您商量一下。"

"什么事？您说吧。"

"我想把单府的长工和佣人辞掉，重新聘请一拨新人。"

一听这话，刘管家不免有几分为难："他们可都是多年的老人，对单府的事都很上心，为啥要辞掉他们？"

"这些人虽然干事上心，但干活时不豁身子，时不时还总以身子不舒服等理由借机休息。这都是因为老东家心太善，惯出来的毛病。因为他们是单府的老人，资格老，您不好说他们，我也不便说，换了新人，您就好管了。"

刘管家被盼人穷一番话蒙住了："嗯，是这么个理。"

"那就麻烦您老跟下人们说一声，给一些银子打发他们回家。"盼人穷补充道，"记得留下黑贼和看门的，不然都走了牲口无人照管，门也没人看。"

看门人来单府时间不长，很会说话，深得盼人穷喜欢，因此想留下他。

长工黑贼，时年十八九岁，从小沿街乞讨，老家是哪儿自己都说不清楚。五年前刘管家从街上把他"捡"回来，成了单府长工，属于只干活不要钱的家奴。之所以留下他，是因为盼人穷发现他不仅人长得黑，而且心黑，关键时刻下得去手，留下他会有大用场。

盼人穷不肯暴露自己的真实意图，他假装慈悲地对刘管家说道："刘叔，黑贼这娃可怜，没有家，把他留下来吧。"

"行，我一定把少东家的好意告给黑贼，让他记着您的好。以后他就是老人了，要带着新来的长工好好干。"

听刘管家这样一说，盼人穷满意地说道："好的，刘叔，您去办吧。"

盼人穷费尽心机遣散单府长工和佣人，并不是因为他们干活不卖力，更不是考虑管家好管理，而是因为这些人知道自己的底细，更可怕的是他们同单老太太与妻子凤儿关系融洽，可以帮两人拿主意，是自己夺取单府大权的障碍。

按照盼人穷的意思，刘管家遣散了单府原来的长工和佣人。凭借多年的好名声，单府很快又招收了一批新人，经刘管家精心调教，很快顶替了单府的各个岗位。

处理完这些，盼人穷终于松了一口气，心想总算站稳了脚跟。

五 / 绛州城里一刀笔

　　古时候对死刑犯实行杀头的行刑方式，即刽子手用一把大刀把人的头颅砍下来让其死亡。绛州民间把这种受刑方式叫作"挨刀子"，把被杀头的人称作"挨刀子鬼"。久而久之，有人便把犯了死罪，称为"一刀之罪"。据传，一刀之罪的说法最早来源于清朝年间。

　　古绛州州衙设在州城西北隅的高垣之上，衙门外边不远处是并峙的"绛州三楼"，即鼓楼、钟楼、乐楼。钟楼西边十丈开外，有一堵高大的影壁，影壁南边即是绛州府衙的刑场。刑场边有一口枯井，刽子手把犯人杀死后，通常会顺便一脚把尸体踢进枯井内。有人收尸会从枯井中捞出尸体，没人收尸的便任其烂在枯井之内。

　　道光元年，绛州城内有一户复姓"回司"的大财东。回大东家不仅在城里有店铺，在乡下还有良田数百亩，可谓家财万贯，富甲一方。由于回大东家一张嘴能说会道，办事左右逢源，人送外号"会事东家"。时间一长，他的真姓"回司"被忘记了，"会事"倒成了他的姓氏。

　　会事东家尽管很会事，但也有办不好事的时候。这不，他的独生儿子在酒场上与人斗殴，出了人命，被捕快羁押到州衙监狱。

自古杀人者偿命，会事东家儿子也不能例外。州衙很快判定他死罪，只等上级衙门批准，秋后处斩。

会事东家老婆为此寻死觅活，儿媳妇成天哭哭啼啼。会事东家不会事了，他愁得吃不下饭睡不着觉，实在不知道该怎么办。

回府有一个六十多岁的老管家，因精于世故会办事，又在会事东家府中管事，故人称"会管家"。会管家见一向会事的东家竟然也乱了方寸，于是出主意道："东家，何不去找贾刀笔？"

一语点醒梦中人。

会事东家狠狠在自己头上拍了一巴掌："嗨！我真是忙昏了头，怎么就忘了这个贾刀笔呢？"

会事东家心想这下儿子有救了！他难掩心中的激动，催促会管家道："快快快，快去请贾刀笔！"

贾刀笔何许人也，怎么能让会事东家这么上心？这事容我从头说起。

绛州人崇尚耕读传家的理念，富足人家喜欢让后代读书识字，走仕途之路。贾刀笔本名贾福禄，出生于绛州某村一个小康人家，小时候进过私塾，十几岁考中秀才，算是个聪明人。少年的贾刀笔曾雄心勃勃，要考取更高功名，走仕途之路，做人上之人。然而现实没能如其所愿，最终连举人也没有考中。

屡试不中的贾刀笔破罐子破摔，开始抽洋烟、逛窑子，从而导致家境败落，不仅卖光了房屋田产，连老婆都嫌他穷跟了别人。穷困潦倒的贾刀笔流落绛州街头，摆了一张桌子，凭着肚子里的一点墨水，举着打卦算命的幌子，一边为人算卦，一边替人代写书信和诉状勉强维持生计。

贾刀笔细高个子，因为长期抽洋烟的缘故，人比较消瘦。细长腿、细长腰、细长的脖子上顶着一张蜡黄、瘦削的脸，平时喜欢穿一身黑色长袍，走路时背着双手，背后看去，佝偻的身躯活像一条黑色的蛇。别看此人其貌不扬，但肚子里鬼点子甚多，替人写诉状时常常利用玩弄文字达到出奇制胜的效果，故而人称"绛州城里一刀笔"。他虽然并未在官府担任一官半职，但常常以衙门师爷自诩，喜欢人们叫自己"贾师爷"。

回家大院距大街不远，会管家很快便带着贾刀笔来到回府。会事东家紧着把贾刀笔迎进客厅，安置到上座，并让丫鬟奉上热茶。

贾刀笔人虽然穷了，可是烟瘾难戒，只要有一点剩余的银子，便要跑去烟馆抽洋烟。他早就听说了回府的事，猜到了会事东家请自己的原因，心想这回可是能好好过一把烟瘾。他故意拿捏着自己，慢慢品着杯中茗茶问道："我先抽两口行吗？"

"行行行！"会事东家赶紧吩咐管家，"快去把烟具拿过来，拿上好的烟膏！"

管家拿来烟具，丫鬟上前点燃烟灯，并装好烟膏，递给贾刀笔。

贾刀笔旁若无人，不慌不忙地过起了烟瘾。会事东家在一旁急得抓耳挠腮，干着急没办法。

好半晌，贾刀笔过足了烟瘾，这才明知故问道："东家找我有事吗？"

"当然有事相求。"会事东家说道，"有急事，要不然怎么敢惊动您贾师爷！"

"说吧，什么事？"

会事东家于是把儿子因与富家子弟相互炫耀自己的马褂，引起争吵，进而发生斗殴。儿子失手打死人，最后被州衙捕快抓获，判处死刑的事从头至尾细说了一遍。想让贾刀笔帮着出主意，看看怎样才能让儿子免于一死。

"这事好办！"贾刀笔说道，"只要东家舍得花银子。"

"这没问题，花多少银子都行！"会事东家慷慨答应道，还不忘允诺贾刀笔，"只要事情办成，您的好处也少不了。"

"你去找两人打架时的见证人，让他们为你儿子作证，就说死者向你儿子行凶，儿子出于自卫，失手打死了人，这事不就了了？"

"贾师爷，这办法不行。"

"为啥不行？"贾刀笔问道。

"两人先是吵架，是儿子先动手打人，州衙捕快很快就到了现场，事实很清楚，没人敢作伪证。"

"那你就去找捕快，多送点银子，他要是作证事情就更好办。"

"贾师爷，这办法也不行。"会事东家说道，"当时有两名捕快在场，其中一名人称'小展超'，他疾恶如仇是出了名的，不可能作伪证。"

"噢，这事麻烦就大了。"贾刀笔说道。

"要不怎么找您贾师爷呢。"会事东家把一包银子塞到贾刀笔手里，"您城府深，点子多，赶快给想个办法。"

贾刀笔把银子装进衣兜，略作思考说道："你去衙门找人，在他们身上花银子。"

"花多少银子都行，您说找谁？"

贾刀笔虽然文墨不精，但鬼点子确实多。他对着会事东家一阵耳语，说得他不住点头，末了一竖拇指："贾师爷不愧为刀笔，这主意高，实在是高！"

按照贾刀笔的主意，会事东家首先找到绛州衙门的书吏马师爷，悄悄送上三根金条，然后开口道："师爷大人，人都说您老的文笔了得，能把死人说成活人，把活人说成死人，全绛州可是妇孺皆知！"会事东家搅动三寸不烂之舌，首先把马师爷吹捧了一番，接着话锋一转："犬子是罪有应得，我没有奢望改判，只希望您老对判决书的文字做一点点改动。"

"改动，改什么呢？"马师爷问道。

"人们不是常说死罪就是一刀之罪么，麻烦您老把死罪改成一刀之罪，这对您不算什么事吧？！"

犯了死罪终要被杀一刀，反过来说，不杀一刀人犯怎么会死？马师爷想想确实是这么个理，又见会事东家有重金相送，于是便动笔把其儿子的判决由死罪改为"一刀之罪"。

案卷报送上级衙门，也没有提出异议，反倒是觉得判决书用词很有新意。

接着，会事东家又找到了"麻一刀"。

前面说过，古时候执行死刑的方式是杀头。刽子手在行刑时不可能每次都一刀致死，常常出现连砍几刀都砍不死的情形，这时犯人会非常痛苦。鉴于这样的情况，死刑犯家属为了自己人受刑时少受疼痛，常常会给刽子手一点好处，求他干活利索点。麻一刀是绛州官府有名的快手，他下手稳准狠，一般都能做到一刀致命。时间一长，因为他满脸麻子，且杀人无数，故人送外号麻一刀，他的原名反倒被人忘记了。

会事东家找到麻一刀，送上重金，表明自己的请求。麻一刀是一个下九流，一般人求他，也就送点吃的喝的，从没人以重金相送。接过沉甸甸的银子，麻一刀心里乐开了花，当即表示一定尽全力成全，定能做到一刀见血，并保障会事东家儿子性命无虞，还不让监斩官看出破绽。

"不过……"麻一刀心里有点不踏实，"这事凭我一个人办不成。"

会事东家赶紧问道："还需要谁帮忙？请讲。"

"您得打通监斩官，让他安排我亲自行刑，别人干活我可就无能为力。"

会事东家拍着胸脯道："这个您尽管放心，我会安排好的。"

行刑的日子到了，会事东家提前找到监斩官送上重金，假装疼惜儿子的样子说道："大人，犬子犯了一刀之罪，还望在行刑时让麻一刀执行，让他少受点罪。"

以往为此事找自己的人也不少，但从没有人像会事东家这样慷慨大方，监斩官乐得送个顺水人情："这个请放心，我一定安排好。"

打点好监斩官，会事东家又花重金聘请了一个治疗刀伤的著名郎中，一同乘坐轿车①等在州衙刑场旁边，并让几个年轻力壮的伙计②随同前往。

行刑时，监斩官当众宣布：回某蔑视朝廷王法，犯一刀之罪，即刻执行，接着一声令下："行刑！"

只见麻一刀手起刀落，会事东家的儿子立时鲜血喷溅，倒在地上。

按照惯例，麻一刀一脚把人犯踢进旁边的枯井中。

官府的人离开之后，会事东家赶紧让伙计们把儿子"尸体"从枯井中捞上来，轻轻抬到轿车内。专治刀伤的郎中立马对伤口进行了处理，并敷上特制的刀伤药。赶车伙计快速去掉轿车闸杠，对驾车的骡子猛抽一鞭，骡子拉起轿车往会事东家府上奔去。

回到家里，会事东家的独生儿子已经苏醒，除了脖子疼之外，并无大碍。之后，会事东家速速变卖了房屋财产去了外地。从此绛州城内再无姓"回司"的，会事东家到底去了哪里无从考证。

常言道，世上没有不透风的墙。

原告发现会事东家的儿子没有受到应有的惩处，便把此事告到府衙。

府台闻听案情，火冒三丈，严令彻查。

马师爷和监斩官难逃干系，两人赶紧聚在一起，商讨应对之策。经过一番密谋，两人把责任一起推到了麻一刀身上，说他刀下留情，故意放过了人犯，自己并不知情。

头脑简单的麻一刀嘴笨，不会狡辩。只能如实招供，承认自己接受了会事东家的贿赂，故意没有杀死人犯。

因会事东家已不知所终，捕快很快追查到了贾刀笔。

得知贾刀笔被羁押，马师爷和监斩官慌了神，生怕他把自己受贿的事情说出去，遂赶紧通过内部关系见到贾刀笔，恳求他一定要想办法为自己开脱罪责，并允诺一定会给他好处。

贾刀笔心中有数，知道官员们都在想什么，也知道该从何处下手才能全身而退。同马师爷和监斩官的慌乱无措相反，贾刀笔显得不慌也不忙，他要来纸笔，在辩诉状中写了如下文字：

> 本人乃落魄秀才，靠替人写诉状勉强糊口度日。
>
> 会事东家为儿子开脱罪责属人之常情，本人替他向官府求情属职业所需，两者均无可指责。然求来求去，绛州衙门无一人肯徇私枉法。唯麻一刀愿意刀下留情，会事东家遂向他奉上重金，遂造成此悬案。
>
> 麻一刀为何敢如此大胆，他是否熟于此道，他手下放过了多少朝廷命犯？不得不令人怀疑。
>
> 麻一刀该当何罪？请官府明察。

贾刀笔的辩诉状既撇清了自己和会事东家道义上的责任，又为州衙官吏开脱了罪责，令马师爷和监斩官感激涕零。

再说绛州知州，属下出了事情，脸上自然无光。如果事情闹大，不仅当事人下场堪悲，自己的仕途也一定会受到影响。看过贾刀笔的辩诉状，他心里轻松了许多。贾刀笔把责任一股脑推到麻一刀身上，一个下九流的刽子手，即使被处斩，也不会过多影响到州衙的声誉。绛州知州不得不佩服贾刀笔心思缜密，用笔如神，甚至从心里感谢贾刀笔。

根据贾刀笔的辩诉状，绛州知州很快拟出了案情结论，连同贾刀笔的辩诉状一起上报平阳知府。

见绛州知州短时间内写出了案情结论，平阳知府很不满意，认为他是在敷衍了事。然而，看过案情结论和贾刀笔的辩诉状后，平阳知府也改变了主意。因为贾刀笔关于麻一刀的分析，不仅危及到了绛州知州，也危及到了平阳知府甚至更上层官吏，把不少朝廷命官推到了风口浪尖上。如果贾刀笔的怀疑属实，顺着麻一刀的线索继续追查下去，可能会影响到一大批朝廷官员的前程。

平阳府衙也不敢再继续深究，随后匆匆结案。

鲁莽无知的麻一刀被判处死刑，成了名副其实的替死鬼，贾刀笔随即被无罪释放。

贾刀笔手上一支小小的毛笔，果然杀人于无形。

此事到底是真是假，有多少是真多少是假，无从考证，但贾刀笔的名字从此越传越响。

注：
①轿车——古时有钱人家马拉的载人车辆，装有挡风遮雨的棚盖。
②伙计——雇工或者店员，绛州人把长工也叫伙计。

六／臭味相投

话题重新回到单府。

为新来的长工和佣人安排好各自岗位，刘管家长舒一口气，心想凭着多年来在单府的辛勤操劳，凭着对单锁银姐弟俩的恩情，自己可以在单府安度晚年了。

这天吃过早饭，刘管家正想回房间稍事歇息，盼人穷叫住了他："刘叔，陪我去绛州城里走一趟。"

"是要去看看咱们的山货店吗？"

"是的，看看山货店，还有点别的事。"盼人穷回答道。

"好吧，我去告知黑贼套车。"刘管家答应道。

"不用了刘叔，我已经告诉他了。"话刚说完，黑贼已经赶着轿车到了跟前。盼人穷拉着刘管家一起上了车，黑贼一声吆喝，温顺的栗色骡子拉着轿车往绛州城赶去。车子在颠簸的路上飞奔，扬起一股尘烟。

自从到了单家，盼人穷还是第一次去绛州城，对路旁的山山水水、村村寨寨莫不感到新奇。他一边看着路旁的风景，一边同刘管家聊天，盼人穷问道："刘叔，绛州大街上有一个贾刀笔您知道吗？"

"知道。"刘管家问盼人穷道，"怎么，找他有事吗？"

"我想找他说点事，这人好找吗？"

"好找得很，他就在坊门口①摆摊，不过听人说这个贾刀笔瞎事上多，好事上没，不是个正经人。"

"刘叔，贾刀笔虽然有人骂，但也有不少人夸他，说他办事有点子，是个难得的人才。"

刘管家不以为然道："他也就是坑蒙拐骗有一套，算什么人才？"

"刘叔，听说他利用手中的一支笔，愣是把会事东家的儿子由死刑变成无罪，反而把行刑的刽子手判了死罪，这事您听说过吗？"

"一刀之罪的故事传得挺玄乎，但究竟是真是假不好说。"刘管家接着说道，"人常说，'吃的东西越传越少，话是越传越多'，这件事传过来传过去，谁知道有多少是真的？"

"不管事情是真是假，既然有那么多人议论贾刀笔，就说明这个人办事还是有一套，我想见见他。"盼人穷说道。

"您找他干啥，是要往老家写信吗？"刘管家问道。

"刘叔，我哪有什么老家？庙北村就是我的家！"

刘管家感觉自己说错了话，赶紧纠正道："我也是老糊涂了，胡说八道，东家的亲人都在庙北村，写啥信哩。"

"听人说这贾刀笔懂得阴阳八卦，会看风水，我想让他到咱们家转转，看看有没有不合适的地方。"

见盼人穷这么迷信贾刀笔，刘管家提醒他道："单府这么多年一直兴旺发达，风水应该没啥问题，请他去府上转转可以，但这种人的话也就是听听罢了，千万不可当真，不然倒灶没底②。"

"看风水是为了家里好，怎么会倒灶？"

"主家找人看风水肯定是为了家里好，但那些心术不正的风水先生往往故弄玄虚，从中渔利。比如这个贾刀笔，我看他对风水学也就是一知半解，看风水的目的主要是骗人钱财。"

"是吗，刘叔？这我倒没听说过。"盼人穷问道，"您听说过他有这样的事吗？"

"您这些年光顾干活，对外面的事情不是很了解。"刘管家说道，"远的不说，就说咱们邻村马庄的张财主，就因为找贾刀笔看风水，愣是从有钱人折腾成了穷人。"

"哦，有这样的事？说来听听。"

"好吧，反正路上也没事，我就说给您听听。"刘管家接着讲了张财主的故事。

张财主家里又有骡马又有牛羊，还雇着两个长工，本来过着衣食无忧的好光景。抱着让家业进一步兴旺发达的目的，张财主请来贾刀笔看风水。

贾刀笔一到张财主家大门口便连呼不好，问及原因，贾刀笔煞有介事地说道："你们家的大门楼太低，进财通道不畅，影响了财富进入张家的速度。"

张财主一听言之有理，遂付高价酬谢了贾刀笔，并立即拆除了自家大门，花重金请工匠重新建了一座高大的门楼。

原以为高门楼可以带来更多财富，没想到当年一场山洪把张财主家的庄稼冲了个一干二净，秋后颗粒无收。

张财主遂又请贾刀笔来看风水，想找出庄稼被洪水冲毁的原因。

贾刀笔应邀再次来到张家，远远看见新建的高大门楼，又是连呼不好。问及原因，贾刀笔说道："门楼盖得过高，足足高了一尺，兜不住财富，所以庄稼被山洪冲走了。"

张财主想想有道理，于是又让人拆掉门楼，重新按照贾刀笔规定的尺寸建设新门楼。就在新门楼竣工的那一天，张财主的小儿子从新门楼前边捡东西，恰巧被上面掉落的一块砖头砸中脑袋，当场死亡。

贾刀笔再次被请来看风水。

第三次来到张家，贾刀笔比以往更加认真。他先是在张家院子里仔细勘测，接着围着张财主家院子转了几圈，最后得出结论：张家的主房向口④不对，冲了地煞星，需要另找地方重新建房子，否则还会有血光之灾。

张家已经死了人，由不得张财主不信，可是要重新建一所新宅院，手头的银子不够用。

见张财主面露难色，贾刀笔出主意道："人身安全要紧，银子不够可以卖地。"

张家的地全是马庄最好的地，张财主实在舍不得卖掉，贾刀笔于是劝说道："容易被山洪冲的地有啥舍不得？况且也不需要全卖掉，卖一部分，够建院子就行。只要人安全，将来有了钱可以买更好的地。"

其实贾刀笔是怕张家没银子付不了自己的佣金。他极力劝说张财主卖掉家里大部分土地，自己拿了足够多的佣金，剩余的银子张财主在马庄另外买了一块地基，重新建了一处新宅院。

新宅院建好了，张财主的老爹又病了，而且病得很重。老爹其实是被气病的，他觉得贾刀笔就是一个江湖骗子，儿子完全被他给骗了。

为了给老爹治病，张财主不得不再次卖掉部分田产。

几次折腾下来，张家花光了所有积蓄，几乎卖完了所有田产。不得已辞掉所有长工和佣人，由富人变成了穷人。

"这就是找贾刀笔看风水的结果。"刘管家语重心长地说道，"贾刀笔这种人的话十句能有一句是真的就不错了，千万不可轻信啊！"

"刘叔，这个您放心，我心里有底。"

其实贾刀笔为张家看风水的事情盼人穷也曾听说过，但他找贾刀笔并不是要看风水，而是另有所图。早就听说贾刀笔既会写文章，鬼点子又多。自己这只狼够毒，贾刀笔够鬼，假如有这个人辅佐，自己一定可以在边山一带呼风唤雨。再说了，自己不识字，以后若是遇到笔墨官司，得有贾刀笔这么个人，这才是盼人穷找贾刀笔的真实目的。

盼人穷后悔自己当初没有听老东家的话，没去读书，这大概是来单府这么多年他唯一后悔的一件事。

晌午时分，单家的轿车到了绛州大街上。

顾不上欣赏繁华的街市风景，顾不上吃饭，黑贼赶着轿车去找车马大店，在刘管家引领下，盼人穷走马观花在单家山货店转了一圈，接着便急匆匆来到贾刀笔的摊子前边，他的心思根本不在山货店。

刘管家趋前一步跟贾刀笔打招呼道:"贾师爷好！"接着他介绍盼人穷道："这是我们庙北村单府的东家单锁银，有事想求先生帮忙。"

贾刀笔成天在大街上混，对坊间的事多有了解，单家的事他早有耳闻。见盼人穷来找自己，贾刀笔心里暗忖，单东家打发走了所有佣人，该不是来找我当单府管家的吧？

贾刀笔一直认为自己具有经天纬地之才，只是没有用武之地而已。单家财大气粗、家大业大，当了管家，就能充分发挥自己的才能。在边山那个天高皇帝远的地方，说不定……

贾刀笔心里一阵高兴，但为了摆谱，他假装矜持地冲盼人穷拱手道："单大东家有何事，请讲。"

盼人穷学着刘管家的样子，朝贾刀笔拱手道："先生，我们借一步说话。"接着他对刘管家说道："刘叔，时候不早了，您找一处饭馆吃饭去吧，我跟贾先生说点事。"

"那您呢？"刘管家问道，"要不我们同贾师爷一起去吃饭？"

"不了刘叔，您先去找个饭店自己吃，我们说完话再吃。"

"我一个人就不去饭店了，去咱们山货店随便吃点就行。"为了节省银子，刘管家没去找饭店，而是去往单家的山货店。他边走边想，锁银这娃怎么跟这贾刀笔这种人一见如故，莫非他也是同类人？

刘管家很快否定了自己的猜测，不！不是的，我从小看着他长大，他不是这种人。

盼人穷这边，支走了刘管家，这才向贾刀笔说出了自己的真实想法，想让他到单府当管家。

果然如自己所料，贾刀笔按捺住内心的激动，假装平静地问道："有何条件？"

"佣金高于一般管家，另外，由单府出银子帮您续娶一房夫人。"

"不不不，我如今是一人吃饱全家不饿，银子多了没用，更不想娶妻生子惹那份麻烦。"

"那您想要什么？"

"我去单府当管家不为别的，只为辅佐东家成大事。"

盼人穷简直不敢相信自己的耳朵，他疑惑地问贾刀笔道："那你就没有什么要求吗？"

"当然有了。"贾刀笔说道。

"什么条件？请说。"

"没事的时候让我抽两口洋烟。"

没想到事情会这么顺利，盼人穷心里感叹，这是老天要助我成就大事！他满口答应贾刀笔道："你这个要求不算什么，一定满足。"接着问道，"贾师爷，敢问您一不要银子，二不要女人，这是为什么？"

"不不不，我是两者都要，只不过要法不同而已。"贾刀笔回答道。

"什么意思，我不懂，请明说。"

贾刀笔问盼人穷道："洋烟是不是银子买来的？"

"是啊，可是女人呢？"

"女人我不是不要，而是不要老婆，娶老婆就要生儿育女，我嫌那个麻烦。"

盼人穷摇摇头，一脸的不解。

见盼人穷听不明白自己的话，贾刀笔心想，这单府的新东家看来是个山毛子③，没见过世面，他问盼人穷道："单东家抽过洋烟吗？"

盼人穷摇摇头："没有。"

"哎呀呀，你这就亏大了！我就说嘛，你怎么听不懂我的话，原来你是没见过世面。"贾刀笔拍拍盼人穷肩膀道，"不抽洋烟，在世上就白活了。"

只听说过抽洋烟，但从没有见过洋烟长什么样。听了贾刀笔的话，盼人穷好奇地问道："这洋烟难道就那么好抽？"

"这样吧，先打发你那两个随从回去，让他们明早再来接您，之后我带您去一个好地方，试试就知道了。"

盼人穷高兴地答应道："好吧，听管家您的。"随后叫黑贼过来，让他拉着刘管家先回家，第二天再来接自己。

看着黑贼驾着轿车走远了，贾刀笔和盼人穷找了一处上好的饭店，要了好酒好菜，边吃边谈，好不投机。

看着天黑了，贾刀笔领着盼人穷出了饭店，来到绛州城里有名的惜春院。贾刀笔是这里的常客，一进门便有多位花枝招展的姑娘迎了上来。

老鸨子指着盼人穷问道："这位爷不曾见过，请问贾师爷……"

贾刀笔赶紧介绍道："这位是边山庙北村的单大东家，快请头牌姑娘伺候，上最好的烟膏。"

一听来了大财神爷，老鸨子赶紧吩咐："小红，赶紧伺候单大东家。"

还没等盼人穷反应过来，小红姑娘早已过来搀着他进了房间。房间里装扮得花枝招展，散发着迷人的香味。小红扶盼人穷上床躺下，随后端出放着烟具的盘子放在床头小桌上，装好烟膏点着，然后把烟枪嘴放到盼人穷嘴边。

睡惯了土炕的盼人穷哪里见过这等阵势，还未抽烟，早已经迷糊了。接过小红递到嘴边的烟枪，心想这大概就是贾刀笔说的那个迷人的洋烟，于是试着含着烟嘴使劲吸了一口，没想到被呛得一阵咳嗽，连眼泪都流了出来。一旁的小红见盼人穷这副模样，知道他是初次来这种地方，赶紧帮他捶捶后背："爷，第一次都这样。"接着她问盼人穷道："要不要再来一口？"

盼人穷摇摇头："不啦不啦，这洋烟一点都不好抽。"

"爷，开始感觉不好，抽两次您就放不下了。"见盼人穷没有想再抽的意思，小红顺着他说道，"不想抽咱就不抽了，我先伺候你睡吧。"说着帮盼人穷褪去衣服，把自己雪白的肌肤靠了上去……

销魂的一夜过去，盼人穷终于尝到了洋烟的"甜头"，他从心底里感激贾刀笔，感叹自己简直白活了这么多年。

盼人穷感觉遇到了知己，找到了难得的人才。他虽然不识字，但看过戏剧里谋士帮助主人出谋划策的情景，他想着自己就是一方雄主，贾刀笔是上天赏赐给自己的谋士。

两人的结合正应了那句古话：物以类聚，人以群分。

注：
①坊门口——绛州城里贡院巷出口。
②倒灶没底——指倒霉事情没完没了。
③山毛子——对山里人的蔑称。

七　敢问狼在何方

　　第二天早上，盼人穷和贾刀笔从惜春院出来，来到与黑贼约定的地点，上了轿车往庙北村赶去。

　　一路上，盼人穷与贾刀笔无话不谈，亲得不得了。

　　贾刀笔问盼人穷道："东家，昨儿个晚上感觉如何？"

　　想起昨儿个晚上的销魂时刻，盼人穷不由得一阵激动："美美美！简直赛过神仙般的日子。"

　　"人生苦短，该享受就得享受，不可亏待自己。"

　　"是的哩，是的哩！"盼人穷附和道。

　　"不然魏主曹阿瞒怎么会发出'对酒当歌，人生几何'的感叹啊！"

　　盼人穷似懂非懂地问道："管家，这魏主曹阿瞒是谁，是有钱人吗？"

　　"他岂止有钱，他是三国时魏国的曹操。"

　　"哦，知道了，你说的是三国演义里那个白脸奸臣曹操吧？"

　　"说曹操是奸臣，那是在戏剧里。生活中他的做法值得称道，尤其值得像你我这样的人学习和效仿。"

　　盼人穷又不懂了，他问贾刀笔道："效仿是啥意思？"

　　"你这个人虽然聪明，可就是少读了几年书，等闲下来我给你讲讲这些历史上的事。"

"咱可说定了，你以后得好好教教我书本中的知识。"

"放心吧，咱以后吃住在一起，有的是机会。"

"那就先教教我，效仿是啥意思？"

贾刀笔略一思考，随即回答道："效仿就是照着做。"

"曹操有啥值得效仿的？"

贾刀笔随口而出："宁教我负天下之人，休叫天下人负我。"

044

盼人穷瞪大眼睛问道："这句话啥意思。"

"这句话的意思就是我可以对不起天下所有人，别人不能对不起我。"

听贾刀笔这样一说，盼人穷想起了说书人讲的故事，那个叫曹操的人，被人追杀，躲到一个朋友家里，朋友想杀掉自家的猪招待他，怕影响他睡觉，悄悄起来磨刀。曹操听到磨刀声，误以为朋友要杀自己，遂趁他不注意从身后给了一刀，将朋友杀死。后来发现自己杀错了人，曹操却没有一点悔意，反而认为自己做得对。

想到此，盼人穷问贾刀笔道："你说的'宁教我负天下之人，休叫天下人负我'指的就是他误杀朋友那件事吧？"

"是的，你的悟性真好！"贾刀笔恭维了盼人穷一把，接着说道，"其实曹操除了误杀朋友那件事，一辈子都是按照那个准则做人的。"

盼人穷又不懂了，他问贾刀笔道："啥叫准则？"

"准则……准则就是对一件具体事情，怎么理解，怎么看。或者说对一件具体事情按照什么标准来做。"

盼人穷眨巴眨巴眼睛，更加糊涂了。

贾刀笔想了想，没有合适的词语能够让不识字的盼人穷听明白，遂决定举例说明，他对盼人穷说道："举个例子。比如说咱们去惜春院逛窑子，如果站在你老婆的角度看，那我们就是胡来、乱来，就是缺德，就大错特错了。可是站在一个男人的角度看，那就是应该有的潇洒，不去逛窑子，那不是白活了吗？假如男人都不去逛窑子，那要窑子干什么？这样想，我们就对了。同样的事情，之所以有不同的结论，就是因为准则不同。"贾刀笔问盼人穷："这下听明白了吗？"

盼人穷好像有点明白，他问贾刀笔道："自己认为怎么对，就怎么干，这是否就是准则？"

贾刀笔心想这个盼人穷虽然胸无点墨，但是对啥事情都有自己的认识，于是苦笑着说道："对，这就是你单府新东家的准则。"

被贾刀笔肯定，盼人穷高兴地哈哈一笑道："那我以后就按这个准则做事。"

"对，可以这么做。"贾刀笔接着说道，"以我多年来的感受，为人处世需要把握两点，除了曹操做事的风格，还有就是为达目的不择手段。"

这回盼人穷听懂了，他对贾刀笔道："我觉得还得加上一点，你不毒他不服。"

"东家，太对了。加上这一点，天底下没有办不成的事。"贾刀笔佩服地对盼人穷道，"亏了您不识字，您要是读了书识了字，那可是不得了的人物！"

盼人穷心想我脑子比你们好使多了，这么多年我是装老实，要是真读了书，还真是看不起你们这些人。

心里虽这样想，但表面上并没有表现出来，盼人穷客气地对贾刀笔说道："管家，您千万别夸我，你学问深，见识广，知道的事情多，不然你怎么能活得那么潇洒自在。"

"我是看透了人生，知道该怎么活才不枉此一生。"贾刀笔颇为自豪地说道，"当初我那个臭婆娘跟了别人，有人劝我攒点银子再娶个老婆，我才不呢！有了银子咱去惜春院，看上哪个跟哪个，看不上了随时换。娶了老婆就不一样了，事事都会受到老婆的掣肘，很不自由。再有，生的孩子多了麻烦也多，他们会跟你闹别扭，让你不顺心。总之，说不完的麻烦事，何必自找麻烦？"

"你说得真对！"贾刀笔的话引起盼人穷的共鸣，他想起了不久前的一件事，愤愤然道，"儿女多了，有时候真不是什么好事。"

贾刀笔问道："怎么啦，儿女们难道真有让你生气的地方？"

"可不是嘛。"盼人穷愤愤然道，"我那个大儿子就跟我过不去，差点坏了大事。"

"嗯……"贾刀笔问道,"这种事还真发生在你身上?说来我听听。"

"这事说起来话长。"盼人穷说道,"前些日子老东家病重,找了几个郎中都看不好,眼看着就不行了。我思谋着得提前有所准备,免得到时候手忙脚乱。另外,单府上上下下上百口子人,再加上外来的客人,得防止老东家葬礼上有人趁乱盗取财物。那一天,我叫来黑贼,叮嘱他留点心,防止有人趁乱偷东西。"

"这事得选个细心之人,你怎么选了个莽夫?"

"下人们也就黑贼一个人跟我走得近,我不用他用谁?"

"这倒也是。"贾刀笔说道,"这事你做得没错。"

"没错?"盼人穷不以为然道,"这事对与错要看你站在什么准则上说。"

刚知道了准则一词,就能现学现用,贾刀笔不得不佩服盼人穷的感悟力,他对盼人穷道:"准则一词您算是用对了地方,大儿子难道不是这么想的?"

"他跟我想得根本就不一样。"

贾刀笔不解地问道:"他想什么啦?"

"大概是'根儿'在单家的缘故吧,大儿子跟他爷爷、奶奶,跟他妈、跟单家的感情与我有着天地之别,我是嘴上说爱他们,儿子是从心里爱他们。"盼人穷清清嗓子继续说道,"我跟黑贼说的话不幸被他听到,他转身就跑到单老太太房间告我的状,说我跟他爷爷不亲,盼着他爷爷死,还说我跟单家人是嘴亲,心不亲。"

"不对。"贾刀笔插话道,"您的儿子,按理说他的根儿应该在您这儿才对。"

盼人穷不以为然道:"才不是哩,凤儿生的他,他的根儿在庙北村,在单府。"

"这不重要,您接着说。"

盼人穷接着讲道:"发现大儿子哭着向老太太房间跑去,我感觉不对,遂赶紧追了过去。到了老太太房间,发现大儿子在告我的状。老太太当面质问我,我这边尽量圆,大儿子坚持说我对他爷爷就是假情假意,还说要去告诉爷爷,我当时手心里汗都出来了。幸好这时丫鬟跑过来,说老东家不行了。大伙急急忙忙去看老东家，老太太也顾不上再说别的，我这才侥幸度过了危机。”

"万幸万幸啊！"贾刀笔感叹道，"看来你这个儿子同你也是假亲，跟单家才是真亲。"

"谁说不是呢！这娃的性格根本就不随我，心太善。小时候看见恓惶人就抹眼泪，看见要饭的上门，还未等看门人上前，他早就抢前一步送上吃的喝的。"

"你这儿子确实很善良，看来是随了单家人。"

"他心地善良，对谁都好，唯独对我不友好。我们之间总感觉隔着一层东西，而且他好像越大越不喜欢我这个父亲。我就奇了怪了，我做得这一切难道不都是为了他，他怎么就不领情，反倒是处处要跟我作对？"

"你说是为了他，可他不买你的账啊！"

"非但不买账，还差点坏了大事，你说我该怎么办才好？"

"还是曹孟德那句话，'宁教我负天下之人，休教天下人负我'，儿子已经负了你，你对他不能再怀有妇人之仁心。"

盼人穷点了点头，似乎明白了什么。

这时已近中午，黑贼撩开门帘问道："东家，前面有个骡马大店，咱们是歇歇脚吃过午饭再走，还是回到家再吃饭？"

盼人穷问贾刀笔道："管家，你说呢？"

贾刀笔急着要赶往单府，遂回答道："赶紧走吧，到家再吃。"

黑贼继续赶着轿车赶路，盼人穷接着与贾刀笔聊起了老管家。其实聘用贾刀笔，辞退刘管家的事两人早就说好了，只是怎么跟刘管家说还没有想好，盼人穷希望贾刀笔出出主意。

"这事好办，到时候无须你说话，一切由我出头，你只管在一旁看戏就是了。"

"好的，相信你贾大管家能处理好这件事。"

偏晌午时分①，轿车回到单府门前，刘管家早已在门外等候。

见轿车到了跟前，刘管家掀开门帘，对盼人穷和贾刀笔客气道："厨房早就做好了午饭等着你们，赶紧洗一把吃饭吧。"

"哦，好的好的。"盼人穷答应道，随即同贾刀笔下了轿车。

刘管家客气地问贾刀笔道："贾师爷是第一次来庙北村吧？"

"是的是的，第一次来。"

"这里虽不如绛州城里的街市繁华，但紧挨着姑射山，比城里的风景可是好多了，您好不容易来一趟，可得多住些日子，好好看看边上风光。"

"以前总听人说姑射山风景好，边山的车鼓跑得精彩，早就想来看看，可一直没有机会。这回来了就不走了，我要好好看看姑射山美景，亲身感受人拉车鼓的精彩。"

贾刀笔的话让刘管家一头雾水，住几天看看风景可以，可人拉车鼓要到来年正月里才有，难道东家请的这位客人要在这里长住？

这边黑贼一边刹稳车子，一边叫看门人过来一起帮着卸行李。

不是说带贾刀笔来看风水的么，带这么多行李物品干什么？刘管家疑惑地问黑贼道："这行李是谁的？"

"管家，这还用问嘛，行李是那位贾先生的。"

刘管家暗忖，贾刀笔带这么多行李来，难道真如他所说，在单府住下来不走了？这样看来，东家是要辞了我，让这个贾刀笔当单府管家。

不不不，刘管家再次否定了自己的猜测，心想我待东家可谓恩重如山，他辞掉谁也不可能辞掉我。

刘管家暗暗责备自己，想多了，想多了。接着开始履行自己的职责，他吩咐身旁干活的伙计们："先去把西厢房那个空房间收拾干净，然后把……"

话没说完，凤儿的贴身丫鬟小梅急匆匆走过来，她告知刘管家，说东家叫他有事。

"你去回东家，就说我安排好客人的住处，立马就去。"

"东家说了，有急事，让您放下手头的一切，立马就去。"

刘管家心想，这不年不节的，能有啥急事？他十分疑惑地随着小梅来到厨房，看见盼人穷与贾刀笔正在同桌吃饭，不像是有急事的样子。

见刘管家进来，盼人穷头也不抬，只顾埋头吃饭。

刘管家正想问盼人穷什么事，只见贾刀笔停下手中的筷子，不慌不忙说道："刘叔，您为单府操劳了一辈子，这会儿年纪大了，不必再为单家的事操心，回家养老去吧。"

刘管家一脸的不解，生气地冲贾刀笔吼道："你……你是什么人，这话该由你说吗？"

贾刀笔一脸坦然，慢悠悠说道："我一个'外人'，这话当然不应该由我说，我只是传达东家的意思。"

刘管家哪里肯信，他问一旁的盼人穷道："东家，这是您的意思吗？"盼人穷没有吭气，只面无表情地点点头。

"行……行，知道了，我回房间收拾一下自己的东西，明早个一早就走。"

"你也没有多少东西，让黑贼他们帮你收拾收拾，今儿个就走吧，不然我晚上没地方住。"贾刀笔以不容商量的口吻说道。

"好吧，我去跟老太太知会一声。"

盼人穷这时说话了："不用了刘叔，趁着这会儿黑贼没事，让他送您回去，老太太那儿我回头去说。"

"哦……好吧，我这就走。"

刘管家明白了，自己这是被人卖了还帮着数钱，不由得伤心的泪水模糊了昏花的老眼。

踉踉跄跄出了厨房门，回头看看站在房门口面无表情的盼人穷，刘管家仰天长叹：我为单府领回了一个狼崽子啊！

注：
①偏晌午——偏过正晌午，即下午一两点钟。

七
敢问狼在何方

八 / 马惊野狼沟

刘管家刚要回房间收拾东西，忽然听见有人喊："刘爷爷！"回头一看，原来是盼人穷大儿子单云龙。

云龙一路跑过来，一把抱住刘管家："爷爷，您可记着回来看我们啊！"

刘管家擦擦眼角的泪水："会的，刘家庄离这里又不远，我会回来看你们的。"

盼人穷这边，听见云龙的喊声，又看见儿子快步跑向刘管家，不由得心生恶意，他叫过黑贼一阵耳语，黑贼点点头表示明白。

在单云龙帮助下，刘管家很快收拾完自己的东西。这时黑贼已经赶着轿车到了跟前，单云龙发现拉车的牲畜换成了红鬃马，便问黑贼道："栗色骡子走得稳，刘管家老了，坐着舒服，你为啥要换红鬃马？"

"栗色骡子拉车虽然稳，但是它拉了大半天车累了。已经半后晌了，得尽快把刘管家送回去，不然回来时就得走黑路。这红鬃马性子急，跑得快，所以我就套上了它。"

黑贼貌似说得在理，可云龙心里总觉得有点不踏实，他问黑贼道："咱们家又不止一头骡子，为啥不套别的骡子，非要套一匹烈马？"

熟悉骡马的驭手都知道，骡子比较温顺，最适合拉轿车。马虽然跑得快，但是过于慌张，也容易受惊，因此不适宜拉轿车。黑贼常年摆弄牲口，连云龙都明白的事情他岂能不懂？他是有意而为之。被云龙说破，他只能随口胡诌道："别的骡子都去北坡犁地去了。"

云龙不信，想去马厩里看看到底怎么回事，被刘管家拦住了。

刘管家也知道红鬃马的脾性，可他想尽快回家，便对云龙说道："黑贼说得对，红鬃马跑得快，我能尽快回到刘家庄。再说这条路经常走，老熟路了，难道还能翻了车不成？！"

刘管家这样一说，单云龙也不好再说什么，遂同黑贼一起把刘管家的东西搬上了车。

收拾停当，刘管家对单云龙说道："我走了，再见吧！"

"不，我去送您！"

"送我干什么？以后见面的机会多着哩。想爷爷了就来刘家庄看我，我有空了也会回来看你们。"

黑贼跟着阻止道："少东家，你不用去，有我送就行了。"

"不，我要去，我要把刘爷爷送到刘家庄。"单云龙边说边搀扶刘管家上了轿车。

黑贼拉住云龙再次劝说道："少东家，下来吧，不是我不让您去，是东家不让您去。"

"刘爷爷为单府辛苦了一辈子，送送他是应该的，为啥不让我去送？"

"这……这我也不知道，反正他坚决不让你去送。"

听黑贼这样一说，云龙更加来了劲："我偏要去，我一定要把刘爷爷送到家里。"

黑贼没招了，只能任由云龙去送刘管家。他一声吆喝，红鬃马拉着轿车出了单府大门，向刘家庄走去。

轿车行进在蜿蜒的山路上，"得得得"的马蹄声搅得刘管家心里乱糟糟的。想起盼人穷当家后的所作所为，一股凉意从头凉到脚。

看着刘管家失落的样子，单云龙心里刀绞般难受。自打记事起，云龙常听人们说，管家刘爷爷是单家的大恩人，他老人家不仅救过爷爷，爹和

051

八 马惊野狼沟

姑姑还是他从大街上捡回来的。云龙从心底里感恩刘爷爷，一直把刘管家当亲爷爷看待，刘管家对他们兄弟姐妹也是尽心关照，相互之间不是亲骨肉胜似亲骨肉。

小时候云龙和弟弟云飞十分淘气，经常对刘管家做一些恶作剧，但刘爷爷从不生气，反而总是十分和善地对待兄弟俩。有一次，云龙和云飞玩耍时捉到一只壁虎，两人经过商量，决定吓唬一下刘管家。午休时，两人提前把壁虎放到刘管家被子里，然后悄悄爬上刘管家房间的顶棚上，借着顶棚缝隙等着看热闹。

吃完午饭，刘管家准备上床歇息。他脱掉鞋袜上了炕，在枕头上躺好，拉开被子正要睡觉，突然有东西从被子中窜出来爬到脸上，刘管家猛然一惊，翻身爬起来，差点掉到炕下边。云龙和云飞忍不住笑出声来，顶棚上的尘土从缝隙中掉下去，落到刘管家身上。刘管家发现了壁虎，又听见兄弟俩的笑声，立即明白了是怎么回事。他不但没有生气，反而十分关心地冲顶棚上边喊道："两个捣蛋鬼，想看爷爷的笑话不是！快下来吧，小心别摔着啊！"

还有一次，兄弟俩吃饭时打闹，云飞打翻了云龙手里刚出锅的热汤面。饭碗恰巧扣在云龙大腿上，云龙被烫得嗷嗷直叫。刘管家见状紧着把云龙的裤子脱下来，但云龙的大腿还是被烫起了一串燎泡。见云龙痛苦的样子，刘管家比自己烫伤还要难受。他四处打听，找来獾油①涂在云龙大腿的燎泡上，几天几夜吃饭睡觉抱着云龙不肯松手……

想想多年来与刘管家相处的日子，云龙不明白爹的做法，更不明白他为啥要辞退刘管家。想着想着，心地善良的单云龙哭了："爷爷，我爹他不够人，他忘恩负义，他对不起您老人家！您可千万想开点，别因此气坏了身子！"

"好孩子……"刘管家也哭了，"有你这句话，爷爷这么多年在单府的辛苦值了。"

刘家庄位于庙北村东北方向十几里的汾城县境内，两村相距不是很远，但中间隔着一条很深的山沟，是庙北村与刘家庄的界沟，也是绛州与汾城县的界沟。界沟沟深林密、杂草丛生，常有野狼出没，由此得名野狼沟。

刘管家与单老东家最初相识，与单家多年的缘分就来自野狼沟。

"刘爷爷，听说您跟爷爷相识在野狼沟，有一段很惊险的故事，您给我讲讲那个故事好吗？"

云龙的话勾起了刘管家对往事的回忆，想想去世的单老东家，他深情地说道："好吧，爷爷就给你讲讲我们老兄弟俩的故事。"

刘管家清清喉咙，向云龙讲起了年轻时的往事。

多年以前，我和单老东家都还是十八九岁的年轻小伙子，两人互不相识。也可能是上辈子修来的缘分，你爷爷喜欢冒险，我也喜欢冒险。那段时间，听说野狼沟有野狼出没，都想亲临现场看看究竟。两人不约而同来到野狼沟，从早上一直转到太阳落山，我连个狼毛都没有看见。你爷爷"运气"好，遇见了一群野狼，足有六七只。

开始时你爷爷心里十分激动，庆幸终于见到了野狼，可这种高兴劲没有持续多久，很快就由激动变成了恐惧。饥饿的野狼把你爷爷包围起来，一个个瞪着血红的眼睛，随时准备发起攻击。边山人都知道，这"狗怕摸，狼怕撤"②，你爷爷也知道这一点，他挥舞着降龙木棍子不断在地上横扫，与群狼对峙着。

我这边转悠了一天没看见野狼，正准备回家，突然听到了野狼的嗥叫声，心里不由一阵兴奋，便冲着叫声跑了过去。正在你爷爷感到绝望之时，我到了他被野狼包围的地方。

站在高处一看，一群野狼把一个年轻人围在中间，虎视眈眈随时准备发起攻击。我心想不好，便大喊一声"打狼！"随即挥舞着手中的棍棒冲破野狼的包围，来到你爷爷跟前。为防止野狼攻击，我们把后背靠在一起，高举着手中的木棍与野狼僵持着。狼群见我们高举着木棍，也不敢贸然上前，一个个呼哧呼哧地喘着粗气，恶狠狠地盯着我们。贪婪的头狼不甘心，数次带着群狼冲上来，都被我们挥舞棍棒赶跑了。

就这样，野狼离得近了，我们就挥挥手里的木棍，野狼离得远了，我们稍稍缓口气。僵持了一夜，天亮了。野狼一看太阳出来了，便嗥叫着逃向密林。你爷爷缺少锻炼，体质较差，见野狼离开，心里一松晕倒在地。我小时候家里还算殷实，上过私塾，后因家境败落而早早干起了农活，身体因而比较结实。眼见得你爷爷倒在地上，我叫了半天，他仍然昏迷不醒，我便背起你爷爷送到单府……

就这样，我和你爷爷相识，后来就成了单府管家。

"刘爷爷，您可真是我们单家的大恩人！"单云龙感激地说道，"我们单家应该永世不忘您的恩德，可是……"

刘管家打断他的话："娃，不说这些了，前面快到野狼沟了，注意坐好，抓稳扶手。"

红鬃马还真是跑得快，眼见得快到野狼沟，黑贼的心跳得越来越快。

刘管家根本没想到，他与单云龙道别时的一句话，为自己带来了杀身之祸。盼人穷不想刘管家经常回单府，所以叮嘱黑贼，让他在过野狼沟时制造点麻烦，把刘管家弄成残废。

黑贼貌似鲁莽，其实是个有奶便是娘的狡诈之人。他是见啥人说啥话，没有多少话是真的，只不过他的狡诈本性被黝黑的皮肤掩盖罢了。就说自己的出生地，黑贼原本是知道的，但为了与人套近乎，故意说自己不记得。与外地人聊天时，别人说自己是哪里人他便说自己是哪里人。私下里他曾对盼人穷说过，自己跟东家是一个地方的，这其实是盼人穷重用他的真正原因。

由原来的小伙计变成了如今的长工头儿，全是东家的提携，东家吩咐的事当然要坚决照办。本来事情也不难办，只要下得去手就行，黑贼自信完全可以做得很好。没想到半道上杀出个程咬金，单云龙非要送刘管家，两人一起坐在轿车内，让黑贼十分为难。他心想，总不能把两人一起摔伤吧？再说了，谁敢保证只是摔伤，万一摔死了咋办？

狡诈的黑贼没了主意，心里暗暗叫苦，难啊！

眼见得到了野狼沟坡沿上，该是下决心的时候了。黑贼勒住红鬃马，掀开门帘对单云龙说道："少东家，你下车吧，我一个人去送刘管家就行。"

"不，我说了要把刘爷爷送到家的，不能在半道下车！"

"再往后走全是下坡，这轿车的闸杠不保险，我怕万一有个闪失，回去了不好向东家交代。"

"你说的是屁话！"云龙生气地说道，"我年轻力壮的，怕我有闪失，刘爷爷老了，难道就不怕他老人家有闪失？"

"我不是这个意思。"黑贼辩解道。

"那你是什么意思？"

"我……"黑贼一时不知该说什么。

刘管家本来想顺着黑贼的意思，让云龙早点回去，但想起自己曾经的经历，感觉云龙一个人下车走回去不妥，便对黑贼说道："野狼沟这么荒凉的地方，少东家一个人下去，遇到野兽怎么应付？就让他跟着一起走吧。"

黑贼不以为然道："这大白天的哪有什么野兽？"

"你这个黑贼，大白天就没有野兽吗？这是野狼沟，我和云龙爷爷当初就是在这里遇到群狼的。"刘管家生气地说道，"把云龙一个人留在这里，万一出点事怎么办？"

"就是怕他出事才让他留下的，我是真为他好，我……"黑贼差点说漏嘴，赶紧闭住嘴不再吭气。

刘管家误以为自己说服了黑贼，他肯定地说道："这就对了嘛！轿车拉一个人也是拉，拉两个人也是拉，云龙是坐车观景，又不累，还能跟我说说话，这该有多好！"

黑贼心想，好个屁！立马就要出事了，到时候让你个老东西再说好？心里虽然这样想，嘴上又不好说什么，只能赶着红鬃马进了野狼沟坡道。

又走了一段路，轿车到了野狼沟坡道最险峻的一段。这是一段盘山路，狭窄的坡道沿山岭蜿蜒而下，一面紧贴着山岭，一面是黑漆漆的山沟。坡道旁怪石嶙峋，杂草丛生，不时有松鼠和狗獾、猪獾从草丛中窜出。烈性的红鬃马喘着粗气，瞪圆了眼睛，两只耳朵前后左右不停转动，这是受惊的前兆。

狡诈的黑贼内心十分纠结，不断问自己道，怎么办？怎么办……他突然一狠心，干！

黑贼知道盼人穷不是很喜欢这个大儿子，心想你小子听天由命吧。

接着从兜里掏出事先准备好的锥子，照着红鬃马的屁股狠狠扎了下去。

为遮人耳目，他可着嗓子喊道："马惊了，抓紧了啊！"

受惊的红鬃马拉着轿车不管不顾地朝前奔去，不多久便听到一声巨响，轿车摔倒了沟底。

再说刘管家听到黑贼的喊声，知道事情不好，赶紧叮嘱云龙道："快坐起来，抓紧扶手！"

"爷爷，您自己小心，别……"没等单云龙把话说完，刘管家感觉轿车像是飞了起来，还没反应过来是怎么回事，轿车已经"轰隆"一声到了沟底。

不知过了多久，刘管家从昏迷中醒了过来。他感觉自己浑身疼痛，所幸头脑还比较清醒。他想站起来，但试了几次都没有成功，这才发现自己的右腿已经断了，鲜血顺着破烂的裤腿淌在地上，染红了周围的杂草。看看身旁，不见了单云龙，只有红鬃马匍匐在地上，已经是奄奄一息。刘管家想呼喊单云龙，可喉咙像被什么东西堵住似的发不出声。勉强用一条腿支撑着爬起来往远处看，只见单云龙横躺在地上一动不动。刘管家强打精神，一点点向云龙爬去。到了跟前，发现一根尖利的树枝从云龙胸膛里窜出来，他已经没了呼吸。刘管家抱着云龙的尸体拼命哭喊："云龙！云龙……"

想想前后发生的事情，再想想黑贼出事前说过的话，刘管家终于明白了一切。他不禁为盼人穷的蛇蝎心肠所愤慨，又后悔没有让云龙提前下车，伤心的泪水和着血水顺着饱经沧桑的脸颊流了下来，一滴滴洒在云龙冰冷的尸体上。

刘管家真想大骂盼人穷一顿，可他连张嘴的力气都没有了，只能在心里骂道："盼人穷，你个挨刀子的，你的心比狼还毒，你不得好死！"

注：
①獾油——用獾仔熬成的油，当地百姓用来治疗烧伤。
②狼怕摸，狗怕撒——摸，指用手在地上假装抓东西。撒，指用木棍顺着地面横扫。

九／单家的新家法

再说黑贼眼见轿车跌下悬崖，他手脚并用顺着陡峭的山岭下到沟底，眼前的情景令他完全没有想到。轿车摔碎了，红鬃马摔死了，单云龙也被树枝扎死，只有刘管家还在喘气。他冲刘管家撂下一句："对不起了。"之后爬上野狼沟，急匆匆回庙北村报信。

听黑贼说完事情经过，得知大儿子被摔死，盼人穷心里咯噔一沉，不觉悲从中来。想起贾刀笔的话，他又坦然起来，心里骂道：谁让你负老子哩，活该！

见盼人穷不说话，黑贼问道："东家，云龙和刘管家还在沟底，怎么办？"

"怎么办？快去找人把他们抬回来。"

这时，只听有人大声说道："慢！"只见贾刀笔背着手走了进来，他对一旁发愣的黑贼说道："你先出去外边待一会儿，叫你再进来。"

黑贼答应一声出去了。

贾刀笔对盼人穷说道："东家，你不是说眼下有两件紧要的事要办么？"

"是的，为单府上下立规矩，还有胡桑庄的事情。"盼人穷回答道。

"那咱就先从立规矩做起，眼下这件事正是立规矩的好时机。"

"从何说起？"盼人穷问道。

"轿车出了事，刘管家的家人要来讨说法，大儿媳妇及娘家人也可能寻麻烦，再一方面，如何处理黑贼？我们从这些事入手，立好单家的规矩。"

盼人穷一听有道理，立即来了精神，他问贾刀笔道："怎么个立法？"

"听我的就是了。"

"好，听你的。"盼人穷说道。

征得盼人穷同意，贾刀笔冲外边喊道："黑贼，你进来。"

黑贼答应一声走了进来，贾刀笔吩咐他道："你去找几个人把大少爷的尸首抬回来，不许抬刘管家，但可以让人去刘家庄报信。"怕黑贼没弄清楚，贾刀笔追问道："听明白了吗？"

"明白了。"黑贼回答。

"说一遍。"

"把少东家的尸首抬回来，告知刘管家的家人，让他们自己去救人。"

"很好，你去办吧。"

贾刀笔心里清楚，这是自己到单府的第一炮，一定要打得响，打出自己的威望来。见黑贼答应一声出去了，他回身坐在太师椅上，跷起二郎腿，嘴里哼起了小曲《走绛州》：一根扁担，软溜软溜软溜软溜溜呀呼嗨……

见贾刀笔一副悠然自得的样子，盼人穷问道："为啥不把刘管家抬回来？"

贾刀笔脖子一梗回答道："为啥？单府不能支这个软门市！"

"我不明白，你说说清楚。"

贾刀笔理直气壮地说道："马受惊摔伤了他，又不是干活摔的。再说单家为了送他也付出了大代价，轿车摔坏了，马摔死了，连少东家也摔死了。咱再把他抬回来为他治伤？哼，门都没有！不找他赔咱银子就算便宜他了。"

"这事你说的在理，可还有一件事该咋办？"盼人穷问道。

"什么事？"

"云龙媳妇那边，死了丈夫，她不会闹事吧？"

"她闹什么事？"

"刚过门两年就死了丈夫，肯定很伤心，咋会不来闹事？还有她娘家人，肯定也会过来找事。"盼人穷说道

"找什么事？单云龙自作主张去送刘管家，作为妻子，没看管好自己的男人是失察！这个锅得由她背！"他接着说道，"单府的新家法得加上这一条。"

话虽是这样说，可盼人穷的心里终归有点愧疚。刘管家身为自己的恩人，为单府辛苦了一辈子，临了落了个身坠悬崖。云龙媳妇年纪轻轻死了丈夫，心里想不开也属正常。他们来找事理所当然，贾刀笔能有什么办法应对？想到此盼人穷问道："管家，他们来找事，你真有办法应对？"

"东家尽管放心，我自有办法。"知道盼人穷有疑虑，贾刀笔决定让他见识见识自己的手段，"刘家人找事是明早个早饭以后的事，咱们先办云龙媳妇的事，你着人去叫她，看看我是怎么息事宁人的。"

"好，我倒要看看你贾师爷的本事。"盼人穷对门外喊道，"来人！"

小梅应声走了进来。盼人穷吩咐道："去找云龙家的过来。"

小梅答应一声走了出去，贾刀笔叮咛道："东家，云龙媳妇来了你不要多说话，只管看我的眼色行事。"

"知道了。"

说话间云龙媳妇哭哭啼啼来到厅堂。

云龙媳妇名叫单小莲，时年十七八岁，人称"黑牡丹"。小莲家虽然姓单，但与家大业大的单府完全不能比，是实实在在的小户人家。出生在穷苦人家，但贫穷难掩小莲倾国倾城的姿色，破衣烂衫遮不住她迷人的身材。村里人常常将她和单淑娟相比较，单淑娟身上或多或少留有南方姑娘的气质，单小莲则是典型的边山美女。人们都说，单淑娟面色是白里透着红，单小莲是红里透着白，单淑娟是白牡丹，单小莲是黑牡丹。黑牡丹的美貌名扬边山一带，迷倒了无数青年，人们纷纷传说庙北村出了个"单贵妃"。有好心的邻居甚至提醒黑牡丹爹妈少让女儿出门，免得被皇帝选了妃子。黑牡丹的这些特点正是盼人穷所看重的，因而成了单家的儿媳妇。

进了厅堂，黑牡丹强忍住哭泣，抽抽泣泣叫了一声"爹"，接着向贾

刀笔施礼道："管家好！"随后在一旁站定。

贾刀笔暗自感叹，果然是一副美人坯子。他没有向黑牡丹让座，也没有表示问候，只是冷冰冰地问道："云龙媳妇，云龙去刘家庄的事你事前知道吗？"

"回管家，我事前并不知道。"

"真不知道？"贾刀笔追问道。

"真不知道。"

贾刀笔突然厉声说道："作为妻子，竟然不知道丈夫的行迹，这是严重失察。"贾刀笔的声音越来越严厉："你的失察导致丈夫坠崖身亡，按单府家法应该严惩你才对！"

"这……家法……"黑牡丹一下子被说蒙了，"哇"地一声大哭起来，冲着盼人穷哭诉道："爹，我恓惶啊，您可得给我做主啊！"

盼人穷正想安慰黑牡丹，贾刀笔赶紧使眼色挡了回去，接着对黑牡丹说道："按家法应该打你二十大棍，但这个家法是新订的，你这个事情发生在之前，看在你嫁到单家后孝敬公婆、规矩做事的份儿上，东家决定不处罚你了。但你要称称自己的分量，以你娘家那般光景，今后要想在单府好好活下去，就要管住自己的嘴。云龙这事不是什么好事，不可对外人再讲，更不可对娘家人乱说，这也是新家法，否则两罪并罚，可就不是二十大棍了，你那副小身板能不能经受得住，自己掂量掂量！"

原想着公爹叫自己过来是要安慰自己，没想到却被管家呵斥了一番，黑牡丹心里那份委屈实在是无法用语言形容。她明白管家的话，自己娘家穷没势力，自己嫁到单家后也没有生下一男半女，确实没有任何叫板的资本。黑牡丹也清楚，有钱人家像自己同样境况的小寡妇被逼无奈，上吊、坠崖的大有人在。想到这里，她强忍悲痛答应道："知道了，我不会出去乱说。"

"好的，你去歇着吧。"刘管家说道。

黑牡丹答应一声，哭哭啼啼地回房间去了。之后黑牡丹果然听话，一直到单云龙下葬，也没有说什么。她娘家人也表现得规规矩矩，没有提出任何要求，这是后话。

亲眼见证了贾刀笔的果断与干练，盼人穷竖起拇指道："管家，真有你的。"

贾刀笔微微一笑："哼哼……这算什么？明早个让你看看更精彩的。"

再说刘管家这边，也真是命不该绝。万般无奈之际，恰巧本村一个采药老汉路过。见刘管家伤势严重，老汉赶紧把自己采的中药捣碎，敷在刘管家伤腿上止住血，然后撕碎衣裳进行了包扎，之后背着他慢慢回到家里。

刘管家生育有三女一男，家境并不好。靠着在单家打工收入的银子，打发三个女儿出嫁，并为儿子娶了媳妇。不承想儿子二十多岁早亡，儿媳妇改嫁，留下孙子顺子由刘管家老两口抚养。眼看顺子到了婚嫁年龄，刘管家原想着再在单府干几年，攒点钱为孙子娶媳妇，没想到被单府解雇，希望成了泡影。

听说刘管家摔伤了，亲邻们纷纷过来看望。听刘管家讲明原因，都骂盼人穷不是人，大伙商定第二天去单家讨说法。

第二天一早，刘家亲朋顾不上吃早饭，匆匆抬着刘管家来到单府门口，大老远就喊着："单东家，你没良心，你出来！"一边喊一边准备冲进单府找盼人穷讲理。

单家这边早有准备。护院的长工每个人都准备了一根粗壮的降龙木棍，早早埋伏在单府大门之内。见刘家庄人到了跟前，贾刀笔一声令喝，几十个小伙子手持棍棒冲出大门分立两侧，虎视眈眈看着刘家人。贾刀笔随后背着双手走出大门，冲刘家人问道："哪里来的歹人，大清早的乱喊什么？"

明知故问，还骂自己是歹人，本来就气愤难平的刘家人更加来气，顺子质问贾刀笔道："我爷爷为单府辛苦了一辈子，临了被赶出单家摔断了腿，单府竟然不管不问，你们还是人吗？"

贾刀笔哪里肯示弱："你这个娃嘴上无毛，说话不牢，什么叫赶出单家摔断了腿？你爷爷被解雇，他就不再属于单府的人，回家是他个人的事，与单府无关。东家好心送他回家，途中轿车坠崖出了事，摔死了单家大少爷。我们有理由怀疑你爷爷心怀不满，故意让马受惊，不找你们家算账就是二十四成了！你们要见东家干什么？若是赔银子拿出来，否则就滚开！"

见贾刀笔这么不讲理，刘家亲朋喊道，我们不跟他说，找他们东家去

061

九　单家的新家法

说理！说着话抬着刘管家往大门冲过去。

贾刀笔一声喝："打出去！"

黑贼一马当先，领着单府的人抡起木棍朝刘家人打去，刘家人顿时被打得头破血流。

刘管家一看不好，大声喊道："不去了，快走，快走！"

单家人举着棍棒，一直把刘家人搡到离单府大门几十丈远的地方，方才退回到大门两侧。

见单家人这般阵势，刘管家知道盼人穷这是要跟自己硬抗到底。硬拼肯定不是单家对手，他劝自家人："君子报仇十年不晚，把伤口包扎好，咱们回家吧。"

看看确实惹不过单家，刘家亲朋只能包扎好伤口，抬着刘管家回了刘家庄。

见刘家人撤了，贾刀笔着人通知单府上下所有人到大门口集合，说是要宣布新家法。

自善东家去世后，单老太太很少出自己房间。听丫鬟来报，说新来的管家要宣布新家法，让所有人都去大门口听。单老太太心想，这新来的管家这是要干啥？家法又不是朝廷大法，犯得着这么来吗？带着满腹疑惑，单老太太在丫鬟搀扶下来到大门口，想看看究竟。

刚到门口，就听贾刀笔大声宣布：

朝廷有王法，单府有家法。

家有千口，主事一人。即日起单府所有大事小情均须报请东家单锁银决定，若有私自做主者严惩不贷。

……

宣布完家法，贾刀笔接着说道："黑贼办事不力，酿成大祸，本应打二十棍，但出事之后处理得当，对刘家闹事的人敢拼敢打，功过相抵，决定责打其十大棍。"说完让伙计们把黑贼按在地上，打了十棍。

看完贾刀笔一番表演，单老太太心想，这分明是在针对我！不由得哀叹，老爷，你怎么不带我一起走啊？！

与母亲的伤感恰恰相反，凤儿感到从未有过的兴奋。记得说书人曾说过一句话：官凭印，虎凭山，老婆家凭得男子汉。眼见得单府的人打跑了刘家人，又宣布了新家法，她感觉丈夫就像戏里边的朝廷，管家就是那个宰相，家法就是朝廷的王法。这样想来，自己应该就是皇后，凤儿只觉得自己高大起来，心想今后单府上下谁还敢不听话，边山一带谁家还敢来单府闹事？！

注意到了单老太太的不快，凤儿不解地问母亲道："妈，单府今儿个发生的事多让人提气，您为啥不高兴？"

单老太太一辈子就生了一个凤儿，对她的精心呵护用再好的语言也无法描述。小时候关照她也就罢了，即使凤儿成年之后，单老太太也一直把她当小孩看，时时处处不忘关心与照顾，就连凤儿生的几个孩子，也都是单老太太同韩妈一手侍弄大的。凤儿仅是生了云龙他们而已，喂奶喂水、拉屎拉尿、穿衣睡觉，啥都没管过。毫不夸张地说，四十岁的凤儿，一直生活在单老太太的掌心里。

从贾刀笔宣布的新家法中，单老太太觉察出了盼人穷的野心，不免为单府的前途担忧，更为女儿今后的境遇感到不安。面对女儿的问话，单老太太不知道该如何回答，只能不住地叹气。

见母亲一脸愁容，憨厚率真的凤儿更加不理解，不住地追问道："妈，您有啥不高兴，为什么叹气？"

"憨女子，你慢慢就知道了。"单老太太心事重重地说道，"往后做事小心点，妈恐怕也护不了你了。"

凤儿一头雾水，不解地摇摇头。

十／狼狈为奸

　　贾刀笔初到单府显露的几招，让盼人穷打心眼里佩服。自认为是只狼，心够硬，没想到贾刀笔比狼还狠。他坚信两人联手，一定能称霸边山一带，想吃谁吃谁。

　　通过更换长工和佣人、更换新管家、制定新家法，盼人穷在单府彻底站稳了脚跟。想想胡桑庄缴纳租银的事，盼人穷心里暗道，该是有所改变的时候了！

　　亲历了多年帮助胡桑庄人缴纳地租的事，盼人穷感觉胡桑庄人日子过得并不赖，光景比庙北村大多数人家要好，好嫉妒的性格使得他心里难受。盼人穷不止一次在心里骂道，一群山毛子，日子过得比川里人还舒服，简直岂有此理！

　　之前转交租银的事一直由善东家办理，自己说话不算数，整不了山毛子，如今自己掌了权，该整整他们了。

　　这天早饭后，盼人穷一边想着心事，一边在屋里踱来踱去。算算日子，该是胡桑庄人来交租银的时候了，他嘴里不住念叨着："不能白给他们跑腿，得有点好处才行。"

　　再说贾刀笔吃过早饭，正在房间过烟瘾，丫鬟小梅来叫，说东家有请，贾刀笔翻身下炕来到厅堂。

　　"东家，什么事？"贾刀笔问道。

　　"之前跟你说过胡桑庄的事，过两天他们要来交租银，我想提前跟您商量一下，看看这事该怎么办？"

"这事有什么麻烦吗？"

"麻烦倒是没有，可是我想找点麻烦。"

贾刀笔不明白盼人穷的意思："不是说没麻烦么，找什么麻烦？"

盼人穷这才把这么多年为胡桑庄人代缴租银的事原原本本讲了一遍，然后谈了自己想从中获利的想法，想问问贾刀笔可不可行，有几成把握。

"别着急，你先把胡桑庄的基本情况跟我说说。"

"胡桑庄有二十多户人家，一百余口人，耕地大概有二百余亩，不过都是看天吃饭的边坡山地。"

"还有别的收入吗？"

"胡桑庄方圆几十里全是遮天蔽日的树林子，春夏季节能在林子里采集中药，秋天还能收获柿子与核桃，冬天用木柴烧木炭，这些都能换银子。"

"就这些吗？"

"就这些。"盼人穷回答。

"嗯……让我核算核算。"贾刀笔回房间拿来算盘，噼里啪啦一阵响，随后问盼人穷道："他们每年交多少租银呢？"

"十两。"

"一直是十两吗？"

"对，一直是十两。"

贾刀笔干咳了两声："我粗算了一下，胡桑庄人一年的各项收入加起来总共有三十多两银子，租银可以涨到三十两。"

"总共才收入三十两银子，全交了地租，他们还怎么活？"

"东家，您怎么忘了呢？除了土地，胡桑庄还有大片树林，这可是取之不尽用之不竭的金库、银库啊！"

盼人穷眼睛发绿了："对对对，这树林子就是金库、银库，看来我是只想到了芝麻，没有想到西瓜。"盼人穷再次为贾刀笔的精明而高兴："还是管家高明，那我们就跟他们说租银涨到三十两，交给州衙十两，剩下的归咱们。"

"这事不能操之过急，咱先少涨一点试试，看看山里人的反应，然后再一步步来。"

盼人穷问道:"管家的意思是……"

贾刀笔对着盼人穷一阵耳语,贾刀笔听得眉开眼笑。

话题回到胡桑庄这边。

王居汉一大早从土炕上爬起来,急匆匆吃过早饭,肩上搭着核桃、葛根等山货,外带两只野兔还有几只鹌鹑,手里拿着砍刀,怀揣乡亲们拼凑的租银往庙北村赶去。

下午时分,王居汉气喘吁吁来到单家门口。王居汉抓了两把核桃递给看门人,亲切地说道:"亲姑子,告知一下刘管家,就说我来了,让他禀报东家。"

"王主事,刘老汉已经不是我们管家了,单府现在的管家姓贾。"

"哎呀呀,真是对不起,那就请你告知贾管家,说我来了。"

"好吧,你等着。"看门人说完就去找贾管家,王居汉站在大门旁等候。

片刻工夫,看门人出来了,却不见管家的影子,王居汉问道:"怎么不见管家出来,有事情走不开吗?"

"哪里是走不开,管家正和东家吵架哩,我不敢打断他们,要不你直接去找他们吧。"

管家跟东家吵架……这怎么可能?王居汉疑惑地问道:"这新来的管家什么来头,敢跟东家吵架?"

"我哪里知道,你自己去看看就知道了。"

东家跟管家吵架,自己一个外人,又不明就里,该躲避才对。反过来一想,躲避不合适,应该去劝劝他们才是。

怀着矛盾的心情,王居汉向单府厅堂走去。

刚到门口,就听见盼人穷大声叫唤着:"胡桑庄多年来一直交这么多租银,我一主事就要增加,这不行!"

接着就听见有人辩解道:"东家,这是绛州衙门刘学正决定的事,又不是我的意思,您冲我发什么火?"

"我不管谁的主意,反正租银不能加!"

……

原来两人是因为胡桑庄的事情在吵架，王居汉心想这事躲不过去，我得问问清楚。

刚准备进门，只听盼人穷吵吵道："反正我不同意加，要加你跟胡桑庄人去说。"接着就见一个人被推了出来，正好跟自己撞了个满怀。

那人不好意思地拱拱手道："在下贾福禄，单府管家，不好意思撞到您了，请原谅！"

王居汉赶紧客气道："没关系，没关系！"

"这位客人以前没有见过，不知来单府所为何事？"贾刀笔问道。

豪爽的王居汉看不惯贾刀笔酸溜溜的做派，可初次见面又不好直说，便直言直语道："山里人不爱说客套话，我是胡桑庄的王居汉，来单府一为看东家，二为送租银。"王居汉接着说道："没想到正巧碰上你们两个吵架，真不好意思！"

"哎呀呀，原来您就是王大主事啊，我跟东家正说你们租银的事哩，正好您来了，我们进屋一起跟东家说吧。"

听到两人的说话声，盼人穷迎出屋外，满脸堆笑道："王主事，稀客呀，赶紧屋里请。"

盼人穷和贾刀笔迎着王居汉进了客厅。

看着王居汉身上的大包小包，盼人穷假装客气道："亲姑子，来就来了，带这么多东西干什么？"

王居汉擦擦脸上的汗水说道："来亲姑子家总不能空手吧？！"

"这鼓鼓囊囊的都是些啥呀？"盼人穷问道。

王居汉放下身上的包裹说道："就一点山货，虽然不值钱，但也算是稀罕东西，常言道：'要吃飞禽鸽子鹌鹑，要吃走兽野兔狗肉'，这几只野兔和鹌鹑是乡亲们打的，给东家尝尝鲜。"

"那就谢谢亲姑子了！"盼人穷让下人收起王居汉送来的东西，接着明知故问道，"亲姑子是送租银来了吧？"

"亲姑子猜得真对，我正是送租银来的。"

盼人穷收起脸上的笑容道："亲姑子，我正跟管家说这事呢。"他假装生气的样子对贾刀笔说道："你跟王主事说吧。"

贾刀笔问王居汉道:"请问王主事,你带了多少银子来?"

"十两呀,这么多年都是这么多,从来没有变过。"

"绛州衙门刘学正大人说了,地租多少年都没有变过,今年得涨一涨。"

"今年不能涨!"盼人穷插话道,"我刚主事就涨,这让胡桑庄的乡亲们怎么看我?"

"这事跟你没有关系,是衙门里要涨。"

"怎么能没关系?你说衙门里要涨,胡桑庄的乡亲们又不知道谁要涨,还不得怨到我的头上。"

"这事跟东家真没关系,确实是刘学正要涨的。"

"你口口声声说刘学正要涨租银,总不能凭你嘴说吧,你拿出字据来。"

"好好好,你们等着,我这就回房间去拿。"贾刀笔说完话就出去了。

见盼人穷还在生气,王居汉问道:"东家,这个新来的管家什么来头,怎么刚来就敢跟你闹别扭?"

盼人穷愤愤不平道:"这个贾福禄跟绛州衙门的刘学正私交很深,刘学正硬要推荐他来单府当管家,不然我怎么会辞退刘老管家,我们家云龙也不会那么惨,可怜他年纪轻轻就……就……"盼人穷也不知道是真难受还是假难受,捂住眼睛"呜呜呜"哭出了声。

听了盼人穷的话,王居汉赶忙问道:"云龙……云龙他怎么了?"

"怎么,你不知道吗?"

"我们深山沟沟消息闭塞,不知道出了什么事。"

"都怨这个贾管家,因为他我不得不辞掉刘老管家。"盼人穷一边抹眼泪一边说道,"我寻思着老管家在单府辛苦了一辈子,又是我的救命恩人,就让云龙去送他老人家,没想到马车在野狼沟翻到沟底,云龙给摔死了,呜呜呜……"

"啊!云龙他不在了吗?"王居汉忽然感到一阵晕厥,一屁股坐在地上。想想活蹦乱跳的云龙说没就没了,王居汉的眼泪似泉水般涌了出来,嘴里不住念叨着:"云龙是个好娃,云龙是个好娃……"

因为经常来单府的原因,单云龙与王居汉十分熟识。从小心地善良的云龙,每次见王居汉来单府,都会一边喊着"伯伯",一边高兴地跑过来,又是帮王居汉擦汗、拍土，又是帮着拿东西。

有一年秋收后，王居汉带着女儿妞妞来单府送租银。从未离开大山的妞妞，看见单府的啥东西都觉得好奇，对云龙手里的玩具更是感到新鲜。云龙见妞妞喜欢，毫不吝啬把自己所有好玩的东西都送给了她，临了还把自己积攒的碎银子一股脑给了妞妞，说是让她买好吃的。

孩童时代，由于年少无知，在村里碰见王居汉时，云龙会和同伴们一道起哄，追着王居汉大喊："山毛子，山毛子……"稍大一点懂事了，云龙知道了山毛子的意思，再也没有喊过山毛子，也不准别人喊王居汉山毛子。黑贼刚到单府时，不知道这个情况，喊王居汉山毛子，云龙为此大怒，差点跟他动手打起来。

王居汉万万没有想到，完全继承了单家优秀传统，有着善良性格的云龙会突然去世，实在是悲痛至极。

见王居汉悲伤的样子，想想云龙年纪轻轻就不幸离世，盼人穷不觉动了真情。他一边搀扶王居汉从地上站起来，一边悲声说道，"云龙确实死得可惜，可人死不能复生，我们都节哀吧。"

这时贾刀笔进来了，他从怀里掏出一张字条，冲二人说道："这是刘学正亲笔写的字条，我念给你们听听。"贾刀笔接着念道："兹决定胡桑庄交给绛州衙门的租银由十两涨为十五两，此事着贾福禄办理。"贾刀笔晃晃手中的字条说："白纸黑字，我没有骗你们吧？"

深陷云龙不幸去世的悲痛之中，王居汉没有完全听明白贾刀笔在说什么，那边盼人穷已经在打抱不平，他十分生气地说道："就算你真有字条也不能涨，实在不行这地就不租了。"

贾刀笔一副轻松的样子："刘学正说了，如果胡桑庄人嫌租银贵，可以不租，州衙收回土地另租于他人。"

盼人穷脖子一梗道："不租就不租。"

"哈哈，不租正好，咱们也不用怄气了，两省事。"贾刀笔问王居汉道，"王主事，你说这事咋办，加租银还是按东家说的，地咱不租了？"

缺少弯弯绕的山里人被两人的双簧给弄懵了，王居汉一时不知道该怎样回答，涨红着脸半天说不出话来。

租银确实是多年没有涨过，涨是应该的，但一下子从十两涨到十五两，有点难以接受。可胡桑庄人世世代代生活在大山里，一直靠那片土地过活，失去土地怎么行呢？想到这里，王居汉对贾刀笔说道："既然衙门里说了，我们尽量照办。但这毕竟不是小事，我得回去跟乡亲们知会一下，如果大伙没有意见，我过几天收齐银子送来，这样行吧？"

"行，行，当然行！"贾刀笔回答道。

"这事不能答应！"盼人穷装出打抱不平的样子说道，"一下涨这么多，决不能答应！"

王居汉叹息一声："唉！不答应有什么办法？乡亲们总不能搬出胡桑庄吧？！"

"还是王主事说得对。"贾刀笔接着王居汉的话说道，"庄稼人靠种地过日子，没了土地怎么过活，难道能四处流浪，讨吃要饭不成？"

"贾管家，你能不能跟刘学正说说，少涨一点？"王居汉问道。

"这话我已经说过了。"贾刀笔接着说道，"我跟刘学正说，几两银子对州衙不算啥，可对胡桑庄人就是个大数字，反正银子也到不了自己腰包，何必那么认真，少涨点吧。"

王居汉和盼人穷异口同声道："他怎么说？"

"刘学正坚持要涨五两银子，说不同意涨租银就收回土地。"

话说到这里，王居汉只能无奈地说道："你们都尽力了，本人十分感谢，涨租银看来不可避免，我尽快回去告知乡亲们。"

盼人穷挽留道："天不早了，先到厨房吃饭，明早个再走。"

以往送租银，王居汉都要在单府吃饭，然后留宿一夜，第二天吃过早饭再返回胡桑庄。这回哪里还有心思吃饭，他回答盼人穷道："饭不吃了，我尽快赶回去同乡亲们商量，如果大伙儿对涨租银没啥意见，就尽快收齐银子送过来。"

"这样说我就不留你了。"盼人穷转身对贾刀笔说道，"去送送王主事。"

"好勒。"贾刀笔对王居汉说道，"王主事，请。"随后送王居汉出了单府大门。

其实刘学正交代贾刀笔办理涨租银的事纯属子虚乌有，盼人穷与贾刀笔也就是欺负山里人不识字，所以才编造了刘学正写字条的情节，没想到轻而易举就骗过了山里人。

　　看着王居汉远去的背影，盼人穷心里一阵窃喜：山里人竟然这么好糊弄！

十一／新管家的点子

话说王居汉回到胡桑庄之后，告知了绛州衙门要涨租银的事。心地实在的胡桑庄百姓听说州衙要涨租银，涨得也不多，因而丝毫没有多想，也没有一人表示反对，很快凑齐银子让王居汉送到了单府。

轻而易举骗得五两银子，既惩治了山里人，又得到了好处，盼人穷心里美滋滋的，他决定继续玩这种瞒天过海的把戏。

这一天，他叫来贾刀笔商量道："你说租银可以涨到三十两，这才涨到十五两，下一年咱还用这办法，来个一步到位，你看行不行？"

"东家，这种方法只能用一次，用多了就会露馅。"贾刀笔说道。

"那你说咱们下一步该怎么办？"盼人穷问道。

"我也一直在想这个问题，与其骗胡桑庄人，不如从根本上解决问题，来个一劳永逸。"

盼人穷听不懂，他问贾刀笔道："什么叫一劳永逸。"

"一劳永逸就是费一次事，以后再也不需要费事了。"

"哦，明白了。那怎么做才能一劳永逸呢？"

"胡桑庄的山林归了咱们村，那不就一劳永逸了嘛！"

贾刀笔像是在问盼人穷又像是在问自己，"怎么才能让胡桑庄的山林归了咱们庙北村呢？"

是啊，怎么才能达到这个目的呢？贾刀笔与盼人穷都不说话了。

突然，盼人穷打破了沉默："我想起来了，以前好像听人说过，胡桑庄山林本属于山神庙的庙产，后来才交给官家的。"

"既然属于山神庙庙产，那为啥要交官呢？"贾刀笔问道。

"听说是因为防火，州衙官差常常来巡视，三庄人嫌麻烦，就把那部分山林交给了州衙。不过这只是传说，不知是真是假。"

"不管是真是假，咱就当真有这么回事。"贾刀笔说道，"胡桑庄山林是山神庙庙产，就等于属庙北村、庙东村、庙西村三庄所有，这事就好办了。"

盼人穷瞪大了眼睛："怎么办，快说说。"

"咱们在刘学正身上下点功夫，把胡桑庄的土地划归山神庙。"

"你说吧，打点他得多少银子？"

"这个刘学正新来不久，我和他不认识，不了解他的底细，得先打听一下。"

"行，那你尽快打听。"

"明早个就去州城，你跟我一起去吧。"贾刀笔说道。

"我又不认识人，去干什么？"

贾刀笔不以为然道："去干什么，去干你喜欢的事。"见盼人穷一时没有转过弯来，他点拨道："难道你那个夫人就那么招人喜欢？"

盼人穷狠狠地呸了一口："那个斜眼子，我看见她就恶心。"

"打听刘学正的情况需要去惜春院找老鸨子，我们顺便去快活快活。"

"原来你是这么个意思。"盼人穷禁不住一阵激动，"好好好，咱明早个一起上绛州城。"

第二天，贾刀笔和盼人穷乘坐轿车，早早来到惜春院。刚到门口，老鸨子便迎了上来："两位爷，多日不见，姑娘们想死你们了，快快请进，看上哪位了随便挑。"

"先别忙，先别忙。"贾刀笔叫过老鸨子"你先挑个姑娘伺候我们东家，我不忙,先跟你打听个事。"

"好嘞!"老鸨子安排姑娘陪盼人穷进了雅间,接着问贾刀笔道,"什么事?"

"跟你打听个人。"

"什么人?"

贾刀笔摒退围在身边的姑娘,悄悄跟老鸨子说道:"绛州衙门的刘学正。"

这老鸨子长期混迹于风月场,上至州衙官僚,下至盗贼乞丐,与三六九等各色人都很熟,对刘学正尤为熟悉。贾刀笔从她那里了解到,举人出身的刘学正属于官二代,其父曾任某省按察使。道光年间,州县一级衙门一般不设学政一职,但因绛州辖内教育比较发达,加上刘学正的官二代背景,所以设了专管教育的部门。在绛州衙门,刘学正为官还算比较清廉。可能是因为家境富裕不缺银子的缘故,坊间传说不少人向他行贿,都被退了回去。非但如此,与一般官吏和富家子弟不同,他不抽洋烟,不酗酒。

"难道他就没有一点别的嗜好?"贾刀笔问道。

"倒也不是。"老鸨子回答道,"他唯一的嗜好就是好色,自己家里除了原配还有两房小妾,可他还时常光顾我这惜春院,要不然我也不会跟他熟识。"

"哦,知道了,谢谢你帮了我的大忙。"

"谢什么呀,有空多来惜春院几趟就行了。"老鸨子接着问贾刀笔,"这下该去抽两口了吧?"

贾刀笔会心地一笑:"好嘞。"

老鸨子呼唤一声:"姑娘们,伺候着!"

一群花枝招展的姑娘随即围了上来,贾刀笔点了一个喜欢的,进雅间享乐去了。

一夜风流,第二天早饭后,盼人穷和贾刀笔坐上轿车往庙北村赶。

盼人穷问贾刀笔道:"打听清楚了吗?找刘学正需要多少银子?"

贾刀笔回答道:"找刘学正办事用银子不行。"

"怎么,还有用银子办不了的事?"盼人穷不解地问道,"那还有什么能办得了事呢?"

"听说过美人计吗？"

盼人穷摇摇头："没听说过，啥叫美人计？"

"真是的，连这都不知道。"贾刀笔解释道，"美人计就是……就是……"贾刀笔急得涨红了脸，实在想不出一个准确的词语来。

"哎呀，我不是没念过书嘛，你就说怎么干就行了，别这计那计的，我听不懂。"

"美人计就……就是找一个女人跟刘学正睡觉。"

"找哪个女人呢？"盼人穷问道。

"当然是找年轻漂亮的。"

"这还不好办嘛，惜春院里那么多漂亮姑娘，咱花钱找一个不是很容易吗？"

"惜春院的姑娘虽然漂亮，可那是窑姐，窑姐还需要你去找吗？"

"那你说去哪里找？"

"得在村里找，窑姐刘学正腻味了，但是边山带有野味的姑娘他一定喜欢。"

盼人穷为难地问道："村里谁家年轻女子肯干这事？"

"少女不行，少女太干瘪，刘学正不一定喜欢，得找一个刚过门不久的年轻媳妇。"

盼人穷明白了，得从身边找一个漂亮少妇。可这漂亮少妇从哪里找？他不住念叨着："哪里找，哪里找……"

见盼人穷发愁的样子，贾刀笔急了："哪里找，咱们身边不就有现成的吗？"

盼人穷一愣："你是说云龙媳妇吧？"

"还能有谁？白牡丹和黑牡丹的美名你又不是不知道。你姐之后黑牡丹就是庙北村第一美女，哪个男人见了不动心？虽然是寡妇，可她二十岁还不到，那红里透白的脸蛋，那迷人的腰身，那双细嫩的小手……"贾刀笔想入非非，"这样的大美人，刘学正肯定会一见倾心。"

"可是……"盼人穷感觉有点伤自尊，脸色变得有点难看，"她再怎么说也是我的儿媳妇，这事要是让人知道了，还不得笑话死我。"

075

十一 新管家的点子

"哎呀，我说东家，这事你就没想明白。"贾刀笔说道，"咱把刘学正请到庙北村，吃住都在咱们府上，晚上发生什么事外人谁会知道？"

盼人穷还是转不过弯，他不以为然道："既然这样，那你为什么不让自己老婆去做这事？"

"东家，此言差矣！您知道我是没老婆的主，要是有老婆，这时候肯定会献出来，绝不会有半点吝啬。没听说过那句话嘛，女人就是男人的衬衫，随时穿，随时扔，干大事的人谁会在乎身边的女人？"

见盼人穷迟疑不决的样子，贾刀笔只得说出了自己的秘密："跟你说实话吧，外边传说我老婆跟别人跑了，实际上我老婆是被我送给别人的。"

盼人穷不由一愣，十分不解地问道："怎么回事？"

"当初我吃喝嫖赌败尽家产，就想着在赌场上捞回来。可是我身无分文，哪里来的本钱？思来想去，只好把点子打到我老婆身上。我老婆其实也是我们那一带有名的美女，只不过没有黑牡丹这么漂亮而已。我知道一个富商早就垂涎我老婆的美貌，便主动找到这位富商，表示愿意把老婆典给他一个月，富商当即表示同意，并表示一手交人一手拿银子。就这样我把老婆当面交给富商，从他那里拿到银子去了赌场。"

"结果怎么样呢？"盼人穷问道。

"结果我在赌场又输了个一干二净，老婆也乐得在富商家生活，我落了个人财两空。要是我老婆还在的话，我就把她献给刘学正。"话一出口，贾刀笔感觉不对，随即纠正道，"哎呀呀，我老婆要在的话也已经是人老珠黄，刘学正看不上了。"

"这事好说，你立马娶一个年轻老婆，银子我来出。"盼人穷大方地说道。

"娶一个年轻的容易，可到哪里娶一个像黑牡丹这样的绝色美人？说实在话，自从见了黑牡丹，我连不娶老婆的主意都变了，要不是在单府供事，我真想娶她当老婆。"贾刀笔一激动说出了自己的心里话，"东家，要不这样，您写一纸休书让黑牡丹回娘家，我立马娶了她，您看怎么样？"

贾刀笔这样一说，盼人穷心里不由得打起了小算盘。他心想黑牡丹正是能干活的年龄，在单府一天到晚纺花织布、做鞋做衣，唯一的消耗也就是吃三顿饭，实际就是不花钱的女佣人，休了她岂不可惜？想到此，他反驳贾刀笔道："你想得美，我怎么可能休了她？！"

"舍不得休了她，那就用她去换银子。"贾刀笔接着说道，"这事要是做成了，咱没有任何花费，大把的银子就到手了，这样无本万利的买卖您不做岂不可惜？"

"无本万利……"盼人穷思想开始松动，"你敢肯定刘学正能看上云龙媳妇？"

贾刀笔拍拍胸脯道："我在惜春院见过的姑娘无数，都没有黑牡丹迷人。以刘学正的为人，我敢肯定他喜欢黑牡丹。"

"这种事情要两人同意才行，那云龙媳妇呢，她会同意吗？"

"想当初我决定跟你共事的时候就说过，想做成大事，必须做到两点，一是学习曹孟德，二是为达目的不择手段，你说还要再加一条，你不毒他不服，这些您难道都忘了吗？"

"我……我怎么会忘呢？"

贾刀笔问道："你那个毒劲在哪里呢？以黑牡丹现在的处境，以她娘家的势力，您能容得她不愿意？"

"嗯……嗯嗯……"盼人穷支吾着说不出话来。

"东家，我当初放弃绛州城里的灯红酒绿，跟你到这偏远的地方来，就是看上了你的宏图大志，别忘了咱俩当初的约定。"

盼人穷似有所悟："嗯，有点道理。"

"不是有点道理，而是很有道理。"贾刀笔说道。

盼人穷还是下不了最后决心，他犹豫着说道："这点子虽然好，可这不是一般的事，我得再好好想想，回到家再决定吧。"

"好吧，您再想想，回去了再说。"

十二／穷怕了的姐弟俩

盼人穷和贾刀笔乘坐轿车回到庙北村。

来到单府门口，盼人穷让贾刀笔先行下车回家，自己乘着轿车往庙东村而去。因事关重大，他想征求姐姐单淑娟的意见后再做决定。

远远看见单府的轿车，田大财主家看门人赶紧向主人禀报。

这边田东家与白牡丹迅速整理好衣冠，出门迎接客人。盼人穷与姐夫、姐姐打过招呼，随后进了田府大门，迈入田家客厅。

黑贼在田家下人的帮助下，把牲口拴在大门口的拴马石上，与下人们聊天去了。

白牡丹见弟弟大半后晌来庙东村，知道他一定有事，先吩咐下人奉上茶水，然后叫来管家吩咐道："单大东家来了，告诉厨房准备晚饭。"接着问盼人穷道："锁银，天都快黑了你才来，是有啥急事吗？"

盼人穷回答道："有点小事想跟你商量一下。"说着话轻轻瞥了田东家一眼。

白牡丹会意，她摒退下人，又对田东家说道："别在这里碍眼了，我跟弟弟聊聊天，你先回房去吧，有事了叫你。"

听了白牡丹的话，田东家先是一阵咳嗽，然后喘着气说道："锁银，你……你们说事，我……我先回房休息。"说完在丫鬟的搀扶下出去了。

白牡丹一个女流之辈，为何能在田家如此颐指气使？这里得说说田家的事。

这田家与单家一样，近几代也是人丁不旺。非但如此，田家的男丁寿命都不长，大多在五十岁左右便早早去世。白牡丹丈夫田满屯为兄弟两人，田满屯是老大，弟弟比他小两岁。田家老一辈决定为兄弟两人多娶几个媳妇，以达到人丁兴旺的目的。没想到天不遂人愿，田满屯十六岁就娶了媳妇，三年过去没有生育。于是又娶了一房小妾，然而几年过去还是没有生下一男半女，这才又娶了白牡丹为妾。田家老二更是可悲，先后娶了三个老婆，结果只生了两个女儿，四十岁左右便早早去世。

想当初得知单家要把自己嫁给田满屯时，白牡丹心里那是一万个不愿意。想想自己一个人见人爱的黄花闺女，嫁给一个娶了两房妻子的男人做妾，实在是委屈，她甚至想到了以死相拒。然而，想想悲惨的童年，再想想田家的现状，穷怕了的白牡丹改变了自己的主意。她决定嫁给田满屯，然后成为田府当家人，左右田家事务，进而掌管庙东村。

嫁给田满屯之后，她发现不生育的原因不在其两任妻子，而在田满屯自身。一般女人对这种事情难以启齿，而白牡丹何许人？她可不是一般女人。除了百般"柔情"，主动"央求"田满屯之外，还花重金请了几个郎中为他开方子下药。不懈的努力终于有了结果，白牡丹为田家连生了大牛、二牛两个儿子，还生了一个女儿。在母以子贵的年代，美貌且精明强势的白牡丹凭着儿女双全的资本，又因田家老二早早去世，在田家有了特殊地位，成了实际的田府掌家人。

其实白牡丹的三个儿女，并不一定是田满屯亲生。原来白牡丹有一个相好，这便是田家长工六子。六子比白牡丹小两岁，同单家的黑贼一样，属于捡来的家奴，与白牡丹先后来到田家。可能因为同样有悲惨童年这个缘由，白牡丹一到田家便对表面上文文静静，还是个大孩子的六子有好感。两年之后，六子逐渐长成身材魁梧、相貌堂堂的壮小伙，正值青春年华、火力旺盛的白牡丹从心底里喜欢上了他。利用自己女主人的便利，白牡丹又打又拉，极尽"妩媚"与"柔情"，终于俘虏了六子。这事田府上下都知道，整个庙东村人也都知道，都说白牡丹生的几个孩子根本不像田满屯，而像六子。人们虽然表面上尊称白牡丹为田夫人，背地里都说她玷污了边山女人的贞洁，骂她是淫妇、荡妇。

白牡丹也知道人们在背后指责自己，但她心里有自己的主意，不在乎旁人说什么。她跟六子相好，除了男欢女爱这一面之外，还有更深层次的考虑，那就是希望自己的后代健康，逃脱田家男丁不长寿的噩运。眼见着年近五十的田满屯成天咳嗽不停，时常因喘不上气而面色铁青，一副垂死的样子，她越发庆幸自己与六子相好是走对了路。

说完了闲话，再说正事。

盼人穷见旁人都离开了客厅，这才悄声对白牡丹说道："姐，同你商量一件事。"

"什么事？"

盼人穷于是把自己想侵吞胡桑庄租银，管家贾刀笔出点子用黑牡丹作筹码，让州衙刘学正为自己所用的事情说了一遍，临了问白牡丹道："姐，管家的点子是不错，可是这样做有辱我们家的面子，我实在拿不准，所以想听听你的意见，看这事能不能干？"话一出口，盼人穷觉得心里发虚，赶紧改口道："姐，这只是那个贾刀笔的馊主意，如果您觉得不合适就算了，咱们另想办法，您可千万别生气！"

"这事能干。"

盼人穷有点不相信自己的耳朵："姐，你是说管家说的这事能干？"

白牡丹一拍桌子："绝对能干！"

原想着姐姐可能会大发雷霆，没想到她竟然答应得这么痛快，盼人穷不解地望望白牡丹："姐，这事伤害的是小莲，她可是云龙媳妇啊！"

白牡丹没有直接回答盼人穷，她反问道："还记得咱爹咱妈惨死的情景吗？"

"当然记得，那情景永远忘不了。"

"是的，永远不能忘。"白牡丹眼泪夺眶而出，悲声说道，"还记得那个高门楼子外边发生的事吗？"

盼人穷也哭了："姐，那件事我死也不会忘！"

白牡丹一把抱住盼人穷，两人的泪水流在一起，伤心的往事涌上心头。三十年前的一幕，像大浪一样撞击着白牡丹姐弟俩的心。

逃荒路上，妈妈病倒了。她几天粒米未进，又困又饿，还发着高烧。

看着昏迷中的妈妈，姐弟俩只得拿着讨饭棍，提着破竹篮出去讨饭。缺少了母亲的呵护，饥肠辘辘的姐弟俩相互搀扶着，晃晃悠悠来到一家高门楼子前面。

一群孩子正在玩耍，看见两个小叫花子，领头的大叫："快来看呀，来了两个小讨吃鬼！"

一群孩子笑着叫着像看耍猴一样围了上来，领头的问道："要饭的，想吃馍吗？想吃的话叫我一声爷爷，我去家里给你拿。"

看着比自己还要小的孩子要自己叫爷爷，白牡丹感到莫大的羞辱，眼泪不由得在眼眶里打转转。可是想到妈妈病成那个样子，等着自己要饭回去充饥，只能委屈地叫道："爷爷，给点吃的吧。"

领头的孩子不满意，他大声喊嚷嚷道："不行，你弟弟没有叫，要两个人一起叫才行。"

知道弟弟委屈，白牡丹用瘦骨嶙峋的双臂抱住他的头，悄声嘱咐道："弟弟，为了救妈妈，叫吧。"

姐弟俩一起叫道："爷爷，给点吃的吧。"

边上的孩子们一起跟着起哄："不行，声音太小，大点声！"

白牡丹和盼人穷含着泪水大声喊道："爷爷！"

领头的孩子长长答应了一声："哎！"随即跑回了高门楼。

姐弟俩眼巴巴地看着黑漆大门，生怕那个小魔王不再出来。

还好，片刻功夫，领头的孩子拿着少半个窝头出来了，他冲姐弟俩吼道："讨吃鬼，给你。"

白牡丹伸手正要去接，边上一个男孩一把抢过窝头："等等，不能这么便宜他们。"说着话只见他解开自己的裤腰带，褪下裤子，用窝头在自己的屁股眼上擦了一下，这才举着窝头说道："过来，吃吧，哈哈哈……"

边上一群孩子一起跟着大笑，哈哈哈……

盼人穷只觉得头快要炸开了，他对姐姐说道："姐，咱不要了，咱们走！"

领头的过来拦在姐弟俩前边："怎么啦，臭要饭的还嫌脏？想走没门！今儿个不吃下这个窝头休想离开。"说完他冲门口喊道："虎子，过来！"

一只凶恶的大黑狗冲了过来，瞪着一双凶狠的眼睛挡在姐弟俩前面，吐着长长的舌头，呼哧呼哧喘着粗气。

用窝头擦屁眼的孩子用挑战的口吻讥讽道："走呀，有本事走呀！"

一群孩子又是哈哈哈一阵大笑。

白牡丹注意到孩子群中一个穿着破衣烂衫，掉了两颗门牙，梳着小辫的小姑娘，她笑得那样开心，那个模样深深刻在了心中。

白牡丹擦擦泪水，平复了一下自己的情绪，接着问盼人穷道："那群孩子为什么敢欺负咱们？"

"姐，那是因为咱们恓惶，找他们讨吃。"

"说对了，都是因为咱们穷。"白牡丹气愤难平，"富人手里有银子就可以为所欲为，就可以随便欺压穷人。咱们老家的陈老爷，他老父亲去世，他花银子买来一男一女两个活生生的孩子，陪他老父亲一起埋到墓里边。逃难路上，有钱人欺负穷人的事更比比皆是。"

盼人穷接过白牡丹的话说道："记得那次一个穷孩子不小心踩到一个有钱人的脚，有钱人非要孩子把他鞋上的土舔干净。孩子被吓哭了，他妈妈要帮着舔，有钱人不依，还举着手里的拐棍打孩子的母亲，那情景至今想起来都让人气愤。"

白牡丹若有所思地说道："穷，太可怕了！"

"姐，是的，穷太可怕了，我们再也不能过那种穷日子了。"

"天底下不能都是有钱人，我们不过穷日子，就得有人过穷日子。"白牡丹气呼呼地说道，"想当初我们吃了那么多苦，受了那么多难。为什么不让我们身边的人也受点苦？"

盼人穷接过白牡丹的话说道："是的哩，就得让他们过过我们那样的苦日子，不然太便宜他们了！"

"这就对了。"白牡丹脸上露出一丝莫名其妙的笑容，"我们得让他们难受，让他们哭，我们笑，我们笑笑笑，哈哈哈……"

白牡丹抹了抹眼角笑出来的眼泪，问盼人穷道："记得单小莲小时候穿着破衣烂衫的样子吗？"

"记得，她梳着两个小辫，看见别人吃东西，总是张着没有门牙的小嘴流哈喇子……"

"别说了！"白牡丹感到一阵眩晕，两个破衣烂衫、梳着小辫、掉了门牙的小女孩的影子在自己面前不断晃动，最后重叠成一个人。一个小家小户的穷妮子，成了少夫人，成了富人，还被人称作黑牡丹、单贵妃，名头竟然超过了我白牡丹，岂能容忍？想想当初被人羞辱的场景，白牡丹恨得咬牙切齿："不能让她一直这么安然，得让她遭点罪！"

"姐，你说谁，让谁遭罪呢？"

"还能有谁，就是你那个儿媳妇黑牡丹！"白牡丹接着说道"我跟你说，贾刀笔可真是出了个好主意。用黑牡丹的色相，换取刘学正的字据，真的是无本万利，这样的好买卖你还犹豫什么？"

"姐，我有两点担心，一是刘学正不肯来，二是云龙媳妇不同意。"

"你放心好了，请刘学正的时候我跟着去，保证能把他请到庙北村，只要到了庙北村……"白牡丹颇为自信地说道，"你姐在田家这么多年不只是吃饭生孩子，我琢磨过各种男人和女人，以我做女人的感受，但凡是个男人，见了黑牡丹没有不动心的。"

"那黑牡丹呢，她会同意吗？"

"女人虽然长相不同，但本质是相同的，跟谁睡都一样，跟了谁就说谁好。黑牡丹长得再好也是个女人，跟别的女人没什么两样。"

"可我看黑牡丹像是个真正的边山女人，不是那种很随便的人，不会答应跟刘学正乱来。"

"你又没跟她在一条炕上睡过，怎么知道她是什么人？"

"姐，您说的什么话，黑牡丹是我儿媳妇，我怎么能跟她睡一条炕？"

"我看你就是想不开，啥事情想开点就简单了。为啥认为黑牡丹是你的儿媳妇，不就是因为她跟云龙过了几天吗？如果她跟别人过日子，你会有这样的感觉吗？"白牡丹接着开导盼人穷道，"她没儿没女，赤裸裸一条，跟刘学正睡在一起就是刘学正的相好，跟你睡在一起就是你的小妾。"

083

十二　穷怕了的姐弟俩

“你的意思是只要黑牡丹跟刘学正睡在一条炕上，就会喜欢上刘学正？”

“这还用怀疑吗？只要有利可图，女人随时会改变自己的主意。就说你姐我吧，当初根本就不愿意嫁给你姐夫那个死鬼，可嫁给他之后还不是喜欢上了他，不然怎么会为田家又生男又生女的。”说到这里，白牡丹不免有点不自然，因为她从来没有喜欢过田满屯。

盼人穷没有在乎白牡丹的神态，他是真听懂了她的话。想想黑牡丹那张脸蛋也确实招人喜爱，自己有好多次曾经忍不住想摸一摸她那粉嫩的小手。假如真如姐姐所言，自己想开点，能跟她睡在一个被窝里，这辈子也算没有白活。他怕黑牡丹弄假成真，真的嫁给刘学正，那自己就永远失去了这样的机会。想到此，盼人穷问白牡丹道：“姐，你说的话虽然有道理，可我怕黑牡丹不愿意，为这事闹起来大家都不好看，要不咱换个方式找刘学正吧？”

“黑牡丹没儿没女，在单府也就是个吃闲饭的，有啥资本闹？”

“那她娘家人要是来家里闹该咋办？”

“她那个娘家穷得揭不开锅，多少给一点好处就摆平了，肯定不会闹事。”

盼人穷搓搓自己的脸颊，结结巴巴道：“这……这……”

“这什么这，你是不是有什么别的想法？”白牡丹挑明了说道，“我看你是怕黑牡丹真的跟了刘学正吧？”

“姐，您真是神了，怎么知道我心里想什么？”

白牡丹哈哈一笑道：“知弟莫如姐嘛！这么多年相处，我难道还不了解自己的弟弟？！”

“姐，那你说万一黑牡丹真的喜欢上刘学正，跟他跑了怎么办？”

“这你大可放心，一来黑牡丹不会真正喜欢上跟自己爹一样年纪的男人，二来刘学正不会娶一个寡妇回去，这三嘛，也是最重要的一点，单府不写休书，黑牡丹就不可能再出嫁。”

“哦，这我就放心了！”盼人穷冲白牡丹竖起拇指，“姐，服了，还是你有见识，有主意！”

十三 / 白牡丹的手段

诸位，下面的故事与边山车鼓表演有关，所以得先说说车鼓的事。

绛州锣鼓自古闻名天下，鼓车表演则是绛州锣鼓的一种重要演奏形式。所谓鼓车表演，即把大鼓放在大车上，一边跑一边演奏，俗称跑鼓车。鼓车分马拉鼓车、牛拉鼓车、人拉鼓车三种，最为著名的便是流行在边山一带的人拉鼓车。边山人心直口快、性格豪爽，做事有着鲜明的特色。绛州其他地方跑鼓车全用牲口拉，而边山一带用人拉，鼓车也不叫鼓车，而是反过来叫车鼓。

车鼓表演有着悠久的历史，是边山百姓正月里闹热闹的重头戏，其中以山神庙周围三庄人的车鼓表演最为出名。三庄车鼓比赛由单家、田家、吕家三大财东组织，所需费用除了各家各户的份子钱之外，其余由三大财东兜底。声势浩大的车鼓比赛，每年都会吸引绛州各村及周边各县众多百姓前来观看。

每年冬天，农闲时节一到，三庄的鼓手们便着手为来年正月的车鼓比赛做准备，一边练习打鼓，一边进行身体素质练习。进入腊月，开始对车鼓进行装扮，并进行小范围试跑练习。正月初七、初八，吃过团圆火锅，走完亲姑

085

十三　白牡丹的手段

子的鼓手们开始进行赛前准备，拉着装扮好的车鼓在自家村里进行演习性质的表演。

正月十三是三庄人车鼓比赛的正日，届时三个村子的车鼓队队员早早吃过早饭，各自拉着自家车鼓到山神庙广场集中，然后按照程序进行车鼓比赛。

车鼓表演的重点在于奔跑，哪家跑得快，哪家即为胜者。

车鼓队通常由五十人组成，五十个人各司其职。最前面是打着各自村子名称的旗手。旗手后边，三十个壮小伙手持清一色的降龙木棍，是为开道队。开道队后边，是由十七个能跑善奔的年轻小伙子组成的拉车队，其中一人驾辕，另外十六个人分成两组拉稍，八个人在左，八个人在右，各自拉一根稍绳。最后是车鼓演奏者，一共两名，一人演奏大鼓，一人演奏大镲。

看到这里，可能有人会有疑问，车鼓队是否有点虎头蛇尾？前面那么多人，而参与演奏锣鼓的仅有两人，车鼓表演能精彩吗？

诸位，前面说过，车鼓表演比的是速度。为了跑得快，车的重量就得尽量减轻，演奏员因而只能由两人组成。正因为人少，演奏者得尽量打出花样，方能取悦观众。车鼓演奏者全是当地最优秀的锣鼓演奏者，他们打出的鼓点那是变化无穷，极为精彩。

为便于区别，三庄的旗帜及开道队手中的降龙木棍分别染成三种颜色，庙北村红色、庙东村白色、庙西村蓝色。

车鼓比赛开始，指挥员令旗一挥，鼓手们即刻打起热烈奔放的鼓点，村旗导引，开道队三十个壮小伙一声吆喝：嚎——，随即一边舞动手中的木棍，一边引导着自家车鼓向前飞奔。他们一边跑一边喊：边上靠，边上靠——碾死人不偿命①啊！

沿着山神庙围墙，在热烈的鼓声催赶下，三个车鼓队你追我赶展开激烈角逐。鼓手们尽情释放着雄性激情，人人奋勇争先，个个不甘落后，都想夺取荣耀的桂冠，赢得众人夸奖！

比赛当天，可谓万人空巷，三庄人男女老少全部出动。来自各地的观众，将山神庙四周的道路挤得水泄不通。人们一个个踮起脚尖，瞪大眼睛注视着奔跑的车鼓，只看得心潮澎湃、热血贲张。三庄人一个个扯开嗓子，尽情为自己的车鼓队加油鼓劲。白胡子老头瞪着老花眼紧盯车上的大鼓，看哪个鼓手打得更加欢畅；缺牙的老太太瞪着奔跑的鼓手，走风漏气地述说着丈夫曾经的辉煌；男孩们大呼小叫，争论哪个叔叔最威猛；女孩们指指点点，议论哪个车鼓装扮得更漂亮；大叔大妈看着身旁飞奔而过的小伙子，伸出拇指夸赞儿子和女婿好样；刚过门的媳妇紧盯着鼓手队伍中那一个，心跳得咚咚咚嘴里却喊不出声；多情的少女眼睛扫来扫去，挑选着自己未来的情郎。

比赛结果，获得第一名的车鼓队欢呼雀跃，接受其余车鼓队与观众的祝贺。之后所有车鼓队员到山神庙大殿前举行会餐，一起大块吃肉，大碗喝酒。会餐的酒席费用由落后的两个村子分摊，获得第一名的村子不用掏钱，只管放开肚皮吃喝就行。

这种时候，胜利者会感到扬眉吐气，荣誉感油然而生，失利者则很没面子。这种带有惩罚性的规矩，激励着一代代车鼓手的豪情与斗志，使他们在跑车鼓时忘掉一切，全力以赴争第一。

道光七年正月十三，一年一度的车鼓比赛如期举行。

山神庙大门前是观看车鼓比赛的最佳位置。以往惯例，车鼓比赛前的正月十一，单府、田府、吕府三个大户会在此处依次各自搭建看台，方便家人观看。较小的富户人家也有搭看台的，不过他们会选择离三大户看台远一点的地方搭建。三庄的普通百姓和外地观众没有看台，只能围着山神庙周围的车鼓跑道自找位置，哪里方便哪里看。

像往年一样，正月十一天蒙蒙亮，单府的长工和佣人们便开始搭建看台。与以往不同的是，单家搭了两个看台。临近中午，两个长一丈，宽六尺，高三尺的看台搭建成功。看台四周用圆木做了围栏，围栏上裹着大红绸子，顶上罩着红伞盖，看台中间放着座椅。单家护院队寸步不离地守在看台边，防止有人靠近。

单家的异常举动，隐隐显示出今年车鼓比赛的异样。百姓们纷纷猜测，一定是有达官贵人来看车鼓。

大伙还真是猜对了，原来绛州衙门大官刘学正要来看比赛。

正月十二天还未亮，单府和田府的两挂轿车已经上了路，去绛州衙门接刘学正。单府的轿车里坐着贾刀笔，田府的轿车里坐着盼人穷和白牡丹。轿车的车篷上罩着厚厚的皮罩，轿厢里放着红红的木炭火盆，暖烘烘的十分舒服。

临近中午，轿车到了绛州城里。三人没有停留，急匆匆来到绛州城最豪华的大饭店福盛楼，贾刀笔与饭店掌柜是熟人，已经提前订好了雅间。看见轿车到了跟前，饭店掌柜赶紧出门迎接。进饭店之后，贾刀笔和盼人穷进了一个雅间，白牡丹进了隔壁另一个雅间。

待盼人穷和贾刀笔坐定，饭店掌柜介绍了自己安排的菜单，见两人没有意见，他问贾刀笔道："贾师爷，我这就去请刘学正？"

贾刀笔问旁边的盼人穷道："东家，您说呢？"

盼人穷回答："是时候了，赶紧去吧。"

"好嘞！"饭店掌柜答应一声出去了。

"贾管家，你说刘学正他会给咱面子吗？"盼人穷心里有点没底，"万一他不来怎么办？"

"放心吧，他就算不看咱的面子，也得看饭店掌柜的面子。再说了，边山车鼓那么有名，绛州城里上上下下、男女老少哪个不想去看？咱专门赶着轿车请他去看，他会不去？"

"啥事都有例外，万一他对车鼓比赛不感兴趣怎么办？"

贾刀笔指了指隔壁："不是还有你姐吗？她可是说了，只要能把刘学正请到饭店来，她就一定能把他请到庙北村。"

盼人穷放心了："嗯，我姐一定有办法！"

正说着话，店小二进来告知，刘大人到了，盼人穷和贾刀笔赶紧起身出去迎接。

到了饭店门外，就见两顶轿子已经到了跟前，前面轿子里坐着刘学正，后面轿子里坐着他的小妾。这位小妾最受刘学正宠爱，在绛州为官刘学正只带着她一人。盼人穷和贾刀笔上前打躬施礼，迎接刘学正和夫人进了福盛楼。

盼人穷和贾刀笔恭请刘学正坐在上位，刘学正的小妾挨着他右边坐下，接着吩咐饭店掌柜赶紧上菜。

福盛楼请的都是一流厨师，店小二也是专业过人，很快便将一桌丰盛的菜品端上桌子。

酒过三巡，该是说事的时候了。

贾刀笔朝盼人穷使了使眼色，盼人穷会意，站起来冲刘学正拱手道："学正大人，明早个是三庄车鼓比赛的正日，我们专门来接大人前往观看比赛，还请大人赏光！"

"哦，是嘛。"刘学正故作姿态道，"这个……我考虑一下，看看明早个还有没有紧办的事……"刘学正的小妾早有看车鼓比赛的想法，见刘学正支支吾吾的，赶紧插话道："这大过年的，哪有什么紧办的事，我早就想去看车鼓比赛了，去吧，咱们去吧！"

刘学正的小妾要跟着去看车鼓比赛，这可是贾刀笔和盼人穷没有想到的，一时不知道该说什么。

倒是刘学正怕小妾经不起车马劳顿，便对她说道："庙北村那么远，你去干什么？"

"正因为路途遥远、车马劳顿，我要去服侍照顾你嘛！"

"坐那么远的车，你那小身板早被颠散了架，不要人照顾就算好的了，还服侍我？！"

"我就要去嘛，您去那么远没人服侍我不放心。"

"夫人请放心，刘大人有人服侍！"盼人穷和贾刀笔正不知所措，白牡丹恰如其时地从隔壁雅间过来，接过刘学正小妾的话说道，"庙北村那么多人，边山那么多人，还愁没人照顾服侍刘大人！"

为了精心策划的事情能够办成，白牡丹颇费了一番心血。长期琢磨男人，白牡丹知道男人关注女人的地方，因而为自己精心设计、亲手缝制了一套衣服。她没有采用流行的宽大圆筒式，也没有采用高领，而是适当束紧了腰部和臀部，以充分展露自己的腰身。

循着声音望去，只见白牡丹身穿粉红色上衣，下着翠绿色裤子，胸前两个大奶子高高耸立，浑圆的屁股微微上翘，在粉红色上衣的映衬下，白皙的脸蛋越发娇艳。年逾四十，生过三个孩子，一般女人早已成为人老珠黄的糟糠，但白牡丹用风韵犹存来形容都显得不够，看起来俨然就是十八九岁正当年的范儿。

刘学正虽然有一妻两妾，也见过无数风尘女子，但从没见过这等撩人的女人。他忘记了自己的身份，眼睛直勾勾地盯着白牡丹高耸的胸部。

小妾见一个不相识的女人过来扫自己的兴，很不高兴地问白牡丹道："你是什么人，有啥资格在这里说话？"

白牡丹已经注意到了刘学正的失态，因而没有在乎小妾的指责，大大方方说道："刘大人、少夫人，在下草民单淑娟。"

贾刀笔赶紧向刘学正介绍："这位是我们单东家的姐姐，人称白牡丹。"

刘学正早听说过边山的黑白两牡丹，听贾刀笔这么一介绍，心想，乖乖，这白牡丹果真是名不虚传啊！

白牡丹接着说道："我们一起来接刘大人去看车鼓，因为有别的事我来迟了，请刘大人和少夫人包涵！"

刘学正赶紧说话："不迟不迟，正是时候。"

白牡丹随即斟满一杯酒，双手端起酒杯递到刘学正嘴边："不迟就好，我敬刘大人一杯酒！"

"哦，好好好，我喝我喝。"刘学正接过酒杯一饮而尽，趁势在白牡丹粉嫩的手上捏了一下。哇！她的手那么柔软细滑。年近五旬的刘学正突然间感到自己白活了这么多年，他甚至怨恨上天不公，没有及早安排自己与白牡丹相识，不然一定会娶她为妻。

白牡丹接着又倒了一杯酒递上去："咱们绛州人的规矩，酒要连喝三杯，请喝第二杯。"

刘学正很痛快地喝下了第二杯酒，白牡丹接着又倒了第三杯酒，同时为自己倒了一杯酒："刘大人，这第三杯酒我陪你喝。"

"好好好，我们一起喝，一起喝！"

喝完第三杯酒，刘学正对白牡丹说道："你也别站着了，坐下一起吃饭吧。"

盼人穷原来坐在刘学正的左边，他赶紧腾开位置，让姐姐坐到自己的座位上。白牡丹把椅子向刘学正跟前拉了一把，从而使自己的大腿靠近刘学正。刘学正右手拿着筷子，左手趁势捏住了白牡丹的大腿。白牡丹知道刘学正已经被自己俘虏，心里彻底有了底，于是对一旁被冷落的刘学正小妾说道："少夫人，边山车鼓虽然好看，可是路太远，刘大人说得对，你恐怕受不了那份颠簸，就别去看了吧。"

"是的哩，今儿个去，明早个看车鼓比赛，确实太累，少夫人就别去了。"盼人穷附和道。

"不，凭什么听你们的，我就要去！"

贾刀笔见刘学正小妾态度坚决，便哄着她说："少夫人非要看车鼓比赛的话，那就明年去，明年我们提前几天来接你，到了庙北村先歇息几天，然后再看比赛就不累了。"

"不，我不累，我就要去！"

"为啥就听不进去别人的话哩。"刘学正左手抚摸着白牡丹柔软的大腿，右手用筷子敲敲桌面，板着脸对小妾说道，"你已经吃饱了，别在这儿碍眼，回家歇着去吧！"

小妾不敢再坚持，十分不高兴地坐着轿子回家去了。

白牡丹这边推开刘学正的手说道："时候不早了，我们赶紧走吧，没吃好的话，到了庙北村晚饭补上。"

"好好好，我们走吧。"

一行人出了福盛楼。盼人穷知趣地与贾刀笔坐到单府的轿车上，刘学正火急火燎地与白牡丹上了田府轿车，黑贼和六子分别赶着各自的车往庙北村赶去。

注：
①碾死人不偿命——边山历史上的乡规民约，规定跑车鼓时如果发生车鼓撞死人的情况，车鼓队不负责任。此风俗充分体现了边山人的豪放性格。

十四／朝廷命官

眼见得轿车出了州城北门，刘学正早已按捺不住自己的欲火，他抱住白牡丹一阵乱啃，接着就要解她的衣裤。白牡丹假装矜持，羞答答嗔怪道："刘大人身为朝廷命官，别这么粗鲁嘛！"

"这里哪有什么朝廷命官，只有喜欢你的男人！"

刘学正说着又要上手，白牡丹推开他："原以为你们当官的书读得多，做事会很斯文，原来比山里人还急！"她接着掀开轿车门帘冲六子说道："我跟刘大人说会话，路上不管有啥事都不要打搅我们，到了庙北村口敲敲车棚提醒我。"

"好的，知道了。"

六子嘴里答应着，心头不由得涌起一股醋意。他心想：有什么话可说，分明是要做事，我们也不是没有在车里做过事，何必假装正经？反过来一想，又不是自己老婆，吃什么醋？想到此心里坦然了许多，扬起鞭子赶着骡子往庙北村奔去。

白牡丹刚放下门帘，刘学正便急不可耐地抱住她压在身下，急急忙忙解开了她的衣裤……

被人骂了多年荡妇的白牡丹，男人田满屯"不行"，相好的六子每次被召来，让干啥就干啥，其实也没有"荡"到哪里去。遇到刘学正这样人前斯文，背地里像野兽一样的男人，她心想我得真正荡一回，于是敞开胸怀，任由刘学正发泄，两人在轿车内一阵翻江倒海。

云雨过后，两人意犹未尽地抱在一起，尽情享受着甜蜜时光。

正缠绵之中，听到六子敲着车棚说道："庙北村到了。"

白牡丹推推刘学正柔声道："晚上还给你留着一盘好菜，省点精神吧，不然你就吃不动了。"

"吃什么菜？我不饿，我要一直抱着你。"

知道刘学正没有明白自己的话，白牡丹便挑明了道："想抱我白牡丹容易，多来庙东村田府就是了，我候着你。可咱们来的这是庙北村单府，不是你抱我的地方。"

"什么意思，来庙北村就不能抱你了吗？"

"单府是我娘家，在这里抱我不合适吧！"

"那……那咱就去庙东村。"刘学正说道。

"那可不行，请你来庙北村看车鼓，又不是请你抱我来的。"

"那我不看车鼓，这总行了吧。"

"哎呀呀，我的刘大人，实话告诉你吧，请你来看车鼓是假，想让你抱另外一个人是真。"

"抱什么人？"

"黑白两牡丹，你抱过了白牡丹，难道就不想抱一下黑牡丹？"

"抱你白牡丹就够了，我不要抱什么黑牡丹。"

"不愿意抱可以，看看总行吧。"白牡丹说道。

"我不看，你就是我的命，我什么女人都不看！"

"哈哈哈……"白牡丹一阵大笑，"见了她你恐怕就不要命了！"

这时，远处隐隐传来一阵锣鼓声。白牡丹摸摸刘学正的头，很认真地说道："刘大人，听听，花鼓队已经在单府门口敲打开了。"

"天都快黑了，为啥敲花鼓？"

"为啥？欢迎您刘大官人嘛！"白牡丹接着说道，"花鼓队那么多人，看热闹的人也不会少，那么多双眼睛看着您下轿车哩！"

一听说人多，刘学正赶紧停止了与白牡丹的温存，一面穿衣服一面说："快，快帮我正正衣冠。"

白牡丹帮刘学正穿戴整齐，掀开轿帘对六子说道："车停下来，让刘大人坐到单府那挂车上去。"

那边黑贼早停好了车，盼人穷和贾刀笔已在车外等候。贾刀笔对早已经在村口等候多时的伙计毛蛋说道："赶紧去门口通报，说刘大人到了，让花鼓敲得热烈点。"

毛蛋答应了一声就往单府跑去。

盼人穷和贾刀笔搀扶着刘学正一起上了单府轿车，黑贼和六子收起闸杠[1]，赶着两挂轿车一前一后往单府走去。

说起边山锣鼓，除了车鼓之外，还有一种花鼓。车鼓特点是跑，花鼓特点是敲。车鼓热情豪放，花鼓欢快热闹。车鼓比赛只在大场合进行，每年一般只进行一次。花鼓表演可以在任何场合演奏，大场合正月里闹热闹，小场合老人祝寿、小孩生日满月、迎亲娶媳妇、建新房上梁，总之，无论任何喜庆场合，花鼓队都可以登场助兴。

毛蛋快速跑到单府门口，大声对花鼓队说道："贾管家说了，绛州衙门大官来庙北村看车鼓，大伙好好敲！"

花鼓队员抢起手里的家伙敲了起来，"恰斗齐斗"[2]的鼓声一时震天动地。

眼见得单府和田府的两挂轿车向单府走来，难得见到大官的庙北村百姓都想看稀罕，纷纷向单府门前涌来。单府护院队一边大声吆喝着："有什么好看的，往后退"，一边把百姓往两边推。

刘学正从来没有听过这么热烈的花鼓，心想这边山的锣鼓还真是打得好，这一趟是来对了！

这时天已经擦黑，刘学正掀开轿车门帘一看，单府大门外大灯笼连着小灯笼，整个巷子如同白昼一般，单府上空更是像被火烧着一样，红彤彤映红了半边天。刘学正暗自感叹，这单府还真是有钱，这得有多少盏灯啊！

一群小伙子站在单府门口台阶上，轮着手里的家伙跳着笑着，打得好不热闹，两边挤满了看热闹的老百姓。

看着眼前热烈的场面，刘学正不由得想起了小时候的往事。

那时候刘学正的父亲还只是个知县，他看见父亲每到一处总有人敲锣打鼓，夹道欢迎。每到这时，父亲总是正正头上的帽子，弹弹身上的衣服，然后大摇大摆地从人前走过，路边的人纷纷向他拱手致意。

有一天，看见一群人打花鼓，刘学正便学着父亲的样子，正正头上的帽子，弹弹身上的衣服，然后摇头晃脑地向花鼓队走去。原以为会有人向自己拱手致意，不料想却招来周边人的呵斥，说他搅乱了花鼓队的演奏，让他赶紧滚开。回到家里，刘学正委屈地向母亲诉说了自己的遭遇。母亲告诉他，父亲是朝廷命官，在人前整衣正冠那是摆谱。若要想像父亲一样受到众人恭维，得当官才行。从那以后，刘学正便发誓长大后要当官。

听着热烈的花鼓声，刘学正心想该是自己摆谱的时候了。他正正头上的顶戴花翎，弹弹身上的官服，迈着方步向单府走去。路边老百姓纷纷投来好奇与羡慕的目光，不少人朝刘学正拱手致意。刘学正忽然觉得自己高大起来，有一种君临天下的感觉。

单府坐北朝南，从南往北一共九进院子，九座院子院院相连，院子东西两边各有一条南北走廊。据说这个格局是当初兄弟三人分庄而住时定下的规矩，老大单府九进院子，老二田府八进院子，老三吕府七进院子。三家合起来共二十四座院子，暗合中国二十四史，寓意家族像中华文明一样源远流长。刘学正随着盼人穷和贾刀笔进了单府大门，沿着东边的走廊向客厅走去。贾刀笔紧随着刘学正，一边走一边介绍悬挂在不同位置的灯笼。

刘学正一行边观灯边走，终于到了单府客厅门外。白牡丹已经早一步先到，她吩咐下人们端来脸盆，伺候刘学正洗脸净手，之后招呼他进了客厅，下人们迅速摆好丰盛的菜肴。

贾刀笔接过刘学正手里的官帽放在案几上，盼人穷扶着他在上座坐好，自己与贾刀笔陪坐两旁，接着毕恭毕敬说道："庙北村地处偏远，没有什么好吃的招待，只有这些山里特产。"接着他逐一介绍："清蒸野兔、清蒸山鸡、清炖山羊肉、红焖獾肉、红烧野猪肉……"

贾刀笔附和道："这些东西虽然没有福盛楼菜肴做得精细，但别有一番风味，请刘大人品尝。"

"哦，是的是的，确实别有风味。"刘学正一边说话，一边往门外看，

095

十四 朝廷命官

他问盼人穷，"怎么不见你姐呢？"

"咱这山村不比城里，女人不跟客人同桌吃饭。"盼人穷解释道。

刘学正渴望白牡丹陪着自己，假装大大咧咧的样子说道："别那么多讲究，快去请她来一起吃。"他好像又想起了什么："你姐已经嫁出去了，也是客人嘛！"

"刘大人说的是，说的是。"贾刀笔吩咐一旁的丫鬟道，"快去请姑奶奶！"

其实白牡丹就在客厅外候着，听到贾刀笔的话应声进门道："不用请，我来了。"

看见白牡丹进来，刘学正兴致勃勃邀请道："来来来，坐在我边上。"

盼人穷知趣地让开位置，让白牡丹坐在刘学正旁边。

刚刚坐定，刘学正的手便伸了过来，白牡丹伸手挡住他悄声道："人多眼杂。"

刘学正收回自己的手，可眼睛还是忍不住在白牡丹鼓鼓的胸前瞟。

盼人穷怕下人们看出什么，赶紧捧起酒坛说道："刘大人，说过了菜，再说酒，这酒是我们用姑射山产的高粱自己酿制的，味道醇香赛汾酒，您可得多喝点！"

贾刀笔接过盼人穷的话道："东家说得对，刘大人您就放开了喝，单府墙高院深，喝高了也不怕丢丑。"

白牡丹轻轻白了贾刀笔一眼："管家说的不对，我们请刘大人来庙北村不是为了喝酒。"她接着加重语气："是请刘大人看车鼓！"

盼人穷明白了姐姐的意思，顺着她的话说道："那咱就少喝点。"

贾刀笔也明白了过来："对对对，少喝点，免得误了看车鼓。"

白牡丹不失时机地建议道："我看这样，刘大人第一次来单府，咱们一起喝三杯酒，然后吃饭，吃完饭早点休息。"

刘学正随声附和道："就依你，喝三杯。"

白牡丹转身吩咐身旁丫鬟："赶紧去叫大少奶奶，过来给刘大人敬酒。"

丫鬟答应一声出去了。

贾刀笔随着走出客厅，对花鼓队的小伙子们喊道："弟兄们，今儿个晚上咱在单府打一个通宵，明早个一起去账房领赏银，然后去看车鼓，好不好？"

"走着——"小伙子们一声吆喝，热烈的鼓声立时震天动地。

盼人穷问刘学正道："刘大人，咱这边山的花鼓打得热闹吧？"

"热闹热闹，太热闹了，从来没听过这么热闹的花鼓。"

正说着话，丫鬟领着黑牡丹进了客厅，正在欣赏花鼓的刘学正眼睛突然直了，白牡丹碰碰他道："刘大人……刘大人，侄媳妇小莲来给您敬酒。"

"哦……哦哦。"刘学正发现自己失态了，赶紧掩饰道："刚才光顾了听花鼓，忘了喝酒这回事，来来来，我们喝酒，喝酒。"

白牡丹转身向黑牡丹介绍道："小莲，这位是绛州衙门的刘学正刘大人。"

黑牡丹赶紧施礼道："见过刘大人！"

白牡丹接着吩咐黑牡丹："刘大人来单府是咱们的荣耀，快给刘大人斟酒。"

黑牡丹答应一声，轻手轻脚来到饭桌旁，捧起桌上的酒坛为刘学正斟酒。

看着黑牡丹粉嫩的小手，刘学正欲火中烧，恨不得抓过来咬上一口，端酒杯的手不由得靠向黑牡丹，故意蹭了一下她的手。黑牡丹早注意到了州衙大官的眼神不对，本想躲得远一点，可是被白牡丹点名要自己敬酒，所以才不得已而为之。被刘学正毛茸茸的大手一蹭，神经突然一紧张，手中的酒坛差点掉在地上。白牡丹一边叮嘱黑牡丹："把酒坛拿稳了！" 一边轻轻碰碰刘学正："注意着点儿，别太过分！" 刘学正赶紧坐直身子，摆出一副居高临下的姿态，等着黑牡丹敬酒。

敬过三杯酒，白牡丹吩咐黑牡丹道："你先回房待着，我一会过去找你。"

"好的大姑，我去了。"黑牡丹如释重负，放下酒坛回自己房间去了。

盼人穷和贾刀笔继续招呼刘学正吃饭，两人各献殷勤，轮流为他夹菜。刘学正哪里还有心思吃饭，什么野兔肉、野猪肉，到了嘴里形同嚼蜡，吃不出一点味道。

看着刘学正失态的样子，知道就要大功告成，贾刀笔、盼人穷和白牡丹三人会心地一笑。

时机已到，白牡丹放下手中的筷子，起身说道："我已经吃好了，你们先吃着，我去为刘大人收拾一下房间。"

刘学正不以为然道："这点小事让下人去干就行了，何劳你亲自去忙活？"

"下人们毛手毛脚的，我怕他们伺候不好刘大人。"

刘学正哈哈一笑道："还是你细心，那就有劳你了。"

"您难得来边山一趟，伺候您是应该的。"白牡丹叮嘱刘学正道，"咱这儿虽然没有鹿肉，但这山羊肉比鹿肉也不差，你多吃点，不然扛不下来。"

刘学正似有所悟："哦，对对对，我吃我吃。"

白牡丹正要离开，盼人穷悄悄拉住了她："姐，稍等一下。"他转身问身旁的贾刀笔："安置好了吗？"

贾刀笔轻轻回答道："放心吧，安置好了。"

盼人穷不放心地问道："肯定不会有问题吧？"

贾刀笔自信满满道："绝对不会有问题！"

见贾刀笔如此肯定，盼人穷这才对白牡丹说道："姐，那你去吧。"

白牡丹一离开，刘学正立刻端起朝廷命官的架子，连说话也变了腔调："这边山菜有何特点，尔等速速报于吾听。"

盼人穷和贾刀笔虽然感到好笑，但也只能顺着刘学正，重新把桌上的菜肴介绍一遍，接着伺候他继续吃饭。

注：

①闸杠——刹车的横木，可以同时卡住马车的两个轮子。

②恰斗气斗——边山花鼓的基本节奏。

十五 / 真没想到

盼人穷自以为找到了好管家，自以为贾刀笔对自己忠心耿耿，自以为贾刀笔所做的一切都是为自己好，因而对他是言听计从。可盼人穷没想到，真没想到，万万没想到。他完全没有看懂见利忘义、贪婪成性，吃喝嫖赌抽五毒俱全的贾刀笔到底是个什么人。盼人穷更没有想到，贾刀笔利用他来完成自己的人生目标。

小时候的贾福禄崇尚陈胜"王侯将相宁有种乎"的信条，坚信"书中自有颜如玉，书中自有黄金屋"，梦想通过读书出人头地，成为达官贵人、王侯将相。

由于太过执着，贾福禄常常产生幻觉，觉得自己高别人一等，已然是王侯将相，由此闹出不少笑话。

贾福禄的家乡是一个小村庄，村民靠种地吃饭，能做到有吃有穿就算是有钱人了。贾家不愁吃不愁穿，可以入列有钱人。

有一年麦收时节，村里无论穷家富家，大人小孩全都去了麦田忙活。唯有贾福禄一个人躲在树荫下，捧着书本"之乎者也"摇头晃脑。几个提着篮子准备到地里捡麦穗的小伙伴，见贾福禄大忙季节在树下读书，一起跑过来，想拉他去捡麦穗。

贾福禄一听要自己去干农活，头摇得跟拨浪鼓似的："否否否！劳心者治人，劳力者治于人。吾乃劳心者，岂可与尔等劳力者同道乎？"

一个老农从旁边经过，听了贾福禄的话一巴掌打过去："否你娘个蛋，不去捡麦穗，没有粮食饿死你！"

贾福禄的帽子被打掉在地上，引起孩子们一阵哄笑。

还有一次，一群孩子玩过家家，贾福禄喜欢的女孩扮演新娘子。

贾福禄刚好从旁边路过，他一把拉住女孩道："爱妃，请随朕来！"扮新娘的女孩不愿意，他硬要拉着走，女孩发火了，边哭边朝他又抓又咬。

被抓破脸、咬破手的贾福禄尴尬地捂着伤口，在孩子们的嘲笑声中狼狈地逃走了。

一心想出人头地的贾刀笔，长大后一切希望全落了空，沦落到帮人捉笔，替人打卦算命的地步。虽然也能混得温饱，但贾刀笔认为那是为人驱使，他厌恶那样的生活。学而优则仕的路没有走通，但骨子里印着落魄文人怀才不遇的深深烙印，贾刀笔自认为有王侯将相之才，梦想有朝一日能过上驱使别人的生活，哪怕在小范围内吆五喝六也行。

那一日盼人穷找到贾刀笔，邀请他到单府当管家，贾刀笔心里是一阵狂喜，心想我贾某人咋就这么幸运？想什么就来什么！好色成性的贾刀笔早就垂涎黑白牡丹的美貌，曾想亲自去庙北村一趟，一睹绝色美人的风采。但听说黑白牡丹住在深宅大院中，连本村人也很难见得到，只好把愿望深藏在心底。

没想到，真没想到，万万没想到，这样的机会竟然送上门来了！当了管家，能自由进出单府，就能近距离见到黑牡丹，还可以实现自己的人生梦想，贾刀笔岂能不为之高兴？没有任何犹豫，便接受了盼人穷的邀请。

令贾刀笔完全没有想到的是，剧情发展远超自己的预想。

刚进入单府，单云龙就命丧黄泉，黑牡丹成了寡妇，自己占有她成为可能。贾刀笔知道，黑牡丹娘家穷得几乎揭不开锅，遂决定利用这一点做文章，达到自己的目的。

盼人穷贪图胡桑庄租银，当他要自己出主意的时候，贾刀笔便提出用黑牡丹做诱饵拉拢刘学正。这一招的目的是借盼人穷之手，把黑牡丹逼入绝境，自己好浑水摸鱼。

没想到单家姐弟俩对自己言听计从，盼人穷还要自己使点手段，这等于瞌睡给了个枕头，贾刀笔心里自是喜不胜喜。有了东家的"尚方宝剑"，他开始放开手脚大干。

其时黑牡丹娘家可谓穷到了底，弟弟到了成婚年龄没银子讨媳妇，老爹又身患重病，真是愁上加愁。

正月十一，也就是贾刀笔他们去绛州衙门接刘学正的前一天，黑牡丹母亲来单府借银子。贾刀笔感觉机会难得，便安排黑牡丹母亲在门房等候，自己去向东家禀报。见到盼人穷之后，贾刀笔谈了自己的想法，借黑牡丹母亲借银子的机会，设计让黑牡丹落入圈套，以达到在精神上控制她的目的。出于对贾刀笔的信任，盼人穷当即表示同意。

按照事先预谋好的情节，贾刀笔带黑牡丹母亲到客厅见了盼人穷。盼人穷请亲家坐到椅子上，让丫鬟奉上热茶，然后热情地说道："亲姑子，借银子的事管家跟我说过了，您放心，我照借就是了。"盼人穷话头一转："我跟管家手头有点急事，不能立马为您准备银子。您先回去，回头管家准备好银子，让小莲给您送过去。"

见亲家公如此热情慷慨，黑牡丹母亲千恩万谢地离开了。

随后贾刀笔亲自找到黑牡丹，装出十分关心的样子问道："云龙家的，你爹最近是否病得厉害？"

"是的贾叔，我爹病得确实很重，可是没钱治病……"黑牡丹哽咽着说不下去，难过的泪水顺着双颊流了下来。

贾刀笔假惺惺地跟着抹了一把眼泪，接着说道："要不是你妈来单府借银子，还真不知道你娘家的难处。"

"我妈来借银子？"黑牡丹期待地问道，"公爹他答应了吗？"

"答应了。"

"那我妈呢？"黑牡丹问道。

"我跟东家商量，让她先回去，说之后让你把银子给送家里去，这样显得你在单府有面子！"

黑牡丹想想管家考虑事情还真是周到，既解了娘家燃眉之急，又给了自己面子，不由得一阵感激，连连向贾刀笔表示感谢。

贾刀笔客气地说道："都是一家人，不必说感谢的话。银子我已经包好放在床头的桌子上，跟我去取吧。"

"好的贾叔。"黑牡丹说完话跟着贾刀笔出了房门，去往管家的住处。

到了房门前边，贾刀笔突然一拍脑袋："哎呀，东家急着要我跟他去庙东村，我差点忘了这事。"他假装着急的样子对黑牡丹说道："银子在桌子上，你自己进去拿，家里等着用钱，赶紧送过去。"说完转身离开了。

黑牡丹不知是计，一个人进了贾刀笔房间。

怀着忐忑的心情，黑牡丹径直走到桌子跟前，果然发现桌面上放着一包碎银子。她小心翼翼包好银子，装到衣兜里。刚要转身离开，突然发现靠近椅子腿的地面上有一个小亮点。弯腰细看，竟然是一小块碎银子，再仔细一看，不远处还有一块更大的银子。黑牡丹心想，一定是管家包银子时落下的，便顺手捡起两块碎银子，想放进自己衣兜。她忽然一想不对，贾叔不可能那么粗心，这银子或许是别人不小心掉在地上的，这样想着，她把两块碎银子放到了桌子上。手刚要离开桌子，想想又不对，银子就这样明摆在桌子上，贾叔一时回不来，万一有别人进来拿走，到时候可就有嘴说不清。黑牡丹重新把银子拿起来，心里琢磨着，这两块银子到底是怎么回事，是别人来管家房间时不小心掉下的，还是管家包银子时落下的？

想来想去想不出个所以然，黑牡丹一时没了主意，只能眼巴巴地看着手里的碎银出神。

看着看着，黑牡丹想到了母亲借银子时低三下四的可怜相，想到了父亲喘不上气的痛苦样，想到了弟弟已到成年而没钱讨媳妇的窘况……她长叹一声，唉！这点银子在单府不算啥，在娘家可就顶了大用，反正也是自己从地上捡的，干脆一起送回娘家吧。

就在她的手即将伸进衣兜的一瞬间，突然有一只大手抓住了她的小手，只听贾刀笔厉声喝道："大胆刁妇，竟敢偷婆家银子！"

黑牡丹打了个激灵，一下子瘫软在地上。

见贾刀笔一脸愤怒的样子，黑牡丹爬起来跪着解释："贾叔，我……"

贾刀笔晃了晃手中的碎银子："我什么我？人赃俱获，还想抵赖不成？"

接着他恐吓黑牡丹道："按单府家法，偷盗银子者当众剁掉一个手指，按朝廷王法把你送到州衙监狱服刑，你自己说，用家法还是用朝廷王法？"

黑牡丹只吓得浑身哆嗦，脸上全无血色，一叠声地哀求："贾叔，小女子求您了，千万别把这事说出去！"

"不说可以，但你得答应我一件事。"

"只要您不说出去，几件事都行。"

贾刀笔逼问道："几件事都行，真的愿意？"

"真……真的愿意。"黑牡丹回答道。

"口说无凭，咱们得立个字据。"

黑牡丹哆嗦着回答："行……行行。"

贾刀笔转身拉开抽屉，取出笔和纸，迅速在砚台里研好墨，知道黑牡丹也不识字，便胡乱在纸上写道：

本人单小莲，愿将自身卖予贾福禄为妾，永不反悔。

立字据人：单小莲

大清道光七年正月

贾刀笔拿着写好的纸随口胡诌道："字据写好了，我不说你偷银子的事，你答应我一件事。"接着他呵斥黑牡丹道："过来，画押！"

没容黑牡丹多想，贾刀笔抓住她的手，蘸上朱砂，在写好的字条上按下手印。

黑牡丹原想着管家鳏寡一人，可能也就是要自己帮忙缝缝补补的事，这样想来稍稍松了一口气，她问贾刀笔道："贾叔，要我做啥事呢？"

贾刀笔眼睛里闪出一丝淫邪："一件很简单的事。"

黑牡丹发现了贾刀笔的异样，心里一阵恐惧，颤声问道："什么简单的事？"

贾刀笔一字一顿道："陪——我——睡——觉。"

黑牡丹本能地一屁股坐在地上："贾叔，这……这不行，您是长辈，我是小辈，我……"

103

十五　真没想到

"咱俩又不是一家人，分什么长辈小辈的？再说了，我鳏夫，你寡妇，这不挺合适的嘛！"

"不……不不，这真的不合适！"

"你要是觉得不合适，我就同东家说说，娶了你就合适了。"

"不！我不嫁人，我这辈子再不嫁人。"

贾刀笔回身从桌子上拿起纸条，对着黑牡丹晃了晃："你不愿意也行，咱们一起去见东家，对着单府的人，对着全庙北村的人把这事说说清楚！"

"不！"黑牡丹哭出了声："千万别说！"

贾刀笔一把捂住黑牡丹的嘴："小点声，你是想让大伙都听见吗？"他接着威胁道："这事要是传出去，别说你在单府没法活，还有你娘家人，到时候不只是日子难过，恐怕是没脸在庙北村活了。"

也真是的，假如自己"做贼"的事情传出去……想着那可怕的情景，黑牡丹的眼泪像断线的珠子一样滚滚而下。

贾刀笔反身关上房门，抱起泪流满面的黑牡丹放到床上……

垂涎已久的淫棍，终于如愿以偿。

贾刀笔端详着床上的黑牡丹，太美了！与那些浑身脂粉气的窑姐相比，简直是天地之差。他暗自感叹，人常说山里边飞出金凤凰，这黑牡丹真是姑射山里的一只金凤凰。不！她远超金凤凰，应该是翡翠凤凰、钻石凤凰。这样的绝色女子，莫说是平民百姓，皇帝老儿见了都会神魂颠倒。他浮想联翩，唐玄宗当时若是遇到黑牡丹，那被专宠的肯定就不是杨玉环，而是这单小莲。白居易的《长恨歌》也得改，改作"回眸一笑百媚生，六宫杨妃无颜色"。只可惜这黑牡丹不肯对我一笑，要不然我贾福禄可就赛过唐明皇了！

贾刀笔飘飘然了，他拿出刚才夺下的银子又加了两块一起递给黑牡丹："爱妃，莫要伤感，朕有赏于汝！"

黑牡丹泪眼蒙胧地瞪着他，不知所然。

贾刀笔把银子塞到她手里："这是我给你的银子，拿着，给你娘家送去。"接着他恶狠狠地说道："记着，以后我啥时候叫你，啥时候过来，不然我就把纸条公开！"

黑牡丹终于明白，自己被这个人面兽心的贾刀笔算计了。想想自己有把柄抓在他的手里，只能收起银子昏昏沉沉地离去。

有了这么一出，贾刀笔知道黑牡丹已经被自己握到了手心里。等盼人穷问事情办得如何时，贾刀笔便肯定地回答，绝对没有问题。

盼人穷没想到，真没想到，万万没想到，他对贾刀笔的信任促成了贾刀笔垂涎黑牡丹的图谋。他更没想到，自己所做的一切都是在为贾刀笔作嫁衣裳。

十六 / 黑牡丹的噩运

话说黑牡丹离开饭桌回到自己房间，想着两天来发生的倒霉事，刚被贾刀笔那个畜生糟蹋，又遇到刘学正骚扰，忍不住伤心泪汩汩流下。

正暗自落泪，只见白牡丹走进自己房间，黑牡丹赶紧抹掉眼泪起身道："大姑，您找我有啥事？"

"跟我去客房，帮着为刘大人铺一下床。"

想起刚才酒桌上的情景，黑牡丹心里老大不愿意，可是又不好当面顶撞长辈，只能撒谎道："大姑，我肚子不舒服，我……"没容黑牡丹把话说完，白牡丹十分生气地说道："让你干一点活看有多难，啰唆什么，赶紧走！"

见姑姑态度坚决，黑牡丹只好硬着头皮跟着她来到客房。白牡丹安排黑牡丹收拾炕上的被褥，她自己把木炭火盆里燃尽的木炭灰清除掉，然后换上新木炭，又将快燃尽的蜡烛换成新的。

这时只听外边吵吵嚷嚷的，想着应该是刘学正他们过来了。黑牡丹转身想离开，被白牡丹厉声喝住："先别走！小家子气，一点规矩都不懂。要走得等客人进来，客人没事了再离开。"她接着点拨黑牡丹道："刘大人是绛州衙门里的大官，好多人想伺候都挨不上，就你这小门小户出身的，要不是嫁到单府，别说伺候他，能当面见到他都是你的福气！"

白牡丹的话刚说完，刘学正已经到了门口，只听盼人穷说道："刘大人您早点歇着吧，我跟管家就不进去了。"

刘学正与盼人穷和贾刀笔道别，进了客房。见黑白两牡丹都在房中，他的眼睛顿时亮了起来："啊！你……你们都在啊。"

白牡丹应声道："我们这不是在候着您嘛！"一边说话一边接过刘学正的官帽挂在衣帽架上。

刘学正直勾勾地看着黑牡丹："哦，抱歉抱歉，让你们久等了。"

白牡丹眼睛在房间扫了一圈，假装发现了什么，她对黑牡丹说道："看看看，还是少了一样东西，你赶紧去一趟厨房，端一盘点心过来。"

"好的大姑，我这就去。"

见黑牡丹出去了，刘学正不失时机地一把抱住白牡丹。

白牡丹朝外边努努嘴："给你准备的这盘菜怎么样？"

刘学正口水都快流出来了："哦，好……好好！"

"那就别抱我了，留着点精神，不然你真的劳不下来。"白牡丹说道。

刘学正不以为然道："那盘山羊肉几乎都被我一个吃完了，我精神头足着哩！"

白牡丹若有所失地道："刘大人可别吃了那盘菜，忘了还有我这盘菜。"

"怎么会呢？"

"那你以后可要记着来看我。"

刘学正满口答应道："会的会的，我是既要白牡丹，又要黑牡丹，黑白通吃！"

白牡丹茫然了。若不是亲身经历，她真的不敢相信心目中道貌岸然的朝廷命官会是这等样子。想想刘学正与黑牡丹亲热的场景，她突然感到心里酸酸的，甚至有点后悔当初的决定，不该同意贾刀笔的馊主意。

这时黑牡丹端着点心盘进来了，白牡丹一语双关地对刘学正说道："点心来了，晚上要是饿了，随便吃吧！"接着她叮嘱黑牡丹："问问刘大人点心怎么摆放？"

黑牡丹端着点心盘，慢慢走到坐在炕沿上的刘学正跟前，头也不抬地问道："刘大人，请问点心放在哪里？"

刘学正指指炕头上的小桌："放在这里。"黑牡丹刚要放手，刘学正又指指案几："放到那里吧。"黑牡丹转身走到案几旁，刚要放下手中的盘子，只听刘学正说道："不对不对，那里太远了，吃起来不方便，还是放在小桌上吧。"黑牡丹只好又转身往炕头走来。

见黑牡丹低头走过来，刘学正一把抓住了她娇嫩的手，黑牡丹一惊，点心盘掉在地上摔得粉碎。黑牡丹想求助大姑，转身一看，哪里还有她的影子？黑牡丹奋力挣脱刘学正的手，往门口跑去。一拉房门，早已经被人从外边锁上了，怎么拉也拉不开，黑牡丹奋力呼喊："来人啊！救命啊……"

门外传来一阵热烈的花鼓声，喊声与鼓声比起来显得那么弱小。黑牡丹绝望地瘫倒在地上，心想自己又一次被算计了……

门外的白牡丹听到黑牡丹的喊声越来越弱，知道"一切正常"，脸上露出一丝说不出的笑容，转身离开了。

再说盼人穷这边，送刘学正去了客房后，赶紧回到自己房间，一进门就吩咐凤儿道："我今儿个晚上跟刘大人有事，你去陪娘睡觉去吧。明儿个陪娘一起吃早饭，然后去看车鼓，让黑贼带你们去。"凤儿听丈夫说让自己陪母亲看车鼓，便高兴地离开了。

凤儿刚走，白牡丹来到房间，她告诉盼人穷："事情已经安排妥帖，尽管放心就是了。"

盼人穷客气道："姐，累了一天，我让丫鬟服侍你，尽快睡觉吧。"

"不了，我得回去，你那个死鬼姐夫有这会没那会的，万一他不在了我不在身边不好。"白牡丹嘴上是这样说的，其实是嫉妒刘学正与黑牡丹同床共枕，不想留在单府受刺激。

"姐，那我就不留你了，路上小心。"

"这么两步路，不用操心，你操心明早个的事就行了。"白牡丹接着叮嘱，"记着早点叫醒刘大人，别让他们睡过了头，还有正经事要办哩。"

"姐，我知道了。"

送走姐姐，盼人穷叫来贾刀笔叮嘱道："明早个我要照顾刘学正，外边的事完全由你铺排，花鼓队、车鼓队，还有看车鼓的老太太她们，这些都要安排好。还要注意看热闹的人，防止人多发生踩踏。"

"知道了，我一定安排好，东家放心就是了。"

安排好一切，盼人穷重新来到客房前边。只听见外边热烈的花鼓声，房间内并没有什么特别的声音，这才慢慢走回自己房间。一阵倦意袭了上来，盼人穷脱掉鞋袜，躺在炕上和衣而卧。

第二天一早，车鼓的隆隆声代替了花鼓"恰斗齐斗"的声音，三庄车鼓队员们拉着各自的车鼓，早早到了山神庙，准备进行比赛。

车鼓声惊醒了睡梦中的盼人穷，他翻身从炕上坐起来。丫鬟小梅帮他穿好鞋，接着端来洗脸水。盼人穷匆匆洗过脸，赶紧来到客房，打开门锁，侧耳仔细听听，没有动静。他轻轻推推房门，里边上着锁，想敲门又不敢，只好离开客房回了自己房间。

过了一会儿，他又去了客房，轻轻推推门，还是不开。这样一连几次，一直到早饭时间。盼人穷心想不能再等了，便轻轻敲了敲门，只听刘学正在里边说道："我不吃早饭，也不看车鼓了，别打扰我。"

听了刘学正的话，盼人穷暗暗埋怨，这人也真是的，要睡到啥时候呢？

话说黑牡丹被刘学正蹂躏了一夜，好不容易捱到天亮，想要起身穿衣服，但被刘学正死死抱住不让动。

再说刘学正，虽然搂了一晚上黑牡丹，但那是晚上，烛光下看得不够清楚。他要等到大白天，掀开被子仔细欣赏黑牡丹迷人的酮体。

怀着万分期待，刘学正掀开了被子，哇，果真是一朵美丽的牡丹花！国色天香、娇艳无比、芬芳四溢，这些词语都不足以形容眼前的美人，刘学正觉得，只有沁人心脾才能表达自己的感受。想想自己的妻妾和交往过的烟花女子，要么脸太长，要么脸太短，要么眼睛小，要么眼大无神，要么鼻头太低，要么鼻头太尖，要么嘴太大，要么牙齿不整，要么胸太扁，要么腰太长，要么腿太细，要么胳膊太干瘪，要么手太大，要么手太小，只有这黑牡丹浑身上下无可挑剔。

刘学正把黑白牡丹两相比较，白牡丹虽然娇艳，但已经开到盛期，就像正中午的花朵，花瓣略显松散。而黑牡丹恰如早晨迎着朝阳刚刚盛开的花朵，每个花瓣都是那样挺拔，相互间和谐紧凑，还微微滴着露水……

刘学正从上到下轻轻抚摸黑牡丹雪白光滑的肌肤，不厌其烦，一遍又一遍。心中不由得为她打抱不平，她比白牡丹还要白，为啥被称作黑牡丹？白牡丹皮肤虽然白，但像白纸一样，略显苍白。黑牡丹这个白像玉石一样闪光，是亮白。两人都是白牡丹，应该称作"美白双牡丹"才合适，对了，美白双牡丹！刘学正为自己的创意兴奋不已。

摸着摸着，刘学正的嘴忍不住向两座柔软的高峰贴上去，耳边响起白牡丹的话，"见了她你就不要命了"，他又一次扑向黑牡丹……

早上饭没有吃，车鼓也没有看，直到快吃中午饭的时候，刘学正才十分不舍地允许黑牡丹穿衣服。看着黑牡丹离开的背影，他迷迷糊糊地睡着了。

好容易逃离了刘学正的魔掌，黑牡丹胡乱地裹上衣服出了客房，泪眼蒙胧、踉踉跄跄地向与客房相邻的盼人穷房间走去。她要向公爹和婆婆倾诉心中的冤屈，请他们为自己做主。来到盼人穷房间，不见婆婆、凤儿，只有盼人穷一人。

黑牡丹两腿一软瘫倒在地上："爹，大姑、刘大人，他……他们……"她不知该说什么，只能双手掩面放声大哭。单府上下所有人都看车鼓去了，深深的大院里只听见黑牡丹凄厉的哭声。

盼人穷心里一惊，赶紧走到门外，才发现周围空无一人，只有丫鬟小梅在下房门口张望，他冲小梅呵斥道："看什么看，赶紧回房去！"看见小梅进了房间，盼人穷忽又觉得不对。"过来！"小梅战战兢兢地走了过来，他厉声说道，"嘴严点，少奶奶的事要是让别人知道了，小心撕碎你的臭嘴！"

"是的，老爷，我什么也没看见。"

小梅刚要离开，盼人穷又叮嘱她："回你房里去，不叫你不准出来！"小梅诺诺连声，躲进下房去了。

安置住了小梅，盼人穷心里安稳了，重新回到屋里。

望着衣衫不整、披头散发、痛哭流涕的黑牡丹，盼人穷心里打开了鼓：这么令刘大人上心，这女子难道真像外人所传，有姐姐的倾城之色？之前因为有老东家在，碍于公爹身份，盼人穷极力压抑自己，从没有正面直视过黑牡丹。眼下偌大的单府，只有两个人直面相对。盼人穷心想我得好好看看，这朵牡丹花到底有多鲜艳！

盼人穷往黑牡丹跟前靠了两步，啊，真的是美！流着眼泪尚且这么好看，她要是笑起来该有多迷人啊！

这黑牡丹还真是名不虚传，盼人穷嘴里没词儿，不知道该怎么形容，反正他觉得黑牡丹比姐姐好看。怪不得刘学正玩了一夜还不解馋，竟然顾不上吃饭，顾不上看车鼓，原来是这样。盼人穷心里突然产生一股莫名的嫉妒，心想你刘学正算什么？不就是我找你办点事嘛，竟然有此艳福，我一个踩得边山响的大东家难道就不应该有？

看着面前憔悴的美人儿，姐姐白牡丹的话在耳边响起："她跟刘学正睡在一起就是刘学正的相好，跟你睡在一起就是你的小姜。"想着想着，盼人穷慢慢靠向黑牡丹，接着伸手拨开她的手，想仔细看看她的脸蛋。黑牡丹不好意思地拨开公爹的手，盼人穷看到了她胸前白如凝脂的肌肤和隆起的乳房，一股热血顿时涌上头顶，他一把抱起黑牡丹放到炕上，像恶狼一样扑了上去。

黑牡丹一时反应不过来："爹，你……"

见盼人穷开始撕扯自己的衣裤，黑牡丹终于反应过来："你……你禽兽不如！"

黑牡丹想推开盼人穷，可哪里还有一点点力气……

十七／鼓声掩不住的龌龊

　　故事回到车鼓比赛现场。

　　早饭后，庙北村、庙东村、庙西村三庄男女老少全都前往山神庙观看车鼓比赛，车鼓跑道两边里三层外三层围满了看车鼓的人。

　　单府看台上，单老太太和凤儿早早来到现场，坐在楠木椅子上，悠闲地吃着瓜子。身旁站着贴身丫鬟，台下站着长工黑贼和毛蛋，随时听候召唤。

　　田府看台这边，田东家病重来不了，白牡丹在儿子大牛、二牛的簇拥下来看比赛。她先到单府看台前跟单老太太请安，然后傲气十足地登上看台，坐在镶着金边的紫檀木椅子上，向四周环顾，显示自己的高贵。

　　吕府看台那边，吕东家早白牡丹一步先到，比赛尚未开始，他靠在椅子上闭目养神。吕东家有着典型的边山人性格，为人豪爽，说话直来直去，还常常语出惊人，故人称"吕大炮"。看到白牡丹带两个儿子一同上了看台，知道她是故意显摆。不服输的边山猫儿眼哪里容得下，照着白牡丹就是一炮："亲姑子，两个儿子都陪你看热闹，不怕把看台压塌？"

　　白牡丹岂肯示弱："儿子愿意陪我，这有啥办法？不像有些人，看热闹没个人陪着，不嫌寂寞？"

"有啥寂寞的？我们家两个儿子一个去跑车鼓，一个去扛抬阁，那才真叫热闹。"

白牡丹一时语塞，低声责怪身边的儿子："看看人家，谁让你们跟我来的？"

大牛一脸的不高兴："妈，不是您让我们来的吗？"

桀骜不驯的二牛当面顶撞道："您非要让我们陪你看车鼓，这会儿又怨我们，来回话都让你说了！"

三庄跑车鼓的小伙子全都是二十岁左右的小伙子，年龄小了不要，年龄大了也不要。早就梦想参与跑车鼓的大牛，被母亲硬拉来看车鼓，本来心里就不高兴，听了她的话，当即就要下看台去找车鼓队，白牡丹一把拉住他："别去了，你没换衣服，来不及了。"

大牛遗憾地埋怨道："妈，小伙子都去跑车鼓，就你不让我去，真气人！"

白牡丹自知无理，又不肯在儿子面前认错，只好强词夺理道："把你们养大了，有本事跟老娘顶嘴了！"

大牛、二牛不好再说什么，转过头不再理她。

三庄的热闹聚集在山神庙大殿广场上，各个项目正在做表演前的准备，单等着令旗官下令。

车鼓跑道两边拥挤不堪，各地看客还在陆续涌来。为防止意外，现场每隔几十丈便有一个维持秩序的人，他们晃动着对节木棍子，大声提醒人们不要拥挤。

眼看着热闹就要开始，单府另一个看台依然空无一人。观众议论纷纷，单府搭那么大个看台，占了位置又没人上台看，害得别人没地方下脚，到处乱挤，实在不像话。

看见观众指指点点，凤儿和单老太太脸上挂不住了。老太太心想，搭了看台没人来，这不明摆着招人说嘛？她问女儿道："凤儿，锁银他们为啥还不来，要不让黑贼回去看看？"

凤儿刚要叫黑贼，这时贾刀笔从山神庙出来了，他叫过黑贼叮嘱道："我在场面上招呼，分不开身，你在这里操心，当心人多把看台挤翻伤了老太太！"

黑贼回答道："管家放心，我操心着哩。"他指指空看台问贾刀笔："管家，热闹眼看就开始了，刘大人他们怎么还不来，要不我回府里看看去？"

贾刀笔正是掂记着刘学正才出来的。看见看台空荡荡的，虽然猜不出发生了什么事，但他心里清楚，绝不能让黑贼去看，于是眼睛一瞪："伺候好夫人和老太太就行了，其他事不用你操心。"

见贾刀笔没有正面回答黑贼的话，凤儿说道："管家，要不你亲自回家看看，东家他们说好了看车鼓，为啥这会儿还不来？"

"夫人，车鼓队、花鼓队、抬阁、走马一大摊子需要料理，我走不开呀！"贾刀笔接着对单老太太和凤儿说道，"不用惦记东家他们，说好了看车鼓的，估计很快就来了，你们安心看热闹吧。"

这时只见旁边看台上的白牡丹向贾刀笔招手，示意他过去。贾刀笔赶紧挤到田府看台跟前，白牡丹一语双关问道："刘大人他们怎么回事？"

"昨儿个晚上我离开的时候一切正常，应该没啥问题。"

"那为啥这会儿了还不来？"

贾刀笔摇摇头："我也不明白。"

"不会把事情弄砸了吧？"

"以我对刘大人的了解，肯定不会。"贾刀笔回答道。

"好了，那你去吧。"

贾刀笔转身进了山神庙。这边单老太太犯起了嘀咕，心想这州衙大官专程来看车鼓，可比赛马上就要开始，却不见他的人影，这是为啥呢？她问凤儿道："锁银昨儿个晚上跟你咋说的？"

"他说跟刘大人有事，让我陪你看车鼓，别的也没说啥。"

单老太太心想，大过年的能有啥事，就算有事难道一晚上都说不完？反过来又一想，咱一个平民百姓怎么能知道人家州衙大官的事情，于是对凤儿和黑贼说道："不用惦记他们了，咱们看咱们的吧。"

吕府看台这边，吕东家之前已经得知盼人穷和白牡丹去州衙请刘学正看车鼓的事，猜想姐弟俩一定有鬼主意。见贾刀笔出来进去，还跟白牡丹嘀嘀咕咕，心里颇有点幸灾乐祸，哼！请什么州衙大官看车鼓，纯属拉大旗作虎皮，活该丢人！

热闹开始了。

三庄各自的花鼓队、抬阁、旱船、走马还有花杆队依次登场表演。热闹虽然出于同门同宗，但几经演变已经各具特色。花鼓队热烈的鼓点，辅助着小丑诙谐幽默的舞蹈动作，引来观众阵阵欢笑。抬阁队有的饰演八仙过海，有的饰演大闹天宫，有的饰演天女散花，精美的造型引来阵阵喝彩。旱船队在老船工船桨"拨弄"下游来游去，像真船漂在水上一样。走马队清脆的铃声，花杆队欢快的舞蹈，无不让观众为之欢呼。

时近中午，其他热闹表演完毕，边山热闹的压轴戏——车鼓比赛即将登场。

三支车鼓队按照抽签顺序前后排开，指挥官高高扬起了手中的令旗。人山人海的热烈场面顿时安静下来，激动的人们相互之间听得见对方心跳的咚咚声。

终于，令旗有力地挥了下去，三挂车鼓合着热烈的鼓点冲了出去。铿锵的车鼓声，开道队员的吆喝声，周围观众的加油声交汇在一起，响彻天空。

三个车鼓队的小伙子各自拉着自己的车鼓，撒开脚丫子猛冲。三庄老百姓挥动着手臂，竭尽全力为自己的车鼓队呐喊助威、加油鼓劲。

车鼓比赛要围着山神庙转十圈，最后一圈冲在最前面的车鼓队为胜者。

一圈、两圈、三圈……八圈过去了，三支车鼓队交替领先，一会儿红旗在前，一会儿蓝旗在前，一会儿白旗在前，始终在伯仲之间。

第九圈开始，决胜时刻到了。

蓝白旗帜冲在了前边，庙北村车鼓渐渐出现了颓势，被另外两挂车鼓甩在了后边。

田府看台上的白牡丹看见蓝旗跑到前边，心里一阵激动，与儿子大牛、二牛还有庙东村的百姓一起大喊：庙东村加油，庙东村第一！

看见白旗冲到前边，吕府看台上的吕东家激动地站了起来，摘下头上的猫儿眼头巾，使劲挥舞着，与庙西村百姓一起呐喊：庙西村加油，庙西村第一！

单府看台上，单老太太和凤儿眼看着红色旗帜落在后边，心里急得火

十七 鼓声掩不住的醒醍

烧火燎的,恨不得亲自上去帮一把。庙北村人全都急了,一起拼命呼喊:庙北村加油!庙北村加油!

最后一圈开始,冲刺时刻到了。

三庄百姓可着嗓子为自己的车鼓队加油鼓劲,外地观众也跟着为自己喜欢的车鼓队加油,呐喊声铺天盖地、震耳欲聋。黑贼眼见红旗与蓝旗白旗的距离越拉越大,急得两眼冒火,他对单老太太和凤儿说道:"老太太,夫人,我上去吧,不然咱庙北村就要垫底了。"

单老太太和凤儿异口同声道:"去吧!"

黑贼一声吆喝"嚓——"撒腿向前跑去。一口气追上庙北村车鼓,黑贼对驾辕的小伙说道:"让开,我来!"

驾辕的小伙已经跑得精疲力竭,见有人替换,赶紧让出位置,让黑贼顶上。庙北村车鼓队员们一看来了生力军,士气大增,拉起车鼓拼命向前追去。

因前边拉的距离太大,尽管拼命追赶,还是迟了一步,庙东村与庙西村车鼓抢在庙北村车鼓前面同时跨过冲刺线。

两车并列第一,这戏剧性一幕在三庄车鼓比赛历史上还从来没有出现过。庙东村与庙西村车鼓队的小伙子跳着、叫着,两村老百姓一起欢呼,脸上流淌着幸福的泪水,欢呼的声浪一浪高过一浪。

小伙子们放下车鼓,一起来到山神庙广场,照例开始一年一度的欢庆酒宴。

以往只有一个车鼓队获第一,酒席费用由落后的两个村子分担,这是老先人定下的规矩,世世代代已经形成惯例。今年出现了特殊情况,酒席费用该如何解决?单、田、吕三家看台上的主人们没有离开,三庄的百姓们也不肯离开,人们挤满山神庙广场和大门周围,等待着最后结果。

人们议论纷纷,多数人认为既然庙东村和庙西村并列第一,酒席费用就应该由庙北村一家负担,也有人认为老先人没有想到并列第一的问题,规矩定得不够完善,一村负担三村的酒席费不太合适。

单府、田府、吕府是三庄最大的富户,热闹和车鼓比赛花销及庆祝会的酒席费,三大户拿大头,其余分摊给各家各户。出现特殊情况,当然得由三个大户协商，三府管家赶紧聚在一起，商量应对之策。

田府与吕府管家有说有笑，脸上洋溢着胜利者的喜悦。贾刀笔垂头丧气，一副无精打采的模样。

也难怪，第一年当单府管家，庙北村车鼓就跑了个最后，搁谁心里都不好受。然而，贾刀笔心里清楚，庙北村车鼓队失利的原因是自己与东家忙于他事，没有尽全力组织车鼓队进行练习，而且前一天晚上还抽出部分主力队员去单府打了一夜花鼓。想到此他没有沮丧，也不后悔，有所得就得有所失嘛。

田府和吕府管家已经达成共识，要在公众面前展示高姿态。

田府管家拍拍贾刀笔的肩膀，很大方地说道："贾管家，我们商量过了，虽然我们两家得了第一，可是这酒席费不能让你们庙北村一家负担。"

庙西村管家接着说道："是的，你们庙北村负担一半，我们两个村负担一半，你看怎么样？"

卖了多年嘴皮子的贾刀笔一时语塞，竟然不知道该怎样回答。

见贾刀笔不吭气，田府管家与吕府管家交换了一下眼色，然后调侃道："如果单府财力不行，那这酒席费就由我们庙东村和庙西村两家负担，权当我们两家跑车鼓输了。"

说完话两个管家清脆地一击掌，哈哈哈一阵开心的大笑。

两管家挑衅性的语言和举动，反而让贾刀笔头脑清醒起来。心想这件事看似失败，实则是机会，正是单府和自己树立威信的时候，因而果断地回应道："不用你们出钱，单府有的是银子。"接着他转身对众鼓手大声说道："弟兄们，大家尽情吃、尽情喝，今年的酒席费由庙北村一家负担！"

众鼓手齐声欢呼：好！

围观百姓纷纷伸出拇指，夸赞单府不愧为边山第一富户，果然财大气粗。有了结果，人们开始慢慢散去。

单家看台这边，得知庙北村一家负担酒席费的消息，单老太太和凤儿母女俩心情不一。单老太太觉得由庙北村负担酒席费既符合规矩，又为单府争了气，管家做得对。而凤儿却是另一番心境。别看她从小娇生惯养，过日子却十分节俭，从不奢华，甚至有几分抠门。听说贾管家答应一家负担鼓手们的酒席费，老大的不高兴，她叮嘱长工黑贼和丫鬟："我先回去，你们别着急，等周围的人都散了，照顾老太太慢慢回来。"

凤儿甚至顾不上跟其他两个看台的亲姑子道别，说完话快步向家里跑去。她想尽快告知丈夫，看看能不能撤销管家的决定，为单府挽回一点损失。

心里着急，脚下生风，凤儿一路小跑进了单府大门，向自己房间跑去。

这边盼人穷一时冲动，竟然忘了关门。凤儿一把推开房门，眼前的一幕让她张大了嘴巴，瞪圆了眼睛，一只斜眼更加歪斜。只见盼人穷与儿媳妇小莲赤身裸体抱在一起……

凤儿不敢相信这是真的，她发疯般冲上去，对着盼人穷又抓又咬："你个不要脸的，我……我抓死你！"

盼人穷凶相毕露，冲凤儿一脚踹去，凤儿被蹬到炕下边，半天起不来，嘴里仍然叫骂着："你个扒灰的，你不得好死！你……"

盼人穷跳到坑下，双手卡住凤儿脖子："你活够了吧？再叫就掐死你！"

他想做给黑牡丹看，不听自己的话会是什么结果。凤儿一时喘不上气，晕了过去。

黑牡丹早已经麻木了，哪里还有心思关注地上的婆婆，她只是怕盼人穷像刘学正一样不允许自己穿衣服，所以拉过被子盖在身上。

盼人穷倒是没有像刘学正一样，他一边穿衣服一边吩咐黑牡丹："穿上衣服。"

黑牡丹机械地拿过衣服裹在身上。盼人穷帮黑牡丹正正衣服："穿整齐！"接着他从柜子里拿出一包银子递给她："拿着给你爹看病，剩下的给你弟弟讨媳妇，不够了再找我要。"

黑牡丹机械地接过盼人穷递过来的银子，转身出了房门。

十八／刘大人的妙招

　　原以为黑牡丹会扔掉银子，又吵又骂、哭闹不止，没想到她不哭也不闹，揣着银子慢慢离开了。

　　盼人穷坐到炕沿上，看着躺在地上的凤儿，一股厌恶之情涌上心头，恨不得她立即死去。他又开始琢磨黑牡丹，她为啥不哭也不闹，是看上了银子，还是被自己的凶相吓住了？应该是两个原因都有吧，盼人穷一阵激动，要是这样，那以后的事情就好办了。

　　这时，凤儿醒了。

　　盼人穷凶狠地瞪着她："斜眼子我告诉你，敢把今儿个的事情说出去，我立马掐死你！"

　　凤儿直愣愣地望着盼人穷，突然冒出一句莫名其妙的话："你是谁？我不认识你。"

　　盼人穷走过去拍拍凤儿的头："斜眼子，你说什么？"

　　"你是谁？我不认识你……"

　　盼人穷意识到，凤儿疯了。他不仅没有丝毫悔意，反而一身的轻松，疯了好，疯了就啥事也没了，随即向门外喊道："小梅，过来！"

　　小梅赶紧走了过来，盼人穷对她说道："夫人病了，扶她到你房间休息，以后就让她和你住在一起。"

小梅怀疑自己没有听清楚，战战兢兢问道："让夫人住在我房间？"

"耳朵长毛了吗？"盼人穷呵斥道，"让她住在你房间里，伺候她吃喝，但不准她到我的房间里来，也不准她去其他地方，只能每天待在房间里，记住了吗？"

"记住了，记住了。"

小梅从地上扶起凤儿，搀扶着回自己房间去了。

单老太太离开山神庙回到家里，上炕就躺，看了一上午热闹，累了，想歇息一会儿再吃午饭。她心里惦记着凤儿，不知凤儿跟锁银商量的结果如何，遂翻身坐起来吩咐丫鬟道："去前边问一下，看夫人和东家怎么说了。"

"好的老太太，我这就去。"

不一会儿，丫鬟回来了，她上气不接下气地说道："回老太太，我见了夫人，她什么也不说。"

单老太太一愣："啥也不说？"她接着问丫鬟道："看见东家了吗？"

丫鬟摇摇头："没看见。"

"那你见着小梅了吗？有没有问她？"

"小梅姐和夫人在一起，我问了，她摇着头，什么也不说。"

"你在哪儿见到她们的？"

"在小梅姐房间，夫人在小梅炕上躺着。"丫鬟回答道，"我猜是不是夫人病了？"

"病了？不可能，刚才还好好的。"她接着问道，"夫人一句话都没说吗？"

"说了，她说，你是谁，我不认识你。"

啊！这是怎么啦？单老太太知道女儿抠门，莫非她因为酒席费的事跟锁银生气了？又一想不对，这么点小事至于吗？她吩咐丫鬟："你去把小梅叫来，我问问她。"

"好的，老太太。"

片刻工夫，小梅随丫鬟进来了。见小梅一脸的惊慌，单老太太更感奇怪，赶紧问小梅道："夫人怎么啦，为啥她不说话？"

小梅摇着头回答："回老太太，我……我不知道。"

单老太太猜想一定出了什么事，接着问小梅道："你跟我说实话，是夫人跟东家怄气了，还是有别的什么事？"

小梅语无伦次回答："我……东家，夫人……她，我……"

小梅的举动更坚定了自己的猜测，单老太太招呼小梅坐在自己旁边，手搭在她肩上轻轻说道："小梅，你在单府有一段日子了，凤儿很喜欢你，我也把你当孙女看待，我再问你一遍，夫人她怎么啦？你一定要跟我说实话。"

回想来单府的日子，老太太待自己确实不薄，再想想夫人可怜的样子，小梅心想豁出去了，得跟老太太讲实话。她于是把听见少奶奶在东家房间里吵闹，自己想出去安慰，东家不让管。后来又听见夫人大哭，还骂东家不是人，之后好像看见少奶奶从东家房间离开了。东家叫自己过去，这才发现夫人病了。东家说让夫人住到自己房间里，还说要看着夫人，不让她出去走动。

单老太太大概猜出了几分，她对小梅说道："你先回去，看着夫人别让她离开，我随后去看她。"

想起盼人穷凶神恶煞的样子，小梅胆怯地回道："老太太您可尽快过来，我等着您。"

"好的，我立马就过去。"

目送小梅离开房间，单老太太稍微平复了一下自己的情绪，接着对丫鬟说道："走，随我去看夫人。"

单老太太来到小梅房间，果然看见凤儿傻愣愣地躺在炕上，脸上一点表情也没有。单老太太不由得老泪纵横，她双手捧住女儿的头问道："凤儿，你……你怎么啦？跟妈说！"

凤儿两眼直直地瞪着单老太太，嘴里嘟囔着："你是谁？我不认识你。"

单老太太只觉得浑身的血往上涌，差点晕倒在地，旁边的小梅赶紧扶住她："老太太，您……您可千万保重！"

"保重？"单老太太喃喃道，"我保重，我保重。"

小梅叮嘱老太太贴身丫鬟："赶紧扶老太太回房间去，让她歇会儿。"

丫鬟一边答应着，一边扶老太太回房间去了。

再说贾刀笔安置好了山神庙的事，眼看着大伙有吃有喝尽情欢乐，同桌田府、吕府的管家也是酒戒大开，大有一醉方休的劲头。贾刀笔根本没有兴致喝酒，他胡乱扒拉了几口菜，站起来对田府、吕府二位管家说道："我有点事，告辞了。你们也少喝点，晚上说不定还有事情商量。"说完奔单府而去。

122

急匆匆来到单府客厅，发现只有盼人穷一人，并不见刘学正，贾刀笔问盼人穷道："东家，刘大人呢？"

"还没有起来哩。"

"为啥不叫他？"

"叫了，他说不让打扰他睡觉。"

贾刀笔心想这刘大人也太有点那个了，他问盼人穷道："两个人还在一起吗？"

"没有，小莲回房间去了，他一个人还在睡觉。"

"这就好办了。"贾刀笔高兴地说道，"该吃中午饭了，叫他起来吃饭。"

"那你去叫吧。"

"好的，我去叫。"贾刀笔说完就往客房去了。

不一会儿，贾刀笔陪着刘学正过来了，盼人穷赶紧起身迎接。贾刀笔接过刘学正手里的顶戴花翎放到案几上，然后吩咐身旁丫鬟："告诉厨房，上菜！"

盼人穷安排刘学正坐到上位，自己和贾刀笔陪在旁边。

饭菜很快端上来了，贾刀笔对刘学正客气道："早饭没吃，刘大人一定饿了，赶紧吃吧。"

盼人穷端起酒坛："无酒不成宴，先喝几杯再吃吧。"

"酒就不要喝了。"刘学正说道，"管家不是说有事要说嘛，咱边吃边说，吃完饭我得赶紧回州衙去。"

"着什么急，再住一晚上吧。"盼人穷挽留道。

回想昨儿个销魂的一夜，刘学正不无留恋地说道："我是想再住一晚上，可是不行啊。新来的知州对下属要求很严，昨儿个编了个理由出来的。明儿个点卯若见不到我，又得挨骂了。"

贾刀笔瞪大眼睛："知州还骂下属？"

"岂止是骂，对干不好事情的下属他就差拿板子打了。"

贾刀笔若有所思道："哦，这以前倒是没听说过。"

盼人穷收回酒坛："好好好，那就不喝了，拿筷子，咱们边吃边说。"

几个人拿起筷子开始吃饭。精于世故的刘学正知道盼人穷他们这么热情"招待"自己，一定有事相求，便开口问道："俗话说一回生两回熟，咱们这以后就是熟人了，有什么事尽管说。"

盼人穷对贾刀笔使了使眼色，贾刀笔停下手中的筷子，对刘学正拱手道："刘大人，有一件事需要您帮忙。这事对您来说也就是举手之劳，可对我们单府来说可是大事。"

"说来听听。"刘学正说道。

"这西北深山的胡桑庄每年托我们往州衙捎租银，能不能让我们省点事，别往州衙送了……"他瞅瞅刘学正，见他并没有反感，便大着胆子说道，"这点银子对您刘大人的衙门来说等于九牛一毛，收不收的没关系，假如归了我们庙北村，车鼓比赛就能办得更好，明年还请您来看比赛。"

刘学正十分不悦地问道："只能是看车鼓比赛，其他时间我就不能来吗？"

贾刀笔知道刘学正话中有话，赶紧纠正道："不不不，刘大人随时可以来庙北村。"

刘学正高兴了："这还差不多。"他接着说道："那点银子对衙门来说确实无关轻重，但胡桑庄人耕种的土地是官产，总不能说没就没了吧？"

说的也是，这官产怎么能说没就没了呢？

盼人穷试探着问刘学正道："听人说胡桑庄土地本来属于山神庙，能不能让它归了庙北村？"

一句话提醒了刘学正，他对盼人穷和贾刀笔说道："归庙北村没有道理，但归了山神庙还可以考虑。"

"那我们……"贾刀笔欲言又止。

刘学正放下手中的筷子，起身在房间里来回踱步。终于，他有了主意："这样吧，你们以三庄的名义写一个文书，就说山神庙维护资金不够，申请胡桑庄土地山林归山神庙所有，我照批就是了。"

贪心的盼人穷问刘学正道："既然归庙产可以，干脆直接划归庙北村不是更好吗？"

知道盼人穷想吃独食，可是把胡桑庄土地划归庙北村，白牡丹肯定会不高兴。刘学正假装很有原则的样子说道："学产变庙产属于公产互拨，若归了庙北村就变了性质，成了公产变私产，上边追究下来不好办。"

贾刀笔竖起大拇指夸赞道："哦，还是刘大人想得周到。"

刘学正暗自得意，他这个办法可谓一箭三雕，既达到了盼人穷的目的，又讨好了白牡丹，还可以推脱自己的责任，可谓三全其美。

盼人穷这里并不买账，他心想我费劲把你从州城请过来，好酒好菜管上，还搭上两个美人，庙东村和庙西村没有出力却白捡便宜，这怎么行？于是他不情愿地问道："归了庙产，就等于归了三庄，那不白白便宜了庙东村和庙西村？"

刘学正心想这人真是够独，连自己的亲姐姐都不管不顾，依着他官二代的性格，这事早就不管了。因惦记着"美白双牡丹"，刘学正耐着性子对盼人穷解释道："田府是你姐，吕府是你亲家，都不是外人，给他们分点好处有啥不好？再者说，胡桑庄山林归了三庄，万一出了事情，三庄合起来应付，岂不更有势力？"

"能出啥事情？"盼人穷问道。

刘学正像是回答盼人穷又像是问自己："能出啥事情？"这是他最担心的问题，遂问盼人穷和贾刀笔："胡桑庄人不买账起来闹事，会不会出现这样的情况？"

盼人穷和贾刀笔异口同声："会。"两人一对视，想想山里人那么老实，便一起说道："不会！"，可又一想，万一山里人的倔脾气上来，两人又一起回答："会。"

见两人心里没数，刘学正说道："你们也别猜了，咱们得想办法，防止他们'会'。"

两人又是异口同声："怎么防？"

"当然得使用一个高招。"

两人再次异口同声："什么招？"

刘学正不耐烦地对贾刀笔说道："别再耽误时间了，你赶快去写文书，用什么招，我再想想。"

片刻工夫，贾刀笔拿着写好的呈文过来了，刘学正看了看文字上没什么问题，便在上边批上"准办"两字，并签上自己的名字。

盼人穷伸手就要拿纸条，刘学正推开他的手说道："着什么急，还没有盖官印！"

盼人穷尴尬地笑了笑："哦，我忘了这个茬。"

刘学正一边将纸条装入衣袋一边说道："我回去盖上官印，让你们的车夫捎回来。"接着向盼人穷和贾刀笔招招手，两人赶紧凑过来。刘学正如此这般一阵交代，两人双双竖起大拇指，再一次异口同声："这一招高，实在是高！"

刘学正接着叮咛贾刀笔："你是玩弄文字的高手，到时候就看你的了。"

贾刀笔会意地一笑："没问题，看我的吧。"

"那就这样，我得赶紧走，天黑之前赶回州衙去。"

盼人穷吩咐贾刀笔："去让黑贼套车，选一个跑得快的骡子。"

"好嘞。"贾刀笔答应着出去了。盼人穷帮刘学正戴好官帽，整整衣服，随后送他到大门口。

刘学正向盼人穷和贾刀笔告辞道："你们留步，我走了。"接着叮嘱贾刀笔："到时候记着照我说的办。"

"放心吧，刘大人，我记住啦。"贾刀笔说道。

盼人穷拉住刘学正的手："欢迎常来庙北村！"

这是刘学正最想听的一句话，他高兴地回答："一定一定！"接着他又叮嘱盼人穷道："转告你姐，我会去庙东村看她！"

"好的好的，一定转告。"

两人扶刘学正上了轿车，黑贼鞭子一扬，轿车往绛州城里奔去，背后扬起一溜尘烟。

十九 / 亲姑子之间

送走了刘学正，贾刀笔建议道："东家，我看咱们趁热打铁，找庙东村和庙西村商量一下，把这事定下来，过了十五就可以同胡桑庄谈了。"

"我也是这个意思。"盼人穷抬头看看日头，"酒摊子应该还没散，要不咱们这就去山神庙，趁他们都在，把这事说清楚。"

贾刀笔摇摇头："东家，不可！"他接着说道："这事不能在山神庙商量，得把他们叫到单府来，那样咱们说话才有分量。"

"哦，还是你想得周到。"盼人穷说道，"那你去山神庙叫他们去吧。"

"先别急。"

"又怎么啦？"盼人穷问道。

"咱们得先商量个谱儿，定个调调，不然到时候这戏怎么唱？"

两人相跟着回到盼人穷房间，就如何结成三庄同盟，如何向胡桑庄摊牌，向胡桑庄收取多少银子，以及如何分配等事项进行商量。商定每年向胡桑庄收取三十两银子，其中庙北村得二十两，庙东村和庙西村各得五两。

盼人穷问贾刀笔："每年三十两，山里人肯定能负担得起？"

"我仔细算过了，年景好的时候应该略有富裕，年景不好费点劲。"贾刀笔回答道。

"行，这我就放心了。"盼人穷接着问贾刀笔："再想想还有啥问题，咱们提前商量个道道，到时候好应对。"

贾刀笔略一沉吟："问题主要在你姐那里，得五两银子恐怕不大乐意。庙西村那边啥事没干，白白得五两银子，应该没问题。"

"她不乐意能咋的，这事是咱们办的，她也就是跟着跑了跑腿。"

贾刀笔心想这白牡丹可不仅仅是跑跑腿那么简单，可她的事又不便明说，便附和盼人穷道："是的，你们毕竟是亲姐弟，她就算不愿意，也好摆治①。"

"我姐那里怎么都好说，倒是那个吕大炮让我担心，只怕他不愿意跟咱们一起干。"

"嗯？白白送给他银子，他怎么会不愿意？"

"他那个人不同你我，他是地道的边山人，不会见钱眼开。"

"管他什么人，到了咱的地盘上，不愿意也由不了他。"

"但愿吧。"盼人穷说道。

贾刀笔叮嘱盼人穷道："到时候不管遇到什么问题，你唱黑脸，我唱红脸，这一点可千万不要忘记！"

"好的，知道了，你去叫他们吧。"

贾刀笔出了单府，匆匆来到山神庙酒宴现场。不少人已经喝多了，相互说着大话、胡话。见贾刀笔过来，一群人围了上来："贾管家，来，喝一杯！"

贾刀笔避开一群醉汉的"围攻"，找到田府、吕府的管家说道："二位不要喝了，有正经事要商量？"

"有啥正经事，喝酒就是正经事。"田府管家醉醺醺地说道，"来，咱俩干一杯。"

吕府管家一手推开他，一手端着酒杯对贾刀笔说道："贾管家是绛州城里来的，哪里看得上你这个边山土鳖，跟你喝什么酒，人家跟我喝！"

田府管家推开他:"你才是土鳖哩,贾管家肯定会跟我喝!"

"别耍酒疯了!"贾刀笔一本正经地说道,"快去找你们东家,单东家在单府等着他们,有要事商量!"

见贾刀笔一脸认真的样子,田府和吕府的管家这才很不情愿地收起酒杯,向主子禀报去了。

128

田府这边,受世俗影响,白牡丹在公开场合不便以田府主人身份出现,便携两个儿子到酒宴现场,与鼓手们一起饮酒狂欢。因心里惦记着刘学正,白牡丹想去单府探探究竟,可又想不出理由。正在纠结,管家禀报说单东家有事相商,遂赶紧叫来大牛,想让他跟自己一同去单府。大牛偏偏是个守规矩又不爱出头的人,他推辞道:"妈,有我爹在,我怎么能代表田府?我不去!"

"你爹有病去不了,我一个妇道人家又不便出头,你说怎么办?"

一旁的二牛毛遂自荐道:"妈,我哥不去我跟你去。"

白牡丹清楚盼人穷要商量什么事,心想大牛太老实,带他去也就是个摆设,这个刺头二牛倒是能帮自己说话,便痛快地答应道:"好的,你跟妈去吧。"

吕府这边,儿子亲自参与跑车鼓赢得胜利,吕大炮自然喜不胜喜,放开肚皮与鼓手们一起纵情吃喝。听管家禀报说单东家有事相商,吕大炮放下手中的酒杯问管家道:"没说什么事吗?"

管家舌头有点硬:"只……只说是有事情商……商量,没……没说什么事。"

吕大炮火了:"舌头捋直了!两口猫尿就喝成了那个尿样,真是的!"他接着问道:"田府白牡丹他们知道了吗?"

被东家一骂,管家清醒了许多:"知道了,白牡丹好像已经去了单府。"

"那咱得赶紧走,小心那姐弟俩先捏掄好了,再回过头弄咱们。"

管家附和道:"对对对,咱……咱赶紧走吧。"

三大家族管事人很快聚集在单府客厅。

二牛是小辈,人虽然浑,但不算笨。他先跟盼人穷打招呼:"舅舅好!"再跟吕大炮打招呼:"吕叔好!"接着跟几位管家叔叔打了招呼。

大伙以宾主坐定，盼人穷开口说道："两位亲姑子，告诉大家一个好消息。"盼人穷故意卖关子，咳嗽两声，端起茶碗喝水。

白牡丹知道他是故意做戏给吕东家看，因而沉住气不说话。

吕大炮急了："喝什么水哩，赶紧说，什么好消息？"

"好好好，我说。"盼人穷放下手中的茶碗，接着说道，"你们两家可能也听说过，胡桑庄的土地原来属于我们三庄所有，后来归了绛州衙门作为学产，因而过去那么多年租银一直交给州衙。这次，我们借刘学正大人来看车鼓的机会，递了呈文，请求归还我们的田产，刘大人批准了。"

白牡丹没想到事情会这么顺利，更没想到会办得这么快，兴奋之情难以言表，她问盼人穷道："真批准了？"

盼人穷扬扬自得地回答道："真批准了，就差没盖官印。黑贼去送刘大人，顺便去州衙盖印，很快就回来了。"

"啊，太好了！"白牡丹高兴地说道。

吕东家明白了，原来姐弟俩请刘学正看车鼓果然有图谋。常言道，送东西容易，要东西难。刘学正是管学产的，竟然能批准这样的呈文？想想白牡丹平日的为人，再想想看车鼓时单府看台上始终不见黑牡丹，还有那个空看台。吕东家心想，白牡丹他们一定使用了非常手段，心里禁不住一阵恶心。他冷冷地看着盼人穷，想听他接下来说些什么。

盼人穷接着说道："土地主人成了我们，那就得重新确定租银。胡桑庄之前交给州衙的租银太少，我跟贾管家商定，每年的租银是三十两银子。"盼人穷咳嗽两声接着说道："这三十两银子如何分配，我跟管家商量了一下，二十两归庙北村，剩下的十两银子，庙东村和庙北村一人一半，各五两。"

白牡丹脸色一下子由晴转阴，她一使眼色，二牛立即站起来说道："舅舅您说得这个不合理，为了争回庙产，我们村也是出了力的。我妈为这事早早就去绛州城请刘学正，大晚上了才回到家，怎么能跟没出一点力的庙西村一样，得五两银子，这……"

吕大炮打断二牛的话道："我们庙西村虽然没有你们两家有钱，但这银子我们不要！"

贾刀笔误以为两村都嫌自己得的少，赶紧站起来解释道："吕东家、田少东家，这个数字是我跟善东家初步拟定的，如果两位嫌少，咱们……"

吕大炮气呼呼道："谁嫌少了？这样的不义之财，别说五两，我们连一文也不要！"

二牛听吕东家说庙西村不要银子，心想不要正好，庙东村可以得十两银子，正想拍手叫好，被白牡丹伸手按住了。

盼人穷早料到吕东家会反对，便按照事先商定的策略，假装生气地说道："你厉害什么？给你银子又不是向你要银子，你不要正好，我们两家还可以多分一点。"

吕大炮怼他道："这种不义之财你们两家分吧，我走了。"说着起身就要离开。

贾刀笔赶紧扶他坐下："吕东家正直、厚道、讲义气，不愿意接受不义之财，贾某佩服！"他接着说道："但是，这笔银子不是不义之财，而是我们理应得到的正当之财，如果是不义之财，我们庙北村也不接受！"

吕大炮对贾刀笔的为人早有了解，当初得知盼人穷聘请他担任单府管家时，就预料他会干出一些让人不屑的事。他曾经对自己的儿媳妇，也就是盼人穷的大女儿倩文说过："你爹请的这个管家不是什么好人，很可能成为单府的祸害。"

吕大炮也知道胡桑庄的情况，那么点个村子，一年满打满算估计也就收入三十多两银子。且不说土地归属还在两可，就算土地属于三庄，收人家三十两银子，一村男女老少还怎么活？这明明就是不义之财，贾刀笔非说是正当所得，吕大炮强压怒火对贾刀笔说道："贾东家，不管是不义之财还是正当所得，反正我们庙西村不要。"

盼人穷假装发火："爱要不要，不要走人。"

"走就走。"吕大炮招呼吕府管家道，"咱们走！"

贾刀笔一把拉住吕大炮："吕东家千万不能走，亲姑子在一起说话，高一声低一声的何必见怪？"他硬把吕东家按到椅子上，递上茶碗："坐下坐下，听我把话说完。"

吕东家挡过茶碗："我不喝，有话尽快说。"

贾刀笔清清嗓子慢条斯理说道："何谓不义之财，偷来的、抢来的、骗来的、哄来的。我们一不偷，二不抢，三不骗，四不哄，土地是我们的，他们种我们的地，交给我们租银，这是符合朝廷王法，天经地义的事，所以我说这笔银子是正当所得。"他问吕大炮道："亲姑子，我说的对不对？"

"就算地是我们的，这地租也收得太多了。"吕大炮回答道。

贾刀笔问道："何以见得？"

"原来胡桑庄每年只向州衙交十两银子，这大家伙都知道。你一下子就涨成三十两，还让人家活不？"吕大炮问道。

"这地租收多收少也没个绝对标准，靠地主和佃户协商，他们如果嫌多可以不种，我们另找别人种。"

二牛这时插话道："是的哩，他们嫌多就别种了，想种的人多哩。"

"一边待着！"吕大炮制止道，"大人们说话，有你什么事？"

白牡丹这时不干了："亲姑子，您这话就不对了，我们家满屯重病在床，这您是知道的。二牛来这儿不是代表他自己，他代表的是田府，是庙东村！"

贾刀笔也帮二牛说话道："是的，我们不能把二牛当小辈看，他有权利说话。"他接着鼓励二牛："你们年轻人脑子活，继续说说自己的看法。"

有了母亲和贾刀笔的支持，二牛胆正了，他接着说道："要我说还得加上一条，除了三十两银子，每年车鼓比赛后的酒席费由胡桑庄负担。"

想起上午车鼓比赛时的尴尬，贾刀笔拍手称赞："二牛这个建议好，胡桑庄负担车鼓比赛的酒席费，大家比赛时就不必再为此事分心，比赛结束后无论胜者负者都能真正地开怀畅饮。"

"真是越说越离谱了。"吕大炮反驳道，"车鼓比赛是我们三庄的事，管人家胡桑庄什么事，凭什么让人家负担酒席费？"

"这……"贾刀笔一时语塞。

二牛抢过话头说道："凭什么，理由很简单，他们每年都有人来看车鼓比赛，难道就白看，不应该做点事？"

贾刀笔朝二牛竖起拇指夸赞道："还是年轻人行！"

盼人穷看看姐姐，白牡丹高兴地点点头，他于是对吕大炮说道:"亲姑子，三家有两家意见一致，我看咱们可以把这事定下来。"

白牡丹反倒急了："三村各得几两银子，不能全由你们庙北村说了算，咱们是不是再商量一下？"白牡丹转身问吕大炮道："亲姑子，你说是不是？"

吕大炮哪里肯买她的账，气呼呼说道："你们姐弟俩商量吧，我走了。"说完起身就往外边走。

贾刀笔赶紧使眼色给盼人穷，自己跟着吕东家出了客厅门。

盼人穷会意，走到白牡丹身边轻声说道："姐，我知道你是嫌庙东村分的银子少了点。可你想过可没有？如果庙东村多分，庙西村就得多分，那咱姐弟俩费那么大劲弄来的银子，岂不白白便宜了庙西村？"见白牡丹没有吭声，盼人穷继续说道："姐，咱姐弟俩还分什么你我，单府是你娘家，娘家有了钱，你啥时候底气都是足的，你那么聪明的人，这个理你得明白，咱们两家这会儿应该合在一处，共同对付庙西村。"

"那咱何必要拉庙西村入伙呢，不要吕大炮岂不更简单省事？"

"姐，这是刘大人的主意，你不懂，开始我也不懂，但这会儿我懂了。因为胡桑庄山林属于山神庙庙产，所以我们必须得把庙西村拉进来，不然就是我们两家私吞公家田产，不仅对我们不好，上边查下来对刘大人也不好。"

白牡丹被盼人穷说服了："噢，原来是这样。"

话说贾刀笔出了客厅，一把拉住吕大炮，近乎哀求地说道："吕东家，不要银子可以，但不能这样赌气离开，再怎么说单吕两家也是亲姑子，您这样走了，这亲姑子之间还怎么走动？"见吕东家似有所动，贾刀笔接着求情："就算贾某求您了，千万别走，咱回去，咱回去！"贾刀笔一边说一边把吕东家重新拉回客厅。

贾刀笔料定盼人穷已经做通了白牡丹的工作，遂对白牡丹使使眼色，白牡丹会意，走到吕东家跟前说道："亲姑子，不看僧面看佛面，我们家倩文那么漂亮的姑娘嫁给你家那个二浪子，非但不嫌弃他，还给你们吕家连生两个男娃，倩文这个面子总应该给吧？！"

白牡丹唱的这是哪一出呢？

原来吕东家大儿媳妇连生两个女儿，让一心抱孙子的吕东家十分失望。二儿子脑子稍微有点不够数，娶了倩文后却连生两个男娃，让吕家有了后，吕大炮终于遂了心愿。知道漂亮的儿媳倩文并不喜欢自己的儿子，所以平日里总是对倩文百般迁就，见人就夸倩文这好那好。

　　盼人穷暗自佩服姐姐高明，想到了这个杀手锏。遂决定用这柄利剑杀杀吕大炮的傲气，他假装生气的样子对白牡丹说道："姐，跟他啰唆什么，不愿意认亲姑子就算了，他不认咱，咱也不认他！要不是因为老东家，我当初就不会让她嫁给那个二傻子。不行就让倩文回来，娃也带回来，我们单家养得起。"

　　这一刀果然捅到了吕东家的软肋，他说话没有那么冲了："善东家，话不能这么说嘛，亲……亲姑子这么好，我咋能不认？！"

　　"这就对了嘛！"贾刀笔接着说道，"来，咱们一起商量商量，看下一步怎么办。"

　　盼人穷的布局终于产生效果，亲姑子之间有了默契，三庄结成了同盟。

注：
①摆治——处理的意思，好摆治即好处理。

十九　亲姑子之间

二十／奶奶的心愿

　　三庄管事人经过商量，决定过了正月十五之后，由庙北村代表三庄跟胡桑庄摊牌。

　　这时天已经黑了，贾刀笔以东道主的身份，邀请大家道："厨房已经备好了酒菜，请各位亲姑子一起吃晚饭。"

　　吕大炮加入三庄联盟实属无奈之举，故不情愿参与具体事情，他起身告辞道："我中午喝多了，想早点回去歇着，你们吃吧，我回去了。"说完同吕府管家一起回庙西村去了。

　　田府与单府的人一起来到餐厅，分宾主坐定，盼人穷吩咐贾刀笔道："拿酒，吕大炮那家伙走了，剩下的全是自家人，咱们好好喝一壶。"

　　"好的。"贾刀笔捧来酒坛，一边为大家斟酒，一边向盼人穷建议道，"东家，跟胡桑庄谈判，哪些人参加，咱得先商量一下。"

　　"你说呢？"盼人穷问道。

　　没等贾刀笔回答，二牛抢着说道："舅舅，谈判一定得有我。"

　　"大人说事，你一个做小辈的，参加不合适。"盼人穷说道。

　　"怎么不合适？我看合适。"白牡丹接过盼人穷的话说道，"胡桑庄的王主事与你是熟人，有些话你不好说出口。二牛就不一样了，他一个做小辈的，啥话都可以说。"

田府管家心里明白，白牡丹让二牛参与谈判，为的是了解事情真相，遂赶紧附和道："别看二牛年龄不大，他反应机敏，能弥补咱们大人想不到的地方。"

"说得对。"贾刀笔说道，"这二牛确实有头脑，跟胡桑庄打交道少不了他。"

盼人穷想想也有道理，便向二牛表态道："行，到时候你参加。"接着他举起酒杯："来吧，自家人放开了喝！"

酒足饭饱，白牡丹带着二牛和田府管家高兴地离开单府回庙东村去了。

心里惦记着批文的事，盼人穷问贾刀笔："估计黑贼啥时候能回来？"

"去绛州城是一路下坡，回来是一路上坡，骡子也累了，再怎么也到后半夜了。"

"那你留心着点，黑贼一回来就让他见我，小心那个莽汉把批文给弄坏。"

"好的东家，这您不用操心。"贾刀笔接着道"这两天事太多，您忙坏了，我送您回房歇着吧。"

"好的，我确实累了。"

贾刀笔把盼人穷送到房间，不见凤儿，他问盼人穷道："东家，怎么不见夫人？"

"我让她跟小梅一起住了。"

贾刀笔不解地问道："为什么？"

"她病了。"

贾刀笔并不知道盼人穷跟黑牡丹的事，只能懵懵懂懂道："哦，是这样，那您歇着吧，我走了。"

从盼人穷房间出来，恰巧遇见丫鬟小梅搀着凤儿出来散步，贾刀笔赶紧施礼道："夫人晚上好！"

凤儿一反往日的热情，冷冷地说道："你是谁？我不认识你。"

贾刀笔问丫鬟道："夫人这是怎么啦？"

小梅摇摇头不说话。

贾刀笔继续追问:"小梅,夫人莫不是得了啥病,她为什么说不认识我?"

"我也不知道。"小梅回答道,"她……她谁都不认识,连老太太都不认识了。"

"怎么,连老太太都不认识,真的吗?"

小梅一边摇头一边回答:"别问我了,我什么都不知道。"

贾刀笔一头雾水,一边走一边想,这是怎么啦?

小梅和贾刀笔的话,盼人穷全听见了。他怀疑小梅把自己跟黑牡丹的事情告诉了单老太太,心想得核实一下,以便提早应对。看着贾刀笔走远了,他出了房间,急匆匆去找单老太太。

来到老太太门口,盼人穷让丫鬟先进去禀报,只听单老太太大声嚷嚷着:"让他走,我不见他!"

盼人穷心想坏了,小梅一定告诉了老太太。

返回房间的路上,盼人穷反复问自己:怎么办,怎么办?想来想去,决定先封住小梅的口,然后再想办法对付老太太。

半夜时分,贾刀笔领着黑贼来找盼人穷,黑贼递上批文说道:"东家,纸给您拿回来了。"

盼人穷接过批文看了一下,然后交给贾刀笔:"我又不识字,保存到你那儿。"

"好的,那我去了。"贾刀笔接过批文离开了。

盼人穷叫住黑贼说道:"本来你已经累了,可是你还不能去睡觉,有一件事需要你马上去做,因为你是我最信得过的人,让别人做我不放心。"

"东家,什么事尽管吩咐。"

盼人穷对着黑贼一阵耳语,之后叮嘱道:"厨房后边那口井已经废弃多年,边上有一块磨盘,完事后把磨盘盖到井口上。"

"好嘞,您放心去睡吧,保证办好!"

黑贼答应着出去了。

再说单老太太这边,从小梅的话中知道了事情原委,心想这真是单府最大的耻辱。有心找云龙媳妇核实一下,然后当着单府的人,揭露盼人穷的丑事。可反过来一想，这样的丑事要是传出去，单府世世代代的好名声就完了。

心里纠结着，一夜没有睡着。

正月十四早上，心里惦记着凤儿，遂让丫鬟去探视，没想到丫鬟回报说小梅不见了，夫人已经换了丫鬟。单老太太心想，小梅一定是被盼人穷灭了口。想着小梅那么好的孩子，被不明不白地害死了，单老太太心里说不出的难受。她悔恨当初瞎了眼，为单府养了一头狼崽子，这头狼的心肠比蛇蝎还要毒。一个蛇蝎心肠的狼崽子，再加上一个阴险狡诈的帮凶，这两人将来会彻底毁了单府。

该怎么办呢？

思来想去，单老太太终于有了主意，她吩咐丫鬟道："去叫二少爷云飞，就说奶奶找他有事。"

片刻工夫，云飞随丫鬟来了。单老太太一把抱住孙子，忍不住老泪纵横。云飞帮奶奶擦擦眼泪："奶奶，您怎么啦，大过年的哭什么，有啥难过的事吗？"

单老太太抹抹眼泪道："看你说的，奶奶能有啥难过的事，这不是看见你高兴嘛！"

"高兴您还哭？"

"这人年龄大了，眼泪有时候控制不住。"

"哦，奶奶，那您找我有事吗？"

"这不正月十五了嘛，奶奶想让你陪着过个十五。"

"行，没问题。"云飞满口答应道。

"记着，明儿个一早过来，中午一起吃饭。"

"好的，记住了。"云飞问道，"奶奶，就这事吗？"

"还有……"一阵难过袭上心头，单老太太问云飞道，"知道你妈病了吗？"

"刚听说，正要去看她，您老叫我，这就过来了。"

"好娃！"单老太太抚摸着云飞的头接着说道，"以后要好好照顾你妈，奶奶老了，照顾不了她了。"

二十 奶奶的心愿

"奶奶放心，我一定照顾好我妈。"

"这我就放心了。"单老太太叮嘱云飞，"去吧，去看看你妈，记着明儿个一早过来。"

"好嘞奶奶，我去了。"

盼人穷也是辗转反侧，一夜没有睡着。

有心找贾刀笔商量，可又不愿意让他知道自己和黑牡丹的事情，只能一个人反复揣摩。他心想，如果小梅把事情原原本本告诉了老太太，那她一定会暴跳如雷，骂自己一个狗血喷头。老太太没有这样做，说明她不知道内情。可为什么自己去找老太太，她很生气地说不见，以前这种情况从没有过，这是为什么？盼人穷暗下决心，假如老太太知道了自己和黑牡丹的事，那就干脆破罐子破摔，连她一起收拾了。再往深处一想，老太太在单府威信太高，在边山一带影响也大，事情一旦败露，后果将不堪设想，不到万不得已不能这么做，得慎重再慎重。

十四早上起来，听说老太太找云飞有事，盼人穷怀疑老太太会跟云飞说自己的事，决定再去探探虚实。他悄悄来到单老太太房间，隔着门听见老太太和云飞有说有笑，心里忽感一阵轻松，看来小梅没有说什么，是自己多虑了。想到这里，他哼着小曲离开了。

盼人穷刚刚离开，又有一个人蹑手蹑脚来到单老太太房门前。原来还有一个人在关注着单老太太，谁？贾刀笔。

昨儿个晚上发现了凤儿的异常举动，后来见盼人穷避开自己交代黑贼事情，一早又发现丫鬟小梅不见了。接二连三发生的事情，让贾刀笔感到疑惑，心想这里边有事，东家一定有什么事情瞒着自己，得弄清楚才行。

来到单老太太门前，隔着门仔细听了听，老太太和云飞只是说一些生活琐事，贾刀笔离开了。

正月十五到了，单府依然是张灯结彩，喜气洋洋。

云飞一早来到奶奶房间，见奶奶浑身上下穿着崭新的衣服，头发梳得光亮周正，便开玩笑道："奶奶，您打扮得这么漂亮，这是要相亲嘛！"

"臭小子，拿奶奶取乐！"老太太说道，"今儿个过十五，打扮一下是应该的嘛！"

"奶奶是越活越年轻了，打扮打扮应该！"

"咋会越活越年轻？奶奶是老了。"老太太说着话不由伤感起来，眼泪在眼眶里打转转。

云飞见状赶紧逗奶奶乐："奶奶，您年轻时是边山一带有名的美女，这会儿老了是老美女！"

老太太擦擦眼角的泪水："还是我家云飞会说话，净逗奶奶乐！"

"奶奶，我不是逗您，您这风度、这气质，简直赛过佘太君，边山一带哪个老太太能跟您比？！"

"越说越没边了，我咋能跟人家佘太君比？"

云飞伸出拇指道："您的气度超过佘太君。"

"哈哈哈……"单老太太笑了。

云飞陪着老太太说话，不觉已经到了早饭时刻。丫鬟端来了早饭，云飞于是陪着奶奶一起吃饭。

老太太边吃边问云飞道："你那个未过门的媳妇最近见过吗？"

"见过。"

"她长高了吧，家里人也都好吧？"

"年前我给她家送过东西，她比以前长高了，她家里人也都好。"

"你那个未婚媳妇是个好妮子，将来结了婚可要好好待人家，不要小看她家穷，更不能欺负人家。"

"奶奶，您放心，绝对不会，我最看不惯嫌贫爱富、欺贫凌弱的人。"

"我就说嘛，我们家云飞心地善良，是个好娃。"她端详着云飞，"你的秉性像你爷爷，将来掌了家，我们单家与人为善的门风一定可以传下去！"老太太叹了口气，"唉，可惜我等不到那一天了。"

"奶奶，说什么呢？刚才还说您像佘太君，佘太君一百岁还挂帅哩，您咋会等不到呢？！"

"哦，奶奶说错了……"老太太掩饰道。

吃过早饭，老太太对云飞说道："好长时间没有在院子里转过了，你陪奶奶去各处转转。"

"好的奶奶。"云飞搀扶着老太太，出了房门前往单府各处游览。老太太一边走一边为云飞讲解不同建筑的来历及寓意，让云飞了解祖先创业的艰难，告诫他要珍惜祖上来之不易的家业。

走完了单府各个院落，已经是午饭时分。按照惯例，全家人是要一起吃团圆饭的，老太太吩咐丫鬟道："你去催一下东家和夫人还有少奶奶，请他们尽快过来吃饭。"

丫鬟答应一声刚要离去，老太太叫住她："还有贾管家，叫他一起来吃饭。"

丫鬟那边去请人，这边老太太对云飞说道："先跟我回房间一趟，我攒了一壶好酒，今儿个高兴，拿出来一起喝了吧。"

云飞心想老太太平日里也不喝酒，今儿个大概是真高兴了，于是随着奶奶回到房间。单老太太打开柜子，取出一个精致的酒壶递给云飞："拿着，我从来没跟你爹喝过酒，今儿个破个例，跟他好好喝一回。"

"奶奶，你平时不喝酒，喝酒可得悠着点。"

"放心，奶奶心里有数。"

老太太和云飞到了餐厅，盼人穷、黑牡丹还有贾刀笔已经先到了。见老太太进来，一伙人赶紧站起来打招呼。老太太在主位坐定，然后摆摆手让大家坐下，接着问盼人穷道："锁银，凤儿和倩云她们怎么不来吃饭？"

盼人穷正发愁怎么跟老太太谈凤儿的事，被老太太突然一问，脸上的汗差点下来，他强作镇定回答道："回老太太，凤儿突然得了怪病，不认识人，也不肯出门，我让倩云陪着她吃饭去了。" 想想又觉着不对，遂补充道："等过了年，找个先生给她看看。"

老太太心想那是心病，能看得好吗？心里虽这样想，仍做出十分轻松的样子说道："噢，行行行，那咱们就不等她们了。"接着她对云飞说道："把酒拿过来。"

云飞起身把酒壶递给奶奶，老太太拿着酒壶说道："自从锁银来到单府，我从没有为他敬过酒。当然，贾管家新来不久，也没有为他敬过酒。今儿个心里高兴，我拿出这壶攒了多年的老酒。与锁银和管家一起干了它！"说完先把自己酒杯斟满，然后对盼人穷和贾刀笔说道："来，我敬你们两位！"一边说一边准备为两人倒酒。

贾刀笔伸手抢过老太太手中的酒壶："哪能让您老为我们小辈斟酒，我自己来。"贾刀笔站起身准备离开座位，不小心在椅子腿上别了一下，身子一晃趴在地上，他站起身十分尴尬地说道："对不起，刚才激动了，激动了。"接着先后为盼人穷和自己斟满酒，举起酒杯说道："老太太、东家，我们一起干了！"

盼人穷一副受宠若惊的样子，举起酒杯说道："妈，咱们干了！"

"干！"三人一起举杯，喝尽了杯中酒。

大家一起高高兴兴地吃完午饭，各自回房间歇息。

老太太在云飞陪同下回到自己房间，她摒退丫鬟，接着打开墙壁暗柜，取出一个精致的云雕盒子交给云飞说道："云飞，这是我们单家的传家宝，你祖爷爷当初把它传给你爷爷，爷爷留给了我，奶奶如今把它交给你。"

"奶奶，既是传家宝，您应该把它交给我爹才对。"

老太太以不容置疑的口吻说道："不！不能交给你爹，咱们单家的兴衰要靠你，一定要交给你！"

云飞不大理解奶奶的话，但见她态度坚决，只好接过盒子。打开一看，里边全是金银首饰，他关上盒子说道："奶奶，我不缺吃不缺喝的，要这些没用，再说这些东西也太贵重了，还是您老留着吧。"

"你是我们单家的根，这个盒子你一定要留着，里边还有更贵重的东西。"

"难道还有比金银珠宝更贵重的东西？"

其实宝盒里主要为祖传玉玺，上面刻着"单家之宝"，是单家掌门人的凭证。知道云飞不懂这些，奶奶耐心解释道："单家祖先当初留下这个宝盒，一是考虑到后代的不时之需，二是作为单府掌门人的凭证。盒子分上下两层，上层是金银珠宝，下层才是最重要的东西，是用多少金银财宝都买不到的，不到万不得已不要打开。你要好好保存它，单府将来不知道会发生什么事，到那时候会用上它。"

云飞从奶奶的话里似乎听出了点什么，他问奶奶道："奶奶，您老人家好像对我爹有看法，可是我觉得爹除了不识字之外，其他方面没的说啊。"

"咱们单家以善为立家之本，对内尊敬老人善待妻子儿女，对外为人处事以谦让为原则，你爹处理事情是这样的吗？"

"我感觉爹对您和爷爷很尊敬，对我妈还有我们兄妹都挺好。"

"那你妈怎么好端端就疯了呢？"

云飞一时语塞："这……这我真不知道。"

"云飞啊，看人不能只看表面，要往深里看，往远处看。"奶奶眼里滚动着泪花，"你已经长大了，这个宝盒你一定要保存好！"

云飞明白了，奶奶这是信任自己，或者说她不信任自己的爹。虽然心里难以接受，但出于对奶奶的敬重，不便直接推辞，云飞只能委婉地说道："奶奶，您的话我记住了，可是我没地方保存这么贵重的东西。"

"那就还放在这儿。"老太太重新将珠宝盒子放在暗柜中，并向云飞讲了打开暗柜的方法，最后叮嘱云飞道，"以后照顾好你妈，多去看看她。"

"奶奶，这个您尽管放心！"云飞答应道。

"告诉他们晚饭不要叫我，也不用送饭，奶奶累了，想好好睡一觉。"

"好的奶奶，您歇着吧，我走了。"

"走吧，奶奶送送你。"单老太太拉着孙子的手出了房门。云飞不好意思地说道："奶奶，我手脚利索得跟猴子似的，您老咋还要把我送到门外呢？快回去吧，让别人看见我都不好意思。"

"奶奶这不是想多看你一眼么。"老太太慈爱地拉住云飞的手，"来，让奶奶好好看看我的亲孙子！"

云飞把脸凑过来："奶奶，看了一天还没有看够吗？来，您老好好看看！"

老太太双手捧住云飞的头，端详着，像是要把他的模样刻在心里一样，泪水不住在眼眶里打转转。

"奶奶，您怎么又掉眼泪了，云飞说错什么了吗？"

单老太太擦擦眼泪道："看见我的好孙子奶奶就想哭。"

云飞纠正老太太道："奶奶，你应该说看见孙子就想笑才对。"

"是的，奶奶应该笑才对。"单老太太摆摆手，"去吧去吧，有你这样的好孙子，奶奶放心了。"

看着云飞走远了，老太太转身回到房间。懂事的丫鬟已经铺好了被褥，老太太对丫鬟说道："你这娃真是心眼多，奶奶谢谢你了，你去歇着吧，我这里没事了，不叫你你别过来。"

"好的，老太太。"丫鬟答应着出去了。

老太太脱鞋上炕，掀开被子躺好。想起餐桌上和盼人穷、贾刀笔喝酒的一幕，她脸上露出了欣慰的笑容。

二十一 / 天不遂人愿

正月十六一早，盼人穷叫过贾刀笔，正要说派黑贼去胡桑庄的事，老太太的贴身丫鬟气喘吁吁跑过来，惊呼老太太去世了。

盼人穷不相信自己的耳朵，他问丫鬟道："老太太昨儿个不是还好好的么，怎么突然就去世了，这……这是真的吗？你……你说说到底是怎么回事？"

丫鬟一惊，赶紧跪下说道："东家，这……我也不知道怎么回事。昨天中午吃过饭，老太太说她累了，要早早睡觉，还说不让打搅她。今儿个早上起来，我想老太太昨儿个睡得那么早，该起来了，就想着去伺候她起床。谁知道到了房间一看，老太太已经去世了。"

贾刀笔问丫鬟道："这事你还跟谁说过？"

丫鬟回答："谁也没有说，我发现老太太去世，立马就往东家这里来了。"

"东家，我们马上去老太太房间。"贾刀笔建议道。

"好的，走。"

盼人穷和贾刀笔跟着丫鬟迅速来到老太太房间，看见老太太脸色铁青，果然已经去世。

盼人穷心里的一块石头终于落了地，他长出一口气，浑身顿感无比轻松。想想老太太昨儿个喝酒时还那么精神，今儿个突然就死了，盼人穷百思不解，他喃喃自语道："奇怪，奇怪！"

一旁的贾刀笔见盼人穷一脸疑惑，遂对丫鬟说道："回你房间去，不叫你你别出来。"

丫鬟答应着出去了，贾刀笔这才对盼人穷说道："奇怪吗？一点都不奇怪！"

"你说什么，不奇怪？"盼人穷问道。

"不奇怪，一切都在预料中。"

"一切都在预料中。"盼人穷看着贾刀笔，"难道是你……"

"你想到哪里去了？"贾刀笔纠正盼人穷道："老太太自己毒死了自己。"

"自己毒死了自己，这……这怎么说？"

"这样吧，我给你讲个故事。"贾刀笔说道，"听完你就明白了。"

"好，我倒要仔细听听。"盼人穷说道。

贾刀笔清清嗓子，娓娓道来。

由于地处偏远又紧挨着姑射山，边山一带常常闹匪患，土匪歹人常常闯入大家富户掠人钱财，奸人妻女，还要主人陪吃陪喝。为了家人安全，大家富户只好加高院墙，增加护院人数，这些措施虽然能起到一定防护作用，但不能从根本上解决问题。

明朝末年，一伙悍匪攻破了一家大户的院子，冲进了富户家中。土匪头子让喽啰们把住大门，不许任何人出入。接着命令大户家的厨子做好丰盛的饭菜，在院中摆了十几桌，让主人拿出家中储藏多年的好酒分放到各个饭桌上。土匪大小头目分坐在各个桌子上，让大户府上所有女人分别在各个桌子陪酒。上至五十多岁的女主人，下至主人刚过门的儿媳妇及孙女，上至头发花白的厨娘，下至十二三岁的小丫鬟，不管会不会饮酒，统统被赶到饭桌上陪土匪喝酒。哪个女人敢说半个不字，立马招来毒打。

最可恶的是，土匪把大户家的男人押到现场，让他们看女人陪酒，拿男人们的痛苦取乐。哪个男人敢发出一点不满的声音，立即被身后的小土匪一刀毙命。

吃饱喝足之后，土匪头目们分别抱着自己身旁的女人找房间去淫乱。

头目们出来之后，小土匪一拥而入……土匪撤走后，这家的女人要么上吊，要么跳井，全都自尽了。

有了这样血淋淋的教训，边山各个大户都加强了戒备。

为防不测，单家祖先精心制作了一把酒壶，以备在主人受到要挟，特别是女主人的人身安全受到伤害时使用。酒壶用银子做成，外观非常精致，彰显了单府的富贵与高雅。这把酒壶的特别之处在内部结构，酒壶内分为两半，两部分可以同时盛入不同的酒，通过旋转壶盖分别倒出两种酒。单家还请高人研制出一种特殊的毒酒，这酒只要喝下去一小杯，再壮实的人也必死无疑。不仅毒性大，发作时间也与一般毒酒不同，喝下去之后不会马上起作用，而是在六个时辰之后发作。喝过毒酒的人大多会在睡梦中死去，即使个别人发现中毒，也来不及采取措施。这个酒壶平常不露面，只在遇到土匪或其他不法侵害者时才拿出来使用。主人在酒桌上为自己倒酒时把盖子拧到无毒酒一边，为坏人倒酒时把盖子拧到毒酒一边，侵害者不知不觉中就被下了毒，而主人却能全身而退。

"我咋就从来没有听说过单府有这么个酒壶呢？"盼人穷问道。

"这么神秘的酒壶，只有在老一代当家人去世时才会交给下一代当家人，您怎么会知道。"

"这么说，老太太就不承认我是单府当家人？"

"这是肯定的。"贾刀笔回答道，"假如老太太认定你是单府当家人，她肯定会把酒壶传给你。"

"原来是这样。"盼人穷问贾刀笔道，"这么说老太太给我们敬酒用的就是这把酒壶？"

"是的，没发现那把酒壶那么精致吗？"

"我当时眼前一亮，惊叹单家有这么精致的酒壶，怎么平常不舍得拿出来用？"

"这种酒壶，不到万不得已怎么会轻易使用。"

"可我还是不明白。"盼人穷问贾刀笔道，"她直接让我们喝毒酒不就行了，何必多此一举？"

"老太太是想跟我们两个同归于尽，并不想伤害其他人。"

"那她不给别人喝不就行了？"

"酒桌上的事情不可能啥都想到。"贾刀笔解释道，"比如你儿子云飞，看到这么好的酒壶，假如来了兴致想喝一杯，老太太又不能扫他的兴。这时候她就可以旋转壶盖，为云飞倒出没毒的酒。"

"哦，是这么回事，这老太太想得还真是周到。"盼人穷接着问贾刀笔，"你是怎么发现的，莫非你提前就知道她让我们喝毒酒？"

"我又不是神仙，怎么会提前知道？"贾刀笔回答道，"早先在街上摆摊时曾听有人谈起过，说单家有一把特制的酒壶，能盛两种酒，当时还半信半疑，以为别人编故事。昨儿个老太太拿出酒壶，我才发现这事是真的，因为酒壶太精致了。我当时就想，老太太该不是要让大伙喝毒酒吧？后来老太太为我们两人敬酒，她的热情让我明白过来，原来她是想毒死我们两个。"

"那为什么她死了，我们两个却好好的？"

"还记得我摔了一跤吗？"

"当然记得，你摔了个狗吃屎，我当时差点笑出声来。"

"我那是故意摔倒的，为的是分散老太太注意力。"贾刀笔解释道，"趁着大伙目光都盯住我嘴啃地的时候，我趁势把盖子拧到了另一边。"

"哦，我明白了，这个老东西想用她的老命赚我们两个的命，结果被你给识破。你把酒壶的盖子拧到无毒酒一边，她喝的是毒酒，我们两个喝的是无毒酒，所以我们两个没有死，而她自己死了。"盼人穷说道，"贾管家你真是聪明透顶，不仅让我们两个死里逃生，还除掉了我的心头大患，坏事变成了好事。"

想想自己差点被单老太太毒死，盼人穷咬牙切齿道："这个老东西真是可恶，我要把她暴尸荒野，扔到沟里让狼吃狗咬！"

"东家，把老太太暴尸荒野的办法不可取。"

"为什么？"

"老太太对我们还有用。"贾刀笔说道。

"她一个死老婆子，又不会说话，有什么用？"

"正是因为她不会说话，我们可以帮她说一些话。"

147

二
十
一

天
不
遂
人
愿

"帮死人说话？"盼人穷说道，"人都说你鬼点子多，还真是没有胡说，说说看，我们怎么个帮法？"

"老太太去世的事我们先秘而不宣。"

"啥叫秘而不宣？"

"秘而不宣就是老太太去世的消息先不往外说，单府的人也控制在最小范围，知道的人越少越好，然后……"贾刀笔对着盼人穷一阵耳语。

按照贾刀笔的计谋，盼人穷叫来黑贼，让他即刻去胡桑庄，请王主事他们来庙北村说事。然后叫过丫鬟吩咐道："去叫二少爷和倩云他们，先别说什么事，就说我让他们到这里来。"

"好的，东家。"丫鬟答应着去了。

盼人穷心里一阵轻松，心想单老太太死了，凤儿疯了，自己从此无任何羁绊，他狂妄地对贾刀笔说道："老东西一死，就成了咱们的天下，看谁还敢与我作对？"

"是的，东家，这偌大的单府，从今往后没有谁敢对东家的话说半个不字了。"

"不能再说单府，这大院从此后不再姓单，要姓狼！"

"东家，是冷，不是狼。"

"不，就是狼，我姓狼！"盼人穷吩咐贾刀笔，"你马上去石村一趟，让石匠们刻一个狼字，回来后把大门上的单字换下来。"

"东家，不妥。"贾刀笔说道，"你想姓什么没关系，但不能把门楣上的单字换成狼字，这一字之差单府就成狼窝了。"

"你啥意思？"盼人穷不理解，"说明白点，怎么单府就成狼窝了？"

贾刀笔心想这人不识字可真是可怕，他耐着性子解释道："单府的意思是单家的府邸，也就是姓单的家，狼府就成了狼的家，那不是狼窝是什么？"

"哦，明白了。"盼人穷说道，"这么说的话，就去刻一个冷字，把单府变成冷府。"

"冷府可以，但不能马上换。"

"那什么时候换？"

"什么时候换咱们再商量。"

正在说事情，听见云飞和倩云的说话声，盼人穷赶紧趴到单老太太身上假装悲伤。云飞和倩云来到老太太房间，看见爹伏在奶奶身上抽泣。近前一看，奶奶去世了，不由得放声大哭。

贾刀笔拉住云飞和倩云说道："你们先别哭，听我说几句话。"

两个孩子强忍悲痛，小声抽泣着听贾刀笔说话。贾刀笔把他们拉到自己身边说道："奶奶昨儿个还好好的，今儿个就去世了，她怎么会死得这么突然？我跟你爹说了，咱们要报官，让州衙仵作过来查查死因，不能让老人家死得不明不白。"

倩云不谙世事，瞪着泪眼看着云飞，云飞也觉得奶奶死得确实有点突然，于是朝妹妹点点头。

倩云问盼人穷道："爹，是这样吗？"

"是的，听贾叔说吧。"

贾刀笔接着说道："我怀疑有人害死了老太太。在老人家死因还没有查清楚之前，我们先不要把消息传出去，以免走漏风声，让坏人逃脱。所以，你们要忍住悲伤，千万不要哭出声音。"

云飞和倩云一起点点头。

盼人穷擦擦眼泪对孩子们说道："你们守在奶奶房间，哪里也不要去，也不要让任何人进来，吃饭我让人送过来。" 他特别叮嘱云飞："我和管家要去州衙请仵作，还要同胡桑庄说事，顾不上来这里。你是哥哥，看好奶奶，照看好妹妹！"

"爹，知道了，你们忙去吧。"

二十二／涨租银之后

　　且说胡桑庄这边，涨租银之后，各家各户手头不觉都紧了起来。由十两涨到十五两，二十多户人家每两户得多负担半两银子，乡亲们不得不重新规划自己的花销，并尽量想办法增加收入。

　　正月十五早上，王居汉早早从炕上爬起来，他拍拍身边的老婆和两个孙子："过十五哩，快起来吧！"

　　一家人穿好衣服刚出了窑洞，忽然听见窑洞中"轰隆"一声巨响，接着一股尘烟从门口冒了出来。听到声音，隔壁窑洞中的儿子和儿媳妇也跑了出来，一家人惊得面如土色。王居汉心想坏了，一定是窑洞中间的横木折了。

　　王居汉老婆吓得面如土色，跪倒在地上祷告着："老天爷有眼，老天爷有眼，保佑我全家逃过劫难！"

　　王居汉家的窑洞究竟住了多少代人，连自己也记不清了。因年代久远，窑洞正上方的拱顶裂了几道缝隙，为防止土块下塌，用一根横木撑住开裂的土块，横木的两端用砖砌的柱子顶着。去年夏天王居汉已经发现横木有了裂缝，本想着等秋收后有了银子把横木换掉，砖腿子重新砌一下。没想到秋收后租银涨了，手头一紧，便想再凑合两年，等宽裕一点再换，没想到这一凑合差点出了大事。

看来十五是过不成了，得赶紧把手头这活给干了，不然晚上连睡觉的地方都没有。想到这里，王居汉对儿子说道："去叫三合叔和富贵叔他们过来帮忙，咱们把窑洞的横木换一下。"

片刻功夫，聂三合带着锯子、斧子与田富贵相跟着过来了，后面还跟着高登武和几个年轻小伙子。听说王主事家窑洞塌了，乡亲们也陆陆续续赶来帮忙。

聂三合是村里唯一的半挂子木匠，他到窑门口看了看，回头对王居汉说道："家里有一根干松木，应该合适，我去把它扛过来。"

一旁的高登武听了聂三合的话，立马说道："三合叔，这活你去干，要我们年轻人干啥呢？我们去吧！"说完与另外两个年轻人一蹦一跳地走了。

这边聂三合与王居汉等人商量施工方案，聂三合问王居汉道："横木折了，砖腿子也塌了，横木要换，砖腿子要不要重新砌？"

"就把横木换一下，砖腿子不砌了。"

一旁的田富贵问道："为啥不砌砖腿子？"

"砌砖腿子要出去买砖、买石灰，这大过年的不好意思麻烦大伙。"

田富贵不以为然道："咱这小山村，邻居处得跟一家人似的，有啥不好意思？"

"砌砖腿子不只是用工多，还得花钱。"王居汉说道，"改用立木支撑，既省事还可以节省银子。"

聂三合插话道："立木支撑不如砖腿子好看，也没有砖腿子顶得紧。" 151

"好不好看的不要紧，只要能顶住不再掉土就行。"

"不要因为省银子就凑合，缺银子大家伙可以帮你凑。"田富贵说道。

"租银一涨，大家手头都紧了，能凑合就凑合吧，别给大伙加麻烦。"王居汉接着问田富贵，"你们家那个窑脸也不行了，不也是因为缺银子在凑合着嘛？"

"不只是我家，好几家窑脸都不行了，也是因为缺银子凑合着。"田富贵叹息道，"唉！都是因为州衙涨租银害的。"

聂三合顺着富贵的话说道："不光是修窑脸缺银子，有好几家的猪圈要修，还有几家想添置新农具的，都暂缓了。"聂三合拍拍手里的破锯子："本来想置一把新锯子，看来也只有暂缓了！"

"所以说嘛，咱就先凑合着吧。"

"好的，那就依你。"聂三合说道。

这时，高登武他们把木材抬过来了。聂三合量好尺寸，开始用锯子截木料。其他人开始清理窑洞中塌落的土块和碎砖，细心的田富贵站在窑洞口负责观察，以免有土块落下砸伤人。

中午饭时间到了，知道王主事家做饭不方便，聂三合老婆、田富贵老婆，另有十几个老婆家端着烧好的火锅来了。工地成了聚餐地，大家在一起有吃有说有笑，好不热闹，都说这个十五过得好。一直忙到傍晚，总算是为王居汉家修好了窑洞，大伙这才高高兴兴地离开了。

正月十六吃过午饭，高登武收拾好弓箭与夹子，准备上山捕猎。母亲把登武送到窑洞门口，爱怜地拉住他的手说道："刚过十五你就出去捕猎，这一走就是几天不着家，妈心里着实过意不去。"

登武赶紧为母亲宽心："妈，没事，我出去捕猎不跟去玩一样嘛！"

"好好好，那你就去吧，但愿你能捕回一头獾或者野猪，回头能多换点银子。"登武母亲望望天空，像是怨天又像是对自己说，"这老天爷也真是不怜念咱山里人，本来计划再攒两年钱，给你和小娥办婚礼，这州衙一涨租银，日子又得推迟了。"

"妈，迟一点就迟一点吧，总有攒够的时候，别着急。"

"怎么能不着急，人家川里有钱人像你这么大早就儿女满堂了，咱山里人虽然结婚晚一点，但也不能太晚了吧？妈这心里……"她话没说完，只听有人大声喊道："登武哥！"邻居家姑娘董小娥边喊边跑了过来。

小娥比登武小两岁，两人从小一起长大，可谓青梅竹马。随着年龄一天天长大，高登武成了高大魁梧的壮小伙，董小娥出落成亭亭玉立的美少女。美丽淳朴的董小娥与心地善良的高登武越走越近，不知不觉间坠入了爱河。

对于两人的恋爱，两家大人全力支持。小山村没有平川大村落那么讲究，没有媒婆，没有聘礼，王主事把两家人叫在一起吃了一顿饭，算是为两人订了婚。

订婚那天，吃过订婚饭，高登武与董小娥携手出了村子，沿着山间小路慢慢散步，高登武问小娥道："咱们去哪儿？"

"我不告诉你。"小娥调皮地眨眨眼，"登武哥，你想去哪儿？"

"我也不告诉你。"

小娥一边走路，一边采来路旁的山花做成花环戴在头上，又用黄色藤蔓做成耳环挂在耳朵上。走着走着，来到尧王岭半山腰的"天下第一洞房"，两人相对一笑："原来我们想到一块儿了！"

小娥冲高登武嫣然一笑："登武哥，看看我像不像鹿仙女？"

"像鹿仙女，不，你比鹿仙女好看！"

"登武哥，你取笑我，我哪里有鹿仙女好看！"

"你戴着花环和耳环真的好看，将来结婚时我一定给你买一副金耳环。"

"买一副金耳环！"董小娥一跳老高，"登武哥，你要给我买金耳环？"

"是的，我们家小娥这么漂亮，戴上金耳环一定更好看！"

想想登武家的境况，小娥问道："你跟姊子舍不得吃舍不得穿的，哪里有钱买金耳环？"

"那就给你买一副银耳环。"

"银耳环也不要。"小娥深情地说道，"我只要你，到时候我带着这个藤蔓耳环就行。"

"不！一定要给你买耳环。"朴实的高登武向着第一洞房双腿跪下，一本正经地承诺道："尧王和鹿仙女在上，我高登武发誓，家里穷，买不起金耳环，但一定给小娥买一副银耳环！"

小娥拉起高登武："登武哥，有心就行了，买不买都行，谁要你发誓哩？！"

"我是真心的嘛！"高登武拉着小娥的手说道，"你摸摸我的胸脯，看是不是真心？"

"登武哥，我相信你是真心！"

小娥偎依在高登武宽厚的胸前，两人的心儿醉了。

153

插了这么一段，再回到现场，小娥一路小跑过来对高登武说道："登武哥，我陪你去捕猎吧！"

"这一出去好几天，钻山沟、蹲树林，你一个女孩子哪里能行？"

"有你在身边，我能行！"

登武妈疼爱地拉着小娥的手说道："登武说得对，你一个女孩子可不敢跟着去，晚上捕猎黑咕隆咚的，万一不小心把你的漂亮脸蛋划破了，岂不坏了事。"

154

"那有什么坏事的，划破了脸登武哥也不会嫌弃我。"

"谁说不嫌弃，划破脸我就不要你了。"登武逗笑道。

"啊！你敢不要我？"小娥撒娇道，"看我不打你！"

高登武赶紧认错："说错了，该打，该打！"

董小娥挥起小拳头："这一拳我给你留着。"接着说道："不让我跟你一起去，那我送送你总可以吧？"

"可以，但不能太远。"

小娥高兴了："行，不远就不远。"

高登武告别了母亲，正要和小娥一起离开，只听王居汉从另一个方向远远喊道："登——武——"两人赶紧改变方向，迎着王主事走去。

看见高登武身上的装束，王居汉知道他是要出去捕猎，赶紧说道："别去捕猎了，回去准备一下，明儿个一早跟我去庙北村。"

"王叔，刚过年就去庙北村，有事吗？"

"有事，善东家让伙计黑贼来送信，让咱们去一趟庙北村，说是商量租银的事。"

"叔，商量租银那是你们大人的事，我去了有什么用？"

"不不不，东家叫我们去庙北村商量租银，这种情况以前从没有过，我感到很奇怪。是州衙又要涨租银，还是另有要事？你三合叔开玩笑说，可能是州衙可怜我们山里人，要把这部分土地归了我们，从此不再收租银。有没有这种可能，我心里也没个数。上次涨租银的事我一个人做了主，给全村人增加了负担，害得你跟小娥的婚事都得推迟，在我心里一直是个疙瘩。这回去庙北村，得多去两个人，遇事好商量。刚才我跟你富贵叔商量了，你年轻，脑子比我们转得快，又能来回跑腿，我跟富贵叔再带上你，我们三个一起去庙北村。"

"好的王叔，我跟着去，别的不行，跑跑腿总还可以。"

"可不只是让你跑跑腿，你聪明年轻，脑袋瓜灵活，有些事还得你帮着拿主意。"

"别，王叔，主意你们拿，我跟着帮你们拿东西就行。"

"你这娃真会说话，那就这样，你回去准备一下，我们明儿个一早出发。"

"好的，王叔。"

高登武和小娥返身往家里走，小娥心事重重地问高登武道："登武哥，庙北村叫你们去该不会又是涨租银吧？"

"这不刚涨了嘛，应该不会吧。"

"那他叫咱们去干什么？"

"这谁知道。"登武说道。

"你刚才咋不问问王叔？"

"这又不是什么秘密的事，估计王叔也不知道，他要是知道早告诉咱们了。"

"上次涨租银，王叔就不知道，是他们临时告知的，这次王叔还是不知道，我看是又要涨租银。"

高登武摇摇头说道："不知道别瞎猜。" 他不无期待地说道："听富贵叔说了，绛州新来的知州十分亲民，为老百姓办了许多好事，也可能知州体谅咱们山里人生活艰难，要给咱们免租银。"

"啊！我怎么没往这方面想？"小娥激动地拉住高登武的手说道，"登武哥，真要是免了租银……"

高登武会心地一笑："我一定给你买银耳环！"

二十三／真情与假意

正月十七天不亮，王居汉、田富贵、高登武三人在胡桑庄村头集合，准备去往庙北村。

村头的榆树疙瘩下，挤满了送行的人群，他们挥动着手臂，默默注视着王居汉三人，希望他们能为胡桑庄带来好消息。

中午时分，三人来到单府门口，贾刀笔早已经在门外等候，他远远打招呼道："亲姑子，辛苦了！"

王居汉赶紧迎上去："贾管家好，年过得好吧！单老太太和东家也好吧！"

"好着哩！老太太还特别叮咛问你好！"

王居汉向田富贵和高登武介绍道："这位是单府新来的贾管家。"

两人赶紧向贾刀笔拱手道："贾管家好！"

王居汉接着向贾刀笔介绍："这两位是我的邻居，田富贵、高登武。"

贾刀笔热情地拉住两人的手说道："这一回生两回熟，咱们以后就是熟人了，欢迎常来单府做客。"

田富贵回答道："一定一定。"

看着贾刀笔油头滑脑的样子，高登武心里有一种说不出的感觉，他腼腆地笑了笑没有吭气。

贾刀笔接着说道："东家已经在客厅等候多时，咱们赶紧走吧。"

"好的，走吧。"王居汉答应道。

三人跟着贾刀笔到了单府客厅，盼人穷和二牛已经在门外等候。盼人穷满面春风，热情招呼道："王主事年过得好吧？"

王王居汉赶紧客气道："托东家的福，好着哩！"

盼人穷指着田富贵和高登武半开玩笑半认真地说道："王主事这次来还带了保镖？"

"东家真会开玩笑，我一个山里人，没人偷没人抢，哪里还需要保镖。"王居汉接着说道，"山里人没见过大天，他们想跟着我看看单府的深宅大院。"

"想看看单府，欢迎欢迎！"

田富贵和高登武一起向盼人穷打招呼："单东家好！"

王居汉看看旁边的二牛问盼人穷道："这位是？"

未等盼人穷回答，二牛打着官腔说道："鄙人田二牛，胡桑庄土地主人是也！"

贾刀笔碰碰二牛，轻声说道："这会儿不是显摆的时候。"

幸亏王居汉没听懂田二牛的话，田富贵和高登武更不懂，盼人穷也不懂。可田二牛三字王居汉听懂了，他问盼人穷道："这个田二牛应该是你姐姐家的吧？"

盼人穷回答："是的，我姐家的二小子。"

"他应该和我家这高登武年龄差不多吧？"王居汉问道。

盼人穷回答道："他属蛇的，十八了。"

王居汉看着比高登武矮一头的二牛有点不大相信："我以为二牛小呢，他们竟然是同岁，都该娶媳妇了。"

见王居汉把自己和山里人相比，二牛心里十分不快，心想长得再高也是一个山毛子，他用挑衅的眼神瞥了高登武一眼说道："我早娶了媳妇，儿子都一岁了。"接着他问高登武道："你呢，有银子找媳妇吗？"

一见面高登武就觉得田二牛不顺眼，有个词儿一直在心里翻腾，人小鬼炸。见田二牛公开跟自己叫板，心想凭你这个吊样子不花大银子哪个女子会跟你，于是直接怼道："我们山里人虽然穷，但媳妇会找上门来，不会凭银子去找。"

二牛长得跟瘦猴似的，讨媳妇确实花了不少银子。登武一句话戳到了他的短处，二牛支吾着半天说不出话来，贾刀笔赶紧打圆场道："咱别在门口站着了，到屋里说话吧。"

一伙人进了客厅，分宾主坐定，丫鬟奉上热茶，盼人穷开口说道："亲姑子，这次把你们叫来，有一事相告。"

"东家您说吧，什么事？"王居汉说道。

"山神庙年年要搞祭祀活动，正月十三的庙会还要花钱闹热闹、跑车鼓，加上庙里的建筑年代久了需要维修，这些都需要银子，仅凭我们三个村子捐的银子不够用。我们几家商量，想把山神庙的庙产从州衙要回来。这不前几天州衙刘学正大人批准了我们的呈文，胡桑庄那部分山林重新归了山神庙，也就是归我们庙北村、庙东村、庙西村三庄所有。"

王居汉等三人心里一惊，坏了，这该不是盼人穷变着法儿涨租银吧？王居汉试探着问道："刘大人他是怎么说的？"

贾刀笔早料到胡桑庄人会怀疑，便拿出之前写好的呈文递给王居汉道："这是刘大人的批文。"

王居汉拿着批文看了看，上面的大印清清楚楚，应该是官府大印。他把批文转递给田富贵和高登武，两人也看不出有啥问题。

王居汉心想，归三庄就归三庄吧，反正地我们是要种的，涨点租银也行，只要别出格就行。想到这里，他对盼人穷说道："东家，地既然归了三庄，那这租银就应该你们说了算，只要亲姑子不狮子大开口，涨一点租银也行。"

"亲姑子哪里的话？之前是州衙收租银，咱说了不算，这会儿地成了三庄的，咱说话就算数了，租银非但不涨，还要减一点。"

王居汉、田富贵、高登武一起瞪大眼睛："减租银？"

知道三人不信，贾刀笔插话道："其实这是单老太太的意思。"

"单老太太的意思？"王居汉问道。

"是的，老太太的意思。"盼人穷回答道，"听说土地重归三庄，老太太特别叮嘱，胡桑庄人祖上和庙北村是真真的亲姑子，租银一定要减一点。可是我那抠门老婆凤儿不同意老太太的意见，非要涨租银，为此母女俩还吵了一架。"

王居汉对单家人还是比较了解的，如果盼人穷要减租银他真不信，但是单老太太要减租银他信，说凤儿不同意减他也信。听了盼人穷的话，他不好意思地说道："我得去见见老太太，当面向老人家表示感谢。"

"这会见不上。"贾刀笔插话道，"老太太因为和凤儿吵架心情不好，回娘家散心去了。"

"那我去见见夫人。"王居汉说道。

"她那个抠死鬼，见了面又得同我吵架。"盼人穷对贾刀笔说道，"管家，要不你带着王主事他们去见见夫人？"

"好的东家。"贾刀笔对王居汉说道，"人有见面之情，也许你见了夫人说说话，她就不好意思再提涨租银的事了。"

"好的，去见见夫人。"王居汉对田富贵和高登武说道，"咱们一起去。"

三人随贾刀笔来到凤儿住处，见凤儿坐在炕头上发呆，王居汉拱手施礼道："夫人好！"

凤儿根本不看王居汉，冷冰冰说道："你是谁？我不认识你。"

贾刀笔拉拉王居汉衣角："赶紧走吧，别惹得她气劲上来，再到客厅去跟东家吵闹。"

看来凤儿是真生气了，王居汉对田富贵和高登武说道："赶紧走。"

性格直爽的山里人哪里弄得懂这样的弯弯绕？重新回到客厅，王居汉面带愧色对盼人穷说道："东家，为我们的事闹得你们家庭不和，实在不好意思！"

"没啥没啥，凤儿天生抠门，又从小娇生惯养，我从来不敢惹她，这你是知道的。不过她不是那种较真的人，也许过了这阵就没事了。"盼人穷接着对贾刀笔说道，"管家，咱不用考虑夫人，就按老太太的意思办，租银从十五两减为十三两。"

"不行！"二牛突然插话道，"这租银不是庙北村一家的事，不能只听我姥姥的话，我也是三庄指定的说事人，我不同意减租银。"

159

二十三 真情与假意

盼人穷假装生气的样子说道："你这娃，连姥姥的话都不听，你什么意思？"

"我不是不听姥姥的话，减租银可以，但总不能白减吧？"

"你这还不是不同意吗？"盼人穷说道，"有话直说，别转弯抹角的。"

"让胡桑庄负担正月十三跑车鼓的酒席费。"

"这酒席费多少年了，都是谁家输了谁家负担，为啥要让胡桑庄负担，找这麻烦干什么？"盼人穷说道。

160

"这不是找麻烦，而是解决麻烦。"二牛辩解道，"就说今年正月十三，两个村子并列第一，酒席费谁负担？因为这事扯了半天皮，很麻烦。胡桑庄人负担了酒席费，以后无论谁家赢谁家输，就没这个麻烦了。"

盼人穷反驳道："咱们没麻烦了，可是给人家增加了麻烦。"

"舅舅，咱们高姿态减了租银，他们胡桑庄不应该有点姿态吗？让他们负担跑车鼓的酒席费，咱们跟庙西村人也好交代。"

"你就是能狡辩。"盼人穷假装不好意思地对王居汉说道，"王主事，我这个外甥子满嘴胡说，你千万别生气。"

"不生气，他说得也有道理。"

盼人穷问王居汉道："王主事，您认为他的话有道理？"

"是的是的，既然亲姑子为我们减了租银，我们也得高姿态一点，只要跑车鼓的酒席费不是很多，我们可以考虑负担。"

"还得是亲姑子，有事就是好商量。"盼人穷接着对贾刀笔说道，"管家，你给算算，咱们每年跑车鼓的酒席费大概得多少银子？"

"好的，我给算算。"贾刀笔拿起算盘一阵拨拉，"二两银子不太够，三两银子用不了。"

王居汉瞅瞅田富贵和高登武，两人一起点点头，王居汉于是表态道："东家，您不用为难了，这酒席费我们负担，按三两算。"

盼人穷如释重负般说道："既然王主事这么通情达理，那咱就这样定，租银每年十两，外加正月十三跑车鼓的酒席费三两，一共十三两。"

"好好好，就这样定。"王居汉说道。

"管家，你去写字据。"盼人穷接着对二牛说道，"别在这儿碍眼了，去帮着管家研研墨，拉拉纸。"

贾刀笔和二牛写字据去了，盼人穷和胡桑庄三人坐下来拉家常。片刻功夫，贾刀笔拿着写好的字据过来了，字据如下：

契　约

今有甲方（庙北村、庙东村、庙西村）因土地租银一事与乙方（胡桑庄）定此契约。

双方约定：

一、甲方将胡桑庄一带土地租予乙方耕种。

二、乙方每年向甲方缴纳租银三十两。

三、乙方负担每年正月十三山神庙庙会跑车鼓时的酒席费三两（三庄人举行酒宴时，胡桑庄人要下跪侍奉）。

以上各条如乙方不能遵守，三庄将收回土地，另租于他人。

此契约一式两份，甲乙双方各执一份，经双方主事人签字画押后生效。

立字据人：

甲方代表：单锁银（签字画押）

乙方代表：王居汉（签字画押）

道光七年正月十七日

契约第三条括号中的文字是田二牛提议加上的，他嫉妒高登武高大壮实，又恨他敢跟自己叫板，所以恶作剧般加上了那么一句，想整整高登武，整整胡桑庄人。

盼人穷对贾刀笔说道："我和王主事都不识字，你把字据给我们念一下。"

"好勒。"贾刀笔捧着字据，按照之前捏揣好的内容煞有介事地念道：

契　约

今有甲方（三庄）因土地租银一事与乙方（胡桑庄）定此契约。

双方约定，胡桑庄每年向三庄缴纳租银十三两。

……

念完"契约"，贾刀笔问王居汉三人道："你们听清楚了吧？"

三人点点头，表示听清楚了。

知道胡桑庄人不识字，贾刀笔放心地把字据递给王居汉道："王主事，这字据你们几个再看看，没啥的话咱就签字画押。"

王居汉接过字据，三个人都不识字，看过来看过去看不出个所以然。

一旁的田二牛忍不住偷笑。猥琐的笑容刺激了高登武，他拿过字据仔细看，果然发现了异样。他指着字据上"三十两"几个字轻轻问两位叔叔道："我看着这几个字好像不太对劲？"

田富贵和王居汉端详，也觉得不对劲。虽然不识字，但"三"和"十"字还是有些眼熟，这两个字好像位置不对，王居汉于是问贾刀笔道："贾管家，这字据的十三两个字是不是位置写得不对？"

贾刀笔心头一紧，脸上的汗差点下来。正愁没法回答，一旁的二牛抢着回答道："这贾叔也是的，对不识字的人就得麻烦点，写清楚。"他拿过毛笔在三字下面写了个"一"字，接着说道，"这下清楚了，一十三两。"

贾刀笔竖起拇指夸奖道："还是年轻人头脑灵活，想得周到，光写个十三，到底是一十三还是二十三，让人搞不清楚，加个一就清楚了。"

盼人穷假装埋怨贾刀笔道："你这个贾管家，写个字据让人看不懂，你写的这是什么啊？"

"这不能怪我，也不是所有人都看不懂，二牛不是能看懂吗？"贾刀笔辩解道，

"二牛识字，王主事他们不识字，能一样吗？搁我也看不懂。"

"看不懂是因为你不识字，这不能赖我。"

二牛插话道："舅舅，贾叔说得对，您自己不识字，不要错怪人家写得不对。"

"要不是因为不识字，我能找他当管家？"盼人穷不服气地说道，"找他当管家就是为了写写算算，他连个字据都写不好，这算怎么回事？"

"我怎么没写好？不就少写了个一字，这不加上了嘛，你咋就没完没

了了呢？"贾刀笔说道。

"你要是开始就写上那个一字，不就啥事没有了嘛！"

"舅舅。"二牛插话道，"这您就不讲理了！人家贾管家那是正常的写法，只要识字的人都能看得懂，只是你们不识字的人才会产生疑问。"

二牛这话实际上是说给胡桑庄人听的，直爽的山里人不由得开始怀疑自己。

贾刀笔接着二牛的话说道："难道写字据的时候还要考虑，怎么能让不识字的人看得懂？东家您这纯粹就是不讲道理！"

盼人穷发火了："谁不讲道理？还想干么，不想干走人！"

贾刀笔气得说不出话来："你，你……"

一旁的田二牛拉着贾刀笔道："贾叔，咱走，您这样的高人在哪里吃不了一碗饭，舅舅不要您，我们田府要您！"

盼人穷、贾刀笔与二牛三人的戏演得实在精彩。

看到这里，山里人坐不住了。王居汉上前拉住二牛和贾刀笔，接着劝盼人穷道："东家，您可千万不能因为我们的事赶管家走。我们不识字，只是看着数字不太对劲，管家既然已经解释清楚了，就不必再为此生气。"

田富贵跟着说道："居汉说得对，这话到此为止，不要再说了，千万不可因为我们的事赶管家走。"

诚实善良的胡桑庄人彻底失去了警惕，连最先发现字据异样的高登武也被蒙蔽了。他感觉善东家和二牛并没有自己想象得那么坏，不免为自己以貌取人，看不惯二牛的做法感到内疚。有心想跟二牛赔个不是，可因为嘴笨，愣是没有说出口。

"本来是好事，让他给弄得不美气。"盼人穷说道，"要不是你们说话，我真想辞了他。"

王居汉把贾刀笔和二牛拉回到椅子上坐下，拍拍贾刀笔的肩膀说道："好了好了，咱都不生气了，不生气了啊！"

贾刀笔释然了，他问盼人穷道："东家，这事已经说明白，王主事他们也清楚了，那咱们就画押吧？"

"行，王主事他们不说什么，我还有什么说的，画押。"

贾刀笔拿过朱砂印泥，先请盼人穷在两份契约的名字上按上手印，接着请王居汉分别在自己的名字上按上手印。之后，贾刀笔分别把两份契约递给盼人穷和王居汉，并叮嘱道："这契约是我们以后办事的依据，请各自保管好。"

王居汉接过字据装进怀里，盼人穷则交代贾刀笔道："你把字据收起来吧，我又不识字，拿着契约也没有用。"

"好嘞！"贾刀笔答应着将字据放到柜子里。

盼人穷接着对王居汉说道："亲姑子，字据写好了，咱们以后就按契约办事，谁也不许反悔。"

"那是一定的，不反悔。"王居汉答应道。

大事完毕，盼人穷热情地说道："厨房已经做好了饭菜，咱们一起去吃饭，吃过饭你们几个在单府住一晚上，明儿个早上再走。"

想想村头翘首以盼的乡亲们，王居汉推辞道："东家，不麻烦了，我们这就赶回去，尽快把消息告诉乡亲们。"

"既然话说到这里，那我就不留你们了，免得乡亲们着急。"盼人穷接着对贾刀笔和二牛说道，"我们去送送王主事他们。"

一伙人说说笑笑出了单府大门，王居汉三人与盼人穷等人道别，转身往胡桑庄而去。

看着王居汉他们远去的背影，盼人穷感叹道："刘大人这一招真高！"

哈哈哈……三人一阵开心地大笑，

二十四／天变了

送走了胡桑庄人，盼人穷对二牛说道："别在这里待着了，回去告诉你妈一声，就说胡桑庄的事情搞定了。"

"舅舅，这回签契约我可是立了功吧？"

"对，你有功，有功。"

"那多写的一两银子，是不是应该归我们田府？"

盼人穷问贾刀笔："管家你说呢？"

"这有什么可说的，当然归田府，吕府他们什么都没干，白给他们五两银子够占便宜的了。"

"好，那就归田府。"盼人穷对二牛说道，"回去跟你妈说吧。"

"好嘞！"二牛蹦跳着离开了。

打发走了二牛，盼人穷问贾刀笔道："这下该实施我们下一步的行动了吧？"

"可以了。"贾刀笔回答道，"我们兵分两路，我去绛州衙门找仵作，您去跟云飞说老太太的遗嘱，然后把老太太去世的消息公开出去。"

"胡桑庄的事情已经解决了，还有必要去找仵作吗？"

"有，仵作要来验尸，就说明老太太死因不明，凡是密切接触老太太的人就会人人自危，不敢乱说乱动，咱们后边的事就容易了。"

"可是我一个人谈老太太遗嘱的事，云飞他们可能不信，再者，老太太是怎么死的，咱得有个说法。"

贾刀笔心想，遗嘱的事凭盼人穷一个人确实难以服人，遂对盼人穷说道："这样，我先跟你去说遗嘱的事，然后再去州衙找仵作。至于老太太的死因，能堵住她娘家人的嘴就行，咱就实话实说，说她突然去世，死因不明，已经去州衙找仵作勘验。这一点云飞他们都可以佐证，她娘家人来了自然无话可说。"

"可老太太死的时候我们并不在跟前，这一点丫鬟是知道的。"

是啊，丫鬟那里怎么办？贾刀笔背着手在屋里踱来踱去，一时拿不定主意。终于，贾刀笔停住脚步，对着盼人穷一阵耳语，随后两人一起往单老太太房间走去。

到了老太太房间，盼人穷和贾刀笔假惺惺先行跪拜，云飞和倩云还有小丫鬟跟着一起跪拜。

云飞含着眼泪问盼人穷道："爹，仵作啥时候来？"

盼人穷擦擦眼角的泪水回答道："贾管家昨儿个去州衙请过了，仵作事情太多一时来不了。今儿个一天又忙着跟胡桑庄人谈契约的事，这不刚谈完我们就过来了，管家说祭奠一下你奶奶，然后立刻动身再去州衙，争取明儿个把仵作带过来。"

云飞不无感激地对贾刀笔说道："那就有劳贾叔了！"

倩云跟着说道："贾叔辛苦！"

贾刀笔客气道："应该的，不辛苦。"

"你奶奶死因不明，他再辛苦也得去。"盼人穷说着故意看了一眼小丫鬟，丫鬟感到一股寒气逼来，不由得打了个哆嗦。

"是的，我得尽快把仵作请来，尽快查明老太太的死因，让老人家得以瞑目。"贾刀笔说道。

"昨儿个因为着急办事，没有来得及跟你们说。"盼人穷说道，"你奶奶临死前说了一件事，她老人家心愿未了！"

云飞眼巴巴问道："奶奶说了什么？"

"奶奶她是放心不下你这个亲孙子啊！"盼人穷假装伤悲的样子滴下两滴眼泪，接着说道，"奶奶她，她说……"

"我说吧。"贾刀笔接过盼人穷的话说道，"奶奶是怕你在单家的根儿不正，在庙北村被人看不起，以后不好处事。因而想让你随了你爹的原姓'冷'，把单府也改为冷府，这样你的根就正了，你爹腰杆也直了。今后你和你爹在庙北村，在边山一带就无人敢再小看，做事也就胆壮了。"

云飞曾风言风语听说爹是从街上捡来的，在单家没有根，也知道在边山人眼里他的地位很尴尬。奶奶若是站在爹的立场上，说这番话也能理解。可奶奶曾经亲口对自己说，要让自己担起单家的未来，自己当时还有点不理解。难道奶奶跟自己说了一番话，又跟爹说了另一番话？他疑惑地问盼人穷道："爹，奶奶真是这样说的吗？"

"真是这样说的。"盼人穷瞪了小丫鬟一眼，"不信你问问她！"

小丫鬟浑身哆嗦，不知该说什么。贾刀笔斜视着她，以不容商量的口吻说道："东家问你哩，老太太是这样说的吧？"

小丫鬟又是一哆嗦，"是……是这样说的。"

云飞还是有点不太相信，他问小丫鬟道："奶奶真是这样说的？"

"这可是大事，不能胡说。"盼人穷瞪着小丫鬟说道，"奶奶是这样说的吧？"

小丫鬟彻底懵了，战战兢兢说道："是这样说的。"

知道云飞有疑虑，贾刀笔没有给他更多考虑的时间，假装着急的样子说道："我得赶紧去州衙请仵作，你们商量一下老太太的后事，先葬了她老人家吧。"说完匆匆离开了。

云飞和妹妹倩云没有任何涉事经历，丧事只能听凭盼人穷办理。他一边着人向邻居和各处亲姑子报告老太太去世的信息，一边准备老太太下葬的各种准备工作。

老太太的棺木多年前已经做好，前来帮忙的邻居和单府下人一起帮着把棺材移到厅堂正中，将老太太遗体安于棺材内，并在棺木前摆放好各种供品，点燃香烛裱纸。

单老太太灵堂布置完毕，只等着各路亲戚朋友前来吊唁。

167

二十四　天变了

正月十八时近中午，贾刀笔带着从州衙请来的仵作来到单老太太灵堂。前来吊唁的各路亲朋见仵作到了跟前，自觉地离开灵堂在外边等候，只留下盼人穷和云飞。在贾刀笔协助下，仵作对单老太太的面部、四肢、头发、指甲等处进行仔细勘验，最后得出结论，老太太为中毒死亡。

这个仵作其实是贾刀笔从大街上花钱找来的混混，结论是贾刀笔提前告诉他的。

贾刀笔问仵作道："大人，您认为老太太是自己服毒还是被别人投了毒？"

仵作煞有介事地说道："这要看老太太生前做了什么事，或者说了什么话，这样才好分析。"

"哦，是这样。"贾刀笔说道，"正月十五中午，老太太跟全家人一起高高兴兴吃了团圆饭，之后回房间休息，其间跟单东家谈了自己的想法，要让孙子云飞改姓东家原来的姓，还想把单府改为冷府。"

"那就肯定是别人投毒。"

盼人穷和贾刀笔异口同声道："为什么？"

"既然老太太前一天还与全家高高兴兴吃饭，而且还对单家的未来谈了自己的建议，就说明她对未来还抱有希望，因此肯定不会服毒自杀。"仵作接着说道，"这种情况只有一种可能，那就是单老太太被人下了毒。"

仵作分析得清晰明了，盼人穷和云飞不由得心服口服。盼人穷问仵作道："大人，那你分析是谁投了毒，他为啥要害死老太太？"

"单府墙高院深，一般人也近不了老太太的身。"仵作分析道，"肯定是与老太太密切接触的人，至于原因要么是与老太太有仇，要么是自己做错了什么事，怕老太太说出去。"

盼人穷与云飞、贾刀笔一起分析，密切接触、有仇、做错事……

云飞觉得没有人会害奶奶，于是对仵作说道："平时与老太太接触的除了我爹和我妈，还有我们兄妹，再有就是丫鬟。这些人非但跟奶奶无仇无怨，而且相处得很好，不可能害奶奶。"

"常言道：'画虎画皮难画骨，知人知面不知心'，我分析凶手就在这些人中间。"仵作说道，"没有冤仇，万一另有原因呢？"

"另有原因。"盼人穷问道，"另有什么原因？"

"这个好说，从上边说的这些人中一个一个慢慢分析，自然会理出一些头绪。"

听仵作这样一说，贾刀笔吩咐云飞道："你妈病了，这几天没出过门，不可能是她投毒。去把倩云还有丫鬟叫来，咱们一个一个分析。"

云飞正要出门，就见倩云慌慌张张跑进来说道："爹，不好了，丫鬟上吊了。"

盼人穷一惊："什么，丫鬟上吊了，快去看看。"

到了丫鬟房间一看，果然发现小丫鬟已经上吊身亡。仵作长舒一口气道："案子清楚了，肯定是这位丫鬟投毒害死了老太太。"

云飞不解地问仵作道："大人，老太太对小丫鬟不薄，她也把老太太当亲奶奶看待，怎么可能毒死老太太？"

"这个不好妄下结论，我们在这个房间找找，也许能找到原因。"

仵作边说边和贾刀笔在丫鬟的房间里搜寻。突然，贾刀笔从丫鬟炕角的席子下边搜出一串珍珠，他把珍珠递给盼人穷，感慨地说道："还是仵作大人说得对，看人不能只看表面啊！"

盼人穷也是不胜感慨："没想到这娃这么贪心，心还这么狠！"

虽然眼见为实，可云飞的心里还是难以相信，不由得眼泪扑簌簌往下掉，说不清是为小丫鬟难过还是为奶奶伤心。

事情查清楚了，盼人穷把贾刀笔和云飞叫到一起，商量如何处置小丫鬟的事。

贾刀笔出主意道："东家，对于老太太的死因，我认为不应对外讲，因为丫鬟毒死主子，毕竟不是什么光彩的事。咱对外就说老太太死于急病，然后风风光光把老太太安葬好，让老人家入土为安吧！"

盼人穷回答道："行，你这个主意不错。"他接着问云飞道："你说呢？"

云飞哪里会有什么主意，只能点头表示同意。

按照贾刀笔的主意，以当地风俗为老太太做完了所有祭奠活动，之后把老太太与单老东家合葬在一起，一场风波就这样化解了。

处理完单老太太的后事，盼人穷让贾刀笔即刻去往石村，找最好的石匠师傅，按照单府门楣匾额尺寸刻了一个"冷"字。经贾刀笔测算，选了二月初六这个黄道吉日，准备"改换门楣匾额"。盼人穷和贾刀笔还确定了当天的仪式和宴会标准，以及所邀请的贵宾和亲戚朋友名单。

按照计划，二月初五之前完成了各项准备工作，单府门楣上的"单"字换成了"冷"字，暂时用红绸遮盖，准备初六午时揭彩。

二月初五一大早，参加庆祝的花鼓队早早来到单府门前，敲起热烈的花鼓曲。盼人穷和贾刀笔站在门楼前边，看着门上的红绸，听着热烈的花鼓曲，心里好不惬意。

远处不少围观的百姓指指点点，相互间悄悄说着什么。见此情景，贾刀笔叫来黑贼，叮嘱他做好防卫工作，防止出现偏差。之前黑贼已经被盼人穷任命为护院队头领，接到贾刀笔的指令，他立刻对手下进行布置，加强了单府各个地方的防卫。

正月初六天还未亮，盼人穷被一阵急促的敲门声惊醒，他披衣下炕，打开门一看，是女儿倩云，她说妈不见了。

盼人穷不敢相信倩云的话，他问女儿道："你不是和你妈睡在一起的吗？她怎么会不见了？"

"我也不知道，昨儿个晚上一起睡的觉，可是一觉醒来她就不见了。"

盼人穷立即召来黑贼，让他赶紧去找凤儿。

黑贼领命，立即安排手下展开搜寻。查遍大院各个角落，没有任何发现，黑贼只得将搜寻结果报予盼人穷。

"不用管她了。"盼人穷说道，"准备开大门迎接客人。"

黑贼答应一声出去了，不多一会儿，黑贼气喘吁吁来报，说发现了夫人。

"发现夫人了？"盼人穷问道，"她在哪里？"

"她……她……"

盼人穷火了："看你那样子，连句话都说不清楚，夫人她在哪里？"

黑贼语无伦次道："夫人她……她在大门外，不……不，她在上……不……"

盼人穷吼道："她到底在哪里？"

"她……她在大门外。"黑贼指指天，"她在上……上……"

"真你妈X费劲。"盼人穷骂道，"走，带我去。"

盼人穷跟着黑贼出了大门，看见参加庆祝表演的花鼓队队员在大门外围了一大圈，旁边还围着不少看热闹的人，指指点点好像在议论着什么。近前一看，原来凤儿吊死在大门柱子上了。

盼人穷气得脸色一阵白一阵青，他冲黑贼骂道："你这护院头领咋你妈X当的？管家说让你们操点心，注意别出事。你们一个个简直你妈X白吃饭，连一个女人都看不住，她一个疯子咋出来的？"

黑贼被骂得差点哭出声来，低着头不敢吭气。他也弄不清楚，大门关得紧紧的，门口还有专人看守，凤儿是怎么出来的？

凤儿是怎么出来的？她既不会飞，也不会遁身术，其实就是走出来的。

原来单府大门旁边有一个暗道，是为特殊情况而设计的，只有善东家、单老太太和凤儿知道。凤儿虽然被盼人穷气疯了，但没有完全失去对事物的辨别力。听到母亲的死讯，又听说盼人穷要把"单府"改为"冷府"，她恨自己无力拯救单府，遂决定用自己的死，让人们认清盼人穷忘恩负义的丑恶嘴脸。趁天不明大家都在沉睡的时候，凤儿来到大门旁，启动暗道机关出了单府，吊死在门柱上，这岂是黑贼的护院队防得了的？

这时，贾刀笔过来了，他呵斥黑贼道："还发什么愣？赶紧的，把夫人解下来，抬回院里去！"

黑贼这才回过神来，赶紧和手下把凤儿的尸体解下来，抬到单府里边。云飞和倩云闻讯赶来，抱着母亲尸体放声大哭。这边贾刀笔对花鼓队队员说道："要你们来不是看热闹的，赶快敲起来！"

花鼓队队员们操起家伙敲了起来。

盼人穷生气地对贾刀笔吼道："都这会了，还敲什么敲？"

"东家，这您就不懂了。"贾刀笔说道，"这会敲鼓是为了除晦气。"

盼人穷心里的气总算消了一点，他问贾刀笔道："咱今儿个换匾额的事还要不要搞？"

"当然要搞，不然客人们来了怎么交代。"

"出了这样的事，还怎么搞？"

"还是老办法。"贾刀笔回答道，"夫人去世的消息暂不外发，等过了今儿个再说。"

"好，就依你。"盼人穷突然想起了什么，他气急败坏地对贾刀笔说道，"记着，立马停发韩妈的佣金！"

贾刀笔回答道："知道了。"

听说边山最富有的单府要改换门楣匾额，不少老百姓前来观看，大门外边挤满了看热闹的人。

时近中午，客人和亲戚全都到齐。盼人穷和贾刀笔来到大门口。众目睽睽之下，揭开了蒙在"冷"字上面的红绸，"冷府"两字赫然展示在众人面前。

冷府和单府虽然只是一字之差，却改变了大院的归属与性质，单府从此变了天。

望着大门上的匾额，盼人穷压抑了几十年的情绪终于得到释放，他歇斯底里般大呼："冷——府——"

狼嚎般的声音刺激着人们的耳鼓，令人恐惧又讨厌。

盼人穷接着宣布："从今儿个开始，这个大院姓冷，我的儿女们全都改姓冷，我嫁出去的姐姐和女儿也改姓冷！"

白牡丹和二牛又是击掌又是欢呼，恨不得跳起来。

受邀前来的客人与围观的人群发出一阵唏嘘声，大伙莫不为单府惋惜，对盼人穷忘恩负义的行为表示不齿。

大门旁参与庆贺的花鼓队队员少了以往的精气神，鼓打得无精打采，没有一点生气，仿佛葬礼上的哀乐一般。

二十五／老管家的心事

看热闹的人群中，有一个说书模样的跛脚老先生。趁着大伙看热闹的当儿，老先生走到云飞身边，拉住他的手悄声招呼道："云飞。"

云飞一转头，发现是刘管家，他惊叫道："刘爷爷……"刚喊出三个字，被刘管家一把捂住嘴巴："别说话，跟我走。"

云飞自幼受到刘管家的关爱与照顾，两人有着很深的感情，对刘管家的话自然是百般依从。跟着刘管家来到村外一个僻静处，云飞问刘管家道："刘爷爷，你怎么成了跛子？"

"我这腿不是在野狼沟摔的嘛。"

说到野狼沟，自然触到了云飞的心病，他问刘管家道："刘爷爷，野狼沟出事后，新来的管家和黑贼他们说，因被单府解雇，您心怀不满，故意让马受惊，导致云龙哥被摔死，真是这样的吗？"

"你相信爷爷会干那样缺德的事情吗？"

"我当然不信。"云飞回答道，"您老家那么善良的人，对我们兄弟姐妹那么好，怎么可能下那样的狠手？"

"这就对了。"

"可他们说的有模有样，黑贼甚至连细节都说得很清楚，说您趁着云龙哥不注意，从怀里掏出一个锥子，照着红鬃马的屁股狠狠地扎了一下。红鬃马受惊，拉着轿车不管不顾地狂奔，您还假心假意地呼喊，让云龙哥小心。结果轿车摔倒在沟里，云龙哥不在了，您却完好无损。"

当初红鬃马受惊，刘管家虽然怀疑黑贼有意为之，但一直不敢肯定，因为牲畜在野狼沟受惊是常有的事。经云飞这样一说，他心里的疑团算是解开了。他对云飞说道："我当初被摔到沟底，九死一生成了跛子，尚不敢肯定红鬃马究竟因何受惊，黑贼怎么就肯定地说红鬃马受惊是我故意扎了它？如果真如他所说，我故意让马受惊，那我怎么不下车，难道我能算到我不会被摔死吗？"

"爷爷，您说得对。假如真是您故意惊了红鬃马，您该找借口先下车才对，不可能跟车一起摔到沟底。"

"红鬃马受惊时黑贼先跳下了车，他这样说等于不打自招，贼喊捉贼！"

"难道是黑贼故意惊了红鬃马？"云飞问道，"他为啥要这样做呢？"

"肯定是黑贼故意扎了红鬃马让其受惊，至于他为什么这样做，原因我暂时还说不清。"

"这么说云龙哥是被害死的。"云飞气愤地说道，"这黑贼胆子也太大，他太可恶了！"

"黑贼胆大心黑大家都知道，但我敢肯定这样的事情他不敢擅自做主，背后一定有人给他出主意。"

"那是谁给他出的主意呢？"

"不用着急，时间一长，真相一定会大白于天下。"刘管家悲从中来，伤心的眼泪扑簌簌落了下来，"云龙这么好的娃，可惜他死得冤啊！"

想起从小一起长大的云龙哥，云飞也哭了。

刘管家帮他擦擦眼泪，慈爱地说道："孩子，以前有你哥在，啥事他都护着你，帮着你，如今他不在了，你要学会自己照顾自己。"

"刘爷爷，我已经长大了，能照顾好自己，您放心吧。"云飞接着问刘管家道："爷爷，离开单府时间不短了，日子过得还好吗？"

"刘爷爷靠说书挣点钱，还活得下去。"

单家兄妹从小被刘管家抱大，除了陪着玩，刘爷爷还经常为大家讲故事，可从没有听他说过书。云飞好奇地问道："刘爷爷，以前怎么没听说过您会说书啊？"

"爷爷的书说得好着哩。"刘管家说道，"不信爷爷给你说一段听听。"

没想到刘爷爷真会说书，云飞十分期待地说道："好，那您说吧。"

刘管家坐在土堰上，拉云飞坐在自己身旁，接着娓娓道来。

边山有一户善良的富贵人家，遇到姐弟俩两个讨饭的孩子。老东家念其可怜，把两人领回家认作干女儿和干儿子。起初，两人表现很好，取得了老东家夫妻的信任。姐弟俩长大后，老东家为干女儿准备了丰盛的嫁妆，让她出嫁，后又让自己的亲生女儿与干儿子成婚，婚后生下两个女儿、两个儿子。没料想干儿子是一个狼崽子，图谋霸占老东家的田产。老东家年老去世后，干儿子逼疯了老东家的女儿，被老太太发现，想喝毒酒与其同归于尽，被干儿子发现，结果老太太死了，他得以逃脱。老太太一死，干儿子竟然伪造遗嘱，要把主家门匾换成自己的姓，老东家女儿气愤不过，吊死在自家门楼旁……

"刘爷爷！"云飞激动地说道："我怎么感觉您说的这是我们家的事？"

"是的，孩子，我说的就是你们家的事。"

"那这姐弟俩就是我大姑和我爹，对吗？"

"是的。"刘管家回答道。

爹和大姑是抱养的，这话已经从贾管家和爹那里得到证实，奶奶和母亲惨死的事就发生在眼前，可心地善良的云飞宁愿这一切都是假的，他哭着对刘管家说道："爷爷，你胡说！我爹和大姑是奶奶亲生的，不是抱养的！"

"孩子，实话告诉你，你大姑和你爹就是我从街上领回单家，交给你爷爷和奶奶的。"

"不！"云飞冲刘管家吼道，"这一切都是你信口编造的戏词，根本就不是真的，不是真的……"

刘管家老泪纵横，泣不成声道："孩子，庙北村和刘家庄都处于姑射山脚下，虽然跟胡桑庄那些生长在深山之中的人有所区别，但是在平川人眼里我们都是山里人。山里人直肠子，不会拐弯抹角，更不会胡说话，我的话句句是真，绝无半句虚言！"

"我爹不也是山里人吗？"

"不，你爹他不是我们山里人。"刘管家纠正道，"山里人有时候也会犯错、犯浑，但不会有意识地坑人害人，更不会加害自己的亲人。"

"爹对妈一直很好，没见他对我妈有啥过分举动，为啥说我妈是他逼疯的？把单府改为冷府，那是奶奶的遗嘱，有贾管家证明，而且他还减了胡桑庄的租银，他会像您说的那么坏吗？"

176

"孩子，单府变成冷府，事实已经摆在面前，我说的其他事情虽然目前没有直接证据，但绝不是凭空编造的。还是那句话，时间一长，真相一定会大白于天下。"

刘管家已经离开单府多日，何以对单府发生的事情了如指掌？

原来自从被盼人穷赶出单府后，出于对老兄弟善东家和单府的感情，刘管家一直在关注盼人穷和贾刀笔的动向。他拖着一条残腿在各村游转，靠说书挣点零碎银子，并利用说书的机会，设法打听单府的事情。得知凤儿突然疯了，虽然不知道具体原因，但刘管家断定性格随和的凤儿一定是被盼人穷逼疯的。后又从单府传出消息，说单老太太被毒死了。之前知道单家有特制酒壶，因而他断定老太太一定是怨恨盼人穷，想与其同归于尽，结果壮志未酬身先死。至于盼人穷为胡桑庄减租银，他认为是不可能的事，刘管家开导云飞道："你妈怎么疯的，你注意留心，一定能找到答案。至于你奶奶的遗嘱，还有减租银的事，我认为其中必然有诈，绝不会那么简单。"

一向敬重的奶奶中毒身亡，慈爱的母亲上吊而死，单府变冷府的现实摆在面前。果真如刘管家所说，那老爹简直太可怕了。可假如刘管家说的不是事实，岂不冤枉了老爹？

一边是自己一向爱戴的刘爷爷，一边是自己的亲生老子，云飞心里一时难以决断。突然，他想到了奶奶的话："看人不能只看表面，要往深里看，往远处看。"云飞似有所悟，他问刘管家道："爷爷，我想起了两件事，我妈得疯病的第二天，丫鬟小梅突然失踪。奶奶去世后第三天，她的贴身丫鬟突然上吊死亡，这些会不会跟您说的事有关？"

"这是一定的。"刘管家分析道，"这两个妮子一定是看见了什么，所以被灭口了。"

"啊！是这样。"云飞感到一股凉气逼来，"这也太可怕了！"

"孩子，你这个爹确实可怕，再加上那个贾刀笔助纣为虐，以后肯定还会做出更可怕的事情。"

"爷爷，您说我以后该怎么办？"

刘管家反问道："奶奶临死之前没有给你留下什么吗？"

云飞不知道该不该把奶奶的秘密说出去，说话显得有点结巴："奶奶她……她……"

见云飞结结巴巴话不成句，刘管家明白了，他问云飞道："奶奶是不是交给你一个珠宝盒子？"

"是……是的。"被刘管家点明，云飞不好意思再隐瞒，于是和盘托出，"奶奶给我一个珠宝盒子，说是传家之宝，要我好生保管。"

刘管家在单府多年，与善老东家形同兄弟，自然知道单家的传家宝，他欣慰地说道："这就对了，看来奶奶跟我一样，都把单府的未来寄托在你的身上，你爹和贾刀笔所说的遗嘱，纯粹是他们瞎编的。"他接着叮嘱云飞道："宝盒一定要妥善保存，那是单家的希望，也可以说是你的护身符，一定要保藏好，不到关键时刻不能拿出来，这就是爷爷今儿个叫你出来的目的。"

"啊，原来您是为这个而来？"

"是的，爷爷就是为这个事情专门来找你的。"

云飞不解地问道："那您为什么不早说？"

"我说了这么多你尚有疑虑，如果开始就挑明这件事，你肯定不会跟我说实话。"

"刘爷爷，宝盒里到底装着啥东西，真有那么重要？"

"宝盒里的金银珠宝只是幌子，其实它里边装着更重要的东西，那是单家祖先的遗言和单家宝玺，持有这两样东西才能成为单家掌门人。奶奶没有向你说明这个问题，是因为你爹不知道这个秘密，而你对他又认识不足，知道太多反而对保存宝盒不利。"

云飞问刘管家道："刘爷爷，我爹他做的事太对不起您了，可您为啥还要记挂着单府呢？"

"这是我们边山人固有的品性。"刘管家接着说道："我们沿山一带的人，平川人说我们是山里人，山里人说我们是川里人，大伙自称边山人，而我自认为边山人就是山里人。山里人虽然没文化，不讲究那么多规矩礼数，但山里人耿直、豪爽，富有正义感，没有弯弯心。"

"爷爷，我生在边山，长在边山，可我爹是外乡人，您说我算不算边山人。"云飞问道。

刘管家反问云飞道："那你自己认为是哪里人呢？"

"我认为我是边山人！"

"这就对了。"刘管家接着说道，"其实不管哪里人，只要心眼正就是好人。"

"哦，我明白了。"云飞接着问刘管家道，"爷爷，你说啥时候是关键时刻呢？奶奶和我妈都不在了，单府也被改成了冷府，这时候我要不要把宝盒拿出来？"

"不要。"刘管家说道，"孩子，你就像两千多年前的赵氏孤儿，为单府正名，重振单家雄风的重担要靠你来承担，但这会儿不是时候。"

"为什么？"云飞问道。

"现如今'单府'已经变成'狼窝'。在狼窝里生活，要学会多动脑子，既要提防他们害人，又要防止自己被他们所害。你爹把单府改成冷府虽然不得人心，可他编造了遗嘱，蒙骗了乡亲们。再说他这会儿势头正盛，你没有任何资本与他抗衡。这时候贸然出手，不但成不了事，反而会被他所害。"

"我是他亲生儿子，他会害我？"

"一般人是不会对自己的亲生儿子下手的，可你这个爹他不是一般人。"刘管家接着说道，"你是你们兄妹中唯一读过书的人，对宫廷中那些父子相害、兄弟相残的事件应该有所了解。为了追求自己利益的最大化，有些人对谁都下得了手。你爹就是这样的人，如果你阻碍了他想做的事，他是不会顾念父子之情的。"

"那我该怎么做，难道就任由我爹胡作非为吗？"

"韬光养晦。"刘管家说道，"你爹和贾刀笔肯定还会有更出格的举动，对他们所做的一切，你表面上要表示理解和支持，防止他们生疑。乌云终究遮不住太阳，大山挡不住前行之路。正义在民间，人心可伏妖，等到合适的时机再出手，定能一举成功，重现单府真面貌。"

"爷爷，下一步的路怎么走，您可得随时提醒我。"

"那是自然的，咱们要随时通气，遇事多商量。"

"可是您我离得这么远，遇到麻烦事情到哪里找您呢？"

"这倒是个问题。"刘管家想了想说道，"这样吧，每逢双月的十二午饭后，咱们在这个地方碰头。"

云飞感激地抱住刘管家："爷爷，我记住了。"

二十六／分 赃

　　常言道，智者千虑必有一失。精明的贾力笔不同意盼人穷把"单府"改为"狼府"，却没料到边山人把"冷"和"狼"两者读音区分不开，依然把"冷府"念成了"狼府"。好事不出门，坏事传千里，单府变成狼窝的消息迅速在边山传开。

　　贾刀笔为此找盼人穷商量，想把"冷"字换掉。可盼人穷不在乎狼府的说法，不同意换。他认为狼才符合自己的性格，心想我这只狼从此在庙北村可是想吃啥就吃啥了！

　　下一步该吃啥呢？

　　盼人穷想到了黑牡丹，想娶她做妻子。这件事想了好多天了，可因为翁媳关系，一直下不了决心。因为一般百姓鄙视媳翁之间的不正当关系，称与儿媳妇偷情的公公为扒灰的，凤儿骂自己"扒灰的"一幕时常在眼前晃悠。想想自己成了边山名人，如果公开娶了黑牡丹，会被人看不起。可越是得不到就越是想，想来想去，盼人穷终于为自己找到了理由。他想起了说书艺人讲的那个故事，说是哪个朝代一个叫武则天的，她本是皇帝的妃子，也就是小老婆，后来竟然嫁给了皇帝的儿子，再后来还当了女朝廷①。盼人穷心想，朝廷都可以这样，我一个老百姓为什么就不能？

想到这里，他叫来贾刀笔吩咐道："管家，您给看一个好日子。"

"什么事要看日子？"

"我要娶媳妇。"盼人穷回答道。

贾力笔想，凤儿死了，盼人穷想娶媳妇也属正常，他问盼人穷道："东家，您看中了哪家姑娘？"

"我看不上别人家的丑姑娘，我看上了黑牡丹。"

"谁？"贾刀笔吃惊地问道，"东家，你看上了谁？"

"你耳朵塞驴毛了吗？"盼人穷生气地说道，"我看上了黑牡丹，我要娶她做媳妇。"

贾刀笔万没想到盼人穷会看上黑牡丹，他终于明白凤儿是怎么疯的，不由得醋意大发。贾刀笔心里明白，黑牡丹一旦嫁给盼人穷，就成了冷府女主人，再想与她相好就有了大障碍。可自己毕竟是仆人，不能公开向主子表示不快。贾刀笔压了压心中的妒火，假装诚恳地对盼人穷说道："东家，这事办不得。"

"为啥？"

"一来凤儿刚死没有多少时日，丧期内办喜事不吉利。"贾刀笔接着说道，"这二来嘛，也是最主要的一点，她毕竟是你亲儿媳妇。咱们这儿的风俗您又不是不懂，这公公与儿媳妇有染是会招众人笑、万人骂的。您一旦和她结了婚，不仅冷府上下不高兴，村里人和外边的亲戚朋友也会一起反对。您如今成了绛州边山一带头号人物，以后还有许多事情要做，咱不能因为一个女人弄得众叛亲离，坏了大事。"

"这有什么？她只不过同云龙过了几天，又没有生过一男半女。人家武则天先后嫁给了父亲和儿子，后来还当了朝廷，我一个平头百姓咋就不行？"

"这……"贾刀笔没想到盼人穷会找出武则天这么个大道理，一时间竟然没了词儿。可贾刀笔毕竟不是一般人，稍作思考，他心平气和地说道："东家，人家武则天是朝廷，朝廷的一切都是上天安排的，我们是凡人，若是按照朝廷的套路做事，是会遭天谴的。"

盼人穷害怕了，他担心地问贾刀笔："你说我娶了黑牡丹会遭天谴？"

贾刀笔煞有介事地掐了掐手指，接着回答盼人穷道："据我测算，东家若娶了黑牡丹肯定会遭天谴。"

"可我就是想娶她。"盼人穷心有不甘地说道。

"咱有的是钱，让媒人给您找一个年轻妮子，这么简单的事情，有啥作难的？"

"我只喜欢黑牡丹，别的妮子我看不上。"

182

"咱找一个比黑牡丹还好看的，找一个白牡丹。"贾刀笔发现说漏了嘴，赶紧纠正道，"咱找一个比她脸皮白的妮子。"

"比黑牡丹还好看，脸皮还白？这不可能，不可能，永远不可能！"盼人穷接着说道，"黑牡丹脸皮可不黑，因为我姐叫了白牡丹，她才被叫作黑牡丹的，她不仅模样好看，脸皮比我姐还白，要不然当初为什么那么多小伙子会迷上她？她都出嫁几年了，还有不少人因为想她吃不下饭睡不着觉。"

见盼人穷如此执着，贾万笔只好顺着他说道："这好办，只要咱不写休书，黑牡丹就得永远留在府上不能再嫁，您啥时候想让她来伺候，还不是很方便嘛。"

"嗯……这……"

见盼人穷开始犹豫，贾刀笔接着说道："这样既达到了让她伺候您的目的，又不显山不露水，不遭人骂。等哪一天您看上了别的妮子，再娶来做媳妇，岂不美哉？"

一席话把盼人穷说乐了，他哈哈一笑道："管家，真有你的，就这么办。"

说服了盼人穷，贾刀笔心里的一块石头终于落了地，他接着出主意道："东家，我们眼下要考虑的是胡桑庄这银子怎么分。"

"这有什么好考虑的，之前不是已经说好了嘛。"

"之前只是大概说了一下，再说银子能不能到手还不好说，一旦银子到了手，可就得另说了。"

"另说什么？这事是咱们办的，他们啥也没干，给他们多少是多少。"

"他们可不是啥也没干，你姐可是出了大力的。"

"我姐那里好说，庙西村没意见就行。"

"不不不，恰恰是你姐那里难说。"

盼人穷不解地问道："你说我姐那里不好说？"

"是的，你姐那里不好说。"贾刀笔接着说道，"依我的预感，你姐和二牛明早个就会来冷府说这事。"

"是吗？那我们明早个就等着他们。"

第二天早饭后，贾刀笔与盼人穷早早在客厅里候着。等到吃中午饭，白牡丹和二牛没有来。下午接着等，一直等到傍晚，仍然不见人影，盼人穷问贾刀笔道："这回你说错了吧，我姐她不会来。"

话刚说完，就听见看门人来报，说庙东村二牛求见。

盼人穷告诉看门人："让他进来。"

片刻工夫，二牛火急火燎地进来了。看见盼人穷和贾刀笔都在，二牛直言不讳道："舅舅，贾管家，我回去把租银的事告诉了我妈，她说我们庙东村分的太少了。"

"那你们想要多少？"盼人穷问道。

"我妈说了，冷府家大业大，只有云飞一个儿子，花销少。我们田家没钱，况且有我们兄弟两个，花销多，应该多分点租银才对。"

盼人穷骂二牛："说你妈X的是个屁，冷府蛇大窟窿粗，谁说花销少？"

二牛辩解道："这是我妈说的，又不是我说的。"

"说具体点，你妈说该怎么分呢？"贾刀笔问道。

"我妈说了，庙东村应该跟庙北村一样多。"

"想得倒美！"盼人穷扶扶头上的帽子，"想跟庙北村平分银子，门都没有！"

"没门吗？那就想办法开一道门。"只见刘学正边说话边走进来，后面跟着白收丹。

原来白牡丹怕说不通自己的弟弟，一大早便让六子套上轿车，乘车前往绛州衙门去找靠山刘学正。见面后两人一起在福盛楼吃过饭，然后一起乘车往庙北村赶。路上，白牡丹一边与刘学正亲热，一边把自己的意思告诉了他，刘学正心里自然有了数。

见刘学正进了客厅，盼人穷和贾刀笔赶紧施礼，并扶着刘学正和白牡丹在上座坐定，让丫鬟奉上热茶。

贾刀笔随后叫来厨房管事的，吩咐赶紧准备酒菜，白牡丹补充道："热上两个花馍子②，城里人不会炸花馍，刘大人平时难得吃上一口，来边山了，让他饱饱口福。"

管事的答应一声就下去了。

不一会工夫，酒菜端上来了，一伙人边吃边谈。

刘学正明知故问道："单东家，哦不，冷东家，你们跟胡桑庄定了多少租银？"

"回大人，定了三十三两。"盼人穷回答道。

"那你们计划怎么分呢？"刘学正问道。

"庙北村二十两，庙东村六两，庙西村五两。"

"为啥这样分呢？"

贾刀笔替盼人穷问答道："这件事主要是庙北村在忙活，其他两个村子也没出啥力，只是跟着受益，所以庙北村应该多分一点。"

二牛插话道："谁说我们没有出力，我妈从一开始就跟着跑，跟胡桑庄人说事我也参加了，还出了不少好主意，怎么就说我们没有出力呢？"

盼人穷打断他的话："你知道个啥？别在这儿瞎掺和。"

刘学正咽下嘴里的花馍子说道："冷东家，租银的事庙北村是有功，可庙东村也是功不可没。说实话，我是看了你姐的面子才答应帮你们的，这一点你要明白。"

刘学正这样一说，盼人穷和贾刀笔全都傻了脸③。

盼人穷扶了扶头上的帽子，毕恭毕敬问道："那依刘大人该怎么分呢？"

"这是你们姐弟之间的事，问你姐吧。"

盼人穷遂问白牡丹道："姐，您说该咋分呢？"

白牡丹清清喉咙说道："之前二牛已经说明白了，庙北村家大业大，你又只有云飞一个儿子，花销少。而我们田家的财产远不能与你相比，况且有两个儿子花销，按说应该多分一点才对，想必你这个当弟弟的也不会反对。可我毕竟是当姐姐的，就让着你一点，除了庙西村的，剩余的咱们两家平分。"

"好好好！"刘学正拍着手说道，"还是当姐姐的姿态高，就这么定，不偏不倚。"

听了刘学正的话，盼人穷的心里像被剜了一刀似的难受，他不甘心地问刘学正道："庙西村啥也没干，他们也不想要这银子，干脆别给他们了，我们庙北村得十七两，庙东村得十六两，您看这样行不行。"

刘学正很干脆地回答道："不行！"

"为什么？"盼人穷问道。

"为什么？为的是遮人耳目。"刘学正接着说道，"胡桑庄的土地归了山神庙，不是归了你们庙北村和庙东村。"

"是的是的，刘大人说得对。"贾刀笔开导盼人穷道，"我之前就跟你讲过这个道理，庙产属于三庄的，要有庙西村一份，不然从道理上说不过去。"

"还是贾管家懂道理。"刘学正说道。

"可是庙西村不想要这个银子。"盼人穷辩解道。

刘学正有点不信："白白给银子他们会不要？"

这时大牛走了进来，对白牡丹悄悄说着什么，白牡丹对他说道："大声说，让大伙都听见。"

大牛大声说道："吕叔说了，这银子他们不要。"

原来，为了分得更多银子，白牡丹是三管齐下。自己去州衙找刘学正，两个儿子一个去庙北村，一个去庙西村。二牛因为能说会道，去庙北村找盼人穷和贾刀笔。听说吕东家回家后反悔了，不想要亏心银子，白牡丹派大牛前去游说。没想到倔强的吕东家根本不买大牛的账，言说不义之财一文都不要。

"还真有白给银子不要的，这边山人做事真是让人不理解。"刘学正瞅瞅盼人穷和贾刀笔接着说道，"这个问题得想办法解决，银子多少都行，但一定要让他接受，要让庙西村参与进来。"

盼人穷和贾刀笔都知道吕大炮的性格，如若这会儿去找他，肯定会被轰出吕府。两人你看看我，我看看你，都不吭气。

刘学正生气地说道："争银子的时候能说会道，遇到问题就尿了，连白送银子给人这样的事都办不了，还有脸在人前逞能？！"

这时白牡丹自告奋勇道："我有办法，我去找吕大炮，一定让他痛快地接受银子。"

刘学正冲白牡丹竖起拇指："还是我们田大东家有本事！"

白牡丹向刘学正飞了一个媚眼，接着冲着盼人穷和贾刀笔说道："大男人都没有办法，我只能是打着鸭子上架，硬着头皮上。"白牡丹接着说道："我明早个就去找吕大炮谈，咱得先把数目说好，看给他的多少银子？"

贪心的盼人穷建议道："咱给他三两，剩下的两家平分，一家十五两。"

贾刀笔赶紧表示同意："我看行。"他接着问刘学正道："刘大人，您说呢？"

"五两他都不肯要，三两他会接受？"刘学正斥责盼人穷和贾刀笔道，"你们两个真是贪心不足！"他接着问白牡丹道："我看还是给他五两，你能保证他顺利接受？"

白牡丹十分自信地回答："我肯定会让他痛痛快快接受。"

"那就这样定。"刘学正最后拍板道，"这事不说了，吃饭吧！"他瞅瞅白牡丹笑着说道，"明天辛苦你去庙西村走一趟。"

"好的，刘大人放心。"

大事说定，一帮人开始吃饭。

吃饱喝足，白牡丹起身准备离开，她问刘学正道："刘大人，您是跟我去庙东村呢还是住在庙北村？"

"庙东村以后再去，今儿个我就住在这里。"刘学正回答道。

白牡丹知道刘学正惦记着黑牡丹，不好再说什么，带着大牛、二牛一起回庙东村去了。

第二天早饭后，白牡丹坐着轿车来到庙西村吕府。

知道白牡丹来说租银的事，吕东家打心眼里不高兴。本不想搭理她，可因为亲姑子关系，白牡丹又是田府的实际当家人，不好太不给面子，吕东家只能礼节性地把她迎进客厅。不让座也不上茶，吕大炮冷冷地问道："来庙西村有啥事，你说吧。"

白牡丹没有顾及吕东家的冷脸，她热情地说道："亲姑子，我能有啥事，这不听大牛说白送您银子都不要，我……"

没等白牡丹说完，吕大炮打断她说道："你们姐弟两个外乡人，干得那就不是人事，我不会沾边。"

"亲姑子，看您说的，我们姐弟俩已经在边山生活了几十年，早不是外人了，咱们都是边山人。"

"呸！别恶心边山人，边山哪有你们这号人？！"

白牡丹知道说不动吕东家，便改口说道："这事咱先不说了。"她指指卧室道："咱们去屋里说点别的事。"

"啥事？"吕大炮不耐烦地说道，"有事就在这里说，说完赶紧走人。"

白牡丹装作神神秘秘的样子说道："这里人多眼杂不方便，去屋里我让你看一样东西。"

吕大炮不知道她葫芦里卖的什么药，一脸疑惑道："什么东西？"

"你见了就会明白。"白牡丹连说带推把吕东家推进卧室，还没等吕东家明白怎么回事，白牡丹一手撩起衣襟，一手拉住吕东家的手放到了自己雪白的胸脯上，"我让你看看我的心！"

白牡丹的白在边山是出了名的，吕东家平时只见过她的白脸蛋，哪里见过她更白的地方。粗糙的手挨到白牡丹雪白柔软的胸脯上，吕大炮立刻哑火，边山硬汉完全被融化了。

注：
①朝廷——绛州老百姓把皇帝称作朝廷。
②花馍子——绛州名吃，用白面炸制的食品。
③傻脸——没有面子，异常尴尬的意思

187

二十六 分赃

二十七／山里人说话说了算

且说王居汉等三人离开庙北村急匆匆往胡桑庄赶，眼见得离家越来越近，路旁的树木荆棘越来越密，三人的心情随即越来越紧张。

爱思考问题的田富贵问王居汉道："哥，之前听说这单府的新东家不好打交道，说他盼人穷，可他对咱们怎么就这么好呢？"

"你是不是对他有怀疑？"王居汉说道，"我之前也听人说过他人品不好，可他这次确实对咱们很够意思，看不出他有什么坏心眼。"

"也可能是因为咱们心眼太实在，总爱拿自己和善的眼光看待别人，所以看不出别人的坏心思。"

"他不仅没有加租银，反而减了租银，这是事实啊！"王居汉说道，"要不是那个二牛节外生枝，加了跑车鼓的酒席费，他确实是为我们减了租银。"

听两位长辈提到二牛，高登武忍不住插话道："我看那个二牛不地道，打一开始我就看他不顺眼。"

"那个二牛确实不像好人。"王居汉说道，"反过来想，年轻人想给自己争点利益，也能理解。不管怎么说，为我们减租银的字据写好了，我们来庙北村这一趟算是满载而归。"

正说着话，高登武突然一摆手，王居汉和田富贵猜着他一定发现了猎物，便就地蹲下不再出声。只见高登武一个箭步上去，从灌木丛里提出一只狗獾，他高兴地叫道："好啊，我们回家有肉吃了。"

王居汉和田富贵来到高登武跟前，看了看高登武手里的猎物，王居汉说道："登武放下。"

"为啥？"高登武不解地问道。

"假如是猪獾也就罢了，可这是一只狗獾。以狗獾的灵敏，是不可能让你这么轻易逮到的。这是一只母獾，它一定是为照管自己的幼崽才被你捉到的。"

高登武仔细在灌木丛中查看，果然看见不远处有两只獾仔瞪着惊恐的眼睛看着自己。登武刚准备松手，冷不防旁边突然窜出一只大狗獾对着他的腿咬了一口，然后龇牙咧嘴冲高登武吼叫着，大有再来一口的可能。

田富贵见状赶紧喊道："登武松手！"

高登武松开手里抓着的母獾，两只大獾带着小獾仔钻进树丛跑掉了。

看着獾群离去的背影，田富贵唏嘘道："看那只公獾发怒的样子，登武再不松手，它可能就要拼命了。"

听了田富贵的话，王居汉感慨道："一只公獾尚能拼死护群，我们几个大男人得向獾学啊！"

权会贵和高登式一起点点头。

三人不顾饥肠辘辘、嗓子冒烟，紧赶慢赶，回到胡桑庄时已是晚上九点多钟。

大槐树下点着黄洛柴火把，全村男女老少聚在一起，眼巴巴等着三人归来。

高登武年轻力壮腿又长，走在最前边。看见聚集在大槐树下的乡亲们，他想把好消息尽快告诉大伙。刚要跑过去，被人一把揪住胳膊，回头一看，原来是小娥。小娥从怀里掏出一块玉米面饼子递给高登武："登武哥，饿坏了吧，赶紧吃。"

接过饼子，高登武恨不得一口吞进肚里，他使劲咬了一大口："真香！"

小娥急切地问道："登武哥，快告诉我，是好消息还是坏消息？"

"是好消息！"高登武一边吞着饼子一边回答道，"走吧，到了大槐树下面我再跟你详说。"

"那儿人多眼杂，我不好意思到你跟前，你先跟我简单说一下啥情况。"

这时王居汉和田富贵已经到了跟前，田富贵开玩笑道："你这个小娥，心里只有高登武，不知道两个叔也饿了？"

190

"叔，看您说的，咋会忘了你们呢？"小娥说着从怀里掏出两个玉米面饼子分别递给田富贵和王居汉，"叔，我一直捂着，还热乎着哩，赶紧吃吧。"

王居汉一边吃着饼子一边夸奖道："登武这娃上辈子真是烧了高香，找了小娥这么个会疼人的好妮子，真是福气！"

董小娥脸一下子红了，她赶紧转移话题道："叔，我是来打探消息的，快告诉我租银的事怎么说了？"

田富贵回答道："告诉你，我们的租银减了。"

"啊，真的减租银了！"董小娥一把拉住高登武往大槐树下跑去，边跑边喊："我们的租银减了！"

听到减租银的消息，大伙笑着、跳着、喊着，大槐树下沸腾了。

乡亲们人人上阵，八仙过海，各显其能。虽然够不上把式，甚至连二把刀都够不上，但还是尽情展示着自己的才艺。

几个跟王居汉一起练过几天拳脚的小伙子首先上场，分别为大伙表演翻跟头、劈叉。见多识广的王居汉接着登场，他学着江湖魔术师的套路，用布衫做遮挡，为大伙表演空手抓鸡蛋的小把戏。田富贵两口子一个扮演薛平贵，一个扮演王宝钏，半生不熟地唱了一段乱台。聂三合见两个老伙计又累又饿还为大伙表演，便回家取来锯子，表演背后锯木头的绝活，怪诞的动作笑得大伙合不拢嘴。半大小姑娘为大伙表演儿歌："反岸，正岸，两个女儿好看，你擦胭脂我擦粉，咱两外一厮咕噜噜滚。"半大小子不甘示弱，几个人一起比赛爬大槐树。有人像猴子一样爬得快，有人像狗熊一样爬得慢，还不断有人摔下来，引得大伙一阵哄笑。

一直热闹到大半夜，直爽的山里人才意犹未尽地散去了。

在人们尽兴娱乐的过程中，只有一人默不作声，一直在看着大伙热闹，他就是五九爷。五九爷时年八十多岁，是胡桑庄最年长的老人，他当了多年村里主事，直到七十岁时才不顾众人挽留，把主事交给了王居汉。

热闹结束的时候，五九爷叫住王居汉、田富贵和高登武，他问王居汉道："刚才我不想扫大伙的兴，没有仔细问你们，这会儿大伙都回家了，你们跟我说实话，租银真是减了吗？"

五九爷经历的事情多，知道的事情也多，是小山村的主心骨。这么多年，凡是遇到大事、难事，王居汉都会同他商量。

见五九爷问起减租银的事，王居汉赶紧回答道："回五九爷，本来想先跟您老人家说这事，可是见乡亲们着急的样子，便提前告知了大伙，租银确实是减了。"他接着从怀里掏出字据递给五九爷道："这是字据，您老看看。"

五九爷展开字据看了看，复又递给王居汉道："这个我也看不懂，你跟我说说事情经过。"

五居汉于是把同三庄人立字据的经过从头到尾讲了一遍。

五九爷听罢不由心生疑虑："我从来没有听说过胡桑庄耕种的土地属于山神庙庙产，三庄人与咱们立租地字据，我看这里边十有八九有问题！"

王居汉、田富贵、高登武心里同时一惊，莫非这字据有诈？

王居汉问五九爷道："您老怀疑这字据是假的吗？"

"字据有可能是真的，但我有两点疑虑，一是三庄人与我们立这个字据不合适，二是减租银不合常理。我们耕种的土地属于绛州衙门学产，并不是三庄的，他们没有资格与我们立字据。假如绛州衙门为我们减地租可以理解，土地若归了三庄，他们不涨地租就算二十四成了，减地租是不太可能的事。"

"可是单家管家手里有绛州学政出示的批文，说是胡桑庄所耕种土地属于山神庙庙产。"王居汉解释道。

"你们看过那个批文吗？"

三人异口同声道："看过了。"

"上面是怎么写的？"

三人面面相视，一起摇摇头。

"这不对了。"五九爷说道，"我们都不识字，别说他拿的批文是真是假，就算他随便拿一张字纸，我们也看不出什么道道。"

五九爷说得确实有道理，田富贵懊恼地说道："还真是的，我们又不识字，全听那个贾管家念，谁知道他念的是不是真的？"

五九爷接着说道："还有你们带回来的这张字据，具体写了什么你们看不懂，又没有找旁人看，就在上面按了手印，他们要真是昧着良心瞎胡写，我们可就倒霉了。"

"这事都怪我。"王居汉自责道，"我被他们的假情假意蒙蔽了。"

"不能怪你一个人，这事也有我的份。让我跟你去庙北村，是让我帮着拿主意的，可是关键时候我头大了，没有拿准主意。"田富贵愧疚地说道。

见两位叔叔认错，高登武赶紧说道："这事也有我的份。我年轻，脑筋比两位叔叔转得快，应该想到他们会利用我们不识字的缺陷坑我们，可我当时也没有想明白。"

想到贾刀笔写字据时的情景，高登武对王居汉说道："王叔，你把字据拿出来，再让五九爷看看。"

王居汉重新把字据展开，高登武就着火把的亮光指着上面的数字部分说道："五九爷，你仔细看看这个地方，'三、十、一'这三个字对不对？"

五九爷与三人一样，虽然不识字，但对简单的数字还是能认得出来，他看了看字据，点点头表示没问题。

见五九爷看不出问题，高登武提醒道："五九爷，您把这三个字来回念一念。"

按照高登武的意思，五九爷念道："一十三，三十一。"

"当时二牛加这个'一'字，我就有点疑惑，后来看他们很坦诚的样子，也就没往深处想，经您老人家提醒，我才想到了这个问题。"高登武说道。

"坏了！"王居汉心头一凉，"难道他们写的是三十一两银子？"

五九爷问王居汉和田富贵道："你们两个当时没有想这个问题吗？"

王居汉回答道："想倒是想了，可他们一口一个亲姑子叫得那么亲，也就没有再往深处想。"

田富贵接着说道："我也是这么个情况，见他们十分坦诚的样子，就没有往坏处想。"

"五九爷，我们跟庙北村真是亲姑子吗？"高登武问道。

"我们祖上跟庙北村确实结过亲，有几户人家还是直接从三庄迁来的。"五九爷指着田富贵说道，"你田叔他们家祖上就是从庙东村迁到胡桑庄的。"

高登武接着问道："山里人不坑人，山里人的亲姑子应该也不会坑咱们吧？"

"真正的山里人是不会坑人的，但单府新东家根儿上不是山里人，那个贾管家本就是混江湖的，这些人就不一定了。"五九爷接着说道，"善东家在世时是真认我们这个亲姑子，而现在的当家人虽然嘴上叫得好听，实际上认不认亲姑子只有天知道。"

"五九爷，要不找个识字的人帮我们看一下字据，看看到底是十三两还是三十一两？"王居汉问道。

"咱不识字，让人家写就应该相信人家，找别人看就是明着怀疑人家，不尊重人家，那就是我们的不对了。"

找旁人看不合适，不找旁人看心里又不踏实，王居汉、田富贵、高登武三人急得抓耳挠腮，不知所措。

五九爷慨然说道："咱山里人说话说了算！不管字据有没有诈，也不管是十三两还是三十一两，既然你们已经在字据上画了押，那就等于承认了这个字据，我们横竖都得认，他不仁咱不能不义！"

"那我们下一步该怎么办？"王居汉问道。

"我们全村一年从地里能刨出来的也就三十多两银子，如果字据上写的租银真是三十一两，那他们可就是精心算计过的。我们能做的是尽量把地种好，争取多打点粮食，只要我们够吃，就算把剩余的都交给他们做地租，我们还有漫山遍野的树可以过活。"

王居汉问五九爷道："地就是这么多，怎样才能多打粮食呢？"

五九爷胸有成竹地说道："我仔细想了想，无非是更勤快点，多下点苦。我们要提早下地，栽树的日子比以往要提前，只要地一解冻，立马把育好的树苗尽快栽到各个山头。还要加大互助力度，集中村里的牲畜和农具，甭管谁家的地，先帮着把大块地收拾好，然后各家再收拾各自的小块地，这样既省时省力，又能够做到及时播种，不误农时。此外，把青壮年组织起来，趁着春耕之前开垦一些荒地。"

"行，这个我回头和富贵、三合他们几个商量商量，安排一下种地顺序和计划开垦的荒地。"

"假如三庄人真要我们交三十一两租银，那胡桑庄人今后的日子可要苦了，你们几个可得带头吃苦啊！"

"五九爷放心，假如真涨了租银，我们家就是吃糠咽菜，也要争取多担待一点。"王居汉说道。

田富贵马上附和道："我家也是。"

见王叔和田叔表态要多出租银，高登武当然不甘落后："我回头跟小娥商量一下，结婚的银子慢慢攒，婚期再推迟几年。"

"不用商量了，我等着你。"小娥不知啥时候站到了跟前。

"居汉哥、富贵哥，我家和你们两家一样！"聂三合也站了出来。

"我家也一样！"

"我们家都一样！"

村里的青壮年和各家主事重新聚集在大槐树下，乡亲们群情激奋，纷纷表示有事大家担，有祸一起顶！

看到乡亲们这样的态度，王居汉、田富贵、高登武感动得眼泪直流。

五九爷也动情了，老爷子眼含热泪大声说道："乡亲们，人常说'命薄一张纸，勤恳饿不死'，胡桑庄人虽然穷，但我们人畜兴旺，不缺劳力，只要我们大伙一条心，拧成一股绳，就没有过不去的火焰山，也没有趟不过去的流沙河，再大的困苦我们都不怕！"

"不怕！"山里人豪气的呼声回响在幽深的山谷之中。

二十八／不是唱戏

转眼之间，道光七年的秋收时节到了。

这一天时近中年，王居汉正和几个年轻人收拾晾晒场，只见黑贼满头大汗地跑了过来，远远喊道："王主事！"

黑贼很快到了跟前，王居汉一边递过手里的汗巾让他擦汗一边问道："头儿，有啥事吗？"

"东家说了，让你跟我去府上一趟，商量今年交租银的事。"

"我当是干啥哩，这事还需要商量吗？等收完了地里的庄稼，换成银子，我立马就去交。这么多年交给州衙都没有让催过，今年是交给亲姑子，我们更不会延误。你回去告诉东家，就说我事情多走不开，庙北村就不去了，租银的事请他放心，决不会延误。"

"不行，这可不行。"黑贼说道，"东家说了，无论你有多忙，都要让我把你请到府上。"

"东家真是这么说的？"

"真是这么说的，我一个做下人的，哪里敢骗您王大主事。"

没有见五九爷，几个能商量事情的兄弟们也不在跟前，王居汉决定先缓一步，他对黑贼说道："我手头还有好多活要干，你回去跟东家说，我明早个把要紧的活干完，后儿个就去庙北村。"

"不行不行！东家说了，让我今儿个一定把你请到庙北村。"

见黑贼一副认真的样子，王居得越发觉得有必要请教五九爷，他同黑贼商量道："这么长时间不见面了，我总得给亲姑子准备点山货吧，你回去跟东家说，我明早个一早动身去庙北村，这总行了吧？"

"王主事，我一个跑腿的下人，您就别为难我了，咱们今儿个就走吧。"

黑贼一再坚持，王居汉只好答应道："这样吧，你先到我家歇歇，吃过中午饭我跟你去庙北村。"

"好好好，你们山里的炒蘑菇、炒鸡蛋，还有烫面旋子①真好吃，好久没吃到了，真是想吃！"

"你是稀客，保管你吃够！"

王居汉把黑贼领到家里，吩咐老婆准备午饭，自己赶紧去找五九爷。

听说庙北村派人来催租银，五九爷情知事情不妙，便对王居汉说道："富贵他们不在，你先跟黑贼去庙北村。有传言说单府变成了狼府，如果传言是真，你这趟去庙北村可就是闯狼窝。让登武跟你去，万一有什么意想不到的事可以来回传话。记住，不管他们说什么都先别答应，就说回来同乡亲们商量之后再答复。"

"好的五九爷，那我去了，麻烦您告知一下富贵他们。"

"家里的事你不用管，放心去吧，路上小心。"

王居汉、高登武与黑贼马不停蹄往庙北村赶，天黑之前到了单府门口。望着高大的门楼，王居汉和高登武感到怪怪的，有点不认识门的感觉。原来的本色椿木大门刷上了黑色油漆，远望像个黑洞，近前一看，门额上的字好像也跟原来不一样了。虽然不识字，但感觉不是原来的"单府"字样。两人心里暗忖，这单府真的变了颜色，莫非这次来庙北村真是闯狼窝？

怀着忐忑的心情，王居汉和高登武随黑贼进了大门，来到冷府客厅。盼人穷和贾刀笔早已在客厅等候，旁边还坐着庙西村的吕东家和庙东村田府的二牛。

看到王居汉和高登武进来，几个人全然没了往日的热情，冷冰冰地看着两人不搭腔，只有贾刀笔例行公事般问道："王主事，来了？"

王居汉拱拱手："各位亲姑子，今儿个走得急，没来得及给各位带礼物，请包涵！"

"带不带礼物的没啥，你们坐下，咱们说正事。"盼人穷不冷不热地说道。

黑贼搬过凳子让王居汉和高登武坐下，随后转身离去。王居汉接过丫鬟递过来的茶碗喝了一口，然后问盼人穷道："东家，您着急让我们来庙北村有什么事？"

盼人穷一副居高临下的派头，冲贾刀笔说道："管家，你跟他们说吧。"

"好的。"贾刀笔答应一声，随后问王居汉道："你们的租银啥时候交？"

"回管家，眼下各家各户都在忙着收庄稼，一旦忙完了地里活，我即刻把租银送来。"王居汉接着说道，"往年都是这样，咱山里人办事实在，从来没有在这上面打过折扣！"

"以前的租银是交给州衙，公家不在乎你们那点银子，所以也就不限定时间，而今是交给三庄，咱们不能再按以前的老规矩办，得定一个交租银的限期。"

"这个好商量，您说吧。"王居汉说道。

贾刀笔看看东家，盼人穷示意他继续，贾刀笔接着说道："我看这样，每年的九月底之前把租银交齐，你看怎么样？"

"这个不是什么事，迟交晚交都要交，九月底地里差不多也收拾完了，我们回去跟大伙知会一下，应该可以。"

"好，痛快！"贾刀笔说道，"剩下的就是租银数了，咱们得当面核对一下。"

王居汉和高登武心里同时一沉，坏了，看来三庄人的字据确实有问题。王居汉竭力装出十分轻松的样子说道："这有什么好核对的？每年十两，加上跑车鼓的酒席费三两，一共是十三两。"

贾刀笔假装十分不解的样子问道"不对吧？"

高登武忍不住插话道："怎么不对，您亲自写的，还当着大家的面念过的，怎么会不对？"

"不对不对，一定是你们记错了，不是十三两，是三十两，外加三两跑车鼓的酒席费,一共三十三两。"

"啊?"害怕的情景终于出现了,王居汉两眼一黑,差点晕倒在地。高登武赶紧过来扶住他:"叔,你别着急,千万别着急。"

王居汉坐直身子,稳稳神说道:"贾管家,你不能由嘴胡说,当时你写的字据确实是十三两,不信你问东家,问二牛他们,到底是多少两?"

盼人穷、二牛、吕东家异口同声道:"三十三两。"

"胡说!"高登武急了,他冲吕大炮说道,"你吕东家当时就不在场,怎么知道是三十三两,纯粹是胡说!"

吕大炮眼珠子瞪得老圆:"我没有胡说,我当时虽然不在场,可字据我看过,上面清清楚楚写着三十三两。"

王居汉也急了,他站起身来冲盼人穷质问道:"东家,你们这不是在唱戏吧?"

盼人穷反问道:"谁唱戏了?我们这是认认真真跟你们说事情。"

"我看你们一个个就是在唱戏,戏里边的角儿都没有你们演得精彩!"

盼人穷吼道:"你胡说八道!"

"我胡说八道?你们一个个都在胡说,反说我们是胡说八道。"王居汉拍着胸脯说道,"我们山里人从来不胡说话,你们是不是胡说话,请拍拍自己的胸膛!"

"谁是山里人,你才是山里人。"盼人穷纠正道,"我们是川里人!"

贾刀笔纠正盼人穷道:"我是城里人。"

"对对对,差点忘了,我们这位贾管家是城里人。"

"城里人怎么啦?"王居汉不屑地说道,"城里人这会都在学李夫子的《弟子规》,你贾管家难道就没有念过这本书?"

盼人穷最不愿意别人说读书的事,他不高兴地说道:"别说这些没用的。"

"怎么没用了?"王居汉接着说道;"我虽然不识字,没有读过《弟子规》,可我知道这本书教人做事要讲诚信,城里人也好,川里人也好,你们讲诚信了吗?你们就是在胡说话!"

二牛插话道:"城里人、川里人没有胡说话,是你这个山里人胡说话。"

"山里人胡说话?"高登武冲二牛吼道,"我们山里人从来就不知道胡话是怎么说的！"

盼人穷见王居汉和高登武不服气，便对贾刀笔说道："管家，把字据拿出来，当众念一念不就什么都明白了，何必跟他们打嘴官司。"

"好好好，我这就去拿字据。"贾刀笔边说边走到柜子跟前，打开抽屉取出字据，转身来到王居汉跟前，指着字据说道："王大主事，你好好看看，这上面白纸黑字写得清清楚楚，每年交租银三十两，外加跑车鼓酒席费三两，共三十三两。"

"我又不认得字，你跟我说这些没用，我就记得你当时跟我们说，一共是十三两。"

"我当时就是照着字据念的，是三十三两，谁说十三两了？"

"我们当时听得清清楚楚，就是三十三两。"二牛阴阳怪气地说道，"王主事，口口声声说别人胡说，我看你才是胡说，说别人唱戏，我看你唱得比谁都好。"

王居汉义正词严道："到底是不是胡说，你们心里清楚！说你们唱戏，因为你们分明是提前编好了剧本，按照事先说好的套路在表演。"

"好好好！既然王大主事说我们是在唱戏，那我就接着往下唱。贾管家刚才有一条没有念，我这会念给你们听听。"二牛从贾刀笔手里要过字据，冲着王居汉和高登武念道，"三庄人举行酒宴时，胡桑庄人要下跪待奉！"

二牛抖抖手里的字据，问王居汉和高登武道："这一条听清楚了吧？"

"等等。"王居汉问二牛道，"这下跪待奉是什么意思，难道要我们跪着请你们喝酒？"

"王主事真是聪明，理解得真对，就是这个意思。"二牛拉长了语调冲高登武念道"下—跪—待—奉。"念完颇具挑衅意味地问道"听清楚了吧？"

"放屁！"高登武怒了，他一把抓住二牛的手腕子，"这不是糟践人吗？啥时候加的这一条，你说？"

二牛一身软骨头，哪里禁得住高登武使劲捏手腕，他疼得龇牙咧嘴，跪倒在地上，眼泪都出来了："哎哟哟，疼死了，疼死了！"

"高登武，不可动粗！"贾刀笔一边制止登武一边拉起二牛说道，"这一条原来就有，可不是乱加的。字据一式两份，内容一模一样，不信回去

199

二十八 不是唱戏

看看你们手里那份。"

王居汉问盼人穷道:"东家,真是这样吗?"

盼人穷冷冷一笑:"我跟你一样都不识字,字据上写了什么,你回去找个识字的人,读一读不就明白了嘛。"

"王叔说得对,你们分明是提前编好了剧本,演戏给我们看。"高登武越说越生气,"纸上写的内容与跟我们说的内容根本就不一样,你们没有一点良心,真不是人,我跟你们拼了!"说着就要跟贾刀笔拼命。

王居汉紧紧拉住高登武,劝他道:"别跟他们置气,这里说不下个理,咱们先回去。"他转身对盼人穷说道:"我们先回去看看字据,再同乡亲们商量一下,然后再回复你们。"

盼人穷一副不屑的样子,冲王居汉摆摆手说道:"行,你们回去看吧,尽快商量好,尽早回复我们。"

注:
①烫面旋子——古绛州著名面食。

二十九 / 屈 从

　　王居汉和高登武离开庙北村，顾不上天黑路险，一路往胡桑庄赶去。还好高登武眼明腿快，一路开道，王居汉省了许多力气。紧跑慢赶，回到胡桑庄时已是鸡叫头遍。

　　两人径直来到五九爷家，还没叫门，门已开了。开门的是田富贵，王居汉悄声问道："还没有睡觉吗？"

　　"哪里睡得着？五九爷、我，还有三合都囫囵躺着，一直在等着你们。"

　　这时五九爷窑洞里的灯亮了，王居汉和高登武随田富贵进了窑洞，五九爷和聂三合果然在等着，五九爷焦急地问道："快说说，啥情况？"

　　"五九爷！"王居汉气得话不成句，"这……这单府真的变成狼窝了……他……他们满口胡言，租银变成了三十三两，还……还要咱们跪着伺候他们喝酒。"

　　田富贵和聂三合完全没想到会是这么个情况，一时间气得说不出话来，连五九爷也沉不住气了："啊！这……这是怎么个事啊？"

　　"他们胡说字据上就是这么写的。"高登武回答道。

　　"看来他们当初跟你们说的是一套，写的是另一套。"五九爷接着说道，"快，快去拿字据。"

田富贵说道："五九爷，拿字据有什么用？我们都不识字。"

"我真是老糊涂了。"五九爷无奈地说道，"这可怎么办？"

"我们得找一个识字的人帮着看一下字据，看看上面到底怎么写的。"田富贵建议道。

"到哪里去找识字人呢？"聂三合为难地说道。

"我认识一个识字的人。"王居汉说道。

几个人异口同声："谁？"

202

"刘管家。"

"你是说单府原来那个管家吗？"五九爷问道。

"是的，五九爷，刘管家在单府辛苦了几十年，最后被没良心的盼人穷给解雇了，听说他这会靠说书挣钱打发日子。他家是汾城刘家庄的，我们去找刘管家，他肯定会帮忙。"

"不光是看字据，最好把刘管家请到胡桑庄来，咱们一起把这些事情捋一捋。"

"好的五九爷，我们去把他请来。"王居汉说道。

五九爷心疼地问道："刘家庄离咱这儿几十里，又没有正经路，去一趟得一整天，你们还有劲去吗？"

"有劲！"高登武说道，"居汉叔就别去了，我去叫小成，我们两个去找刘管家。"

"不行，刘管家不认识你们，我得跟着一起去。"王居汉说道，"你去叫小成，再叫上三狗，刘管家腿瘸了，走路不得劲，你们三个轮着把他背到咱们村。"

"也只能这样了。"五九爷拍板道，"登武，去吧。"

高登武答应一声就出去了。

五九爷心疼地对王居汉说道："四十多岁的人了，来回奔波，连饭也顾不上吃，又得赶着去汾城，真是苦了你了。"

聂三合、田富贵一起拉住王居汉的手："哥，辛苦你了！"

"为了胡桑庄这一百多口子人能活下去，不辛苦！"王居汉接着说道，"我回家去准备点核桃，好久不见刘管家了，应该给他带点东西。"

"不用回去了。"五九爷说道,"我这里还有些核桃,你带上就是了。"

几个人正说着话,高登武回来了,后面跟着小成还有一位僧人,高登武指着僧人说道:"不用去找刘管家了,这位先生识字。"

僧人施礼道:"各位施主好!"

原来这是一位云游僧人,昨儿个晚间来到胡桑庄,住在小成家。恰巧高登武找小成说要去找刘管家,僧人听说后自愿前来帮忙。

五九爷感叹道:"这是老天爷怜念咱山里人,派贵人相帮啊!"

王居汉迅速回家取来字据,僧人打开念道:"……胡桑庄每年向三庄缴纳租银三十两,外加三两跑车鼓的酒席费,共三十三两……三庄人举行酒宴时,胡桑庄人要下跪侍奉。以上各条如不遵守,三庄将收回土地,另租于他人……

原来是这样,几个人的心一下子凉了下来。

"这是一份十分规范的合同。"云游僧人说道。

见身旁的人一个个气呼呼的样子,僧人问道:"合同没什么毛病,你们为什么要生气?"

"大师,您是不知道,我们被人算计了。"王居汉回答道。

僧人不解地问道:"怎么回事?"

王居汉于是把事情原原本本说了一遍,僧人方才大悟:"哦,罪过罪过,三庄人这是大逆不道啊。"

事已至此,该怎么办呢?王居汉完全没了主意。聂三合和田富贵也没了主意,几个人一齐看看五九爷,希望他能拿主意。

五九爷问僧人道:"大师,您给我们出个主意,眼下我们该怎么办?"

"三庄人欺骗你们,那是他们不诚,可合同你们画了押的,若不守合同,那就是你们不信。"

"大师,您是教人行善的。我们山里人心善,可三庄人太可恶,他们出歪招骗我们,要是按合同办,岂不是便宜了那些坏人?"王居汉问道。

"善有善报恶有恶报,害人者必遭报应。善哉善哉,出家人言多了。"说完就告辞了。

僧人的话让在场的人更没了主意,王居汉心事重重地说道:"三十三两银子，除了口粮和种子，那是胡桑庄全年的收入。"

"遇到不好的年景，交了租银，剩下的恐怕连口粮都不够。"田富贵说道。

"最可恶的是跪侍喝酒这一条。"聂三合气愤地说道，"这分明就是仗着他们人多，欺负我们山里人。"

高登武和小成异口同声道："这一条绝不能答应！"

年轻人的话激起了田富贵和聂三合心里的怒火，两人对视了一眼，一起对王居汉说道："这合同不能认！"

王居汉望着五九爷："您老人家说，是认还是不认？"

"孩子们，我问你们一句话，咱们离开胡桑庄，不住在这儿了行不行？"

离开胡桑庄就会一无所有，根本无法活下去，几个人异口同声道："不行！"

"我们祖祖辈辈生活在胡桑庄，离开这里我们就成了无源之水、无根之木，就没法生存下去。所以咱们还是得认这份公同，就算地里产的全给了他们，我们还有这漫山遍野的树，咱们可以烧木炭，还可以编筐子，这些都能换银子，树卖了也是银子，饿不死咱们，等将来有机会再做打算。"五九爷顿了顿继续说道，"假如三庄人把地租给了别人，我们就没办法在这里待了。"

"那我们就完全按合同办吗？"聂三合问五九爷，"跪侍他们喝酒这一条能做吗？"

三合叔这样一问，高登武不由得想起了二牛那个怂样子，他气愤地说道："这一条无论如何不行，我宁可死也不会给那个坏尿磕头，看见他我就恶心。"

"这一条可以同他们商量，之后居汉去跟他们说一下，看能不能去掉这一条，实在不行换成别的看行不行。"五九爷说道，"登武这次就不要去了，免得吵架。咱们实心对他，他们应该心有所动，除非他们是铁石心肠？！"

说话间已经鸡叫二遍，天快亮了。

王居汉揉了揉惺忪的眼睛回答五九爷道："行，我这就去找他们说。"接着他心情沉重地问五九爷道："我们要不要提前告知乡亲们一声？"

"告不告的没啥关系。"聂三合说道,"其实你们上次从庙北村回来,大伙就已经有了这样的猜测。"

田富贵考虑问题比聂三合更周到:"上次只是猜测,这回是真格的,我觉得有必要提前告知一下乡亲们。"他接着问道:"五九爷您说呢?"

"其实你们两个说得都有道理。"五九爷说道,"我觉得事情还没有最后定,这会儿把大伙集中起来说这件事没必要,不过有几户人家情况特殊,需要考虑一下。"

聂三合问道:"五九爷,您说的是哪几家呢?"

作为村里的主事,王居汉当然知道五九爷的心思,便替五九爷回答道:"这还用说嘛,第一户就是三狗家。"

五九爷接着说道:"是的,他们逃难落户到村里没有几年,吃饭的人多,地又少,三狗也到了要说媳妇的年龄,这几年全靠大伙接济。如果涨了租银,乡亲们的负担加重,再接济他们就有困难了。"

"五九爷,这不是事,我们这么多户,每家省一点就有他们吃的了。"聂三合说道。

"三狗家吃饭的问题好解决,可还有比吃饭更难的事。"

"五九爷,还有啥事?"高登武问道。

"啥事?就是你、小成还有三狗,你们几个年轻人娶媳妇的事。"五九爷拍拍登武的肩头,"你和小娥好了几年,你妈做梦都想着攒钱把她娶进门,这一涨租银,这……"

"这……这有啥,大不了不娶媳妇了。"高登武说道。

"啥,不娶媳妇?"小娥一把推开窑洞门走了进来,后面跟着她爹还有登武妈。原来小娥和登武妈记挂着高登武,小娥爹则是既惦记登武又担心女儿,几人早早来到五九爷窑洞前等候。听了登武的话,小娥忍不住冲进窑洞,登武妈和小娥爹也就一起跟着进了窑洞。

小娥冲高登武说道:"好你个高登武,你不要我了?"

"我不是那个意思,我是说……涨了租银,家里攒不够银子。"高登武解释道。

"没银子不要紧。"小娥冲登武说道,"我爹妈又没说非要彩礼,我也不要你买耳环，只要你和妈一句话，我这会就跟你走。"

"哎哎哎，你这妮子真是不像话。"董盛虎冲小娥说道，"这会就走，你就那么舍得你爹、你妈？"

"爹，你和我妈不是挺喜欢登武嘛，难道你们变卦了？"

"谁变卦了？"董盛虎解释道，"我是想忙过了这阵子，把咱们家窑洞修一修，等到明年收了秋再攒点银子，体体面面打发你上轿。"

"爹，您真好！"小娥笑了，登武和他妈也笑了，在场的人都笑了。

五九爷高兴地对王居汉说道："最难办的事解决了，你和富贵吃点东西，尽早去吧。"

"好的，我们去。"

王居汉和田富贵一起到了庙北村，盼人穷让黑贼叫来吕东家和二牛，一起商量租银的事。

王居汉首先说话："各位亲姑子，租银的事我回去告知了乡亲们，大伙同意每年交三十三两银子，只是希望去掉下跪侍奉喝酒这一条。"

话刚说完，二牛立即反对道："不行，字据上写好的，不能去。"

田富贵问盼人穷道："单东家你的意思呢？"

"不是单东家，是冷东家！"盼人穷不置可否地说道，"我没有意思，二牛的意思就是我的意思。"

三家有两家反对，王居汉心想只有寄希望于吕东家了。他站起来走到吕大炮跟前，拉着他的手走到门外轻轻说道："亲姑子，你吕大炮豪爽仗义的性格，边山一带人人皆知，这个字据写得确实有点欺负人，但我知道这不是您的意思。"见吕东家有所触动，王居汉接着说道："下跪侍奉喝酒这一条明摆着是欺负人，希望吕东家能够仗义执言，帮我们去掉这一条。"

边山人既有豪爽的一面，也有善良的一面，经王居汉这样一说，吕大炮的善良之心被激活了，他满口答应道："好吧，这个忙我帮，但你们可能还得出点血。"

王居汉紧紧握住吕大炮的手："多谢了！"

两人重新回到客厅，吕东家对盼人穷和二牛说道："我看下跪侍奉喝酒这一条可以去掉，多年的亲姑子，为啥非要做贱人？"

吕东家一开炮，盼人穷和贾刀笔没敢明着硬顶。狡诈的贾刀笔瞅瞅二牛，初生犊子会意，冲吕东家说道："吕叔，你怎么胳膊肘向外扭，替山里人说话？"

吕大炮眼睛瞪得跟鸡蛋一般大："你个小仔蛋子，轮得着你管老子吗？"

二牛见吕东家发了火，赶紧闭嘴不吭声了。

盼人穷冲贾刀笔眨眨眼睛，贾刀笔于是假装好人道："吕东家既然这样说了，我们就按他说的办，去掉下跪侍奉喝酒这一条，但租银得再增加一点。"

"贾管家，三十三两银子已经是胡桑庄能够承受的极限，不能再加了。"田富贵说道。

"那你们就再给点别的。"二牛说道。

"这样吧，我们每年再给你们一百斤核桃、二百斤木炭。"

贾刀笔摆摆手："不行不行，给那么点东西不行，至少得五百斤核桃、一千斤木炭。"

"贾管家，胡桑庄的核桃树有数，产不下那么多核桃、树虽然多，但人手有限，也烧不下那么多木炭。"

"那就三百斤核桃、八百斤木炭。"

王居汉和田富贵商量了一下，咬牙答应道："行，就三百斤核桃、八百斤木炭。"

秋收完毕，王居汉于十月初一之前按时向三庄交齐了银两与物品。

胡桑庄与三庄第一次纷争大戏，以胡桑庄人屈从而落幕。

　　道光八年正月十三，三庄人一年一度的跑车鼓比赛如期举行。

　　比赛结束，庙东村取得了第一名，因为有了胡桑庄交纳的租银，比赛后的酒席多了几分欢笑。

　　常言道，乐极生悲。

　　因为比赛取得第一名心里高兴，二牛举着酒杯挨桌与大伙碰杯。正在兴头上，头顶上一堆瓦片掉下来，劈头盖脸砸到二牛身上，手中的酒杯被砸得粉碎，头上砸了两个血窟窿，鲜血流得满脸满身。原来山神庙大殿年久失修，房檐的椽子折了一根掉下来，瓦片正好砸中二牛。

　　惊呼之余，人们意识到山神庙该修了。

　　正月十六早饭后，二牛来见盼人穷，一进门就嚷嚷道："舅舅，这山神庙该修了。"他指着头上裹着的布条接着说道："看我被砸成啥样了？要不是我命大福大，指不定砸出大毛病了。"

　　"我也知道该修了。"盼人穷说道，"可是银子从哪里来？"

　　"舅舅，我能弄到银子。"

　　"嗯？你从哪里能弄到银子？"

"我妈说了，胡桑庄周边那么多树，我们去砍上一部分，不仅可以满足修庙用的木材，卖掉多余木材，连修庙的工钱和砖瓦钱都有了。"二牛接着说道，"我妈还说了，田府想再盖几间房子，多砍些木材，我家盖房子正好可以用。"

听了二牛的话，盼人穷心里一阵激动。当初费那么大劲要回胡桑庄土地，看重的就是那大片的树林。他设想着日后开一个木材场，从胡桑庄砍来的木材可以拉到场里去卖，这可是一笔不菲的收入。没想到姐姐和自己想到了一块儿，也看中了胡桑庄的树，盼人穷眼里放光了："你妈这确实是个好主意。"他扶了扶头顶的帽子："可这树胡桑庄人能让咱随便砍吗？"

"地既然是咱们的，那长在地上的树就是咱们的，他凭什么不让砍？"

盼人穷想想是这么个理，便让二牛去找贾刀笔。

片刻工夫，贾刀笔随二牛过来了，他问盼人穷道："东家，什么事？"

"山神庙时间久了，需要修一下，我们一起谋划一下这个事情。"

"修庙需要砖瓦木料，还需要人工，这些银子从哪里来？"贾刀笔问道。

"二牛出了个好主意，咱们去胡桑庄砍树，多砍一些什么都有了。我想着等过了正月，天气稍微暖和了咱们就去胡桑庄砍树。"盼人穷拉过贾刀笔，避着二牛接着说道，"我想在山神庙周边开一个木材市场，销售从胡桑庄砍来的树木。松木作为建房材料卖，楸木、核桃木和杂木还可以做成家具卖。"

贾刀笔竖起拇指说道："这个主意太好了！可是胡桑庄人肯定不会让咱们随便去砍树，这事咱们得好好核计核计。"

二牛插话道："这事能由着他们吗？咱们多去点人，谅他们也不敢反对。"

"二牛说得对。"盼人穷对贾刀笔说道，"你计划一下，看需要多少人。"

贾刀笔略一思索说道："胡桑庄总共一百多口人，除了老人和妇女、小孩，青壮年撑死也就三十几个人，咱们去一百人，肯定能唬住他们。"

"要去，三庄人一起去，具体人数该如何摊派，你考虑一下。"

"我看这样，咱们组成百人砍树队，庙北村去四十个人，庙东村、庙西村各出三十人。"

二牛当场答应道："行，我们庙东村保证去三十人，只多不少。"

"那就这样定了。"贾刀笔对二牛道:"随后你去庙西村告知一下吕东家,咱们二月初十出发,让他的人准备好工具。"

"好嘞。"二牛一蹦老高地离开了。

盼人穷和二牛他们说话时有一个人在偷听,谁?单云飞。

经刘管家一番开导,云飞终于意识到宝盒的重要。与刘管家分手之后,他赶紧来到奶奶房间,打开暗柜,才发现里边空空如也。家里白天黑夜有护院队巡护,暗柜又这么隐密,不可能被外人偷走,一定是被家里什么人拿走了。云飞分析,这个人不仅能随便进出奶奶房间,还知道房间内有暗柜,并且清楚开暗柜的方法。他绞尽脑汁,把家中各种人物过了一遍又一遍,只有极少数几个人符合这个条件。

云飞从此开始留意府中这几个人,这一留意还真是发现了问题。

一天早上,云飞没有像往常那样睡到很晚才起床,也没有召唤丫鬟伺候自己洗漱。天还没有大亮,一个人穿好衣服悄悄出了房间,在大院里溜达。他发现爹房间的门轻轻开了一条缝,接着一个头发蓬乱的女人从门缝中挤了出来。仔细一看,云飞几乎惊出一身汗,这人竟然是自己的嫂子,人称黑牡丹的单小莲。

平日里,云飞对自己这位漂亮的嫂子还是比较尊重的,两人关系也十分融洽。听到别人夸奖嫂子漂亮,他也曾感到自豪。这一刻,他感到嫂子的模样是那样丑陋,那样的令人恶心。怪不得嫂子娘家最近突然有了钱,又是请名医为她父亲治病,又是为她弟弟娶媳妇,怪不得母亲会上吊身亡,原来问题在这里。云飞只觉得血往上涌,他握紧拳头,准备冲上去狠狠揍这个不要脸的女人一顿。将要出手的一瞬间,云飞忽然冷静下来。不行,我得把事情搞清楚,公公与儿媳妇之间发生这样的丑事,到底是儿媳妇不要脸拉公公下水,还是公公胁迫儿媳妇做自己不愿做的事?此后,云飞有意留心黑牡丹,结果发现了更让人惊骇的事情。

注意到黑牡丹隔三岔五到父亲房间留宿,云飞决定找机会抓他们现行。一天黄昏,云飞远远留意着黑牡丹房间的门,却发现贾刀笔鬼鬼祟祟溜了进去。云飞蹑手蹑脚来到黑牡丹房间外,轻轻捅破窗户纸,只见一对狗男女赤身裸体抱在一起,云飞不由得闭上了眼睛……

看来刘爷爷说得没错，爹和贾管家都是坏人，他们比刘爷爷想得还要坏。云飞心想，偷宝盒的人应该就在自己这个不齿于人类的爹和那个阴险的贾管家两人之间。趁着与刘爷爷碰头的机会，他把自己的发现和对宝盒去向的分析告诉了刘爷爷。刘爷爷叮嘱他，对宝盒失窃的事佯装不知，暗中留心爹和贾刀笔的行踪，终会有所发现。

通过一段时间观察，虽然没有发现宝盒的去向，但无意中弄清了爹和贾刀笔用欺诈手段与胡桑庄签订合同的事。而今，这些人竟然贪心不足，还要去砍胡桑庄的树。有心去告知一下王主事他们，可听人说去胡桑庄的路十分难走，不少人因为迷路被困在山里转圈圈，甚至有人因找不到路而困死在深山中。自己从没有一个人出过远门，更没有进过深山，他不敢贸然前往。

怎么办呢？

云飞心想，不能任由可恶的父亲和贾刀笔他们胡来！有心跟刘爷爷商量，可是跟刘爷爷约定的日子还未到，云飞决定到刘家庄去找刘爷爷。知道父亲不会同意，云飞心想，得找个理由才行。踱来踱去，怎么也想不出一个合适的理由，云飞急得抓手挠腮，只气得一把摘下头上的帽子扔到地上。帽顶上的玉珠砸在地上发出"当"的一声响，云飞终于有了主意。他摘掉帽子上的玉珠装进衣兜里，然后拿着帽子去找盼人穷。

见平日里不多到自己房间的儿子，盼人穷很是稀罕，他问云飞道："小子，有事吗？"

"爹，我想去找刘管家。"

听了云飞的话，盼人穷不由得火冒三丈："你找他干什么？他害死了你哥云龙，你不恨他吗？"

"我当然恨他。"

"恨他你还要去找他？"

云飞两手抚弄着手里的帽子，没有吭声。

盼人穷接着问道："问你话哩，怎么不吭声？"

见云飞还是不回答，继续抚弄手里的帽子，盼人穷终于发现了问题："你帽子上的珠子哪去了？"

"爹，我找刘管家就是去向他要珠子。"

"嗯，怎么回事？"

"我帽子上的珠子掉了，刘管家说帮我修理，就把珠子拿去了。可是后来他不在咱们家干了，珠子也没有还给我，所以我想找他去要。"

"这么长时间了，他还会认这事吗？"

"他从我手里拿走的，我亲自去找她，不怕他不认。"

212

盼人穷担心地说道："刘家庄离庙北村十几里路，中间还隔着一条野狼沟。咱们家也不缺那一颗珠子，别去费那事了吧。"

"不嘛，爹，一颗珠子值不少钱呢，不能便宜了他姓刘的。"

听云飞这么一说，盼人穷立时来了劲："是的，不能便宜了那老家伙。"盼人穷接着说道："让黑贼套上轿车拉着你去，快去快回。"

"爹，我一个人去就行，大张旗鼓地坐着轿车去，他肯定会有防备，万一他把珠子藏起来死不认账就坏了。不如我一个人去，打他一个冷不防。"

盼人穷高兴地拍了云飞一把："小子，懂得用脑子了，像你老子！"

云飞一语双关道："是得学会动脑子，不然就对付不了坏人。"

"好，那你去吧，一个人出去历练历练也好，得想办法把珠子要回来。"

"爹，您放心，要不到珠子我就住他们家不回来了，看他敢不给我。"

"让你去要珠子的，住他们家干什么？他们家管得起你饭？"

"爹，正因为他们家管不起饭，万一他不给珠子，我就在他们家住下，他不就得乖乖地把珠子还给我。"

"哦，确实知道动脑子了。"盼人穷高兴地说道，"住他家可以，但不可长住。"

"爹，我怎么可能在他家那个破屋里长住呢？只要讨到珠子，我立刻就回来。"

见小儿子这样有出息，盼人穷不由得想起了大儿子，他伤感地说道："云龙要是像你就好了！可惜他心太善，没出息，这一点害了他。你可得长点出息，为咱冷家争口气，不然你爹这么多年的辛苦就白费了！"想想几十年来的诸多不易，盼人穷哭了，自从到了庙北村，他第一次动了真情。

见盼人穷哭了，云飞装着十分感动的样子说道："爹，您放心，我一定会有出息！"

盼人穷拉住云飞的手叮咛道："记住，出了庙北村往东北一条道就到了刘家庄。过野狼沟时提前准备一根木棍，万一碰到狼和豹子，心里别害怕，它们其实也怕人，挥挥手中的棍子它们就逃跑了。"

"记住了爹，我去了。"

从庙北村到刘家庄虽然只有十几里路，可对于从小娇生惯养的的云飞还真是一种历练。吃过早饭出发，中午时分才赶到刘爷爷家。听云飞说明情况，刘管家觉得事关重大，当即叫过自己的孙子顺子，让他即刻动身去胡桑庄找王主事。

云飞对刘管家说道："爷爷，我跟顺子一起去吧，我认识王主事，我说的话他会信。"

刘管家想想也对，王主事没见过顺子，未必会相信他的话，可是又怕云飞走不了山路。他问云飞道："去胡桑庄的路坎坷不平、荆棘丛生，你细皮嫩肉的，已经走了这么远的路，再走山路能挺得住吗？"

"能，我能挺得住！"

"那好，事不宜迟，你们两个吃过中午饭立马动身，见到王主事后转达我的话，就说我年老体衰、腿又不方便，去不了胡桑庄。所以让他来刘家庄一趟，商量一下如何应对三庄人。"刘管家接着叮嘱云飞道，"送完信你直接回庙北村，免得你爹生疑。"

"好的，我记住了爷爷。"

刘管家接着叮嘱顺子道："记着，进山后就一条峪，顺着这条峪一直走，快到胡桑庄时有一个岔口，千万别走错。"

"我知道爷爷，这条路我走过几次，错不了。"

云飞和顺子三下两下填饱肚子，顺子腰里别了把砍柴刀，两人告别刘管家，向着胡桑庄出发了。

刘家庄到胡桑庄的直线距离无非也就二十多里，但说起来近，走起来远，所谓"看见山头跑死好狗"就是这个道理。

云飞和顺子两人不敢稍作停留，竭尽全力奔走在山间羊肠小道上。越走坡越陡，越走路越窄。顺子虽然感到疲惫，但尚能坚持。从小缺乏锻炼的云飞是越走越不行，走到后来，两腿几乎没了知觉。为防止他掉下悬崖，顺子拿出事先准备好的绳子，一头拴在自己腰上，另一头拴在云飞腰上，手脚并用地拉着他往前走。云飞两手拽着绳子，机械地迈动两条腿，深一脚，浅一脚跟着往前走。一路上不停地跌倒，胳膊、两条腿摔得青一块紫一块，脸上、脖子上划满了血印子。

过了岔路口，眼看着快到胡桑庄了，这是最险的一段路，人称"鬼门关"。鬼门关其实根本不能算作路，只有人们依着悬崖踩出来的一个个脚窝。经过时要手脚并用，手抓野草或突出的石头，脚踩着一个个脚窝，身子紧贴着山体往前挪。不少过路者在此处摔下悬崖，重者摔死，轻者致残，不是万不得已，一般人不会走这条路。

云飞战战兢兢跟着顺子一步一步往前挪，顺子不断提醒他："沉住气，找准脚窝，手抓紧，脚踩稳！"

突然云飞一脚踩空，他"啊"地叫了一声跌下悬崖。惯性带着顺子向悬崖下滑去，顺子心想这下完了。没想到掉了一丈多深被一丛灌木挡住了，两人惊出一身冷汗，顺子冲着山谷喊道："谢谢老天爷！"

还好，顺子掉落时没有扔掉手里的砍柴刀，他砍开缠绕在身边的树枝和藤蔓，又用砍刀撬开石缝，慢慢挖出一个个可供站立的脚窝，抓着石缝中的小树和杂草，自己先爬到路上，然后用绳子拉着云飞慢慢爬上来。

想想刚才惊险的一幕，云飞抱着顺子哭了。

三十一 / 群羊斗群狼

　　云飞和顺子赶到胡桑庄村口时，已是午夜时分。

　　绛州百姓历来恋家、顾家，注重庭院建设，一辈子省吃俭用，只为了盖一所称心的房子，建一个规整的院子。绛州人标准的院落为四合院，北房为客厅，用于祭祀祖先和接待客人，东西厢房住人，人多住不下时也住南房。大门开在院子的东南处。胡桑庄虽然世代归绛州管辖，但因为地理条件限制，不能像平原地区百姓那样建四合院，只能利用土崖随地挖掘窑洞居住，因而也就没有院门和屋门之分，房间门即是家门和院门。

　　村头第一家是董小娥家的窑洞，这是董家仅有的一孔窑洞，小娥与父母一起住在里边。

　　云飞和顺子轻轻敲了敲窑洞门，董小娥父亲董盛虎先醒了，他问道："谁呀？"

　　顺子赶紧回答："大叔，我们找王居汉主事。"

　　董盛虎起身要去开门，小娥妈一把拉住他："先别开门，别是土匪吧？"

　　"看你说的，我们这儿啥时候来过土匪？"董盛虎调侃道，"胡桑庄有狼是真的，但不会有土匪，土匪打劫的是有钱人，哪里会找我们山里人！"

215

三十一 群羊斗群狼

小娥妈顺便幽默了一把："这狼成精了，都会敲门了。"

这时小娥醒了，她埋怨爹妈道："人家半夜里敲门肯定有事，赶紧开门得了，你们两个瞎唠叨什么哩！"说着赶紧穿上衣裳，下了炕打开窑洞门。

见开门的是个大姑娘，顺子一时没了词儿，结结巴巴地称呼道："大……大姐好！"

小娥也没有想到敲门的是两个陌生小伙子，她不好意思地回道："谁是你大姐？"

顺子误以为小娥嫌称呼她小了，于是客气地称呼道："大嫂，我们是来找王主事的。"

这一声称呼让小娥羞得红了脸，她埋怨道："你这位大哥真是不长眼，人家才十几岁，怎么就称大嫂哩？"

顺子常听爷爷教诲，"出了门三辈小，不叫婶便叫嫂"，看来这出门人的秘诀也有不灵的时候，遂赶紧赔不是道："哦，对不起，冒昧了！"

董盛虎听说两位要找王主事，赶紧问两人道："你们两个从哪里来，找王主事有什么事？"

顺子回答道："大叔，我是汾城刘家庄的，我姓刘，我爷爷原来是庙北村单府管家。这位是单府的二少爷云飞，我们找王主事有要事相告，麻烦您带我们去见他。"

听顺子这样一说，董盛虎二话没说，带着两人往王居汉家走去。

到了王居汉家窑洞前，董盛虎叫开房门，带着两人进到屋里。王居汉老婆赶紧点燃灯碗，接着把炕上的被褥腾开让两人坐下。

因多次去单府办事，王居汉和云飞很熟识。见云飞浑身是土，脸上、手上一道道血印子，遂一边帮他摘掉头发上的杂草，一边和蔼地问候道："二少爷，你福里生福里长的，哪里爬得了山路，来胡桑庄可是辛苦你了！"

云飞回答道："王叔，不辛苦。"他接着纠正王居汉道："不要叫我少爷，就叫云飞，我喜欢您叫我云飞。"

王居汉挤到云飞跟前坐下，亲切地拉住他的手说道："好吧，叔就叫你云飞。"他接着问道："你这是从哪里来？相跟的这位之前没见过，他是哪个府上的？"

云飞回答道："王叔，我从汾城刘家庄来，这位是单府老管家刘爷爷的孙子，他叫顺子。"

顺子赶紧客气道："王叔好！"

"顺子好！"王居汉对顺子说道，"我认识你爷爷，他老人家还好吧？"

"好着哩！"

王居汉接着问道："刘家庄离这里那么远，路又那么难走，你们两个深更半夜一路赶来，一定有什么事吧？"

"王叔，有事，有大事。"云飞回答道。

王居汉心头一惊："什么大事？你快说。"

云飞于是把自己如何得到三庄人要来胡桑庄砍树的消息，如何找到刘家庄并与顺子一起来胡桑庄的经过从头至尾讲了一遍。

听完云飞的话，王居汉眼含泪花地说道："云飞，真难为你了！"

顺子这时插话道："王叔，爷爷让我带话给您，说他腿脚不便来不了胡桑庄。让您去刘家庄见他，当面商量如何应对三庄人。"

"好的，我知道了。"王居汉下了炕，一手拉住云飞一手拉住顺子的手激动地说道；"云飞、顺子，我们胡桑庄男女老少感谢你们，感谢刘管家！"

边上的董盛虎和王居汉老婆也是感动不已，两人一起说道："我们会永远记着你们的好！"

云飞和顺子心里感到暖烘烘的，心想胡桑庄这一趟没有白来。

王居汉接着吩咐老婆道："把被褥铺好，让两个娃睡一会。你赶紧烧火做饭，记着多做几个荷包蛋，等娃们醒了让他们饱饱吃一顿。"

云飞和顺子确实累了，倒在炕上很快就睡着了。

王居汉老婆点燃炉灶开始做饭，小娥妈搭手一起忙活。王居汉和小娥爹两人蹑手蹑脚走出窑洞，王居汉对董盛虎说道："我去找五九爷商量一下，你去找登武，让他找几个年轻人，天亮之后立马送云飞回庙北村，时间久了他那个老爹盼人穷和贾刀笔会生疑。"

"好的，知道了。"

董盛虎答应一声就离去了，王居汉抬脚向五九爷家走去。

天亮了，高登武和小成、三狗几个年轻小伙一起来到王居汉家窑洞前，王居汉叮咛高登武道:"你们几个去送云飞回庙北村,他平时缺少磨炼,昨儿个又走了太多的路,再走回去怕是很困难,路上要照顾好他。"

"王叔放心,他如果走不动,我们就把他背下山去。"

"这我就放心了,那你们去吧。"

看着高登武几个人搀扶着云飞往山下走去,王居汉和田富贵跟着顺子往刘家庄走去。

中午时分,云飞终于回到家里。为避免被怀疑,他直接去向盼人穷请安道:"爹,我回来了。"

"正惦记你呢。"盼人穷问道,"怎么才回来?"

云飞指着帽子上的珠子说道:"刘管家想要赖,说他忘了这事。我就跟着要赖,说我饿了,走不动路了,之后就在他们家住下了。今儿个早上,刘管家见赖不过我,这才不情愿地把珠子给了我,我这就回来了。"

"你脸上、脖子上咋那么多血印子?"盼人穷问道。

"路过野狼沟时不小心摔到沟里划的。"

盼人穷埋怨道:"为了一颗珠子受这么多伤,划算吗?"

"咋不划算?我只是划破一点皮,过几天就好了。珠子要回来了,我心里高兴!"

"算你有理。"盼人穷关心地说道,"快去找黑贼,他那里有伤药,抹上点好得快。"

"好的,我这就去。"

盼人穷就这样被云飞糊弄过去了。

二月初九晚上,三庄管事人在冷府客厅聚集,商讨第二天到胡桑庄砍树的事情。

首先讨论参与砍树的人数。贾刀笔把原先和盼人穷商量的方案一说,白牡丹和吕东家都不同意。他们心里明白,庙北村之所以要多出几个人,目的是砍完树后多分银子,因此一致表示三庄应该出同样的人。盼人穷和贾刀笔无奈,只好同意三个村子均摊,各出三十五个人。

接着讨论具体办法。经过一番商量,他们决定把全部人马分成三部分,庙东村负责砍树,庙西村负责运树,庙北村负责防范胡桑庄人干扰。

盼人穷任命黑贼为庙北村行动负责人，贾刀笔特别叮嘱他："把护院队的梭镖、大刀、棍棒全都带上，要从气势上镇住山里人。"

同一天晚上，王居汉召集胡桑庄各家户主到第一洞房，商量第二天如何对抗三庄人。五九爷语重心长地对大伙说道："常言说得好，靠山吃山靠水吃水，咱胡桑庄靠的就是这漫山遍野的树。有树就有核桃、柿子和各种野果，就可以贴补我们欠缺的粮食，多余的灌木枝条就可以烧木炭；有树就有草，我们的家畜家禽就有吃的；有树就有各种飞禽走兽，我们才有猎物可捕。一句话，有树才有我们山里人。"

各家户主一起表示，要像保护自己的命一样保护好山上的树，不能任由三庄人砍伐！

胡桑庄的楸树主要集中在柿柿凹，杨树集中在野猪岭，松树比较分散，但吊疙瘩岭的松树最高大，树型也好，最适宜作建房材料，这几个地方应该是三庄人砍树的主要地方，因而是防护重点。

经过商量，大家决定男女老少齐出动，由王居汉、田富贵、聂三合各带一部分人，分别看守吊疙瘩岭、柿柿凹和野猪岭。五九爷坐镇村中，高登武带几个年轻人为应急队。

第二天天不亮，三庄砍树队一百多人出发了。

黑贼领着以冷府护院队为骨干的庙北村队走在最前边，每个人手里都拿着家伙，庙东村和庙西村的队伍紧跟其后。

时近中午，砍树队到了胡桑庄地界。因为楸树比较昂贵，按照事先计划，他们先奔向柿柿凹，准备先砍楸树。

看着一棵棵巨大笔直的楸树，砍树队一个个喜笑颜开，议论纷纷，这些树拉下山肯定能卖出好价钱。

二牛一声令下，庙东村人举起手里的砍刀就要往下砍。

只听见一声口哨，胡桑庄男女老少从树丛里钻了出来，一个个挺起胸膛挡在砍树队前面，为首的正是主事王居汉，砍树队的人空举着砍刀下不去手。

见此情景，贾刀笔对盼人穷说道："东家，这山里人看样子早有防备，不知道他们是怎么知道消息的？"

"管他怎么得到的消息，咱得给他们点厉害。"盼人穷大声喝道，"黑贼！"

黑贼答应一声提着大刀来到跟前："东家，您说话。"

盼人穷大声喊道："让你的人上！"

"好的，没问题。"黑贼一边答应着一边指挥庙北村人拿着梭镖、大刀和棍棒冲到前边，妄图吓退胡桑庄人。哪想到山里人个个拼命，人人不怕死，男女老幼全无惧色，一个个挺直腰板，伸出脑袋大喊："来，有本事往这儿砍，往这儿刺！"

黑贼手下的人非但没有吓退山里人，反而被山里人的气势给镇住了，空举着手里的家伙戳在地上，不知如何是好。

黑贼问盼人穷："东家，怎么办？"

盼人穷也没招了，他问身旁的贾刀笔："怎么办？"

"他们总共也没多少人，这儿下不了手，咱们去野猪岭。"

"嗯，我看行。"盼人穷对贾刀笔说道，"你去告诉二牛。"

贾刀笔找到二牛说道："你舅舅说了，这里下不了手，咱们去野猪岭。"

二牛一声吆喝，砍树队转往野猪岭而去。

到了野猪岭，同样的情景出现了。胡桑庄人视死如归，同仇敌忾，为首的是田富贵，砍树队还是无法下手。

这里不行，二牛领着砍树队又往吊疙瘩岭奔去。还未到地方，远远看到胡桑庄人早已经严阵以待，为首的是聂三合。砍树队喘着粗气到了跟前，依然无法下手。

所到之处接连失手，贾刀笔向盼人穷出主意道："东家，我们不能再这样大兵团作战，得把咱们的人分开，看他胡桑庄人多还是咱们人多。"

"对对对，你说得对，把咱们的人分开，看他山里人怎么挡？"盼人穷叫过二牛吩咐道，"让你的人分开，各自找地方去砍，这漫山遍野都是树，看他们怎么挡？"

二牛把这个办法跟手下一说，哪想到庙东村人早被胡桑庄人不怕死的劲头给吓住了，纷纷言说不敢一个人行动。

见大伙没人敢单独砍树，二牛只好道："放心大胆去砍，回去后根据砍树数量给大家发赏银。"

砍树队的人大部分是被裹挟来的，因而并不为所动，二牛气得大骂："真他妈尿包蛋，连这点胆子都没有。"

给赏银不行，骂也不行。二牛同盼人穷和贾刀笔商量，决定换一种方法，把庙北村和庙东村的人混合起来，编成几个小组，各小组分别有人负责砍，有人负责挡，然后分开去往各个山头砍树。

原以为这一招可以奏效，哪想到漫山遍野，好像到处都有人看守。每到一个地方，还未等砍树队动手，早有人挡在他们前面。

胡桑庄总共没有多少人，他们是如何做到这些的呢？

原来高登武把能跑善奔的年轻人分成了三组，自己带一组，小成和三狗各带一组。眼睛好使声音又大的小娥站到尧王岭最高处，她居高临下观察所有山头，只要看见哪里有树晃动，她就把身边的小树倒向哪个方向，三个小组的年轻人根据小娥所指示方向，迅速奔跑过去。山里人本来就比川里人善跑，砍树队因而每到一地总是慢了半步。

就这样，一直折腾到傍晚，三庄人一个个饥肠辘辘、口干舌燥，没有砍倒一棵树。

"东家，这样下去不行，咱们回去另想办法吧。"贾刀笔对盼人穷说道。

"是的，得回去另想办法。"

盼人穷叫来二牛与吕东家，无奈地说道："想不到山里人心这么齐，这么不要命，咱们先回去吧。"

"回吧回吧。"吕东家没好气地说道。

一听说要回家，三庄人就呼啦啦退了下来。

见三庄人撤了，胡桑庄人像打了胜仗似的，高兴得又蹦又跳、又喊又叫。

看见胡桑庄人的高兴劲，吕东家一肚子的怨气，冲二牛发泄道："折腾了一天，你们连一棵树都没有砍下，害得我们吃不上、喝不上，空跟着跑来跑去，真丢人！"

二牛也是一肚子怨气："这怨我们吗？他们庙北村人手里拿着刀枪棍棒，连胡桑庄一群赤手空拳的老弱妇幼都惹不过，我们有什么办法？"

听了吕东家和二牛的话，黑贼心里老大的不舒服。可自己只是个下人，不敢明里跟两人顶嘴，只能把心中的火气发向胡桑庄人，他冲着山头上的胡桑庄百姓喊道："山毛子别高兴，我们还会再来！"

聂三合家小儿子兔兔站在崖头上回骂黑贼道："川老鼠①，有本事再来，小爷爷不怕你！"

胡桑庄男女老少一起大喊："来吧，我们不怕！"

注：

①川老鼠——山里人对平川人的蔑称。

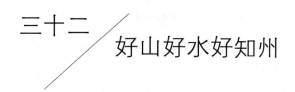

三十二 / 好山好水好知州

绛州地处晋南腹地，实在是个好地方。

这里气候温和，四季分明，汾河、浍河、鼓水三条河流穿境而过，在干旱少雨的北方，少有这样的自然条件。自然条件好，物产就丰富，绛州是又产棉花又产粮，蔬菜瓜果四季香。

绛州不仅物产丰富，还是晋南一带的交通枢纽，从京城至西安的官道从绛州城中穿过。州城南门外有汾河码头，通过水运可以把货物运往五湖四海、四面八方。丰富的物产与优越的交通条件，加上绛州人勇于创造，善于经营，形成了绛州"七十二行城"的地域特色，使绛州成为晋陕豫三角地带经济贸易中心。

绛州民风淳朴，世代崇尚耕读传家。历史上，绛州这片热土曾诞生了荀子、薛仁贵、王勃等名人。前不久又出了名儒李毓秀，编撰了儒家通俗读本《弟子规》，使得古绛州的名字更加响亮。

绛州的富足与繁荣，以及众多名胜，吸引了无数百姓来绛州经商和观光，由此产生了红遍华夏大地的著名民歌《走绛州》。

官僚们都愿意到绛州做官。因为这里的官好当，不用费心出力，就能确保百姓安居乐业。也是因为这个原因，养成了绛州官僚的惰性，多数知州在任上安于现状，少有作为。虽然任期内没有多少建树，但因社会安定，没有发生让上边不高兴的事，最后仍被提拔任用，绛州因而成为官僚们升官的福地。当然也有另类，他们放着安逸不要，偏偏要为自己"找事干"。这样的官在百姓眼里是好官，但因不懂官场规矩，往往没有好结果，时任知州郝大人就是这样的官。

道光六年，郝大人出任绛州知州。他从小听着《走绛州》的歌儿长大，对绛州充满了向往。让郝知州没想到的是，长大后自己当了绛州知州。直面绛州的好山好水，他感慨万千，决心当一个为民办事的好官，把绛州的繁荣做到极致，让更多的人走绛州。

上任伊始，郝知州首先对州衙内大小部门进行整饬。他明确规定，所有人每天必须按时到岗，没有特殊情况不准提前下岗。他裁掉了州衙所有轿夫，让手下买了几头毛驴，规定官员外出办事一律不准乘坐轿子，路远的骑毛驴，路近的步行。

郝知州身体力行，外出从不坐轿子，还不定期对各部门进行抽查，遇到个别不守规矩者当面斥责，不留任何情面。州衙内的平庸之辈和怠于政事者，害怕被郝知州查到，一个个夹起尾巴变得规矩起来。个别人妄图投机取巧，结果被抓了现行并当面受到责骂。文人出身的郝知州，这时候显得十分粗暴，因为他恨这些拿着饷银不干事的人。

通过整饬，州衙内没有人再敢偷懒耍滑、消极怠工，更没有人敢拿着公家饷银不出勤。各部门精神面貌焕然一新，办事效率大幅提高。不仅为州衙节省了大量银子，还拉近了官员与百姓的距离。

在此基础上，郝知州动员城乡大家富户捐银捐粮，为家乡繁荣做贡献。大户们听说州衙要为家乡办大事，纷纷慷慨解囊，州衙很快筹足了所需钱粮。

有了钱粮做后盾，郝知州首先从改变城乡面貌做起。他对绛州古城街巷基础设施进行改造，完善了城市排水系统。对市容市貌进行整体改造升级，大街路面改成了石板路，小巷路面全部做了硬化处理，街上的门面房全面整修，从铺面门到招牌一律刷新。贸易市场和手工业制造作坊全面整顿，消除了欺行霸市和恶性竞争现象。

在改变州城面貌的基础上，拓宽了各村之间的道路，在浍河与鼓水两条汾河支流的重要路段建了桥梁。对鼓水流域灌溉系统进行了全面整修，各条干渠全部用石头或三合土进行硬化，支渠和毛渠做到了处处通畅，土地灌溉面积大幅增加。

郝知州不仅做大事，也做小事。他极力推行耕读传家的文明之风，在办好官办书院的同时，鼓励有条件的农村创办私塾，并在学童中普及《弟子规》教育，提倡守孝义、讲诚信的儒家思想。刘学正是这项工作的主管，因办事不力经常被叱骂。

郝知州憎爱分明，对好学上进的孩子由州衙出资予以奖励，对好吃懒做之辈，特别是游手好闲不务正业者予以惩处。为此还专门加大了对烟馆的税收，从而使街上的混混和烟民数量大减。

为了解百姓所愿、所需，郝知州常常步行来到城市街巷与乡村田野，与百姓拉家常。

其时，晋陕豫三角地区普遍食用潞盐，即解州潞村盐池生产的食盐。郝知州走访中发现，一些穷人家因买不起食盐，只能吃无盐的饭。绛州离解州也就百十来里路，从距离上讲，绛州算是食盐产地。想到食盐产地的人吃不起盐，郝知州掉泪了。他决定减少食盐流通环节税收，让百姓吃到较为便宜的食盐。

这个档口，精通世故的师爷劝告郝知州道："大人，您主政后为绛州做了许多好事，绝大多数老百姓从心底里高兴，可谓功在当代，利在千秋。但是，做事不能让一部分人喜欢，一部分人讨厌。"

"既然是好事，怎么会有人讨厌？"郝知州问道。

"有些事是好是坏本不好说，当然就会有人高兴有人讨厌。"

"哦，这话怎么讲？"

"比如说裁掉州衙轿夫，虽然说为公家节省了银子，可轿夫们被打了饭碗，心里肯定难受。"

知道师爷也是一片好心，郝知州点点头，要他继续说下去。

"像刘学正这样的人，上边有靠山，您当面责罚他，对自己的仕途可

225

三十二 好山好水好知州

不利。"

"靠着上边有人，只知道享受，不知道干事，这样的人不惩处对不起天地良心。"

"还有，加大烟馆税收，有些人很不高兴。"

郝知州终于忍不住了："成天不务正业，躺在烟馆里吞云吐雾，没有惩戒他们就够宽大了，不高兴能咋的？"

"大人，朝廷眼下对烟馆尚没有明令禁止，去烟馆的大都是有钱人，能量比普通老百姓大。他们要是合起伙来与您作对，很难对付，何必自找麻烦？"

郝知州坦然道："您说了这么多，只有一点值得考虑，关于裁撤的轿夫，可以考虑给他们安排一些其他事情做，这事我记住了。若没有别的事，就这样吧。"

见郝知州下了逐客令，师爷赶紧接着说道："您别着急，还有更要紧的，减少食盐行业的税收，这可是与朝廷的大政相悖。假如有人拿这个说事，问题可就大了，望大人三思。"

"减少食盐行业税收，我知道不符合朝廷大政，可是对老百姓有利，这样的好事我们还是要坚持做。"

"我劝您还是稳妥一点。"师爷接着说道，"绛州这地方自然条件好，民风也好。在这里当官，不用动什么脑筋更不用费什么事，只要稳稳当当不出事就行。前几任也没有干啥突出的事，结果还不是个个都高升了。"

"谢谢您的好意！"郝知州说道，"可不做事不是我的性格，更对不起我的良心。"

郝知州没有听从师爷的劝告，依然我行我素。他所做的一桩桩、一件件好事，绛州老百姓永远记在了心里。最令老百姓感动的事，莫过于开通汾河码头。

汾河横穿绛州全境，是绛州境内最大的河流，浇灌着两岸大片土地。汾河还是绛州的水运要道，大量物资通过它走向远方。然而，汾河为绛州带来福利的同时也带来了诸多不便。因为河水阻隔，两岸百姓的来往与货物交流十分不便，汾河码头因而显得十分重要。一直以来，汾河码头靠自然地形运行，没有经过建设。遇到下雨天，码头上泥泞难行，船只难以靠岸，行人到不了船边。

郝知州上任后，立即对各个码头进行升级改造。铺设了河边通往码头的砂石路，并在码头上建好台阶，台阶上铺设了石板，实现了两岸百姓多年的愿望。

所有汾河码头中，绛州城南门外的码头是最重要的一个，也是问题最大的一个。走访过程中，发现老百姓最关注、议论最多的也是南门码头。

汾河紧邻绛州城南门，由东向西流过。南门外不远处即是绛州最大的南门码头。南门码头隔河与绛州南关码头相对，是绛州与外地水运的货物集散地，也是两岸人员来往最繁忙的码头，长年累月船来船往，人流如织。绛州百姓和来往客商一直渴望建设高标准的南门码头，以方便两岸百姓交往与各种货物交流。

多年以前，经过多方努力，南门码头终于建成，与之对应的南关码头也建设完工。绛州百姓和来往客商无不充满期待，希望新建的码头能够尽快投入使用。然而，等来等去，这一天迟迟没有到来。

这是为什么？

原来新建的南门码头与南门之间，有几家商铺，这些无序而凌乱的建筑严重阻碍了人流走动与货物运输。说是商铺，其实是为存放货物而搭建的临时工棚。这些所谓的商铺不迁走，码头就无法正常使用。多少年过去，知州换了几任，破旧商铺一直杵在原地不动。

几间破旧商铺为什么不拆？当然是有利可图。几户人家仗着有利地形，强行向过路的行人和客商收取过路费。不少小船为避免被盘剥，选择避开码头另找地方停靠，而货船和大客船无奈地交了过路费，通过时依然很困难。州衙曾试图让这些人腾开地方，但这几户人家相互串通，漫天要价，不多给银子就不拆房。逼得紧了，要么要横，要么要赖，反正就是不肯拆掉破房子。

郝知州决定拿这些不讲理的人开刀，尽快开通汾河码头。

通过深入调查，郝知州很快弄清了这些商铺的底细。其中两家商铺在州衙内有亲戚，其余几户也都各自有点小神通。以往每逢州衙要拆房子，

227

两户人家便通过亲戚做工作，其余几户则是软硬兼施，各显神通，导致拆迁一事几度搁浅。

摸清情况之后，郝知州立即开始行动。他首先叫来州衙内两位当事人，当面警告他们，若干扰拆迁商铺，立即辞掉他们。

这天晚上，师爷来找，他劝郝知州道："大人，您为绛州百姓干了那么多好事、实事，咱不在乎开通码头这一件事，我劝您别干。"

"为什么？"

"这南门码头开通不了，不是一年两年的事了。前几任知州之所以不干，是因为他们知道这件事难干，怕惹麻烦。难道您就不怕惹麻烦，非要去捅这个马蜂窝？"

"马蜂窝明明白白罩在老百姓头顶上，不捅掉它怎么行？这事我干定了！"

"可是……"

原来师爷是受人所托，前来向郝知州送礼来的。看着郝知州一脸正气，他没敢掏出怀中的包裹，只好转换意思提醒道："大人，您想过没有？万一码头开通不了，那可就……"

郝知州的话掷地有声："我就不信这个邪，开通不了南门码头，我这个知州就不干了！"

说邪还真就邪了。

当天午夜时分，繁星满天，南门码头商铺上空却像暴雨天闪电一样，一闪一闪放射红光，持续了好一阵方才结束。

第二天早上，一家商铺的屋顶上吊下一个黄色条幅，上面赫然写着几个字：此房莫拆，拆者遭遭。

街上百姓纷纷传言，说老天爷降下黄绫子，不准拆南门码头商铺，谁要是不听话必遭天谴。接着，另一家商铺里突然住进一位病入膏肓的老汉，一副奄奄一息的惨状，大有动一下立刻咽气的风险。

拙劣又蹩脚的演技哪里糊弄得了郝知州？他调动州衙捕快，很快查清了事情真相。先抓了那个装神弄鬼往房顶上挂横幅的商户，接着到那家住着病人的商铺，抓那个假装病人的老汉。老汉原来是商户花钱雇的一个乞丐，根本就没有病，见捕快动真格的，赶紧爬起来一溜烟逃走了。

郝知州接着在南门城楼边贴出告示，限所有影响码头运营的商铺，三日内拆掉自己的破房子。逾期不拆者，州衙将派人拆除，拆房者的工钱加倍，由商户自己负担。

常言道，邪不压正。慑于郝知州一身正气，影响南门码头通行的商户一个个乖乖拆掉了自己的房子，没有一户拖延，更没有人敢讨价还价。

南门码头终于开通了！

通航当天，绛州城里像过节一样热闹。男女老少涌上街头，尽情宣泄着心中的欢乐与欣喜。人们敲锣打鼓、燃放鞭炮，州城内各杂货铺的烟花爆竹销售一空。商贾们自动筹钱请了晋南最好的戏班子，在码头边搭起戏台，连唱三天大戏。

经过近两年的努力，绛州城乡面貌发生了巨变。

良好的社会环境吸引了更多外地工匠和商贾前来经商，"七十二行"行行兴旺，市场贸易空前繁荣。水利设施的改善，乡村道路的通畅，扩大了百姓间的贸易与交往，增加了农村百姓的收入，绛州官府的税银也随之成倍增长。《走绛州》的歌声更加响亮，随之产生了多种版本，成为神州民歌中一朵奇葩。

外地游客纷纷夸赞，绛州真是个好地方！

绛州百姓奔走相告，绛州来了个好知州！

有百姓在州衙前边的鼓楼大门外张贴了一首打油诗，诗曰：

好山好水好绛州，
好人好官好知州。
一心为民不怕邪，
一腔热血献绛州。

三十三 / 状告三庄

道光八年二月十三上午，郝知州早早用过早餐，他想骑毛驴去绛州西北边山一带考察。来绛州一年多，郝知州几乎走遍了绛州的山山水水，唯独没有到过这个山高皇帝远的地方。他很想去那里实地走走，看看边山老百姓的生活状况到底如何。

像往常外出一样，郝知州一身普通百姓穿戴，随身携带简单的行李。收拾停当，正准备出发，忽然听到州衙外有人击鼓喊冤。郝知州只好放下行囊，脱去身上的便装，换上官服，与师爷一起来到大堂之上。

喊冤的是三个普通百姓，其中两个年长者大概四十来岁，中等个子，另一个年轻人不到二十岁，高个子。从穿着打扮上看，像是边山一带人，更准确说应该是山里人。因为三人皮肤黝黑，体格壮实，脑后留着几乎数得清几根头发的辫子，明显就是为了适应爬树丛、钻荆棘的生活环境。

郝知州望着跪在地上的三人问道："你们来自何处，为何前来告状？"

来绛州衙门告状的正是胡桑庄主事王居汉及田富贵、高登武三人，听见知州发问，王居汉赶紧回道："回大人，在下胡桑庄山民王居汉、田富贵、高登武，因庙北村、庙东村、庙西村三个大村合伙欺负我们小山村，致使我们无法生活，特来告状，请知州大人为我们做主。"

听了王居汉的话，郝知州未免感到震惊。三个村合起来欺负一个小村，这是明显的倚强凌弱。他心想我的辖区内竟有这等事情发生，岂能容忍！郝知州决心为山民主持公道，他问王居汉等人道："可有诉状？"

"回大人，有诉状在此。"王居汉说着话从怀里取出事先写好的状子。

胡桑庄无人识字，哪来的诉状？

原来当初刘管家叫王居汉到刘家庄商量事情，已经提前想到了这一步。他除了同王主事商量了如何应对三庄人砍树的事情之外，还为王主事出主意，阻挡三庄砍树之后，立即到绛州衙门状告三庄人。要废除与三庄签订的土地租赁契约，从根本上解决问题，否则他们还会继续来砍树。商量好之后，王居汉和田富贵回了胡桑庄，刘管家立即忙着准备诉状。阻挡完三庄砍树之后，王居汉带着田富贵、高登武赶到刘家庄，刘管家迅速在诉状中加入三庄人到胡桑庄砍树的情节，三人带着诉状马不停蹄赶到绛州城。

到绛州城内时，已是二月十二晚上，因舍不得花钱，三人蜷缩在一家酒楼门前将就了一夜，第二天一早即来到绛州衙门前击鼓鸣冤。听见郝知州要看诉状，王居汉双手将状子高高举过头顶。师爷过来接过状子，走到公案前递给郝知州。

郝知州打开诉状一看，上面明确记述了胡桑庄与三庄发生纠纷的全过程。

胡桑庄人世代居住在姑射山尧王岭下，租种着州衙官有土地，每年按时向州衙缴纳租银。道光七年，三庄人佯称土地为他们所有，并以欺骗手段与胡桑庄签订契约，约定胡桑庄每年向三庄缴纳三十三两租银，另加三百斤核桃、八百斤木炭。胡桑庄人为了活命，无奈地接受了契约，并于道光七年秋收后交齐了租银与物品。然而，三庄人贪心不足，竟然图谋抢胡桑庄的森林树木。道光八年二月初十，三庄出动一百余人到胡桑庄，妄图砍伐胡桑庄人多年来辛辛苦苦种植的树木。若任由他们继续胡作非为，胡桑庄一百余口人的生活将无以为继。为生活计，胡桑庄不得不状告三庄，希望知州大人为山民做主，废除三庄与胡桑庄签订的土地租赁契约，将胡桑庄人耕种的土地重新收归州衙。

　　看完诉状，郝知州问王居汉道："说你们耕种的土地属于绛州衙门学产，可有证据？"

　　王居汉回答道："回大人，有证据。"说完从怀中取出一沓绛州学政开具的收据呈上去。

　　郝知州认真看过收据，没发现问题，说明胡桑庄所诉之事应该属实。虽然没有亲自到过边山一带，但边山人豪爽仗义的行事风格还是知道一些，这样不仗义的事不像边山人所为，其中必有蹊跷。郝知州心想，看来得亲自去现场考察才能弄清事情真相。想到此，郝知州对王居汉等人说道："尔等先回家等候，不日本官将亲临现场勘察，如果事实真如尔等所说，本官一定为你们讨回公道。"

　　王居汉三人谢过郝知州，离开州衙回胡桑庄而去。

　　师爷这边早想说话，但一直插不上嘴，目送王居汉三人离去，这才悄悄对郝知州说道："大人，这事管不得。"

　　"为什么管不得？"

　　"胡桑庄地处深山，村里全是没见过世面的山里人……"

　　郝知州打断师爷的话："山里人怎么了？山里人就不是人，就活该受人欺负？！"

　　师爷赶紧赔不是道："对不起大人，我的意思是说胡桑庄总共才一百余口人，而三庄都是大村，加起来有一千多户。咱因为少数几个人，去惹那么多人，不值当。"

　　"咋就不值当了？'莫因恶小而为之，莫因善小而不为'这句话难道就只是说在嘴上吗？胡桑庄与三庄比起来是小，就因为他们村小势力小，才需要我们去为他们主持公道！"郝知州接着对师爷说道，"胡桑庄这事我看不简单，想亲自去实地勘察一下，你帮我谋划一下，看怎么能弄清楚事实真相。"

　　"大人，这事并不难。"师爷出主意道，"看似几个村子在闹事，其实是几个主事的人在折腾，我们只需要把各村管事的人叫到现场，当面问问清楚，一切就都明白了。"

232

"你明天去打听一下三庄管事的是些什么人，并告知他们，说州衙两天后去胡桑庄考查，让他们按时到场。"

"好的，我这就去安排。"

话说三庄这边，一百多号人大张声势去胡桑庄砍树，结果折腾了一天，连一棵树也没有砍回来，心里的懊恼别提有多大。盼人穷回到家里时已是后半夜，他连饭也懒得吃，一头倒在炕上便睡着了。

一直睡到第二天晌午饭时，盼人穷方才起床。丫鬟服侍他洗涮完毕，然后端上午餐。盼人穷一边吃饭一边想昨天的事，一百多条壮汉，竟然对付不了少数几个山里人。越想越生气，他撂下饭碗走出房间，一个人在大院中转悠，想排遣胸中的闷气。黑贼没敢像以往那样跟屁虫似的跟在东家身后，稍稍与他拉开十步左右的距离，不紧不慢地跟着。

胡桑庄男女老少拼死护树的情景一遍遍在脑海里翻腾，越想忘掉越忘不掉，盼人穷大声喊道："黑贼，去叫贾管家过来！"

贾刀笔这边，吃过午饭，本想着去黑牡丹那里找找快乐，黑贼急急忙忙过来，说东家有事。虽然心里不高兴，贾刀笔也只能跟着黑贼去见盼人穷。

"胡桑庄砍树这事你有什么好主意？"盼人穷问道。

"东家，我正想找您说这事哩。"贾刀笔说道，"我们这次砍树之所以失败，是因为没有组织好。去得人看似不少，但没有几个真正卖力的，这才让山里人得了势。"

"那你说该怎么办？"

"有了这一次的经验，我们再去砍树，胡桑庄人肯定会如法炮制，所以下次砍树我们要多去一些人。上次去了一百多，下次咱们去一千多人，看他山毛子怎么招架。"

"行，这是个好主意。"盼人穷说道。

"不光人多，还要多去一些底手人①，关键时刻肯卖力，敢下手。"贾刀笔接着说道，"除了黑贼这些府中可靠的人，还要把亲姑子家的年轻人都叫上，这些人关键时刻不会掉链子。除此之外，还得有一些手段。"

"好，就按你说的办，之后让黑贼去叫吕大炮和二牛，商量一下这事。"

正说着话，看门人来报，说州衙衙役来了，要盼人穷到门口听宣。

盼人穷没敢怠慢，赶紧跟贾刀笔一起来到大门口。衙役问明身份后告知盼人穷，胡桑庄告三庄倚强凌弱欺负他们，知州明天中午要到胡桑庄现场办案，要他按时到场，说完打马离去了。

盼人穷擦擦额头上的虚汗，转身对身旁的贾刀笔说道："去州衙告我们，想不到山毛子会来这一招。"

"是的，原想着山里人只会考虑防，没想到他们会主动进攻。"贾刀笔托着下巴想了想，"山毛子不识字，谁帮他们出的主意，谁帮他们写的诉状？"

"先别管谁帮他们出的主意，明早个知州要来，我们得先考虑如何应对。"

一句话提醒了贾刀笔。火烧眉毛，事不宜迟，贾刀笔对盼人穷说道："我们立马带上银子去州衙找刘学正。"

听说要带银子，盼人穷有点舍不得："又要花银子，这事值当吗？"

"怎么不值当？"贾刀笔解释道，"不能光考虑银子，还要考虑面子。我们三个边山有名的大村子，被一个小不点的山村给告了，您冷东家的面子往哪里放？再说了，胡桑庄那漫山遍野的树木，不是几十两银子买得到的，那可是值成千上万两银子啊！这个问题咱们以前就说过，你难道忘了吗？"

盼人穷明白了："哦，你说得对，咱们立马去找刘学正。"接着问贾刀笔，"要不要叫上我姐一起去？"

"来不及了。"贾刀笔火急火燎地说道，"让黑贼去告知你姐，让毛蛋套车拉咱们去州衙。"

"好吧，就这样。"

长工毛蛋迅速套好轿车，载着盼人穷和贾刀笔向绛州城一路狂奔。

急匆匆赶到绛州城里，盼人穷和贾刀笔径直来到刘学正家，不巧刘学正还没回来。正与看门人说话，白牡丹赶到了，三人一起在门房候着刘学正。

没多久，刘学正回来了。盼人穷和贾刀笔赶忙起身打招呼，白牡丹拿起拂尘，殷勤地帮刘学正拍拍身上的尘土，轻轻问候道："刘大人辛苦了！"

刘学正不失时机地捏了一下白牡丹的手，接着客气道："几位来了，有事吗？"

"刘大人，有事，有大事。"盼人穷说道。

"什么事？"刘学正问道。

贾刀笔瞅了一眼门外过路的人："刘大人，这里说话不便，咱们进家里说吧。"

刘学正会意："好吧，咱们去家里说。"

三个人一起跟着刘学正来到客厅，还未等刘学正问话，盼人穷便开口道："胡桑庄把我们告了。"

一句话惊出刘学正一身冷汗，他说话结巴起来："告……告你们什么？"

"具体告什么衙役没有说，大概是告三庄砍他们的树吧。"贾刀笔回答道。

"仅仅是告你们砍树倒不要紧，假如他们告土地契约的事，那麻烦就大了。"

"不会吧。"贾刀笔分析道，"衙役只是说三庄倚强凌弱欺负胡桑庄，应该就是说砍树的事，说话时我在场，听得真真切切，不会有错。"

"不对，你说得不对。"刘学正纠正道，"砍树与土地相关，他们告你们砍树，肯定会提到土地契约。"

"那该怎么办才好？"盼人穷着急地问道。

贾刀笔拿出装银子的口袋问刘学正道："刘大人，我们带了银子，可否辛苦您跑一趟，送给郝知州？"

刘学正头摇得跟拨浪鼓似的："这可不行，郝知州根本不吃这一套，多少人送礼都被他挡了回去。何况我这会儿正被他挤对，去给他送礼，他不当面撤了我才怪哩。"

白牡丹站起身，手指轻轻弹弹腿上的土问道："刘大人，那我去行不行？"

"不行不行，谁去也不行。"刘学正肯定地说道，"依郝知州的性格，若是找他说情，等于承认自己无理。"

"送礼不行，那还有什么办法？"贾刀笔问道。

"没有别的办法，只能死死咬定说土地历来归三庄所有，否则咱们就输定了。"刘学正说道,"别在这儿待着了,赶紧回去找理由,想办法。"

想想时间确实太紧,贾刀笔对白牡丹说道:"姐,您就别坐在田府车上了,咱们一起坐冷府的车,路上好商量事情。"

"好的,赶紧走。"白牡丹答应道。

盼人穷、贾刀笔和白牡丹离开刘学正家,挤在一挂车上,迅速往边山赶去。

午夜时分,轿车终于到了庙北村村口。事情紧急,三人未敢松气,按照路上商定的计划,分头去做准备。

再说胡桑庄这边,知道知州要来断案,王主事头天晚上召集各家户主在仙女洞召开议事会,还特意请来五九爷参加。

王居汉对大伙说道:"咱这地方沟深路险,从来没有大官来过。郝知州看重咱山里人,亲自来胡桑庄断案,为我们伸张正义,我们自己可得争口气,做好准备,别让三庄人笑话咱山里人。"

多年不参加议事会的五九爷激动地说道:"开天辟地第一回,知州来咱胡桑庄。咱们要拿出山里人的热情,好好招待郝大人。"

众人一起表示,一定尽最大努力,照顾好知州大人和州衙的人。

布置好第二天接待郝知州的事,大伙离开了仙女洞。五九爷和王居汉、田富贵、聂三合还有高登武留下来。几个人预测了郝知州断案时三庄人可能提出的问题,并商量了应对之策,这才离开仙女洞回家歇息。

二月十五早饭后,顶着料峭的寒风,胡桑庄男女老少早早聚集在村头的大槐树下,翘首以盼,只等着州衙大官到来。

按照事先安排,聂三合搬出了自家的宝贝——胡桑庄唯一一张条桌和太师椅放在大槐树下;田富贵拿出自家平时舍不得用的青花瓷茶壶,泡好茶水放到桌子上;小娥和几个年轻妮子拿出家里仅剩的核桃,用篮子装好放在桌子上。估摸着郝知州来到胡桑庄应该是中午时分,登武妈和几个炸花馍高手早早炸好花馍,煿好烫面旋子,满满装了两大盘摆到桌子上;有人主动拿出家里腌好的野猪肉、野兔肉、獾肉,还有炸好的野蘑菇、烤制的葛根饼……小小的桌子摆得满满当当。由于胡桑庄人平常说话吃饭要么坐在炕头,要么搬小凳坐在锅台前,更多时候则是就地坐在土堰上,家里因而很少有高凳子。高登武和几个年轻小伙挨家挨户搜寻，把村里仅有的几条高凳子统统搬出来，放在条桌后边。山里人竭尽所能，准备接待从没有见过的大官。

注:
①底手人——可信赖或者可靠的人。

三十四／唇枪舌剑

中午时分，郝知州与师爷带着衙役来到胡桑庄。后面跟着冷府、田府、吕府当家人，以及管家和随从，再后边还有三庄及周边村庄跟着看热闹的人。

见此情景，胡桑庄人不由得心生疑惑，盼人穷他们怎么会跟郝知州一起来，莫非他们打点了州衙大官，已经串通一气？

其实郝知州与盼人穷等人同行来胡桑庄，是贾刀笔的一个阴谋。贾刀笔想造成三庄与郝知州关系密切的假象，给胡桑庄人一个下马威，从心理上打垮胡桑庄人。

为了达到这个目的，盼人穷等人早早等在去胡桑庄的路口，还专门准备了几顶轿子。没想到郝知州根本不买账，非但不坐他们的轿子，还说他们身为山里人不敢走山路，仗着自己有钱糟践穷人。

碰了一鼻子灰，吕东家斜了盼人穷和贾刀笔一眼，直言讽刺道："舔屁股舔到胯上了吧？！"

盼人穷的脸红一阵白一阵的，张口没话说，真是赔了夫人又折兵。

郝知州步行去胡桑庄，盼人穷他们哪里还敢坐轿子，只能硬着头皮跟在州衙一行人后面，徒步往胡桑庄走去。

盼人穷已经很长时间不到田间干活了，体重增加了不少，体力却减了不少。走在凹凸不平、充满荆棘的山道上，别提有多痛苦。贾刀笔和二牛从小就缺乏锻炼，走山道简直就是一种折磨。只有吕大炮和田府、吕府管家还算轻松一点，但也是气喘吁吁。

千辛万苦，总算到了胡桑庄。

看到三庄人同州衙的人一起来到胡桑庄，王主事心里先是咯噔了一下。凭着之前得到的消息，又亲眼目睹郝知州步行来到胡桑庄，王居汉心里的疑惑很快消除，他坚信老百姓传言是真的，郝知州是好官、清官。

按照事先安排，王主事一声招呼，田富贵等人赶紧起身，招呼郝知州和师爷及衙役在桌子旁坐好，并递上热茶水。王居汉亲手捧着茶碗递给郝知州，客气地说道："郝大人，路上辛苦了，请喝水！"

郝知州确实渴了，一口气喝光了碗中的茶水。

王居汉指着桌上的东西说道："山里没什么好吃的，请大人随便吃点！"

看着满满一桌子东西，郝知州不免为山里人的热情所感动，他拱手对场下说道："乡亲们，我知道你们的日子过得并不富裕，准备这一桌子东西不容易。这个情我领了，但这些东西我不吃，你们可以拿去换银子。"

郝知州的话像一股暖风温暖着胡桑庄乡亲们的心，他们从没有见过这么大的官，更没有见过这么亲民的官，不少人感动得热泪盈眶。

王居汉激动地说道："郝大人，您大老远地来到深山，作为地主，招待您是应该的。走了一通山路，这又到了饭点，好歹吃上一点，不然乡亲们就白忙活了！"

师爷赶紧解释道："王主事，吃当事人的东西是不合规矩的，请你理解。"

王居汉明白了，郝知州这是为了公正断案，不给人留下把柄，这才让大伙撤下了桌上的东西。

查证程序正式开始，在场的衙役分别在郝知州两边站定，师爷宣布："传原被告到场。"

衙役齐声高呼："原被告到场！"

原告王居汉、田富贵、高登武，被告盼人穷、二牛、吕大炮分别带着各自管家一起来到桌子前边跪下。

郝知州指着王居汉等三人问道："原告，你们为何要告状，请说明事由。"
为使更多人听见，郝知州破例补充道："选一人站起来陈述。"

王居汉虽然不识字，但生就的一副好口才，他站起来侃侃而谈："大人，
我们祖祖辈辈居住在这里，耕种的土地为绛州衙门官田。三庄人欺负我们
山里人老实，骗我们说土地是三庄的，并写下契约骗我们画押，随后倚强
凌弱逼着我们向他们交租银。为求活命，这些我们都忍了，可他们变本加厉，
说山也是三庄的，林也是三庄的，因而要强砍我们的树。"

郝知州问盼人穷一伙道："被告，原告所说关于土地、山林、树木三
个问题是否属实，请选一人站起来说明情况。"

盼人穷看了一眼旁边的管家，贾刀笔会意，站起来说道："大人，原
告所说不实。"他清清嗓子说道："先说土地，这一带土地自古就是三庄的。"

"有何凭证？"郝知州问道。

三庄这边早有准备，贾刀笔转身朝人群中的黑贼轻轻一摆手。黑贼得
令，立即摘下头上的帽子朝尧王岭顶上挥了挥，山顶一棵小树立刻倒了下
去。一时间，漫山遍野升起一股股浓烟，烟雾越升越高，渐渐合在一起，
阴影笼罩着一大片几乎望不到边的土地。

这绝妙的一幕，是前一天晚上贾刀笔和盼人穷姐弟俩商量之后想的一
招。他们让几十个人提前隐藏在各个山头，每个人准备好一堆干草，只要
看见尧王岭顶上的小树倒下，立刻点燃干草，漫山遍野随即升起滚滚浓烟。

贾刀笔指着头顶的烟雾说道："大人，请看头顶，这全是三庄的烟。"

郝知州与在场的人看着头顶的烟雾，不知道贾刀笔葫芦里卖的什么药。

贾刀笔指着烟雾笼罩下的大片土地，扬扬自得地说道："吼大烟①，吼
小烟，烟雾团团像云片，下面罩的全是三庄的田。"说完斜眼瞅着王居汉，
他料定山里人无法应答。

郝知州问王居汉道："原告，你怎么说？"

王居汉心想，你这倒树的招数还是从胡桑庄学来的，算什么能耐？随
即从容回答道："大人，被告说云团下面罩的都是三庄的田，纯属胡说。"
他指着更远处的云团问贾刀笔道，"请问被告，那一团团云彩下边罩着的难
道都是三庄的田？"

"这……这……"贾刀笔一时回答不上来。

"这个问题已经清楚，请被告说明下一个问题。"郝知州说道。

贾刀笔接着回答："回大人，边山一带的人都知道，这附近的山自古以来就属于三庄。"他接着煞有介事地说道："边山一带流传着一句顺口溜，有大山，有小山，大山小山山连山，山山都是三庄的山。"说完又斜眼瞅瞅王居汉，心想你大字不识一个，这回肯定应对不了。

郝知州望着王居汉问道："原告，被告所说是否属实？"

王居汉微微一笑道："回大人，被告所说顺口溜纯属顺口诌。"他接着问贾刀笔道："请问被告，你说'大山小山山连山，山山都是三庄的山'，尧王岭后边连着大片乡宁的山，那数不尽的大山小山难道都是你三庄的山？"

"这……这……"贾刀笔又回答不上来了。

"这个问题也已清楚。"郝知州接着说道，"被告，说第三个问题，你们为啥要砍胡桑庄的树？"

说到砍树，贾刀笔一下子来了劲，因为他早就想好了说辞，因而十分自信地回答道："回大人，砍树一事很简单，因为这山是三庄的山，地是三庄的地，三庄人在自己的土地上干啥都是应该的。"贾刀笔倒背着双手，拖着长腔吟诵道："楸成林，杨成片，松树一山又一山，自家的树自家的山，有啥能砍不能砍？"

贾刀笔摇头晃脑吟诵完毕，全场嗡的一声。大伙纷纷议论，这人怎么唱起戏来了，他念的什么词呀？

贾刀笔的吟诵，连郝知州和师爷也没有完全听明白，郝知州于是问贾刀笔道："刚才的话什么意思，请重新说一遍。"

刺儿头二牛忍不住了，他鼓动身边的吕东家道："吕叔，这个贾刀笔卖弄文雅，说的话让人听不明白，您说吧。"

跪在冷冰冰的地上好半天不能动，吕大炮本来就满肚子气，听了二牛的话更是气上来气，他没好气地说道："你爱说说吧，少拉上我！"

见吕大炮不肯配合，二牛只得亲自上阵，他站起来说道："大人，贾管家没有说清楚，我……"

话没说完，师爷一声大喝："大胆！谁让你站起来的？"

二牛赶紧重新跪下。

倒是郝知州显得比较随和，他对师爷说道："这又不是在大堂上，不必那么刻板。"接着对跪在地上的原被告一干人说道："地上太凉了，大家都站起来吧。"

原被告同声回答："不敢。"

"知州大人是真心的，都站起来吧。"师爷说道。

原被告一干人这才揉揉僵硬的双腿，从地上站了起来。

二牛抢到前边说道："刚才贾管家的意思是说，自家的树自家的山，有啥能砍不能砍？"

"哦，是这样。"郝知州问王居汉等人道，"原告，你们是否认同被告的说辞？"

见对方二牛赤膊上阵，高登武也不甘示弱，他向前一步说道："回大人，我们不认同。这漫山遍野的树是胡桑庄人祖祖辈辈栽种的，怎么能说是他们家的树？"

"有何凭证？"

"我们年年上山栽树，场下所有胡桑庄人都可以作证。"

"哦，可否请一位上来说明情况？"

"可以。"高登武向着场下的五九爷招招手："五九爷，麻烦您老人家来说明一下。"

五九爷来到场上，正要下跪，郝知州制止道："老人家，不必拘礼，您就站着说吧。"

五九爷心想这知州还真是个爱民的好官，于是拱手说道："知州大人，我们胡桑庄自明朝万历年间建村开始，几百年来坚持每年春季植树，从未有间断。"五九爷抹开袖子，露出长长一道还未完全愈合的疤痕，接着说道："我今年八十多岁了，依然坚持上山栽树，这是前些日子栽树时被刮的伤口。"

说到痛心处，五九爷难掩心中悲愤，声泪俱下道："被告说胡桑庄'楸成林，杨成片，松树一山又一山'，可那不是说出来的，而是胡桑庄人祖祖辈辈用辛苦换来的！三庄人没有挖一个树坑，更没有栽一棵树，却想不劳而获地砍我们的树，天理不容！"

场下的胡桑庄人一个个抹起了眼泪，连看热闹的人也忍不住跟着落泪。盼人穷一伙无言以对，一个个显得无比尴尬。

事情查到这个份儿上，郝知州心里已经有数，他跟师爷交换意见道："事情基本清楚，咱们回去再查一下资料，争取早日把案子判了。"

"让他们先回去，咱们月底之前宣判，您看行不行。"

"眼看就要春耕了，早一天判他们就可以早一天安心种地。咱们紧着办，争取十日之内解决问题。"

"行，那就十天以后宣判。"师爷随即宣布，"开庭结束，原被告退下，十日后到州衙大堂，听候宣判。"

盼人穷一伙人赶紧收拾好自己的东西，灰头土脸地溜走了

负责勤务的衙役取出口袋，拿出事先准备好的锅盔。郝知州确实饿了，拿起锅盔狼吞虎咽地吃起来。

见郝知州啃干锅盔，胡桑庄老百姓一起围了上来，纷纷邀请郝知州到自己家里吃饭。

五九爷拉着郝知州的手说道："大人，山里人平日里虽然十分节俭，但客人来了从来都是满碟子满碗②。您是我们的客人，一定要到家里吃饭。"

乡亲们的热情，五九爷朴实的语言，让郝知州一行十分感动。但是，郝知州下乡一直是自带干粮，从不打扰老百姓，他不能破这个例。

怎么解释大伙都不肯离开，郝知州只好大声说道："乡亲们，你们先回去，我收拾一下手里的东西，随后就去家里看你们。"

听到郝知州这句话，乡亲们才依依不舍地离开了，大槐树下只剩下几个看热闹的毛头孩子。见孩子们的眼睛一动不动地盯着自己手里的锅盔，郝知州意识到他们可能没有吃过。他把手里的半块锅盔给了眼前的孩子，并让衙役把仅剩的两块锅盔掰开，分给其余的几个孩子，小伙伴们啃着锅盔满意地离开了。

吃过干粮，郝知州就细节问题仔细询问了王居汉，接着查看了村中明朝泰昌年间关于胡桑庄建村的石碑，并和师爷分别带着衙役走遍了胡桑庄

山
里
人

每一户人家，询问各家各户的人口、土地及收入情况。

让郝知州没有想到的是，自己的一句客气话，实诚的山里人全部当了真，各家各户都在忙着为招待自己做饭。

郝知州与州衙一行人永远记住了山里人的真诚与热情。

注：
①吼大烟——吼，冒，吼大烟即冒大烟的意思。
②满碟子满碗——倾其所能进行招待的意思。

三十五／公正的判决

　　话说郝知州回到州衙之后，没有少许拖沓，立即开始对胡桑庄一案进行查证。他迅速派出捕快装扮成普通百姓到边山一带进行查访，自己则暂停其他事务，谢绝一切来访，找来《绛州州志》与《绛州学策》，专心致志进行研究。

　　经过深入研判，听取捕快汇报，并走访曾经在州衙内供职的老人，郝知州终于弄清了基本事实。胡桑庄土地确实属于绛州衙门学产，刘学正胆大妄为，将学产私授予三庄，三庄人骗胡桑庄签下土地租赁契约，遂酿成此冤案。

　　此案中有两个细节，一是刘学正私授官产予三庄的证据，二是出身官二代的刘学正为啥要私授官产予三庄，凭手头资料无法确证。这两个问题虽然不影响案件的基本事实，但却是如何处置庸官刘学正的关键。为弄清事实真相，郝知州派捕快补充侦查。

　　去庙东村的捕快了解到，有人听庙东村田府长工六子说过，是刘学正和田府的女主人白牡丹相好，所以把州衙学产赠予了三庄。去庙西村的捕快了解到，吕东家开始并不愿意参与胡桑庄的事情，自庙东村的白牡丹找过他之后，态度发生了改变，还曾经对参与砍树的人说，胡桑庄土地归三庄有州衙批示。去庙北村的捕快了解到，单府自去年开始发生了许多怪事，先是单老夫人突然去世，接着女主人凤儿吊死在自家门楼，还有两个丫鬟突然不知所终，后来连单府也改成了冷府。

郝知州仔细分析，关于刘学正私授学产予三庄的信息应该是真的，而庙北村的事情可能牵涉到更深层的问题，应该与胡桑庄状告三庄一案无关，遂决定等本案结束之后，再安排捕快进一步侦查。

为把胡桑庄的案子做实，郝知州传刘学正和被告到绛州大堂，就私授官产一事当堂对质。

原以为有被告在跟前，刘学正即使再狡诈也不敢抵赖，最多是在细节上尽量撇清自己而已。没想到刘学正根本不认此事，若无其事地说道："郝大人，所谓我私授官产予三庄，纯属捕风捉影。签订土地租赁契约，完全是三庄人肆意妄为，与本人没有半点关系。"说完话悄悄瞪了盼人穷和贾刀笔一眼，暗示他俩顺着自己的话说。

郝知州问几个被告道："你们几个说说，到底是怎么回事？"

吕东家大声回答："回大人，这些事全是冷东家和贾管家他们干的，我根本不知道。"

刺儿头二牛见吕东家说自己不知道，生怕郝知州会找自己麻烦，头上的刺立即缩了下去，跟着说道："回大人，我也不知道。"

精于世故的贾刀笔见刘学正使眼色，心想这事就算把他拉进来也不会影响案件走向，不如送个人情，尽量保全他。该怎么回答知州的问话呢？贾刀笔脑筋飞速旋转，试图寻找合适的措辞为刘学正撇清责任。

没等贾刀笔想明白，盼人穷抢着说道："郝大人，刘学正没有说实话，他私授学产一事确实是真的。"

私授学产予三庄是帮盼人穷做事，盼人穷为何要"忘恩负义"供出刘学正？因为他之前已经听说，郝知州有可能撤刘学正的职。喜欢落井下石的盼人穷心想，为了拉拢这个刘学正自己可是花了不少银子，还赔上了黑白牡丹两朵花。反正他的官也做不成了，不如把他供出来，让他顶缸，因此毫不犹豫地往刘学正头上扔了一块石头。

见盼人穷供出刘学正，郝知州问道："哦，可有证据？"

"回大人，有证据。"盼人穷转身对贾刀笔说道，"管家，把刘学正的批文给郝大人看看。"

被盼人穷突然将了一军，贾刀笔猝不及防，结结巴巴说道："没……没有……"

贾刀笔本来是想说没有拿，那边刘学正却像抓到了救命稻草一样，赶紧冲郝知州说道："郝大人，我没有胡说吧？根本就没有什么批文。"他接着说道："冷东家生就的盼人穷性格，总是盼别人倒霉，他完全是在胡说。"

"我没有胡说！"盼人穷转身对贾刀笔说道，"从家里走的时候我说带上刘学正的批文。你回答说是得带上，这是咱们拥有胡桑庄土地的证据。我亲眼见你把批文揣在怀里的，怎么说没有？快拿出来！"

被盼人穷点破，贾刀笔无法再隐瞒，只好从怀里拿出刘学正当初的批文呈给郝知州。

看完批文，郝知州大发雷霆："好你个刘学正，果然是胆大包天！"

见郝知州证据在手，刘学正吓得面如土色，可嘴里还在嘟囔："那……那不是真的，不是真的。"

"大堂之上，竟然背着牛头不认赃。"郝知州大吼一声，"押起来！"

见衙役就要过来拿人，师爷赶紧喊道："慢！"接着他对郝知州耳语道："大人，刘学正好歹也是朝廷命官，当着被告的面收押他太难看。再说他省里有人，俗话说打狗还要看主人，我们给他留点面子吧。"

郝知州长出一口气："把这个情节记下来，让他画押。"

"好的。"师爷答应道。随后根据贾刀笔和盼人穷供述，把刘学正私授学产的过程记录清楚，让刘学正签字画押。

郝知州余怒未消，冲刘学正吼道："说说你私授学产予三庄的原因？"

刘学正低头不语，一副死猪不怕开水烫的模样。

郝知州接着问贾刀笔和盼人穷道："你们两个说说，为啥刘学正要私授学产给你们？"

盼人穷有心说出姐姐和刘学正的事，可大堂之上，姐姐那样的丑事有点说不出口，他结结巴巴道："没……没啥原因。"

贾刀笔见盼人穷如是说，跟着附和道："是的，没有啥原因。"

郝知州接着问吕东家和二牛两人："你们两个说说，什么原因。"

依吕大炮的性格，早就把白牡丹和刘学正的事情说出来了。可俗话说："吃了人的嘴短，拿了人的手短"，因为自己和白牡丹也有一腿，大炮变成了哑炮。吕东家脸憋得通红，半天说不出话来。

二牛也曾听到过关于母亲的风言风语，可再怎么说自己也是她的儿子，更不便说出来，嘴里自言自语的不知在哼唧什么。

郝知州对旁边的师爷使了个眼色，师爷会意，随即让衙役分别把几个人带到不同的地方询问，只留下刘学正在大堂候着。

貌似天不怕地不怕的刺儿头二牛首先被突破，衙役很快就从他那里得到了准确口供。

原来衙役带着二牛来到大堂旁边一所房子里，晃动着手里的镣铐吓唬他道："老实交代，如若不说实话，立刻打上镣铐关到监房中，啥时候交代啥时候出来！"

听着镣铐哗啦啦的声音，二牛立刻缴了械，他红着脸说道："我说，我说……我全说。"

二牛于是把他所知道的关于舅舅和贾刀笔借看车鼓表演的机会，利用母亲的美貌拉拢刘学正，让他写下批文的事从头至尾说了一遍。

拿着记好的笔录，衙役让二牛画了押，之后带他重新返回大堂。

因为没有旁人在跟前，面对衙役询问，吕大炮做了与二牛同样的供述。贾刀笔和盼人穷供出了吕大炮和二牛所不知道的情况，即利用黑白双牡丹拉拢刘学正的事实，并分别在口供上画了押。

郝知州分别看过几个人的口供，众口一词，应该没错。他心想好你个刘学正，竟然这样贪婪女色，为了女人完全不顾朝廷法度，把官产当私产相授，实属罪恶不赦。

他举着几个人的供词问刘学正道："众口一词，都说你因贪婪女色，才为三庄写下批文，你作何解释？"

刘学正情知无法再狡辩，便回答道："全是事实，我没有话说。"

见刘学正不再抵赖，郝知州也没有再发火，平静地对他说道："你下去吧，明天不用来值班了，听候处理。"

刘学正还想说什么，见郝知州一脸怒气，没敢再张嘴，从地上爬起来，连滚带爬退出大堂。

望着刘学正离去的背影，郝知州心想，这样的庸官，多在位一天，就多祸害百姓一天，绝不能让他再继续混下去。遂于第二天传他到州衙，宣布撤了他的职务，并报上峰备案，这是后话。

轰走了刘学正，郝知州接着对盼人穷等几个被告说道："你们也下去吧。"

盼人穷和贾刀笔几个赶紧爬起来，灰溜溜地离开了。

道光八年二月二十八日下午，衙役来胡桑庄告知，第二天将在绛州大堂就胡桑庄状告三庄一案进行判决，要原告准时到场，听候宣判。

胡桑庄父老乡亲奔走相告，郝知州就要为胡桑庄做主，为山里人申冤了！

人们簇拥着王居汉、田富贵和高登武来到大槐树下，小娥和几个年轻妮子找来红布，分别做了几朵红花挂在三人胸前。乡亲们一起向三人表示感谢，感谢他们为全村人办了大事。

人们又是说笑话，又是讲故事，连晚饭也忘了吃。一直热闹到大半夜，还不忍离开。这时五九爷说话了："居汉他们天不明就要动身去绛州城，让他们歇息一会，等明早个拿回判决书咱们再热闹。"听了五九爷的话，激动的人群才依依不舍地散去了。

目送人们一个个从大槐树下离开，高登武转身准备回家，小娥一把拉住他的手："登武哥，你说咱肯定能赢吧？"

"我们已经了解清楚了，郝知州是个一心为民的清官，由他断案，咱们肯定能赢！"

249

"好，我和乡亲们等着你的好消息！"说完抱了一把魁梧的登武跑开了。

道光八年二月二十九日，鸡刚叫头遍，王居汉、田富贵、高登武已经整装来到村口，准备前往绛州城。

乡亲们不约而同，举着火把赶来送行。

透过黄栌柴火把的点点亮光，看到了乡亲们一双双期盼光明的眼睛。听着火把清脆的爆裂声，仿佛听到了乡亲们胸中对正义的呼唤声。王居汉向送行的人们招招手："乡亲们，等着我们的好消息！"说完与田富贵、高登武一起向绛州城走去。

时近中午，王居汉三人按约来到绛州大堂外边，等候宣判。

大堂之上，衙役威武地分列两边，静等着知州上堂。

少许，郝知州在师爷的陪同下步入大堂，信步走到案桌旁，向着台下郑重宣布："上堂！"

两旁衙役齐呼："威—武—"

州衙师爷接着宣布："传原被告上堂。"

衙役齐呼：原被告上堂！

原被告分列两边，一起走上大堂跪在各自的位置上。

郝知州洪亮的声音在大堂中回响："胡桑庄状告三庄强索土地租银一案，经多方查证，确有其事。现判决如下，胡桑庄所耕种土地为绛州衙门学产，三庄人与胡桑庄签订的土地租赁契约无效，胡桑庄周围山上树木尽归胡桑庄百姓所有，其余村庄不得再行砍伐。"

心里的石头终于落了地。

王居汉、田富贵、高登武三人激动地泣不成声，再三向郝知州叩谢。

盼人穷、贾刀笔几个被告则是一脸尴尬，心里说不出的难受。

案子已决，郝知州随即宣布："退堂。"

众衙役齐呼：退—堂——接着簇拥着郝知州先行退了下去，原被告怀着不同的心情退出绛州大堂。

一出绛州衙门，被告这边便开始狗咬狗，盼人穷首先把怨气撒向吕大炮："你个吃里爬外的东西，要不是因为你，咱们的官司在绛州衙门也输不了。"

吕大炮哪里肯示弱，回怼盼人穷道："你自己先落井下石，揭露刘学正，管我屁事？就你们干的那些缺德事，到哪里也赢不了。"

二牛完全向着盼人穷，他反驳吕大炮道："我们三庄多少人，他胡桑庄才几毛人，我们怎么会赢不了？要不是你主动认错，我们就不会输！"

"哼，看把你能的？刚才在大堂上的次尿不是你是谁，怎么不见你能？"

见几个人争执不下，贾刀笔和稀泥道："算了算了，好好走路吧，不要相互埋怨了！"

几个人这才停止争吵，低下头开始走路。

原告这边，王居汉三人心里高兴脚步快，不觉来到了汾城与三庄的交叉路口。王居汉突然停住脚步，同身旁的田富贵和高登武商量道："我们得去一趟刘家庄，把好消息告诉刘管家，免得他老人家惦念。"

田富贵和高登武都认为王居汉想得周到，应该把好消息告知刘管家。王居汉随即决定兵分两路，高登武去刘家庄，自己和田富贵回胡桑庄。

且说胡桑庄这边，乡亲们自中午饭之后就开始在村头迎候王居汉等人。男女老少顶着初春的寒风，盼星星盼月亮般等着几位英雄归来。

王居汉二人回到胡桑庄时，已是傍晚时分。连着站了六七个时辰的胡桑庄百姓，顾不上吃饭喝水，没有一人离开。

眼见得王居汉与田富贵兴高采烈到了跟前，五九爷问道："怎么样，官司赢了吧？"

王居汉扯着嗓子回答道："赢了，我们赢了！"

"我们赢了！"乡亲们的欢呼声在山谷中回响，巨大的声浪引来阵阵鸟鸣，像是在向胡桑庄百姓表示祝贺。

五九爷问王居汉道："怎么不见高登武，他干啥去了？"

"我让他去刘家庄告诉刘管家去了。"

"你做得对，是该告诉刘管家，让他也高兴高兴！"

胜利来之不易。乡亲们难掩心中的兴奋，点燃篝火，热闹了整整一个通宵。

三十六 / 有理走遍天下

话说盼人穷等人出了绛州衙门，各自坐着自家轿车往边山走去。

盼人穷和贾刀笔少了往日的谈兴，一路默默无语。到了山神庙前岔路口，吕府轿车径自往庙西村去了。田府的车缓缓停下，二牛从车上下来，快步走到冷府轿车跟前，掀开门帘说道："舅舅，咱们就这样甘心认输吗？"

盼人穷沉着脸说道："不认输怎么办，咱惹得过郝知州吗？"

"咱惹不过郝知州，总有人能惹得过他吧。"

"知州是咱这里最大的官，谁惹得过？你一个小X娃，你惹得过吗？"

见说不动舅舅，二牛问贾刀笔道："贾叔，州衙的判决舅舅没有办法，他认了，您难道也认了？"

"你舅舅说得对，知州是咱这里最大的官，咱不认有什么办法？"

"打官司是您的拿手戏，怎么会没有办法，莫非您贾刀笔的外号是徒有虚名？"

二牛的话伤了贾刀笔的自尊，他反驳二牛道："谁说我徒有虚名？贾刀笔的名字在绛州城谁人不晓，谁人不知？”

“那我们输了官司，你咋就蔫蔫的不吭声了呢？”

贾刀笔强词夺理道：“谁蔫了？我这不是在考虑下一步嘛！”

“光考虑有啥用，咱得立马行动才对！”

贾刀笔想想二牛的话有道理，是该立马动起来，于是对盼人穷说道：“东家，二牛说得对，咱不能就这么认输，咱得跟山毛子好好较较劲，看看到底谁厉害？”

“较什么劲？胡桑庄的土地本来就是州衙学产，我们在绛州衙门打官司，能赢得了？别做梦了！”

“东家，我们不是做梦，我们可以告他郝知州。”

“你自己刚说过的，郝知州是绛州最大的官，难道刚说过就忘了？告郝知州，怎么告？”盼人穷生气地说道，“真是跟二牛一样无知。”

“东家，在绛州郝知州是最大的官，我们告不了他。可上边有管他的官，我们可以上告。”贾刀笔接着说道，“绛州衙门知道胡桑庄土地是州衙学产，到了上边就没人知道了，告到上边还不是由我们随便说？！”

贾刀笔的话触动了盼人穷不甘失败的神经，心想是得跟山毛子较较劲，可心里终归有点不踏实：“要是上边派人来查那怎么办？”

“哎呀！我说东家，天下有几个像郝知州那样的官？谁会像他那样认真，不辞辛苦步行到深山沟去考查？”

盼人穷心里终于踏实了，他对二牛说道：“咱们说干就干，回去叫你妈来庙北村，我们商量一下。”

“好的，你们先走，我们很快就到。”说完话，二牛坐上田府轿车奔庙东村而去。

盼人穷和贾刀笔坐着自家轿车很快回到冷府，贾刀笔对盼人穷说道：“东家，我想好了，咱得写一个上诉状，到平阳府告他郝知州。”

“这是你的强项，赶快去写吧。”

“那好，我这就去写，二牛和你姐来了让他们稍等。”

贾刀笔说完回房间去写上诉状，盼人穷在客厅等着姐姐和二牛。

贾刀笔出手还真是快，不到半个时辰，完成了自己的杰作。他拿着写好的上诉状来到客厅，正好白牡丹和二牛也赶到了，贾刀笔于是展开上诉状念给几个人听。

府台大人钧鉴：

胡桑庄所耕种的土地及周围山林历来为庙北村、庙东村、庙西村三庄所有，三庄与胡桑庄签有土地租赁契约，胡桑庄亦曾按时向三庄缴纳土地租银。今郝知州罔顾事实，凭个人好恶行事，接受胡桑庄人礼物，并与之称兄道弟一起吃饭，判决土地租赁契约无效，并将山林判归胡桑庄所有。

对此无理判决，三庄人坚决不服。

恳请府台大人主持公道，为三庄讨回公理，将胡桑庄土地重新判归三庄所有。

上诉人：绛州庙北村、庙东村、庙西村

道光八年二月二十九日

贾刀笔念完上诉状，白牡丹不由得拍手称赞，连夸几声："好好好！"

盼人穷则有点不自信，他问贾刀笔道："你上边写的郝知州接受胡桑庄人礼物，还一起吃饭，是不是有点太过分？"

一向浑不讲理的二牛也觉得有点不合适，他接着盼人穷的话说道："贾管家，绛州百姓都知道郝知州不收礼，也不吃请。你说他又是收礼，又是吃饭，上边能信吗？"

贾刀笔反问二牛道："他不收礼不吃请，你是怎么知道的？"

"老百姓都是这么说的嘛！"

"这不就对了。"贾刀笔接着说道，"郝知州好也罢坏也罢，上边怎么会知道，还不是听老百姓说的？我们也是百姓，怎么就不能向上边说说他的事情？"

"可我们没有看到他收礼吃饭啊？"盼人穷说道。

"我们没看到，上边更看不到。只要我们说出去，他收没收礼就有了悬念，到时候就看谁家活动能力大了。"

盼人穷和二牛被贾刀笔说服了，不得不从心里佩服他胡编乱造的能力。

盼人穷高兴地冲贾刀笔竖起拇指道："管家，高，你真是高！我当初确实没有错看你。"

白牡丹附和道："人家贾管家识文断字，是绛州城有名的刀笔，这官司要赢，必须得听他的。"

盼人穷和二牛再无二话，表示一切听贾刀笔的。四人经过密谋，决定第二天邀上吕东家，一起前往平阳府上告。

第二天一早，盼人穷、贾刀笔、二牛早早在冷府门前集合，过了好大一会儿，才见吕东家姗姗到来。

盼人穷刚要发作，贾刀笔按住他："来了就好，别指望他卖力。"

四人分坐两挂轿车，盼人穷和二牛一挂，贾刀笔和吕东家一挂，打马向平阳府奔去。

到了平阳府门口，几人下了轿车，按照事先安排，贾刀笔在门口等着，盼人穷、吕东家和二牛三人向府衙内走去。到了大门前边，二牛递上诉状并说明来意。按照贾刀笔安排，盼人穷悄悄把一包碎银塞到看门人手里，看门人的脸色立刻由阴转晴。看过诉状，看门人直言相告："这么个小事情想见府台大人恐怕不太可能，你们直接去找刑部房管事的人，把上诉状交给他，让他转交就行。"看门人好心提醒道："记着打点一下，否则猴年马月才有结果。"

按照看门人指点，盼人穷等三人很快找到了刑部房，呈上诉状，并悄悄将一包银子塞到主管官手里。主管官问明三人的情况及上诉事由，详细登记在册，然后说道："我会尽快转府台大人，回去等候消息吧。"

三人离开刑部房来到府衙外边，贾刀笔赶紧迎上去问道："东家，诉状递上去了吗？"

盼人穷高兴地回答道："递上去了。"

二牛一脸兴奋道："贾管家，真有你的，银子递到看门人和刑部房管事的手里，他们立刻像换了个人似的。"

"自古天下衙门朝南开，有理没钱莫进来。"贾刀笔自信地说道，"看他胡桑庄那伙山毛子银子多，还是我们三庄银子多？"

听贾刀笔这样一说，吕东家又开炮了："你们这是用银子买官司，这种事以后少拉上我！"

刺儿头二牛怼吕东家道："分银子的时候有你，花银子的时候咋就不能拉上你？"

"谁要分银子了，当初要不是……"吕大炮没法再说下去。

贾刀笔赶紧调和道："吕东家，我们这是一条线拴着三个蚂蚱，走不了你也跑不了他。银子你可以不出，但打官司你一定要来，因为胡桑庄告的是我们三庄。"

吕东家不好再说什么，他长吁一口气，恨自己当时没有把持住。

道光八年四月初八的一天，一个陌生人来到汾城刘家庄。他五十开外年岁，头上戴着一顶毡帽，肩上搭着褡子，一副客商模样。村口碰见一位老人，客商声称是收山货的，打听曾经在绛州庙北村单府干过事的刘管家住处。老人见客商说话客气，便详细说明刘家的方位，并告诉客商刘管家在边山一带说书，有个孙子叫顺子，经常上山，家里肯定有山货。客商谢过老人，按照他所指的方位找到了顺子家。

自从胡桑庄打赢官司后，刘管家心情好了，身体也比以前硬朗了许多。

再有几天就是四月十二，是刘管家和云飞约定见面的日子。刘管家惦记着三庄人上告的事情，他问顺子道："三庄不服州衙判决，上告到平阳府已经一个多月了，也不见有啥动静，不知道平阳府是怎么判的。咱得尽快打听到消息告知胡桑庄，让他们有所防备。"

"爷爷，是得赶紧打听，要不我去平阳府打听一下？"

"你一个小毛娃，人生地不熟的，去平阳府有啥用？"刘管家叹息道，"唉，这山里人消息真是不灵，可怜啊！"

"那怎么办？"

"我过几天去一趟庙北村，看能不能打听到消息。"

正说着话，听见有人敲门。顺子打开院门，看见一位客商模样的人站在门外，他客气地问道："请问这是顺子家吗？"

顺子回答道："是的，我就是顺子。"

刘管家见来人气宇轩昂，心想这不是一般的客商，赶紧对顺子说道："让客人进家里来说话，别站在门口。"

客商随顺子来到院子里，刘管家拉过身旁的凳子让客商坐下，接着问道："请问客人，因何事光临寒舍？"

"请问大哥，您是不是曾经在绛州庙北村单府当过管家？"客商客气地问道。

"是的。"刘管家疑惑地问客商道，"您是怎么知道的？"

客商指着大门对顺子说道："请把大门关上，我跟你爷爷有话说。"

顺子听话地关上大门，客商搬着凳子凑到刘管家跟前，轻声说道："刘大哥，实话跟您说，我是汾城郑县令。"

"哎呀呀！我就说嘛，看您的样子就不像是普通人。"刘管家说着就要下跪。郑县令赶紧拉住他："刘大哥，我是来求助的，您可千万别客气！"

"我一个边山穷老头，能帮得了您什么忙？"

"刘大哥，这忙您肯定帮得了，也只有您才能帮得了。"

"哦，说来看看。"

郑知县这才向刘管家说明来意，希望他把胡桑庄的事情说明白。

郑县令为何会只身来边山找刘管家？

原来平阳府台收到三庄上诉状之后，凭着对郝知州的了解，料定他不可能干贪赃枉法的事，故没有将案件发回重审。他采取异地办案的方式，责成汾城知县重审此案，借以从旁佐证郝知州判案的公正。

汾城是绛州邻县，曾一度归绛州管辖，郑知县对郝知州自是十分了解。为避免办案过程受到来自上下的干扰，接到案子后，他仔细查看了平阳府转来的案卷，从中没有发现一点问题。随后决定实地走访，查明事实真相。经多方查询，了解到辖下刘家庄有人在单府任职多年。为避免证人被当事人报复，郑知县化装成买卖人，秘密来到刘家庄，找刘管家了解情况。

知道了郑知县的来意，刘管家于是将胡桑庄的事情原原本本一五一十讲给他听，临了他问郑知县道："知县大人，听说盼人穷和贾刀笔他们去平阳府衙进行了打点，这会不会影响到案子的判决？"

"有理走遍天下，无理寸步难行。这个案子并不复杂，明眼人一看便知分晓，三庄人再使手段也是枉然。"

　　"哦，明白了。"刘管家接着对郑知县说道，"郑大人，盼人穷和贾刀笔还有一些龌龊事情，我正在查证，等查清楚再告知您。"

　　"好的，后会有期。"郑知县告别了刘管家，往汾城县城走去。

　　十天以后，郑知县传胡桑庄一案原被告到汾城县衙大堂，当堂宣布：

驳回三庄上诉，维持绛州原判。

258

　　平阳府上诉失败，盼人穷别提有多生气。从汾城回到家里后，他见谁骂谁，吓得长工和佣人一个个远远躲着他，连黑贼也不敢到他跟前。

　　贾刀笔与盼人穷的心情一样，不过他没有见谁骂谁，而是一个人待在屋子里想事情。想来想去，贾刀笔决定继续上诉，他找到盼人穷说道："东家，咱们还得上诉。"

　　盼人穷没好气地说道："上诉被驳回了，银子白白送了平阳府那些人，还他妈 X 上诉，亏你说得出口。"

　　"东家，汾城大堂上山毛子那个高兴劲你也看到了，难道你就咽得下这口气？"

　　"我死也咽不下这口气！"

　　"这就对了，俗话说不蒸馍馍蒸口气，咱得争这口气才对。"

　　"这气我们争了，可平阳府从笼盖上捅了个窟窿，把我们的气泄了，还要怎么争？"

　　"平阳府不行，我们再往上告。"

　　"再往上到哪里，难道我们还要告到省里？"盼人穷问道。

　　"东家，您说对了，我们去省里告。"

259

"很快就到麦收季节了，我们去省里告状，假如告不赢，又输官司，又耽误收麦，损失可就大了。"

"东家，从汾城回来后，我一直在思考失败的原因。前两次我们输官司，主要是没有打点主审官。郝知州那里送不上去，郑知县那里我们事前不知情，没来得及送。这回去省里，我们提前做好这个工作，官司一定能赢。"

"省里我们又不认识人，怎么去送？"盼人穷说道。

"东家，我想到了一个人，一个比较熟识的人，我们可以去找他帮忙。"

"谁？"

"刘学正刘大人。"

想起当初在绛州大堂的情景，盼人穷哪里还有脸去找刘学正，他态度坚决地说道："不去，他肯定还在恨我，要去你去，我不去找他。再说他已经被撤了职，找他有用吗？"

"他虽然被撤了职，可他在省里很有人脉，只要他肯帮忙，一定有办法。"

"他肯帮忙吗？"

"东家，我跟你姐一起去找他，我们俩的面子他应该是肯给的。"

盼人穷心想姐姐与刘学正这关系不用白不用，于是对贾刀笔说道："就按你说的办，你跟我姐去晋阳找刘学正。"他接着叮嘱贾刀笔道："带足银子，该送的就送，不过要尽快办理，力争在秋收时节判了案子，不然到了秋后该交租银的时候我们就不好说话。"

"知道了东家，我这就去庙东村找你姐商量这事。"

"好的，去吧。"

贾刀笔很快来到庙东村田府，向白牡丹说了到晋阳上诉的事，白牡丹自是十分拥护。一来对输官司不高兴，二来也想见见旧情人，她讥讽贾刀笔道："一帮臭男人，这么个简单的事情都搞不定，非要我这个妇道人家出马。"

贾刀笔不失时机地拍马屁道："姐，您可不是一般的妇道人家。"他竖起拇指夸奖道："您是巾帼英雄，我们这些普通男人哪里比得上你。"

"贾管家真会说话，哈哈哈……"白牡丹一阵开心地大笑，她接着说道，"让二牛跟着一起去，我们年龄大了，得有人跑腿。"

其实精明的白牡丹让二牛去晋阳的真实目的并不是跑腿，她是怕刘学正万一不买账，可以让混账儿子要挟他。

贾刀笔其实也有此意，他赶紧附和道："还是姐想得周到，就让二牛跟我们一起去。"

"快收麦了，我家那个活死人不顶半个钱的事。我得把家里的事情跟大牛交代一下，咱们明儿个一早动身去晋阳。"白牡丹说道。

"姐，去晋阳路途太远，咱们坐一挂车就行了。"贾刀笔问道，"明早个坐冷府的车还是坐田府的车？"

白牡丹一来嫌六子跟着自己不方便，二来也为了节省田府的花销，便对贾刀笔说道："坐冷府的车吧。"

"那我明儿个一早来庙东村接您。"

"好吧，明儿个见。"

第二天一早，贾刀笔坐着长工毛蛋赶的轿车，到庙东村田府接上白牡丹和二牛，一同往省城晋阳赶去。

一路上晓行夜宿，不一日来到晋阳城外。

经打听，得知刘学正住在旱西门内。时近傍晚，贾刀笔让毛蛋赶车到了旱西门外，找了家旅店住下，然后让白牡丹在店里歇着，自己和二牛出去打听刘学正家的住址。

不一会儿工夫，两人回来了，贾刀笔高兴地告诉白牡丹："姐，刘学正家找到了。我跟他说您也来了，刘大人十分高兴，我们约好一起吃晚饭，您赶紧准备一下，我们这就走。"

"他现在日子过得怎么样？"白牡丹问道。

"看样子日子过得还可以。"贾刀笔回答道，"但肯定没人给他送礼了。"

二牛插话道："我们给他送了一包银子，他连推辞都没有，直接就放到柜子里了。"

白牡丹感叹道："唉，人都有失意的时候啊！"

这一段时间刘学正确实感到很失意。从绛州回来后，他对前途失去信心，甚至有几分沉沦。贾刀笔和二牛来访，重新唤起了他内心对前途的向往，他决心再搏一把，力争重回官场。

按照约定，刘学正与贾刀笔等人在饭店见了面。刘学正坐在上席，贾刀笔和白牡丹分坐两旁，二牛坐在下位。刘学正与白牡丹四目相对，仿佛又回到了第一次在饭店吃饭时的情景，真想亲热一番，但碍于二牛在跟前，两人竭力遏制了心头涌起的热浪。

店小二很快摆好了美味佳肴。酒过三巡，开始进入正题，贾刀笔对刘学正说道："刘大人，您在官场上有熟人，我们与胡桑庄的官司怎样才能打得赢，还请您给出个主意。"

情人亲自来找，还送了银子，按说应该满口答应才对，但一来事情确实有难度，二来他忘不了盼人穷落井下石的情景。要不是心里记恨郝知州，想扳倒他重回官场，刘学正还真不想管这个事。他顾虑重重说道："这个事情绛州衙门判你们输了，上诉平阳府又输了，再要把案子翻过来有点难。"

白牡丹接过话头说道："看您说的，不难我们就直接找省臬台去了，为啥还要来找您刘大人？！"

知道刘学正与盼人穷有芥蒂，贾刀笔顺着白牡丹的话说道："白姐说得对！对我们来说是难。但对您刘大人来说就不是什么事，看在白姐和我的面子上，请您尽力帮忙。"

"事情没有你们说得那么简单。"刘学正说道。

二牛忍不住插话道："刘大人，怎么不简单？无非是多花费点嘛，我们带银子了。"

"你个小山毛子哪里见过大天？"刘学正说道，"省臬台那些大官，不是轻易买得动的。"

刘学正说的确实是实情，几个人不由得都沉默了。

还是贾刀笔点子多，他对刘学正说道："刘大人，可否像上次平阳府那样，异地办案，让绛州附近的知县审理此案。只要不是绛州和汾城，我们就有办法。"

"省臬台审理的都是人命关天的大案，像你们这样的小事情一般都会发回原地重审。"

听了刘学正的话，白牡丹和二牛不觉浑身发凉，贾刀笔绝望地说道："要是发回绛州重审，我们可就白忙活了。"

"那不一定。"刘学正咬牙切齿地说道："我们就是要把此案发回绛州重审。"

贾刀笔、白牡丹和二牛瞪大眼睛看着刘学正，不知道他葫芦里卖的什么药。

知道三人不理解，刘学正也不想多做解释，他对贾刀笔说道："你和二牛明天去按察使衙门，按程序向臬台递交上诉状。余下的事由我来办，你们只管在旅馆等我的消息。"

"啊，就这么简单？"二牛惊讶地问道。

刘学正纠正二牛道："不是简单，是因为剩下的事太难，你们办不了。"

白牡丹接着对二牛道："到底是少吃了几年饭，这叫'朝里有人好办事'，以后多学着点，慢慢就懂了。"

刘学正冲白牡丹竖起拇指道："还是姐聪明！"

酒足饭饱，白牡丹对贾刀笔说道："把你带来的银子交给刘大人，他办事要用。"

刘学正一边接过贾刀笔手中的包裹一边奉承白牡丹道："你真是女中豪杰，若是生了男儿身，那可真是不得了！"

白牡丹冲刘学正莞尔一笑："刘大人真会说话。"

刘学正飘飘然道："刘某不只会说话，还会办事。"

263

贾刀笔赶紧奉承道："是的，刘大人会办事，办大事。"他接着问刘学正道："今儿个还有什么事？"

"没有了，你们回旅馆去吧。"

"那我呢，也跟他们一起回旅馆吗？"白牡丹问道。

"你留下，我还有事要跟你商量。"

懂事的贾刀笔当然知道刘学正要商量什么，便对二牛说道："咱们走吧。"

见贾刀笔和二牛离去了，刘学正对白牡丹说道："走吧，我带你去一个好去处，让你这个山毛子见见大天。"

三十七 上诉晋阳城

白牡丹在刘学正脸上拧了一把，娇滴滴嗔怪道："谁说我是山毛子，我是川里人。"

刘学正要干什么大事？原来他想扳倒郝知州，换一个自己人到绛州主政。从饭店出来后，刘学正带白牡丹来到一个高级旅店，两人一直厮混到第二天晚饭后。刘学正穿戴整齐，让白牡丹在旅店等候，自己起身前往在省巡抚衙门当官的舅舅家。

见他眼皮浮肿，眼珠通红，舅舅惊讶地问道："你这是怎么啦？"

刘学正放声大哭"舅舅，我被人欺负了。每天在家里伤心落泪，眼睛都快哭出毛病了，您可得给我做主啊！"

舅舅对刘学正被撤职的事之前已经知道了，早想问问缘由，便问刘学正道："你被撤职是怎么回事？"

"舅舅，我被撤职是因为那个郝知州任人唯亲，他只用自己的人。所以看我怎么都不顺眼，他这是打狗欺主，他是对你有意见啊！"

"这可不能胡说，没听说过他对我有意见。"

"我可没有胡说，凡是不跟他一条心的人，他都打击迫害。"刘学正夸大其词道，"好几个人被他骂得寻死觅活，不信你去绛州署衙打听打听。"

之前曾有人通过关系反映过郝知州骂人的问题，还说他与朝廷大政相悖，减少盐税。再听刘学正一番胡言乱语，学政舅舅有所触动："嗯，看样子这个郝知州真是有点粗暴。"

"舅舅，他可不只是粗暴，他问题多了。他不能再在绛州干了，他再干下去，衙门里的官员就要集体辞职了。"

"官员任命的事不能由嘴胡说，你回去吧，我考虑考虑。"

刘学正放下手里的包裹："舅舅，这是我这几年的积蓄。家里也没有用银子的地方，孝敬您老人家吧！"

"你这娃，多礼了！"

"学正的前程全靠舅舅，孝敬您是应该的。"说完离开舅舅家到旅店去找白牡丹。

白牡丹正等得心急火燎，刘学正回来了。见他眉笑颜开的样子，白牡丹估计事情办成了，遂赶紧问道："怎么样，事情办成了吗？"

刘学正抱住白牡丹亲了一口："放心吧，应该没问题。"

白牡丹搂住刘学正的脖子嗲声嗲气道："那就谢谢刘大人了。"

刘学正顺势抱起白牡丹放到床上……

三
十
七
　
上
诉
晋
阳
城

三十八 / 谢知州断案

　　道光八年十月中旬的一天，郝知州正在研判捕快有关庙北村单府的相关报告，忽然有平阳府衙役前来传达省巡抚公函，宣布郝知州调任平阳府知事，由谢某任绛州知州。

　　原来山西省巡抚收到部分官员举报，说郝知州主政期间恣意妄为，所作所为与朝廷大政相悖。因举报者言之凿凿，故派人赴绛州暗中查访。查访结果，没发现郝知州有什么原则问题，故决定采取折中办法，将其调离绛州，到平阳府任知事，表面上由州提拔到府上任职，实际上剥夺了郝知州一方大员的权力。

　　突然间接到调令，雄心勃勃的施政抱负再无实现的可能，郝知州一时难以接受，委屈、伤心、失落、愤恨，五味杂陈一齐涌上心头。然而，面对现实，他只能含泪吞下苦果，接受上峰调令，到平阳府任职。

　　新来的谢知州是刘学正舅舅的门生，与刘学正爱好相同，有不错的私谊。来绛州上任之前，刘学正找到他，谈了胡桑庄的案子，谢知州表示一定尽力帮忙。

　　谢知州没有像郝知州那样连师爷都不带，他选了自己的亲信做师爷，一同来绛州赴任。上任后没几天，便收到省按察使要求重审胡桑庄一案的公函，并转来案件的相关卷宗，谢知州心想还真是来得快。

绛州署内有一个建于隋代的官家花园，名绛守居园池。园内亭台楼阁林立，奇花异草遍地。在花园东南部的湖水中央，有一个名为孤岛的湖中小岛。孤岛四面临水，只有一条小道与周边陆地相连。

吃过晚饭，谢知州正在绛守居园池内散步，师爷匆匆过来告诉他，刘学正推荐的人求见。为防止隔墙有耳，谢知州对师爷说道："我在孤岛上等，让他们尽快过来。"

"好的，我这就去。"

来人是盼人穷、贾刀笔和白牡丹。

三人随师爷来到孤岛，师爷知趣地离开了。三人向谢知州施过礼，看看四周无人，贾刀笔从怀中取出一大包银子塞到谢知州怀里。知道是刘学正推荐的人，谢知州没有推辞，他收好银子，指着石桌旁的石凳说道："都坐下吧。"

三人诚惶诚恐地围着石桌坐下来，贾刀笔拱手说道："谢大人，鄙人姓贾，是庙北村冷府管家。"他指着盼人穷介绍道："这位是冷府的冷冻家。"盼人穷冲谢知州拱拱手："谢知州好！"贾刀笔接着介绍白牡丹道："这位是庙东村女主人冷夫人，人称白牡丹。"

以前曾耳闻刘学正和白牡丹的事，谢知州曾在心里嘲笑刘学正，一个生过几个娃的山里女人，能有多漂亮？怎么就被迷成那个样子，真是不可理喻。

听贾刀笔介绍白牡丹，谢知州心想我得看看这个女人，便抬眼向白牡丹望去。

白牡丹这边，见贾刀笔介绍自己，赶紧施礼道："知州大人万福！"

两人目光相对的一瞬间，谢知州的眼睛突然变大了，似有一团烈火从脚底烧到头顶。啊！这哪是金凤凰？这是一只翡翠凤凰，一只钻石凤凰！谢知州闭上眼睛不敢再看，他怕自己的眼珠子会掉出去。

贾刀笔看着谢知州失态的样子，心想这事有门。他试探性地问谢知州道："知州大人，初来绛州，不知道能不能吃惯这里的饭食，有没有带夫人来为您做饭？"

"绛州这地方的饭好吃，吃得惯，没有带夫人来。"

贾刀笔指着白牡丹说道："我们这位可是高手，夜宵做得尤其好，要不要留下来给大人做几样，让大人尝尝鲜。"

"要得要得。"谢知州站起来走到白牡丹身边，试探性地抓起白牡丹细嫩的手。懂事的白牡丹知道谢知州这是在试探自己，自然没有躲避。

多日未近女人身的谢知州，握着白牡丹柔软细嫩的手，眼看就要失态。他赶紧稳稳神，竭力让自己冷静下来，疼爱地说道："这么嫩的手，怎么能去干那样的粗活！"

白牡丹娇滴滴地说道："只要知州大人需要，当然可以。"

贾刀笔趁热打铁道："谢知州，既然您乐意，那就让白姐留下，我们先回去，明早个过来接人。"

"既然留下了，那就多待几天，不用着急来接。"谢知州问白牡丹道，"好不好啊？"

白牡丹媚眼一飞，娇声说道："只要谢知州愿意，待多少天都行！"

"好，那就这样，你们俩走吧。"谢知州下了逐客令。

贾刀笔赶紧对盼人穷说道："东家，别愣着了，咱们走吧。"说完话两人相跟着出了绛州衙门，高高兴兴往庙北村而去。

再说胡桑庄这边，由于消息闭塞，对三庄人将案子上诉省臬台的事一直不知。

八月十二，刘管家与云飞在约定地点见面，知道了三庄人去省里上诉的准确消息。第二天，刘管家赶紧让顺子到胡桑庄，向王主事告知了详情。

时近八月十五，连续两次赢了官司，王居汉本来计划与乡亲们好好过一个中秋节，可顺子带来的消息，在他热情的心头浇了一瓢冷水。

八月十三晚上，王主事与田富贵、聂三合三人在家中碰面，商量如何应对三庄人上诉的事情。经过反复商讨，决定先不把消息告诉乡亲们，以便让大伙高高兴兴过好节日，连五九爷也不告诉，免得老人家担心。至于将来官司输赢，因为有了前两次的经历，他们相信公理在胡桑庄，不管官司打到哪里，胡桑庄都会赢。

八月十五当天，胡桑庄家家蒸月饼，户户炸油人①。月亮升起的时候，全村人捧着野果和月饼、油人来到"天下第一洞房"前，祭献月亮和尧王。未结婚的成年男女站在最前排，在王主事主持下，集体向着圆圆的月亮跪拜，祈求风调雨顺、五谷丰登，祝愿年轻人早结连理，花好月圆！

山里人个个沉浸在欢乐与幸福之中，完全没有意识到一场更大的劫难正等待着他们。

且说谢知州把白牡丹领到州衙住处，他特意点燃了两根红烛，房间照得像结婚的洞房一样。白牡丹不由得感叹，这官大了就是不一样，太有情调了。谢知州与白牡丹相拥着上了床，像新婚夫妻一样，一夜狂欢，竭尽缠绵甜蜜之事。一连几天，谢知州晚上哪里也不去，早早过来陪白牡丹。白牡丹每天悠闲地待在房间，吃饭有专人送，衣服有专人洗，房间有专人打扫，周围有捕快把守，闲杂人等不许靠近。白牡丹心想，这官大了就是好，真是想做啥就做啥。跟刘学正相好是偷偷摸摸，跟谢知州相好是自由自在，没有人敢过问，简直跟度蜜月一样，

淫乐归淫乐，白牡丹没有忘记案子的事，只因谢知州执着于男女之事，她不好意思提起。

十天过去了，白牡丹终于忍不住问谢知州道："大人，我们和胡桑庄的官司啥时候判啊？已经过了交租银的期限，再不判今年的租银就更难要了。"

"别着急嘛！臬台那里有交代，还怕赢不了官司？"谢知州接着说道，"不过你们连续两次输了官司，要想把案子翻过来，确实有点难，我总得想个办法才行。"

"那您得赶紧想办法，时间一长，我们再想收回租银就难了。"

"有什么难的，只要赢了官司，租银就等于胡桑庄欠三庄的银子，啥时候都能向他们讨要。"

白牡丹撒娇地搂住谢知州道："大人，您这么一说我就放心了。"

半个月过去，谢知州和白牡丹度过了难忘的蜜月期。经白牡丹不断吹枕头风，谢知州终于想好了为三庄翻案的办法。

该说说田府田东家了。

不管山里人、川里人还是城里人，只要是正经人，都是要脸面的。田

东家虽然患病在床，行动不便，但头脑还算清醒。多年来，他对妻子与长工六子相好的事是精明装糊涂，因为白牡丹毕竟每天晚上跟自己睡在一个炕上，外人看来她是自己的老婆。田东家觉得没有失去面子，也就睁一只眼闭一只眼。近两年，听说妻子与州衙的官员好上了，心里虽然酸酸的，但因白牡丹没有在外边过夜，也就咬咬牙忍了。这次一连半个多月不回家，田东家终于忍不住了。

这天晚上，眼看着时候已经不早，仍不见妻子回来。田东家叫来六子，一脸诚恳说道："我跟你说实话，你跟二牛妈的事情我心里清楚，但我一直没有为难你，因为你们还给我留了脸面。这回找你也不是找你麻烦，只想请你跟我说实话，二牛妈他这些天去了哪里？"

出于对田东家的心理亏欠，也是对白牡丹水性杨花的不满，六子如实说道："绛州新来了个谢知州，那天他去了州衙之后就再没回来，肯定是找新来的知州去了。"

"知道了，你去吧。"

六子刚走，白牡丹回来了。田东家一反常态，冷冰冰地问道："这些天你去哪里了？"

白牡丹一边脱衣服一边说道："管我去哪里了，这不是回来了嘛！"

因为激动，田东家剧烈地咳嗽起来："你……你到底……去……去哪里了？"

"哟，这是日头打西边出来了吧！"白牡丹满不在乎地说道，"我去哪里你管得着吗？"

"你……你能不能给……给我……留点面子。"

"我倒是想给你留面子，是你自己不要面子。"白牡丹掀开被子，挑衅地说道，"来吧，我给你面子。"

田东家一阵剧烈地咳嗽，痛苦地闭上了眼睛。

白牡丹轻声骂道："老不死的，早该死了！"说完盖好被子睡觉了。

道光八年十一月十三日，衙役传原被告到绛州大堂，就三庄上诉胡桑庄一案当堂质询。

按照事先与白牡丹商量好的程序，谢知州首先宣读了三庄的上诉状，接着问盼人穷等人道:"上诉人,上诉状说三庄曾与胡桑庄签订土地租赁契约,是否真有此事?"

有了前两次的经历,吕东家本不想再跟着来州衙丢人现眼,可二牛告诉他已经跟新来的知州说好了,到了堂上听一下宣判就回来,软磨硬泡愣是把他拉来了。

听见谢知州发问,吕东家眼见不是那么简单,心想这二牛骗了我,今儿个又少不了丢人,于是抢着回答:"回大人,我不知道此事。"

本来说好的路数,吕东家这么一搅和,谢知州一时不知该说什么,他瞪着盼人穷问道:"怎……怎么回事?"

盼人穷倒是没乱,按照约好的说辞回答:"回大人,确有此事。"

谢知州接着问道:"可有实据?"

贾刀笔赶紧从怀里掏出土地租赁契约举过头顶:"回大人,有契约在此。"

师爷过来接过契约,走到案桌前递给谢知州。

谢知州看过契约,指着上面的红印问王居汉等人道:"被上诉人,这契约上面是你们按的指印吗?"

王居汉如实回答:"回大人,是我们的指印。"

谢知州接着问盼人穷等人道:"上诉人,你们说被上诉人曾经向你们交过租银,可有此事?"

盼人穷回答:"回大人,此事千真万确。"盼人穷指着王居汉等人说道,"不信你问他们。"

谢知州问王居汉等人道:"被上诉人,你们向三庄交租银一事是否属实?"

王居汉如实回答:"回大人,属实。"

谢知州接着问道:"被上诉人,你们言说胡桑庄耕种的土地属绛州衙门学产,可有证据?"

王居汉心想这证据在衙门里,我们怎么会有证据,于是如实回答:"回大人,证据在州衙,你们可以去查,我们没有证据。"

谢知州大喝一声:"大胆!"接着他呵斥王居汉道:"我们向你要证据,拿不出来还罢。说什么要我们去查,朝廷命官是你一介草民可以随便指使的吗？"

田富贵见谢知州生气了，赶紧解释道："大人，王居汉他没有指使你们。他的意思是州衙有财产登记册，册子在州衙。你们拿出来看看就明白了，不需要我们再提供证据。"

"混账！"谢知州呵斥道，"你们主张的事，怎么不需要你们提供证据？没有证据，凭满口白牙胡说，还要别人相信，这怎么可能？"

高登武见两位叔叔受到谢知州呵斥，心里很不是滋味，接着辩解道："知州大人，我们没有胡说，胡桑庄所耕种的土地确实属于绛州衙门学产。"

高登武刚一说完，贾刀笔立即反驳道："知州大人，没有证据就是胡说。"贾刀笔指着头顶接着说道："如果不要证据，凭自己胡说，那我说这个大堂是我家的，行吗？"

谢知州竟然忘了自己的主审官身份，拍着手说道："说得好！"

师爷见状悄悄提醒他："大人，注意点身份。"

王居汉终于明白，他悄悄跟身旁的田富贵和高登武说道："这个谢知州明显向着三庄说话，看来我们这官司要输在他手里了。"

谢知州意识到了不得体的举动，继续板起面孔说道："本案的基本争议在土地的归属权，现事实已经明了。上诉人、被上诉人暂时退堂，等候宣判。"

三庄和胡桑庄两拨人退出大堂，分别待在两个不同角落等候。

胡桑庄这边，情知谢知州这样断案，官司一定会输。心里难受，几个人都不想说话，默默站着等候宣召。

三庄几个人倒是没有闲着。一出大堂，二牛就开始埋怨吕东家："让你来听宣判的，谁让你瞎说？"

"我瞎说什么了？"吕东家不服气地说道，"我说的是真的，我又不知道签契约的事。"

见吕大炮不认错，盼人穷眼睛一瞪就要发作，贾刀笔赶紧拉住他："吕东家说的也没错嘛，他确实不知道签契约的事。"接着他和和气气对吕东家说道："冷冻家和二牛错怪您了，别生他们的气。再上堂的时候，您不要再说话，只管听就行。谢知州问什么你都不要吭气，由我们几个回答。"

话刚说完，衙役宣上诉人和被上诉人重新上堂。

胡桑庄和三庄当事人重新进入大堂，跪在各自的位置。谢知州没有再问什么，直接宣布了判决。

关于胡桑庄与三庄土地争讼一案，原绛州知州和汾阳知县判决有误，故重新判决如下：

胡桑庄所耕种土地及周围山林为山神庙庙产，即归庙北村、庙东村、庙西村三庄所有，三庄与胡桑庄所签土地租赁契约有效。

谢知州分明是罔顾事实，偏袒三庄，王居汉义愤填膺，大声抗议道："知州大人，判决不符合事实，我们不服！"

田富贵和高登武异口同声道："胡桑庄不服！"

谢知州深知省臬台有根子，根本不在乎王居汉三人的抗议。他正正头上的花翎顶戴，冲台下的王居汉等三人说道："不服本判决可以上诉。"接着大声宣布："退堂。"

众衙役齐呼："退—堂—"

注：
①炸油人——古绛州一种油炸食品，类似人形。此风俗是为了纪念民族英雄岳飞，油人指卖国贼秦桧。

三十九／风雨前夜

官司输了。

胡桑庄三人离开州衙，出了绛州城北门，迈着沉重的步子往边山走去。三人都不说话，心里各自想着心事。

走着走着，王居汉突然开口说道："咱们先别回胡桑庄，弯一下路，去刘家庄。"

"想到一块去了。"田富贵说道，"三庄赢了官司，下一步肯定会找我们麻烦。咱们得请教一下刘管家，看看该如何应对。"

"对对对，就是这个意思。"王居汉接着问高登武道，"我们两个没招了，年轻人说说看，要不要去找刘管家？"

高登武不好意思地笑了笑："两位叔都没了招数，我能有什么办法？去找刘管家吧，他识文断字，肯定有办法。"

"好，那我们就先去刘家庄。"

一路紧走，赶到刘家庄时天已经傍黑。

三人走街穿巷急匆匆来到刘家，远远看见刘管家和顺子在门口站着。看见三人走过来，顺子赶紧迎上去，热情地拉住王居汉的手说道："王主事，田叔、登武哥，爷爷说你们肯定要来，一直在等着你们。"

王居汉敬佩地说道："你爷爷真是料事如神啊！"

进了刘管家院门，三人也不客气，各自从厨房拿了个瓷碗，来到水缸边舀起凉水喝了个够。放下水碗，王居汉直言相告："刘叔，绛州新来的谢知州判我们输了官司。"

"盼人穷他们这次去晋阳城花了大价钱，这是预料之中的事。"刘管家说道。

"那我们下一步该怎么办呢？"王居汉问道。

"判决之后你们表示不服了吗？"

"我们当堂表示，谢知州罔顾事实，偏袒三庄，不服判决。"田富贵回答道，"谢知州说不服判决可以上诉。"

"这就好。"刘管家接着说道;"三庄赢了官司，肯定会向你们讨要租银。"

高登武气呼呼地插话道："这办不到！"

"三庄人也知道这办不到，因为你们已经表示不服，要上诉。既然要上诉，就说明案子还没有结束，他们想要租银就没有道理。"刘管家接着分析道，"明知讨不到租银，他们会另想办法。"

"会不会又去砍我们的树？"王居汉担心地问道。

"这是一定的。他们肯定会以讨要租银为名，再去胡桑庄砍树，而且去的人会比上次更多，规模会更大。"

高登武着急地问道："那我们该怎么办？"

"兵来将挡，水来土掩。一方面防备他们砍树，一方面准备上诉。"

"我们到哪里上诉呢？"王居汉问道。

"你们尽快回去，全力以赴防备三庄砍树。如何上诉和写上诉状的事我来考虑，诉状写好之后让顺子给你们送去。"

"我替胡桑庄父老乡亲谢谢您了！"王居汉拉着田富贵和高登武恭恭敬敬向刘管家鞠了一躬。

刘管家赶紧摆摆手："孩子们，我们之间不必这样客气。"

"写上诉状的事有劳您老人家，我们这就走了。"王居汉说道。

眼瞅着西边的日头就要落山，顺子挽留道："王叔，天快黑了，你们先在家里住下，明儿个再走吧。"

"不行顺子，乡亲们一定还在村口等着，我们无论多晚都得赶回去。"

刘管家接着挽留道："王主事，那你们几个吃了饭再走吧。"

"不麻烦了刘叔，我们带着干粮，路上吃点就行。"

"既然不吃饭，那就赶紧走吧。天黑路又不好走，你们可要小心点！"刘管家关心地说道。

"刘叔不用担心，我们走惯了山路，没事的。"说完和田富贵、高登武告别了刘管家和顺子，向胡桑庄赶去。

鸡叫两遍时，王居汉三人终于回到胡桑庄村口。

乡亲们果然都没有睡觉，还在村口的榆树疙瘩等着。人们三个一群五个一伙地坐在地上，孩子们已经在大人怀里睡着了。为了不惊醒睡觉的孩子，王居汉示意大伙不要有响动，接着蹑手蹑脚来到五九爷和聂三合跟前，向两人告知了谢知州断案的结果，并说了刘管家的建议。三人稍作商量，决定先不告诉大伙，以便让孩子们睡个安稳觉。第二天各家户主到仙女洞集中，商量应对之策。

第二天早饭后，各家户主在仙女洞集合。王居汉如实向大伙告知了谢知州断案的结果，并说了刘管家关于三庄人可能继续来砍树的猜测。末了，王居汉号召大伙道："为了子孙后代能有一个吃饭的地方，我们必须团结一心，与三庄人拼死一搏，唯有这样，才有可能绝处逢生。"

田富贵补充道："从人数上看，三庄人多势众，我们村小人稀，但三庄真正豁出来与我们闹事的只是盼人穷等少数人，而我们胡桑庄可是男女老少个个拼命，这样算来我们反而有了优势，所以我们不怕他们。"

五九爷语重心长地说道："有道是'得道多助，失道寡助'，三庄人欺负我们是过于贪婪，我们跟他们斗，只是为了能够活下去。正义在我们山里人这边，老天爷有眼，会支持我们的。"

知道事情重大，胡桑庄老弱妇孺全都涌到了仙女洞外边，想听听当家人说些什么。听完五九爷和王居汉等人的话，男女老少群情激愤，发誓人人出力，个个拼命，用生命保卫胡桑庄的山山水水。

回过头再说三庄这边，盼人穷等人分坐两挂轿车，出了绛州城北门，往边山一路奔去。

二牛与盼人穷、贾刀笔挤在一挂车上，几个人难掩心中的激动与兴奋，又是说又是笑又是唱。盼人穷得意忘形地唱起了自己唯一熟悉的民歌《走绛州》，贾刀笔和二牛一边敲打着轿车扶手，一边跟着吼道：一根扁担软溜溜地溜呀呼嗨，我挑上了扁担走绛州……

吕府轿车上，吕东家独自坐在车厢里，一副闷闷不乐的样子。虽然赢了官司，但吕大炮心里清楚，这官司是盼人穷他们用不正当手段赢下的，赢得不光彩。听着冷府轿车里传出的嘈杂歌声，吕东家厌恶地用双手捂住了自己的耳朵。

半后晌，轿车眼看快到山神庙岔路口，二牛冲盼人穷嚷嚷道："舅舅，肚子饿了，回去让厨房炒几个菜，咱们好好喝一顿，庆祝庆祝。"

贾刀笔附和道："东家，二牛说得对，是得庆祝庆祝。"

"对，好久不喝酒了，今儿个好好喝上几杯，出出这口恶气！"盼人穷得意地说道。

"东家，还得麻烦您一下。"贾刀笔说道。

盼人穷问道："怎么啦，还有啥事？"

"到了岔路口换一下车，我们坐到吕府的车上去。"

"吕大炮自以为是的那个穷样子，不知道自己的头有多大，我才不去坐他家的车。"

"东家，咱不是要坐他家的车，咱是为了让吕大炮跟咱一起去冷府喝酒。"

"真是莫名其妙！"盼人穷生气地说道，"看见吕大炮我就来气，还请他去咱们家喝酒，打死我也不去。"

"东家，咱费这么大劲打官司为啥？"

盼人穷反问道："你说为啥？"

"咱打官司的目的是胡桑庄的山、胡桑庄的地、胡桑庄的树，一句话，为了银子。"贾刀笔接着说道，"为了这个目的，咱们下一步还需要吕大炮配合，还需要庙西村参与，咱不拉住他能行吗？"

"哦，知道了。"盼人穷接着对二牛说道，"到了岔路口我和贾管家上吕府的车，你别下车，直接回庙东村去接你妈。"

二牛伸出拇指冲盼人穷说道："舅舅您可真是高人，想得真周到！"

转眼间到了山神庙岔路口，贾刀笔先盼人穷一步下了车，快步走到吕府轿车前边拉住牲畜缰绳，对赶车的伙计说道："先停车。"

吕府的车停了下来，贾刀笔掀开门帘说道："吕东家，先别回庙西村，咱们去冷府喝几杯。"

这时盼人穷也到了跟前，皮笑肉不笑地说道："亲姑子，走吧。"边说边上了吕府的车，贾刀笔顺势也挤了上来。盼人穷和贾刀笔近乎绑架的举动让吕东家无法拒绝，加上肚子也确实饿了，心想不吃白不吃，于是就同盼人穷和贾刀笔一起往冷府而去。

下了轿车，盼人穷和贾刀笔陪着吕东家来到冷府客厅。贾刀笔安置两人坐好，然后让丫鬟奉上热茶。

吕大炮边喝茶边冲贾刀笔嚷嚷道："贾管家，来冷府可不是喝茶来的，肚子早就饿了，赶紧安排饭菜。"接着他大大咧咧道，"上汾酒啊，别拿绛州烧房的酒糊弄我！"

"你吕东家难得来冷府喝一回酒，好酒好菜那是自然的。"贾刀笔说完叫来厨房管事的，迅速做了安排。

吕东家接着向盼人穷放炮："亲姑子，心疼了吧？"

盼人穷微微一笑道："心疼什么？家里有的是汾酒，就怕你没有那么大肚量。"

吕东家拍了拍自己的大肚皮说道："瞅瞅这肚皮，能装下个你。"

盼人穷哪里肯示弱："肚皮大有什么用？能喝不能喝，不在乎肚子大小！"

"那咱一会儿见高低，谁都不准装熊！"

这时门外传来一阵爽朗的笑声，"哈哈哈……"白牡丹笑着走进客厅，边走边说，"这才像咱边山人的样子嘛！"

吕大炮没想到白牡丹和二牛会来，不由得红了脸。白牡丹见吕东家一副窘态，大度地拍拍他的肩膀说道："怎么啦？吕东家，刚才不是听你说能喝嘛，莫不是在吹牛？"

"不……不是吹牛。"

白牡丹大方地说道："那我们今儿个就放开了喝！"

冷府的厨子还真是水平够高，一帮人说话的时间，饭菜已经做好端了上来。

贾刀笔招呼大家坐好，麻利地打开汾酒坛子，为每个人斟满酒，然后端起酒杯说道："今儿个这顿酒是庆功酒，既是三庄当家人一起喝酒，也是亲姑子一起喝酒。咱们都别藏着掖着，放开了喝，来它个一醉方休！"

盼人穷、吕大炮、白牡丹、二牛一起端起酒杯，齐声响应："一醉方休！"

酒过三巡，贾刀笔起身说道："各位亲姑子，趁着大伙都还清醒，咱们把有些事说一下。"贾刀笔看看大伙都瞅着自己，便接着说道："咱们和胡桑庄那伙山毛子的官司打赢了，下一步咱们要向他们讨要租银，还要继续上山砍树。具体怎么做，咱得事先商量商量，免得像上次砍树那样，让山毛子赶得我们到处跑。"

话刚说完，吕大炮大声嚷嚷道："这种事以后别再叫我，庙西村不……"话没说完，白牡丹侧身瞪了他一眼，吕大炮立刻哑了火。

白牡丹对贾刀笔说道："贾管家，你继续说。"

贾刀笔接着说道："之前我和东家商量过了，下次砍树我们要多去一些人，而且要去底手人。上次去了一百多人，下次我们去一千多人，让山毛子防不胜防。"

二牛插话道："是得多去点底手人，上次砍树失败就是因为底手人太少。"

"别光说砍树的事，树长在山上，我们随时都可以砍。"白牡丹说道，"事情得分个轻重缓急，咱得先向胡桑庄讨要今年的租银。"

"姐，您的意思是先讨要租银，然后再砍树？"盼人穷问道。

白牡丹回答道："是的，租银是有期限的，时间一长就不好要了。"

"还是姐想得周到。"贾刀笔说道，"我看咱们这样，先去向胡桑庄讨要租银。他们要是同意便罢，若是不给，咱们再去砍树。这样就有了充足的理由，免得外人说咱们不讲理。"

盼人穷一边拍手一边说道："好好好，山毛子再要阻挡咱砍树，就成了他们不讲理。"

"是的，我们下次去砍树就成了戏文里说的什么师？"白牡丹望望贾刀笔，贾刀笔赶紧回答："正义之师。"

279

三十九 风雨前夜

"对了，我们就成了正义之师。"白牡丹接着说道，"再去砍树，要安排得细一点，把可能出现的情况提前考虑到。记得戏词里有一句话，叫什么作气……"白牡丹又说不上来了，再次问贾刀笔道，"这句话怎么说来着？"

"一鼓作气，再而衰，三而竭。"

"对，就是这句话。"白牡丹说道，"我们要争取一举成功，再要是失败，三庄以后恐怕就没有人肯听我们的了。"

280

"姐放心，这次我们一定能成功。"贾刀笔说道。

白牡丹纠正贾刀笔道："不是一定能成功，而是必须成功！"

盼人穷顺着白牡丹的话说道："对，必须成功！"他忽然想到一件事，遂问白牡丹道："姐，王居汉他们在大堂上说不服谢知州判决，你说他们会不会去上诉？"

白牡丹还没有说话，贾刀笔抢着回答道："他们也就是发发牢骚，说说而已。我们不缺银子，上诉尚且那么费劲。山毛子家家穷得叮当响，哪里有银子东跑西奔？"

盼人穷扶扶头上的帽子："那我就放心了。"

贾刀笔开始布置："下次砍树每个村去四百人，分工跟以前一样，庙北村主要负责对付胡桑庄人，庙东村负责砍树，庙西村还是负责运输。"他叮嘱吕东家和二牛道："注意多去一些底手人。"

吕大炮和二牛点点头道："知道了。"

贾刀笔接着说道，"为保障砍树成功，有三条建议，各村需要统一执行。一是公开宣布，砍树是为了修山神庙，谁要是不去，就是对山神爷不敬。二是免去参与砍树人家正月里闹热闹的份子钱。三是给每个参与砍树的人发赏银，让大伙干起活来有奔头。"

盼人穷补充道："再加上一条，谁家要是有壮劳力不参与砍树，人死了牌位不能进家庙！"

白牡丹心想弟弟这一招够毒，她附和道："有了贾管家的三条，再加上这第四条，就能保障足够多的人前去砍树。"

"事情说完了，接着喝酒吧。"贾刀笔举起酒杯，"为了我们第二次砍树大获成功，干！"

盼人穷、白牡丹、吕大炮、二牛一起举起酒杯："干！"

三庄这边信心满满，要再去砍树，胡桑庄那边全力以赴做好了防备。双方剑拔弩张，一场猛烈的暴风雨即将来临。

三十九　风雨前夜

四十／问道平阳府

十一月下旬的一天，顺子送来了刘管家写给平阳府的上诉状。王居汉把田富贵和聂三合叫到家里，商量何时去平阳府上诉。

正说话间，高登武带着黑贼来了。一见王居汉，黑贼直言直语道："王主事，东家让我来问问你，胡桑庄今年的租银什么时候交？"

田富贵反问黑贼道："头儿，这官司还没有结果了，凭什么让我们交租银？"

"这谢知州不是都判了嘛，你们官司输了，这事三庄人都知道。"

"谢知州虽然判了，他那是瞎判、胡判，我们当堂就说不服，正准备上诉。这会儿向我们要租银，这不可能。"

"这些事我说不清，我只是一个传话的。"黑贼接着问王居汉道，"王主事，你给个准话，我回去好回复东家。"

王居汉忽然计上心来，决定先稳住三庄，然后再想办法，他对黑贼说道："头儿，交租银是全村人的事，我回头召集大伙商量一下再回复你行不？"

"你得说个大概时间。"

"半个月。"王居汉接着说道，"我跟乡亲们商量一下，如果大伙没别的意见，半个月之后我把租银送过去，不用你再跑了。"

"半个月太长了吧？"

"那就十天。"王居汉说道。

聂三合没有明白王居汉的用意，他不解地问道："这么大的事，你怎么能私自答应呢？"

王居汉悄悄使了个眼色给聂三合："这租银反正交给谁也是交，交给三庄的虽然多了点，但也是给了亲姑子，又没有给了别人，你就别再说了。"他转身问黑贼道："头儿，是这个理吧？"

"还是王主事懂道理。"黑贼接着对王居汉说道；"那我就回去交差去了，你可得说话算话。"

"当然了，只要乡亲们没意见，保证十天之后去庙北村送银子。"

送走了黑贼，王居汉对田富贵和聂三合说道："三庄人不会给我们太长时间，十天后见不到我，他们一定会有行动。我们已经被逼入绝境，得赶紧找出路。"

"没别的路，咱们尽快上诉就是了。"聂三合说道。

"顺子传话说，刘管家也希望我们尽早动身去上诉。可他对官场的事情拿不准，建议我们到平阳府找郝知州，让他把把关，给我们指条道。"

聂三合竖起拇指夸奖道："你跟黑贼说十天时间，原来用的是缓兵之计啊！"

"跟这些坏尿斗，咱以后也得用点心眼。"

"是的，我们之前太老实了。"田富贵感慨道。

283

"老实是我们山里人的为人之道，这本没有错，可是对这些豺狼之辈不能太老实。"王居汉接着说道，"我看事不宜迟，咱们过去跟五九爷打个招呼，明儿个就去平阳府上诉。还是我跟田富贵、高登武一起去，五九爷和三合在家里坐镇。"

田富贵和聂三合一起点点头："好的。"

第二天天不亮，王居汉、田富贵、高登武三人带着上诉状踏上了去往平阳府的路。经过两天的艰苦跋涉，终于在十月二十七的晚上到达平阳城。舍不得花银子住旅店，三人找了个僻静处，拿出随身带来的狗皮褥子铺在地上，相互挤在一起熬过了一个夜晚。

早上起来，三人咬了几口随身携带的干粮，向附近人家讨了碗水喝，然后前往平阳府。

他们一边走一边打问，总算找到了平阳府衙门。三人怯生生来到大门跟前，还未曾说话，就听看门的衙役大声呵斥道："哪里来的叫花子，走开！"

王居汉上前说道："官人，我们不是要饭的，我们是来告状的。"

衙役扫视了三人一遍，两手在胸前一抱，朝着王居汉的方向露出几个手指头。田富贵以为他没有听清，赶紧补充道："官人，我们确实是来告状的。"

衙役见几个人不懂规矩，挥动手中的水火棍道："一看你们就不是什么好人，告什么屁状，快滚！"

眼看衙役手中的杀威棒就要打下来，三个人只好下了府衙大门台阶，来到大街之上。一个过路的老者见三人站在大街上，怯生生看着府衙大门发愣，知道他们不懂规矩被赶了下来，便好心相告："别在这儿傻站着了，去给衙役送点银子，不然别想进去。"

王居汉赶紧问老者："大叔，我们山里人恓惶，送不起银子，这可怎么办啊？"

"没听说过天下衙门朝南开，有理没钱别进来这句话吗？不带银子打什么官司？"

"大叔，我们带了一点银子，可是连我们几个人吃饭住店都不够。"田富贵可怜巴巴地说道。

"也用不了多少银子，三两钱就行。"老者长叹一声道，"穷人办事难啊！"

"怎么办？"田富贵问王居汉道。

"送吧，哪怕咱不吃饭，也得先进了府衙大们。不然咱见不了郝知州，这上诉的事就办不成。"

田富贵和高登武点点头表示同意。

王居汉取出怀中的包裹，小心翼翼从中拿出一点碎银，重新与田富贵、高登武一起上了府衙大门台阶。

衙役眼睛一瞪：“怎么又来了？”

王居汉快步上前，悄悄把手中的银子塞到衙役手中。衙役熟练地将银子装进衣兜，突然换了一副笑脸问道：“你们告什么状啊？”

“回大人，我们想见一下从绛州来平阳府任职的郝知事。”

“早说不就得了。”衙役向三人详细说明郝知州在府衙内的办公地点，然后放三人进了府衙大门。

按照衙役的指点，在府衙内左转右转找到了郝知州。三人一起跪倒地上，王居汉不由得悲从中来，他眼含热泪说道：“郝知州，胡桑庄乡亲们想您，绛州的老百姓想您啊！”

郝知州把三人从地上扶起来，亲切地说道：“我现在不是知州了，是知事，以后别再称我郝知州。”

王居汉激动地说道：“不，在老百姓眼里，您永远是我们的好知州。”

田富贵接着说道：“您为绛州办了那么多好事，绛州百姓永远忘不了您。”

“真是这样吗，老百姓还记着我？”

三人异口同声道：“真是这样的。”

从山里人诚实的目光中，郝知州读懂了老百姓的心，被免职的委屈总算得到些许排遣。

三人大老远来找自己，肯定是案子有了麻烦，郝知州问王居汉道：“王主事，你们的案子是否被翻了。”

“翻了，新来的谢知州彻底给翻了。他在堂上明显向着三庄说话，简直就是个歪嘴和尚。”王居汉生气地回答道。

田富贵插话道：“那个谢知州收了三庄的银子，还把白牡丹留在州衙陪他待了半个月，谢知州的嘴能不歪吗？”

“三庄向谢知州送银子这些事情你们是怎么知道的？”郝知州问道。

“从庙东村传出来的。”王居汉回答道，“田东家嫌白牡丹丢人，身旁又没个知己的人，只能把白牡丹与谢知州的事说给丫鬟听。丫鬟把不住自己的嘴，把田东家的话说了出去，事情就在庙东村传开了。消息被刘管家听到，就告诉了我们。”

“哪个刘管家？”

"就是单府原来的管家，他同情我们山里人，一直在暗中帮助我们。"

"哦，是个好人。"郝知州说道。

田富贵愤愤不平道："刘管家那么好的人，却被盼人穷给辞了，贾刀笔那样的坏人反而被重用。"他接着问郝知州道："郝大人，谢知州和刘学正都是城里人，还是当官的，怎么还不如我们山里人懂规矩？他们跟有夫之妇鬼混，难道就不怕丢人？"

286

"山里人、川里人、城里人，小官、大官和京官，这些都跟人品好坏没关系。女娲、伏羲造人的时候，一个举着规，一个拿着矩，期望后代人人守规矩。李毓秀老夫子写《弟子规》，也是这个意思。有些人官做得很大，书读得很多，人品远不及你们这些大字不识一个的山里人。"郝知州越说越激动，"有些大人物满口仁义道德，一肚子男盗女娼，表面上道貌岸然，背地里坏事做绝。他们不守规矩，不是因为不懂规矩，而是因为太懂规矩，知道怎么做才能钻规矩的空子。"

高登武忍不住插话道："郝大人，这样的人怎么还能当官呢？"

"这样的人不仅能当官，往往比好人还升得快、升得高，就好比贾管家一样。"郝知州无奈地摇摇头，"不说这些了，说说你们的事。事已至此，你们准备怎么办？"

"郝知州，我们准备上诉。"王居汉从怀里掏出上诉状说道，"这是刘管家帮我们写的上诉状，他让我们来府衙找您，想请您帮我们把把关。"

郝知州接过王居汉递过来的上诉状，只见刘管家开门见山写道：

　　绛州讲公理，平阳有青天。
　　来了谢知州，绛州黑了天。
　　……

看完上诉状，郝知州略作思考对三人说道："刘管家这个上诉状语言条理，事实清楚，观点明确，合法合理。尤其是开头四句，直接道出了案件的概况，真是点睛之笔。"郝知州接着说道，"但是，这个上诉状不能用。"

三人一起瞪大眼睛："为啥？"

"谢知州之所以敢罔顾事实,推翻前两次的判决,根子在省里。如果不是省臬台有人提前打招呼,谢知州绝没有那么大的胆子。换句话说,这案子是省臬台给翻的,我们在山西省内上诉,等于是告省臬台。"郝知州接着道,"你们上诉到平阳府,府台敢否定上边的判决吗?"

"那该怎么办?"王居汉问道。

"要想把案子再翻过来,就得找比省臬台更大的官。"

"那我们是不是要到京城上诉?"田富贵问道。

"是的,在山西这个圈子里告省臬台肯定不行,只有到京城上告才行。"

"那我们就去京城告他!"高登武说道。

"你是初生牛犊不怕虎啊!"郝知州接着说道,"去京城告状谈何容易?不说别的,仅吃饭住店一项,你们就负担不起。"

"我们不住店。"高登武回答。

"那你们总得吃饭吧?"

王居汉和田富贵异口同声道:"我们讨饭吃。"

"就算你们不吃饭不住店,别的花销呢?三庄他们能搬动省臬台,那是用嘴说出来的吗?"

想想刚才进府衙大门的情景,三人沉默了。

郝知州接着说道:"历朝历代穷人跟富人打官司都很难,要不怎么有'屈死不告状'一说呢?"

听了郝知州的话,三人失望至极,泪水夺眶而出。

王居汉抹了一把眼泪问郝知州道:"谢知州歪嘴胡说,上诉的路又走不通,山里人难道就只有任人欺负这一条路了吗?"

"那倒不是,山里人也是人,怎么能任人欺负!"

"郝大人,怎么做才能不被人欺负,您可得给我们指个道啊!"

"想办法跟他们斗!"

听郝知州这样一说,高登武气呼呼地说道:"对,跟他们斗,我回去先烧了盼人穷他们家的房子。"

郝知州拍拍高登武的脑袋说道:"烧人家房子这事千万不能干。要跟三庄斗智斗勇,首先是用脑子斗智,不到万不得已不斗勇。"

"郝大人，我们山里人愚钝，请您说具体点。"王居汉说道。

"一个字，拖。"

王居汉好像明白了，他问郝知州道："来平阳之前，三庄已经派人来催要租银，我推脱说半个月之后再回复，目的就是拖一拖，这么说我做对了？"

"很对，就是要想办法拖。"郝知州接着说道，"谢知州虽然判你们输了官司，但他清楚自己的判决经不起检验，所以不敢强制执行。因此，不管三庄说什么，你们都以胡桑庄正在上诉为由，想办法拖延。"

田富贵不解地问道："郝大人，这一直拖，拖到啥时候是个完啊？"

"真的假不了，假的真不了。"郝知州回答道，"拖到哪一天省臬台换了人，你们再去上诉，案子自然就翻了。"

"郝大人，我想问一句。"高登武大着胆子问道，"假如省臬台一直不换人，三庄又像上次一样，强行砍我们的树，那我们该如何是好？"

"真要是被逼到绝路，那就只能跟他们拼了。"郝知州不由得激动起来，"三庄势力再大，也只是在边山。一小片乌云，不可能遮住绛州、遮住山西，更不可能遮住整个神州大地！人间自有公理在，只要你们敢于豁出去，绛州不行去省里，省里不行去京城告他，相信案子一定能够翻得过来！"

王居汉三人一起点点头，表示明白，王居汉随后向郝知州告辞道："谢谢郝大人的教诲，您多保重，我们回去了。"

"好的，路上小心。"

三人再三谢过郝知州，踏上了回家的路。

四十一 / 来势汹汹

话说黑贼回到庙北村，向盼人穷和贾刀笔转达了王居汉的意思，十天之后来送租银。

听了黑贼的话，贾刀笔和盼人穷都表示不相信，盼人穷问黑贼道："王居汉真这么痛快？"

"他们输了官司，当然得痛痛快快交租银。"

贾刀笔接着问黑贼道："王居汉具体是怎么说的？"

"他说跟村里人商量一下，如果大伙没意见，十天之后保证把租银送来。"

"我就说嘛，王居汉怎么会这么痛快，原来他用的是缓兵之计，是想拖时间。"贾刀笔说道。

盼人穷生气地埋怨黑贼道："你这个憨尿，一点都不动脑子！"

"王居汉说得明明白白，我以为他是真心的，谁知道山里人也会弯弯绕。"

"说你不动脑子，你还要强辩，别以为山里人次尿！"盼人穷说道，"他们真要是精起来，跟我们来弯弯绕，我们不一定绕得过他们。"

黑贼还想说什么，盼人穷骂道："滚你妈 X 远远的吧！"

贾刀笔见黑贼转身要走，拦住他问道："你那帮护院队有几个得力人手？"

"管家，啥意思？"黑贼问道。

"关键时刻肯听话，像你一样能下得去手的人有几个？"

"回管家，大概有八九个。"

"我们很快就要有行动，下去跟你那几个得力人手打个招呼，让他们有所准备。"

"好的，知道了管家。"黑贼答应着离开了。

贾刀笔接着对盼人穷说道："东家，今年的租银十有八九要不回来了，我们得立马谋划，早日动身去胡桑庄砍树。"

"你说怎么办就怎么办，都听你的。"盼人穷说道。

"我看这样。"贾刀笔说道，"既然胡桑庄说了十天之后送租银，咱就等他十天，反正也不在乎这几天。利用这几天时间咱再把细节商量一下，十天一过，立马动身去胡桑庄砍树。"

"行，就这样，你尽快安排。"盼人穷说道。

为保障砍树成功，贾刀笔做了精心安排。盼人穷坐镇中央，自己担任现场指挥，黑贼和二牛分管打手队和砍树队，吕东家分管运树队。并做了三集中，集中人员、集中工具、集中牲畜。把三庄能下得去手的底手人集中到打手队，由黑贼指挥；把三庄的得手工具集中到砍树队，归二牛的砍树队使用；把三庄的一百多匹骡马集中起来，归吕东家的运树队使用。盼人穷还特意叫来云飞，要他到时候跟着大伙一起去胡桑庄砍树，长长见识，历练历练。

云飞几天前就已经知道了三庄要去砍树的消息，本想给胡桑庄透个信息，但一直找不到机会。听父亲要自己跟着去砍树，心想也许自己可以趁机帮到胡桑庄，便满口答应了。

道光八年腊月初九，鸡刚叫头遍，三庄一千多人的砍树队伍浩浩荡荡出发了。黑贼带领的庙北村打手队在前面开道，盼人穷和贾刀笔、二牛分别乘着轿子走在打手队后面，庙东村的砍树队跟在三顶轿子后面，再后面是庙西村的运树队。吕大炮怕被村里人背后指脊梁骨，没有像盼人穷他们一样坐轿子，而是跟着运树队一起步行。

胡桑庄这边，王居汉和田富贵、高登武从平阳府回来，路过刘家庄时向刘管家转达了郝知州的建议。刘管家表示完全赞同郝知州的意见，先想办法与三庄周旋，等待时机进行上诉。

回到胡桑庄后，三人顾不上回家，高登武去找聂三合，王居汉和田富贵先行到了五九爷家，向老人家告知了去平阳府见郝知州的经过，并谈了郝知州的建议。

这时，高登武带着聂三合过来了。

五九爷表情严肃地对几个人说道："我们已经被逼到了绝境，树是我们山里人的命根子，不能任由三庄砍伐，我们要拼死相争！"

几个人一致同意五九爷的意见，随后经过反复商讨，再次对如何对付三庄人砍树做了周密安排。

再说三庄这边，经过四五个时辰的跋涉，天亮时砍树队到达了娘娘峪口。按照事先的安排，贾刀笔告诉开道的黑贼："直接到吊疙瘩岭。"黑贼答应一声，领着打手队一路开道，直扑吊疙瘩岭。

自以为做的严密，可以打胡桑庄人一个措手不及，其实早已经被安排在暗处的"探子"发现。原来为了防备三庄搞突然袭击，王居汉早在娘娘峪口安排了暗哨。发现砍树队之后，暗哨迅速朝后边山头挥挥手中的树枝，后边山头又用同样的方式向再后的山头传递了信息……很快，王居汉便得知了三庄人来砍树的消息。他迅速爬上自家窑顶，敲着手里的破铁盆吆喝道："三庄人来了！三庄人来了……"听到喊声，人们纷纷拿着家里的砍刀、斧头，以及锄镰铣镢等各种农具，聚集在村头。

山路崎岖，单人行走尚且困难，三庄的轿子走起来像蜗牛爬行一样慢。等三庄人气喘吁吁来到吊疙瘩岭时，胡桑庄人早已经严阵以待。

贾刀笔一声吆喝，黑贼带着打手队呼啦啦冲到队伍前边，手里举着明晃晃的砍刀、梭镖和长长的木棍，想从气势上震慑胡桑庄人。

有了上次的经验，胡桑庄人根本不吃他们那一套，男女老幼一起上阵。大人手里拿着各种家伙，孩子们手里握着石块，一个个怒目圆睁，挡在三庄人面前，毫不畏缩。

一招不灵，贾刀笔决定采用攻心战，他冲着胡桑庄人大声说道："胡桑庄的父老乡亲，你们与三庄的官司输了。王主事说好十天后来交租银，可十天过去了，他连一钱银子也没有送来。我们砍树是为了抵租银，这是绛州衙门的判决，谁要是敢反对，那就是对抗官府，别怪我们不客气！"

贾刀笔话刚说完，王居汉立马大声反驳道："乡亲们，我们与三庄打官司，绛州衙门判我们赢了，平阳府也判我们赢了。三庄人向谢知州行了贿，用了见不得人的手段，才判我们输的。"

292

王主事的话引起胡桑庄百姓一阵哄笑，盼人穷和贾刀笔的脸红一阵白一阵，说不出的尴尬。

王居汉接着向三庄人喊话道："三庄的乡亲们，谢知州的判决，胡桑庄百姓不服，我们正在上诉。既然上诉了，就说明官司还没有完，谁赢谁输还没有定。既然输赢未定，三庄就没有理由砍我们的树！"

砍树队中发出一阵嗡嗡声，大伙议论纷纷，说王居汉说得有理，官司未定输赢，砍人家的树好像有点说不过去。

贾刀笔没想到王居汉这么能说，正考虑如何出招。王居汉主动打了上来，他大声说道："贾管家，你说我们反对三庄砍树就是对抗官府，谁给你的权利，莫非你代表知州，三庄人就是官府？"

贾刀笔理屈词穷，半天答不上话来。

胡桑庄乡亲们又是一阵轰笑，连砍树队也有不少人跟着嘲笑贾刀笔。

眼见贾刀笔连输两招，盼人穷急了，他叫过贾刀笔道："别跟他们废话了，按照之前的安排上。"

"好的东家。"贾刀笔叫过黑贼，"叫你的人上，按计划全都捆起来。"

"好嘞管家，你等着瞧好吧。"黑贼一声招呼，"上！"打手队向着胡桑庄人群冲去。

胡桑庄总共才百余人，青壮年男人满打满算不到三十人。打手队四五个人对一个，很快就把包括王居汉、田富贵、高登武在内的所有青壮年男人捆了起来。打手队把这些人推到一处悬崖边上，围成一圈看着他们，把剩余的妇孺老人逼到另外一个山旮旯里。

被捆绑的人一个个怒目圆睁，破口大骂："盼人穷、贾刀笔，你们不得好死！"

小娥挤到五九爷跟前，急切地问道："五九爷，男人们都被捆住了，要不我们几个年轻妮子上去跟他们拼？"

"不行，你们哪里是他们的对手？"

"那怎么办，他们可要动手砍树了？"

这时，就听贾刀笔对二牛喊道："让你的人上。"

在吊疙瘩岭高处有三棵古老的松树，树龄比胡桑庄还要长数百年。树干粗壮笔直，树冠像巨大的伞盖一样遮天蔽日。据说最早来胡桑庄落户的几户人家一开始就靠着三棵树的遮蔽，才度过了最艰难的岁月。胡桑庄人爱树胜似爱护自己的生命，三棵松树更是被奉为神树，像供奉祖先一样护着它们。

第一次砍树虽然失败了，但二牛却无意中发现了这三棵神树。他心想要是把这几棵树砍下来，做自己家房子的大梁那可真是再好不过了。贾刀笔话一落音，二牛立即大声喊道："砍树队，上！"接着举起手里的斧镰①冲向三棵神树，砍树队紧跟着二牛呼啦啦地奔向松树林。

到了神树跟前，二牛抢起手里的斧镰照着中间最高大的古松树砍去。这二牛从来没有干过农活，板斧抢不动，只能拿得动斧镰。原想着拼命砍几下，为砍树队做个榜样。没想到用吃奶的力气砍下去，只听见咣当一声响，斧镰与树干相撞处火星四溅，二牛疼得像杀猪一样发出阵阵嚎叫，手里的斧镰崩得老远。六子见状，知道斧镰根本砍不动古松树，于是抢着手里的板斧向古松树砍去，不料一斧头下去，"砰"的一声巨响，却也只砍出一道白印子。砍树队不敢再奢望砍三棵神树，只能抢起手里的工具，向着旁边较小的松树喊里咔嚓一阵乱砍。

胡桑庄百姓这边，神树发出的巨大声响疼在大伙心上，砍树队手中的斧镰和板斧仿佛砍在自己身上。小娥不顾五九爷反对，对身旁的几个年轻妮子大声说道："咱们上！"随即带着年轻妮子冲向砍树的人群。

登武妈见状大声喊道："小娥，小心！"。

五九爷这时也急了，老爷子大喝一声："和他们拼了！"说完带着剩余的妇孺老人向砍树队冲去。

高登武这边，看见小娥和五九爷他们拼死冲向砍树队，他大喊一声："小

293

娥，我来了！"接着一头撞开身旁的打手队，向砍树队冲去。

王居汉大喊一声："拼了！"被捆绑的青壮年跟着王居汉一起冲向砍树队。

砍树队的人被眼前的情景惊呆了，一个个不由自主地停下了手。

贾刀笔大声招呼黑贼道："把他们拉回来！"接着他对二牛喊道："别停手！"

打手队的人一哄而上，妇孺老人被硬生生拽了下来。被捆绑的青壮年男人挺身挡在砍树队前边，脚下像生了根一样，打手队怎么也拉不动他们。身高力壮的高登武挡在最前边，他又踢又骂，一副完全不要命的样子，打手们见状纷纷向后躲避。

盼人穷叫过贾刀笔，恶狠狠地说道："看样子得来点真格的，按事先商量好的办法干。"

贾刀笔会意，走到黑贼跟前，指着高登武悄声说道："把他推到崖下边去！"

黑贼点点头，带着自己最亲信的几个人冲向高登武。

贾刀笔的话被身旁的云飞听到了，心想这时候得帮登武一把，于是跟着黑贼一起向高登武奔去。

贾刀笔见云飞跟着黑贼冲向高登武，高兴地对身旁的盼人穷说道："没想到云飞这娃关键时刻还挺有种。"

"我的儿子能不像我吗？"

见黑贼和他手下向自己奔来，高登武一边大骂："黑贼，你个狗腿子！"一边伸开双腿又踢又蹬，黑贼他们好不容易才抓住高登武，推着他慢慢向悬崖边挪动。一开始都以为黑贼只是想把高登武从砍树队身旁拉开，连高登武也是同样的想法，因而竭力扎稳脚跟不想被拖动。无奈黑贼他们人太多，登武还是被一步一步推向悬崖边。

也许是第六感在起作用，见儿子被推向悬崖，高登武妈感觉黑贼这是要害自己的儿子，她大喊一声："登武！"随即拼命向儿子跑去。

听登武妈这样一喊，胡桑庄人这才反应过来，莫非黑贼他们要下毒手！

这时高登武已经被推到了悬崖边上，他终于意识到了危险，但被人死死抓着胳膊脱不开身。临死前他想骂一声盼人穷，可还没等骂出口，就被推下了悬崖。坠落悬崖的一瞬间，高登武感到背后被人挡了一下，而胳膊上有一只手一直没有松开。

原来高登武母亲眼见儿子将被推下悬崖，便在登武掉下悬崖的瞬间，疾步抢上去想挡住儿子，被登武一撞，仰面跌下悬崖。死死抓住自己胳膊的是云飞的手，黑贼他们松手的时候，云飞紧紧拽住登武，试图拉住他，结果自己被登武带下了悬崖。

小娥第一个冲到悬崖边，她大喊一声："登武哥！"接着就要往下跳，跟着跑来的姐妹们死死拉住了她。五九爷和大人孩子随后跑过来，一起对着沟底大喊："登武——"

盼人穷眼见得云飞与高登武一起摔下悬崖，大叫一声："云飞！"眼前一黑，咣当一声倒在地上。

贾刀笔脸上露出一丝难以察觉的笑容，随后假装着急的样子俯下身子，抱住盼人穷又是掐人中，又是掐合谷。

一番折腾，盼人穷总算醒了过来，冲身边的人大喊："快，快去救云飞！"接着他踉踉跄跄来到悬崖边，对着沟底大喊："云飞！云飞——"

黑贼本想立功，没想到却闯了祸，见云飞和高登武一起摔下悬崖，惊出一身冷汗，直挺挺地站在崖边愣住了。听盼人穷一声喊，他终于回过神来，赶紧带着手下绕路去往悬崖下边找云飞。

吕大炮眼见三个人一起掉下悬崖，知道盼人穷和贾刀笔这下把事情弄大了。他心想人命关天，可是不得了，不能再蹚这趟浑水了，便对庙西村的人大声喊道："撤，快撤！"

运树队的人呼啦啦全部撤了下来，赶着牲口快步离开了。砍树队的人见庙西村的人撤了，不顾二牛的阻拦，纷纷带着工具下了吊疙瘩岭，转身回家去了。庙北村的人见庙东村和庙西村的人撤了，也有一部分人跟着走了。

眼见得身边只剩下二牛和不多的庙北村人，贾刀笔大声喊道："过来，都过来。"打手队停止了与胡桑庄人的纠缠，全都拥到盼人穷和贾刀笔身边。

盼人穷气急败坏道："跟着我干什么？赶紧去沟底下找云飞！"

　　盼人穷一喊，庙北村人赶紧扔下手里的刀叉棍棒，一起跑步去找云飞。盼人穷、贾刀笔、二牛也顾不上别的，跟在人群后边一起向沟底跑去。

　　三庄的人撤了，五九爷招呼妇孺孩子赶紧帮王居汉他们解开了捆在身上的绳索，大家一起跑到悬崖边，向着深深的沟底大声呼喊，希望高登武母子平安无事。

　　注：
　①斧镰——一种介于镰刀与斧头之间的砍伐工具，比斧头轻，比镰刀重。

四十二 / 好人兮坏人兮

　　再说黑贼一帮人到了沟底，发现只有高登武妈一人仰面朝天躺在地上。近前一看，老人家脑浆迸裂，早已经没有了气息。

　　黑贼顾不上考虑登武妈，他对手下说道："赶紧找二少爷，在周围仔细找。"

　　手下人迅速散开寻找，然而，找遍沟底每个角落，却没有发现云飞，也没有看见高登武。

　　奇怪，这两个人去哪儿了？

　　忽然，有人指着高处说道："看上边，那儿有人。"

　　在场的庙北村人抬头往上望去，看见半山腰有两棵树，树上好像挂着两个人。

　　树上挂的正是高登武和云飞。

　　两人坠落过程中凑巧被半山腰的两棵松树挡住，因而没有摔到沟底，侥幸捡回两条命。

　　高登武头脑还算清醒，明白自己是被树枝挡在了半山腰。他感觉浑身剧烈的疼痛，伸手在头上一摸，黏糊糊的，放到眼前一看，手上全是血。他挣扎着在树干上坐稳，忍着疼痛转头往旁边看，想找一处落脚的地方，结果发现旁边的树上还挂着一个人，定睛细看，是二少爷云飞。只见

297

四十二　好人兮坏人兮

他满脸是血，衣服绽开一道道口子，裸露的棉絮飘散在树梢上。想想刚才被黑贼一伙推下悬崖之前那只紧拉着自己胳膊的手，登武明白了，云飞是为了拉住自己被带下了悬崖，感激的泪水不由夺眶而出。

登武迫切想知道云飞的伤情，遂轻声叫道："云飞，云飞！"

"唔……唔唔……"

听见云飞有声音，登武知道他没有大事，悬着的一颗心算是平静了一点，他接着问云飞道："二少爷，刚才是不是你拉了我一把？"

"唔……唔唔……"

见云飞身下的松树比较小，有被压断的危险，高登武说道："你到我这棵树上来，这棵树大，根基比较牢。"

"唔……唔唔……"

奇怪？云飞怎么老是支支吾吾的，他不解地问道："二少爷，你怎么不说话？"

云飞抽出一只手，指着自己的嘴："唔……唔唔……"

高登武仔细一看，云飞的身体被夹在两个树枝之间，根本动弹不得，一根树枝从下巴下边直接扎进嘴巴里，血水顺着树枝往下流淌。

哦，原来是这样，怪不得云飞不说话。

登武心想云飞太痛苦了，得帮他。他慢慢靠近云飞，使劲拔出了扎在他嘴巴里的树枝，云飞疼得眼泪直流，但舌头被树枝扎穿了，只能"唔唔唔"地呻吟。高登武竭力把两脚踩稳，腾出手想把云飞从树枝中间拉出来。试了几次都未能成功，树枝发出咯吱吱一阵声响。登武怕再使劲会折断树枝，不敢再拉云飞，只能一手抓住树杆，一手拽住云飞勉强支撑着。

这时，沟上边的胡桑庄乡亲们发现了挂在树上的高登武和云飞。小娥冲崖下哭喊道："登武哥！"

众人跟着一起大喊："登—武—"

听见小娥和乡亲们喊自己，高登武用尽全力答应道："哎，我在这里！"

听到高登武的声音，小娥和乡亲们知道他还活着，心里不免一阵激动。

小娥对崖下喊道："登武哥，你等着，我去救你！"说完抓住崖边的野草就要下去。

王居汉一把拉住她："憨妮子，你这样能救登武吗？"他接着大声喊道："快，拿绳子过来。"

听到王居汉说要绳子，人们纷纷把刚才捆绑自己的绳子拿了过来。

"快，把绳子接起来。"王居汉说道。

平时经常采药、挖蘑菇，结绳子是山里人的拿手戏。大伙七手八脚很快把绳子接到一起，五九爷挨个检查了打结的地方，确认没有问题，然后把绳子递给王居汉道："下面情况不明，得先放一个人下去，看看情况再说。"

"好的五九爷。"王居汉对身旁的小成道，"小成，你手脚利索，下去看看。"

"行，我下去。"

众人迅速把绳子捆在小成腰间，拉着绳子把他放下悬崖。

高登武一手拽树干，一手拉云飞，眼看就坚持不住了。正在危急时刻，看见小成腰里拴着绳子来到跟前，登武心里别提有多激动。

见小成伸手要拉自己，登武说道："小成，别管我，先救云飞，他身下的树枝快断了，再迟就有危险。"

小成生气地说道："盼人穷的狗崽子，管他干啥，不救！"

"小成，云飞跟盼人穷不一样，他是好人，他一直在帮咱们胡桑庄。"

见小成还在犹豫，高登武着急地说道："小成，我说得是真的。云飞他真是好人，上次三庄砍树的消息就是他告诉王主事的，我们得赶紧救他。"

小成想起来了，上次他还跟登武去庙北村送过云飞，看来这二少爷真是好人，心想那就先救他吧。小成慢慢挪到云飞身边，抓住他的胳膊向上边喊道："再放一根绳子下来！"

听到小成喊话，王居汉他们知道登武和云飞没有太大危险，遂赶紧接好另一根绳子，在绳头绑上一块小石头，慢慢往下放。

再说沟下边，黑贼他们发现树上挂着的两个人是云飞和高登武。正考虑怎么救云飞下来，就见沟顶有人拉着绳子往下边溜。

手下人问黑贼道："头儿，上边有人下来，你说他们是救咱们二少爷还是救他们的人？"

黑贼眼睛一瞪："你傻呀，肯定是救他们的人。"

"可是我看二少爷更危险，应该先救二少爷。"

"我们把胡桑庄人推下了悬崖，他们跟我们是仇人，二少爷危险不危险他们才不会管。"黑贼说道，"别说先救我们的人，他们不落井下石就算二十四成了。"

"头儿，咱要不要帮他们一下，在地上铺一些东西。"

黑贼问道："铺东西干啥？"

"万一上边的人掉下来，防止摔着。"

"不铺！"黑贼说道，"咱管他哩！"

这时，盼人穷和贾刀笔赶到了，盼人穷骂黑贼道："说你妈 X 的屁话！"接着他大喊，"快把衣服脱下来铺在地上！"

黑贼赶紧脱衣服，手下和庙北村在场的不少人也都脱下身上的棉袄铺在地上。

盼人穷这时注意到了旁边躺着的登武妈，他问黑贼道："这是高登武他妈吧？"

"是的，东家。"黑贼回答道，"她脑袋摔碎了，已经死了。"

盼人穷默默走到高登武妈身旁，脱下头上的帽子，深深地举了三个躬，接着对黑贼说道："让你的人绑一副担架，抬着老太太送到上边去。"

黑贼手下的人懵了，庙北村在场的人全懵了。这是松树落叶了吗？盼人穷怎么发了善心？

不管怎么说，帮人总比害人强，做好事总比做坏事强。没等黑贼说话，已经有几个人开始行动。他们很快砍好树棍，绑好担架，抬着高登武妈走了。

底下的人这时再往半山腰看，又一次懵了。他们看不明白，连盼人穷和贾刀笔也看不明白。胡桑庄人竟然没有顾及高登武，而是在云飞腰里绑绳子，他们这是要救云飞吗？

庙北村人猜对了，胡桑庄人确实是在救云飞。

高登武帮着小成在云飞腰里系好绳子，小成朝崖顶大声喊道："绑好了，放绳子！"

听到喊声，上面开始松动绳子，云飞缓缓向沟底降落下去。

庙北村人接住云飞，松下他腰中的绳子。崖顶上的人拉着绳子往上走，准备继续解救高登武。

这边贾刀笔大声说道："再绑一副担架，把二少爷抬回去。"黑贼赶紧命手下砍好树棍，迅速绑好担架，抬着云飞往沟外走去。

庙北村人问盼人穷道："冷东家，我们要不要帮胡桑庄继续救人？"

"去掉衣服，上边的人掉下来会摔伤。"说完话，盼人穷转身与贾刀笔一起离开了。

盼人穷这样一说，庙北村人尽管冻得瑟瑟发抖，但没人拿掉地上的衣服。有的看着高处，等着上边放人，有的迅速扎好另一副担架，准备抬人，相互敌对的两伙人开始合力救人。

再说崖上的胡桑庄人，看见沟底的人抬着云飞走了，心想剩下的人肯定会尽快离开，不会再管高登武。

正纠结该不该把高登武放下去，就听下边的人喊道："地上有衣服垫着，摔不着，放心把人放下来吧！"

听到喊声，田富贵问王居汉道："他们这是要帮咱们吗？"

"应该是吧。"

田富贵担心地问道："下面全是三庄的人，敢把登武放下去吗？"

王居汉仔细向沟底的人群看了看，然后对聂三合说道："我看可以放，盼人穷和贾刀笔都离开了，黑贼也不见了。剩下的人大都光着膀子，既然肯脱掉身上的棉衣当垫子，应该都是好人。"

聂三合不以为然道："不要忘了他们都是三庄人，能有好人吗？"

"三庄怎么会没有好人？！"王居汉肯定地说道，"天底下还是好人多，三庄也一样。"

小娥这时忍不住插话道："王叔，万一下面有坏人可怎么办？"

听小娥这样一说，王居汉也没了主意，他问五九爷道："老爷子，您老人家说怎么办？"

"居汉说得对，这么冷的天，光着膀子在下面等，要是坏人早走了。"五九爷对大伙说道，"他们既然说了让我们放心，我们就应该相信他们，可以把登武放下去。"

王居汉心里终于有了底，他大声问小成道："绳子系好了吗？"

"系好了！"

王居汉接着对沟底喊道："下面的人操心，我们开始放人了。"

"知道了，放心放吧！"沟底的人答应道。

看见高登武落地，赤裸着上身的庙北村人顾不上穿衣服，先慢慢抬起他轻轻放到担架上，这才迅速捡起地上的棉衣穿在身上，准备抬着他往沟外走。

心里惦记着母亲，高登武问道："我妈呢？"说着就要下担架。一个留着小胡子的大叔赶紧按住他："你妈受了伤，已经被抬走了。"

高登武着急地问道："大叔，我妈她不要紧吧？"

小胡子大叔安慰他道："放心吧，应该不要紧。"

"我要去看我妈！"高登武说着话坐起来，又要下担架。

另一个穿翻毛羊皮上衣的大叔轻轻扶他躺下道："你从那么高的地方摔下来，可不敢自己走。万一有内伤，一走路就坏事了。"

见高登武仍然不甘心，小胡子大叔故意激他道："摔伤后不能乱动，我们边山人都懂这个，你一个成天上高爬低的山里人难道不懂？"

听了小胡子大叔的话，高登武知道他是用反话提醒自己，十分感激地说道："大叔，那就辛苦你们了！"

"只要你好好的，我们辛苦点没啥。"小胡子大叔边说边和几个庙北村人抬起高登武，匆匆往沟外走去。

万万想不到三庄人会救自己，更没有想到他们会不辞辛苦抬自己出山沟。高登武心想我得记住这些好心人，他问小胡子大叔道："大叔，请告诉我你们是哪个村的。"

小胡子大叔自豪地回答："边山第一大村——庙北村。"

"哦，知道了。"高登武不胜感慨，接着说道，"大叔，我原来以为庙北村人坏，原来庙北村也有好人啊！"

"看你说的，庙北村大部分都是好人。"小胡子大叔说道。

穿翻毛羊皮上衣的大叔补充道："边山人大部分都是好人！"

高登武永远记住了大叔的话，边山人大部分都是好人。

一路紧走，快到沟口时遇到了前来接应的王居汉等人。王居汉一边让胡桑庄人接过担架，一边感激地对小胡子等人说道："谢谢你们救登武！"

"谢什么？都是山里人，说谢就见外了。"小胡子庙北村人客气道。

穿翻毛羊皮上衣的庙北村人较劲道："我们是边山人，不是山里人。"

小胡子庙北村人眼睛一瞪："边山人和山里人，有区别吗？"

王居汉拍拍两个人的肩膀道："亲姑子，请问你们是哪个村的？"

高登武替两位大叔回答道："王叔，他们是庙北村人。"

"哦，真没想到你们是庙北村人。"王居汉说道。

"怎么，难道你也以为我们庙北村人是坏人？"小胡子庙北村人问道。

王居汉赶紧赔不是道："哪里哪里，庙北村和胡桑庄是亲姑子，怎么能是坏人哩！"

"亲姑子也不一定就是好人，但我们庙北村确实大部分是好人。"穿翻毛羊皮上衣的庙北村人说道。

王居汉激动地拉住两个边山人的手说道："两位大哥，你们说得对，庙北村大部分都是好人！"

四十三／真真假假

登武妈的遗体先高登武一步被抬回了胡桑庄。

知道高家出了大事，胡桑庄男女老少一起来到登武家窑洞前，望着登武妈伤残的遗体，哭声一片。

山谷之中听不见鸟叫，听不见风声，只有乡亲们的哭声在回响。

小娥伏在登武妈身上哭喊着："婶啊，您不是说要等我和登武结婚后抱孙子的嘛，怎么突然就走了呢？婶啊，您死得惨，死得冤啊！"

五九爷擦擦眼泪对大伙说道："登武妈是为了咱胡桑庄人死的，她是用自己的命保卫咱们的山林。咱们要厚葬她，胡桑庄人世世代代要记住她的恩德。"五九爷接着对身旁的聂三合说道，"登武妈她走得急，家里没有寿木，登武又重伤在身。你们去把我的寿木抬过来，把她装殓好。"

"好的，五九爷，我们这就去。"聂三合答应道，随即叫了几个人去五九爷家里抬寿木。

五九爷接着对身边的田富贵说道："登武妈不能就这么白死，等居汉回来咱们商量一下，看下一步怎么办？"

"好的，五九爷。"

说话间聂三合等人把寿木抬来了。几个大婶分别从家里拿来脸盆和新一点的衣服，准备为登武妈擦拭脸上和身上的血迹，并为她换上新衣服。

一位大婶拿起手巾正准备下手，只听有人大声喊道："慢！先不要擦。"

循声望去，原来是王居汉。他快走几步来到大伙跟前说道："乡亲们，我们不能就这么便宜了三庄人，便宜了他盼人穷和贾刀笔。我们要抬着登武妈去州衙讨说法，看他谢知州怎么说！"

这时，登武被担架抬着来到窑洞门前。

担架刚着地，登武一眼便看见了门前摆放的棺材，他大叫一声："妈！"随即翻身下了担架，他想站起来扑向母亲，可是双腿剧烈的疼痛，迫使他不由自主地匍匐在地上。登武手脚并用爬到母亲的担架旁，抱着母亲冰冷的遗体哭喊道："妈，您死得好惨啊，我要杀了盼人穷和贾刀笔为您报仇，我要为您报仇！"小娥心疼地抱住登武一起流泪。

聂三合、田富贵几位长辈过来一起劝登武，希望他不要太痛苦。高登武哭喊道："别劝我，我一定要杀了盼人穷和贾刀笔！"

这时五九爷走了过来，他拉着登武的手说道："听几位叔的，居汉叔不是说了嘛，要去州衙讨说法，咱们听他的吧。"

"好吧，听我说。"王居汉站在高处对大伙说道："乡亲们，登武说要报仇是对的，但这个仇不是登武个人的仇，是咱们胡桑庄的仇。胡桑庄和三庄的官司不了结，胡桑庄将永无宁日。今儿个死了登武妈，说不定哪天还会有人因此而惨死。"

乡亲们议论纷纷，都说王主事说得有道理，高登武和小娥也被说服了。

聂三合问王居汉道："居汉哥，你就具体说说我们怎么办吧。"

"折腾了大半天，大伙连口水也没顾得上喝。所以我们大家先各自回家，赶紧做饭吃。吃过饭之后所有青壮年男人一起来登武家，我们抬着登武妈的遗体和登武去州衙，找谢知州讨要说法。来到时候带上点吃的，穿厚点，我们要连夜赶路。"

胡桑庄男女老少群情激奋，一起高喊："找谢知州讨说法！"

王居汉叫住田富贵和聂三合几个叮嘱道："咱们几个一起走，路上商量一下具体细节。"他接着对小娥说道："你回家吃饭去吧，我们把登武抬到我家去吃饭。"

"王叔，不用管我。"高登武说道，"你们去吃饭吧，我吃不下去。"

见高登武痛哭的样子，王居汉遂对小娥说道："你先别回去了，在这里陪着登武。"

"好的，王叔，你们去吧。"

不一会儿工夫，青壮年全部来到高登武家窑洞前，妇孺老人一起赶来送行。大伙重新绑好担架，抬着登武妈的遗体和高登武踏上了前往绛州城的路。

小娥放心不下高登武，坚持要跟着男人们去州衙讨说法，几个伙伴怎么也拉不住她。王居汉只好请五九爷劝说，老爷子劝小娥道："年轻人都去了城里，家里万一有事，连个跑腿说话的人都没有。"懂事的小娥这才留了下来。

腊月初十清晨，绛州钟楼大钟传出洪亮的六声鸣响。胡桑庄人抬着高登武母子，经过一夜的艰苦跋涉，终于来到了绛州城。

街巷中卖水的工人，掏粪的农人各自挑着担子在忙碌；街边卖锅盔的、卖鸡蛋旋子的、买胡辣汤的早点铺纷纷打开了铺面；书院中传出了学童们的郎朗诵读声：弟子规，圣人训，首孝悌，次谨信，泛爱众，而亲仁……

看见有人抬着两副担架从街上穿过，路上行人不知道发生了什么事，纷纷驻足观看。王居汉借此机会一边走一边大声呼喊："各位老少爷们，我们是胡桑庄人。三庄人强砍我们的树，还打死我们的人，我们冤枉啊！"

三庄人强砍胡桑庄树的事在绛州城一传十，十传百，迅速传开。人们纷纷议论，州衙应该好好惩治一下砍树的恶人。

到了州衙大门外，还没有到办公时间。王居汉安排把登武妈和高登武先放到地上，让大伙先吃点随身携带的干粮，垫垫肚子。

再说三庄这边，吕东家带着自己的人早早回了庙西村，庙东村的人也四离五散各自回了家。庙北村一部分人提前回了家，还有一部分人留在现场救人，剩余的底手人跟着盼人穷、贾刀笔和二牛向山下走去。一行人默默赶路，一言不发。知道主子走路费劲，黑贼让护院队的几个亲信分别搀着盼人穷和贾刀笔行走。

一路上走走停停，天快黑时总算回到了庙北村。贾刀笔直接回了自己房间，盼人穷本来想去看看云飞，但实在太累了，便对黑贼说道："去看看云飞啥情况，回来告诉我。"说完回房间去了。二牛没有马上回庙东村，跟着去了盼人穷房间。

黑贼这里刚想去看云飞，就听手下来报，说看见胡桑庄人抬着两个人往绛州城去了。黑贼心想胡桑庄人去绛州城，一定是去告状，遂转身去报告盼人穷。

盼人穷这边正在呵斥二牛："我想歇一会，你他妈 X 来干什么？"

这时黑贼进来了，盼人穷气不打一处来："让他妈 X 你去看云飞，你跑回来干啥？"

"东家，有紧急情况。"

"啥紧急情况？"盼人穷问道。

"胡桑庄人到州衙告状去了。"

盼人穷一惊，冲黑贼吼道："快去叫管家过来。"

"好嘞。"黑贼答应一声就出去了。

二牛得意地说道："舅舅，我没走，对了吧？"

盼人穷没好气地骂道："又不是什么好事，嘚瑟你妈 X 啥哩？"

贾刀笔很快过来了，他问盼人穷道："东家，啥情况？"

盼人穷指指黑贼："你说吧。"

"听手下说，看见胡桑庄人抬着两副担架往绛州城里去了。"

"两副担架……"贾刀笔背着手在房间里踱步，少许，他对盼人穷说道，"东家，胡桑庄人一定是抬着死去的老太太和那个高登武到州衙告状去了。"贾刀笔接着说道："我原来想歇息一下再考虑下面的事，没想到胡桑庄人办事这么迅速，这个王居汉真是不得了，咱得赶紧想办法应对。"

"你这不是废话吗？"盼人穷没好气地说道，"找你来就是要你想办法的，不是要你说废话来的。"

"东家，我看还是找你姐来，咱们一起商量。"贾刀笔转身对二牛说道，"别在这儿待着了，快回去叫你妈。"

二牛问盼人穷道："舅舅，要去叫我妈吗？"

"东家不是说了嘛，还有啥问的，快去叫她来，我们在客厅等她。"

二牛转身去了庙东村，盼人穷和贾刀笔移步来到客厅。

贾刀笔对盼人穷说道："东家，我初步考虑，咱们用相同的办法对付胡桑庄？"

"啥叫相同的办法？"

贾刀笔解释道："他们不是抬着死人和伤员去州衙了吗？咱们也抬着人去州衙。"

308

"咱们抬谁？"

"云飞呀！"贾刀笔说道，"云飞不是受了伤嘛，咱把云飞抬上去州衙，他告咱也告。"

"咱告他啥哩？"

"咱就告他们不交租银，还打伤了咱们的人。"

"唔，这个办法行。"盼人穷说道，"可是他们死了人，咱们没死人，这怎么说呢？"

"咱们没死人……"贾刀笔又背着手踱起了方步。

这时白牡丹风风火火进了客厅，嘴里嚷嚷着："你们这些男人真是没用，一有难事就找我。"

见姐姐来了，盼人穷像是遇到了救星，直言直语道："姐，这回可真是遇到难事了，你得赶紧想办法。"

"啥事把你们急成这个样子？"白牡丹问道。

"二牛没跟您说吗？"

"二牛大概说了，说树没砍成还惹下了麻烦。"

"姐，胡桑庄人已经去了州衙，我心里急得都快冒火了，你说我们该怎么办呢？"

"去州衙有什么好怕的，我们有谢知州做靠山，还怕他们不成？"

"姐，这次事大了，他们抬了一死一伤两个人去的，恐怕不好应付。"

"你们的意思呢？"白牡丹问道。

"姐，是这样的。"贾刀笔说道，"我们计划用同样的方式对付胡桑庄，他们去州衙上告，我们也去州衙上告。"

"这办法很好，有啥问题吗？"白牡丹问道。

盼人穷回答："他们抬了一个伤号、一个死人，我们这边没有死人。"

"有死人。"白牡丹肯定地说道，"我们有死人。"

盼人穷、贾刀笔、二牛同时一惊：有死人？

"对，有死人，被胡桑庄人打死的人。"

盼人穷、贾刀笔、二牛又是一惊：她该不是急疯了吧？

见几个人一脸的懵懂，白牡丹也不解释，颇为自信地冲贾刀笔说道："你尽快组织人，一会儿到庙东村来抬死人就是了。"

白牡丹说得那么自信，贾刀笔不得不信："行，我这就去找人，很快就过去。"

白牡丹大声叮咛道："天已经黑了，明儿个要赶到州衙，不敢再磨蹭！"说完他转身告诉二牛："咱们走。"

送走了白牡丹，贾刀笔问盼人穷道："东家，去州衙的人还是三庄平分吗？"

"平分他妈 X，庙西村那儿今后就别指望了。庙东村我姐再能，可二牛那个怂样子，也别太指望他们。"盼人穷说道，"这个时候，要用咱庙北村的底手人。"

"好的，我这就去安排。"

白牡丹和二牛急匆匆回到田府，二牛不知道母亲葫芦里卖的什么药，他问白牡丹道："妈，一路上也没看见死人，这都回到家了，哪里有死人啊？"

"别说了，去鸡窝抓一只鸡到我卧室来。"

"抓鸡干什么？"二牛问道。

"要你去你就去，哪来那么多废话？"

白牡丹进了自己卧室，对丫鬟说道："回你房间去，不叫别过来。"

"是，夫人。"丫鬟答应了一声出去了。

自从上次被白牡丹羞辱后，田东家身体一天不如一天，已经病入膏肓。自那天之后，白牡丹便把田东家交给丫鬟照看，自己搬到另一个房间去住。

多日不见白牡丹的面，田东家以为她看自己来了，大口喘着气说道："我，我难受。"

白牡丹上了炕，慢慢挪到田东家身边，轻轻说道："我知道你难受。"她突然拉起被子一角捂住田东家的嘴："以后你就不会难受了！"

田东家稍稍反抗了几下就不动了。

这时，二牛提着一只鸡走了进来，白牡丹对他说道："去，把鸡杀掉。"

"妈，我……我不敢杀鸡。"二牛回答道。

"真没出息！挑事闯祸行，连他妈 X 一只鸡都不敢杀。"白牡丹生气地说道，"拿过来！"

310

二牛把鸡递给白牡丹，她抓住鸡头使劲一拧，鸡脖子断了，血流如注，白牡丹掀开被子，把鸡血滴在田东家的头上、脸上……

这时，贾刀笔带人抬着担架过来了。白牡丹叫过贾刀笔一阵耳语，贾刀笔会意，让黑贼把田东家的尸体搬到担架上，抬上担架悄悄出了田府大门。到了山神庙岔路口，抬田东家和抬云飞的两路人马合为一处。已经是大半夜了，一伙人没敢停留，分别把两副担架放到两挂大车上，抬担架的人一起坐上大车往绛州城赶去。

腊月初十上午，州衙钟楼钟声响过九下，绛州衙门外有人击鼓鸣冤。谢知州上得堂来一问，原来是胡桑庄状告三庄。

谢知州问堂上跪着的王居汉、田富贵和聂三合道："为何事击鼓？"

"回大人，胡桑庄与三庄的官司尚未了结，可三庄却要强砍我们的树，我们上前阻止。他们竟然下毒手把我们的人推下悬崖，造成一死一伤，请老爷为我们做主，惩治凶手。"

听了王居汉的话，谢知州心想这可是个大麻烦事。正发愁该怎么应对，忽然又听到一阵鼓声，接着衙役来报："老爷，三庄人来告胡桑庄。"

谢知州心里暗暗一喜，相互告状，这就好办了！他吩咐衙役道："传他们上堂说话。"

"是！"衙役答应着出去传话。

三庄人来告我们？王居汉三人正在疑惑，这边盼人穷、贾刀笔和二牛已经来到堂上。

谢知州问盼人穷三人道："你们为何要告胡桑庄？"

"回大人，胡桑庄输了官司，但拒不执行判决。三庄无奈，前去讨要租银，胡桑庄人非但不给，还毒打我们的人，致一死一伤。"

巧了，两家都是一死一伤。

谢知州问王居汉道："你们的死伤者在哪里？"

"回大人，在州衙大门外。"

谢知州接着问盼人穷道："你们的死伤者又在哪里？"

"回大人，也在州衙大门外。"

谢知州转身对师爷说道："你去叫仵作，一起去勘验，看看双方所说是否属实。"

聂三合悄悄问王居汉道："三庄怎么会有死人，谁死了？"

"不管死了谁，也跟咱们没有关系。"田富贵说道。

王居汉叮嘱两人道："先别说话，等仵作他们勘验回来再说。"

师爷和仵作来到州衙大门外，先对登武妈和登武做了勘验。接着来到田东家和云飞跟前，按照贾刀笔的安排，黑贼将两包银子悄悄塞进师爷和仵作衣兜里。

云飞的下巴肿胀得很厉害，见仵作来验伤，他指着自己的嘴巴："唔……唔唔……"想要说明自己是被抬来做伪证的，无奈一个字也说不出来。

勘验完毕，师爷和仵作二人回到大堂。

谢知州问二人道："双方所言一死一伤是否属实？"

仵作回答："回大人，属实。"

王居汉抗议道："知州大人，三庄有死者此事不实，请问他们谁死了？"

谢知州问三庄人："三庄的死者是谁？"

贾刀笔回答："回大人，死者是庙东村田东家。"

贾刀笔话一说完，王居汉马上反驳道："知州大人，我们昨儿个压根儿就没见过田东家，他怎么会死？退一步说，他死不死跟我们没有任何关系。"

谢知州问三庄人道："田东家是怎么死的？"

二牛回答道："回大人，我爹昨儿个跟我到胡桑庄讨要租银。胡桑庄人非但不给，而且言语粗俗。我爹跟他们讲道理，他们竟然拳脚相加，可怜我爹被他们活活打死了。"他假装伤心地哭了起来："呜，呜呜……"

311

四十三　真真假假

王居汉反驳道:"知州大人,二牛的话纯属一派胡言。他爹已经卧病在床好多年,连走出家门都困难,怎么可能跑那么远的山路?"

聂三合补充道:"他爹死了,有可能是病死的,不可能是我们打死的?"

谢知州问仵作道:"死者是病死的还是被打死的?"

"回大人,死者满头满脸都是血,身上也是血迹斑斑,肯定是被人打死的。"

"这个问题不再议论。"谢知州接着问仵作道,"伤者情况如何?"

仵作回答:"回大人,胡桑庄的伤者伤势较轻,并无大碍。三庄的伤者伤势较重,目前尚不能讲话。"

谢知州随即宣布:"胡桑庄拒不交付租银不对,三庄人硬行讨要也不对,相互斗殴致人死伤更不对。本该各打五十大板,然已是腊月,本官不忍你们带伤过年,遂判决免去刑杖,轰出衙门!"接着他对师爷耳语几句,然后宣布:"退堂。"

两班衙役齐呼:"退—堂—"

聂三合第一次进大堂,火气十足,他大声质问道:"谢大人,您不分青红皂白,各打五十大板,这断的是什么案?"聂三合还想说什么,谢知州早已经出了大堂。

一帮衙役举着水火棍,驱赶着胡桑庄和三庄两伙人往州衙外走去。

胡桑庄三人虽然气愤难平,但面对衙役的棍棒只能无奈地退出州衙。

盼人穷等人出了州衙大门,贾刀笔按计划准备返回州衙找谢知州,没想到师爷让衙役传话,说谢知州要见他。贾刀笔于是同盼人穷和二牛分手,跟随衙役去了州衙后院。

在悬挂着公正廉明牌匾的绛州大堂,真告状者与假告状者得到了完全不同的待遇。

四十四 对峙

　　门外的胡桑庄人翘首以盼，希望王主事他们能带来好消息。看见王居汉三人从衙门出来，身后的衙役举着水火棍骂骂咧咧，他们预感到事情不妙。

　　聂三合把谢知州审案的经过告诉了大家。他余怒未消，气呼呼地说道："王主事说谢知州是歪嘴和尚，我看他比歪嘴和尚的嘴还歪，纯粹是替三庄人说话。"

　　"那我们接下来该怎么办呢？"小娥爹董盛虎问道。

　　高登武怒气冲冲道："咱们回去，等我伤好了跟他们拼，杀一个够本，杀两个赚一个。"

　　"你这娃就知道蛮干。"董盛虎说道，"这办法肯定不行，咱们听王主事的。"

　　大伙一起看着王居汉，希望他能想出好办法。王居汉扫视了大伙一眼，胸有成竹地说道："我们不走了。"

　　"啥，不走了？"田富贵问道。

　　"对，不走了！"王居汉接着说道，"我们在这儿安营扎寨，向老百姓诉我们的怨，每天遮他谢知州的眼，挡他的道。他一日不为我们申冤，我们就一日不离开！"

　　大伙觉得这倒是个办法，纷纷表示同意。

　　大清早的州衙门前来了两伙告状的人，围观的人越来

313

　　门外的胡桑庄人翘首以盼，希望王主事他们能带来好消息。看见王居汉三人从衙门出来，身后的衙役举着水火棍骂骂咧咧，他们预感到事情不妙。

越多。王居汉向围观的人群大声说道:"各位老少爷们,三庄人欺负我们村小民贫。砍我们的树还打死我们的人,我们冤枉!可谢知州歪嘴说话,偏袒凶手,请大伙为我们主持公道!"

王居汉不停地向人群讲述胡桑庄遭三庄欺负的事,直讲得嘴唇干裂、喉咙红肿,也不肯停歇。围观的人们议论纷纷,都骂谢知州不干人事。

再说三庄这边,见胡桑庄不但没有撤走的意思,而且还向围观人群诉说自己的冤屈,散布对谢知州的不满。二牛问盼人穷道:"舅舅,胡桑庄不走,咱们怎么办?"

"胡桑庄不走,咱们得走,咱得赶紧回去为云飞治伤。"

正说话间,贾刀笔出来了。见胡桑庄人没有撤离的迹象,心想这谢知州还真是料事如神,于是对盼人穷和二牛说道:"咱们跟胡桑庄人一样住下来。他们不撤,我们也不撤,他们干啥,我们也干啥。"

盼人穷着急地说道:"住在这里不行,得赶紧回去为云飞治伤。"

"东家,这是谢知州的意思,我们必须照办。"贾刀笔说道,"至于为云飞治伤,这事好办。等到晚上没人的时候,咱让人假装云飞躺到担架上,把云飞换下来,悄悄送到绛州城里治疗创伤最好的永安堂,治好了伤再回家。"

"哦,这办法行!"盼人穷高兴地说道,"那咱们就在这里安营扎寨。"

"东家,您不必待在这里。"贾刀笔说道,"等一会给您找一个好旅馆,您住在那里,这儿有我盯着就行。"

听说盼人穷要住旅馆,二牛赶紧说道:"我也要住旅馆,天这么冷,晚上待在这里我可受不了。"

"行,你也住旅馆。"贾刀笔说道,"反正你们田府也不缺银子。"

一听说要自家出银子,二牛不高兴了,他问盼人穷道:"舅舅,这里的花销应该由庙北村负担吧?"

"想你妈X的美!庙西村不出银子,你们庙东村也不出,就刮你舅舅一个人,亏你好意思说得出口。"盼人穷接着说道,"咱们两家平摊!"

二牛急了:"舅舅,平摊不合适吧?再怎么庙北村也得多出一些。"

"行了,别说了,让胡桑庄那伙山毛子听见了笑话咱们。"盼人穷说道,

"庙北村多出点，你们少出点。"

二牛高兴了："这还差不多。"

盼人穷接着对贾刀笔道："你在城里熟，想办法把大伙的伙食安排好，银子不够去山货店拿。"

"好的，这个您放心。"

"你白天待在这里，晚上也去旅馆住。"盼人穷说道，"咱吃好喝好陪胡桑庄玩，看谁能玩得过谁？"

"东家说得对，胡桑庄那帮山毛子吃不好，喝不上，用不了几天，他们自然就撤了。"

贾刀笔叫来黑贼说道："你别在这儿待了，胡桑庄人见不得你，跟我去给东家找旅馆。"接着他叫来毛蛋道："你在这儿盯着，记住，胡桑庄干啥你们就干啥，但是切记不跟他们发生冲突。"

毛蛋指指对面的王居汉，贾刀笔一看便明白了。他告诉毛蛋如是说便可，说完和盼人穷、二牛，还有黑贼一起离开了。

毛蛋随即一遍遍向围观的人重复贾刀笔教自己的话："老少爷们，胡桑庄欠债不还，还打死打伤我们的人，请大伙为我们主持公道！"

说话间吃中午饭的时候到了，胡桑庄人拿出随身带的窝头、咸菜开始填肚子。有好心人送来一罐子热水，王居汉先倒了一碗热水给高登武。高登武不好意思喝，他望着嘴唇干裂的王居汉说道："王叔，您说了半天口干舌燥的，您先喝吧！"

"我胳膊腿好好的，你身上有伤，你先喝吧。"

见高登武还是不好意思喝，董盛虎过来劝道："你身体有伤，喝吧，不然回去了小娥会埋怨我们。"高登武这才喝下了碗里的水。

田富贵对王居汉说道："居汉哥，得找人看看登武的伤，别给耽搁了。"

"我也在考虑这事，等这里的事情就绪了，咱们去找看病先生。"

胡桑庄这边正在为高登武的伤势发愁，三庄那边，山货店掌柜的让人送来了热腾腾的猪肉炒卜刀。三庄人端着盛满面条的大碗，故意对着胡桑庄人显摆。山里人一个个扭过头背着他们，心想你们干了坏事还张狂，会遭报应的！

冬天的晚上来得早，不觉间天黑了。

贾刀笔急匆匆来到现场，借着夜色掩护，让人假装云飞躺到担架上，留下七八个得力人手在现场。其余的人一部分直接坐大车回庙北村，一部分人把云飞送到永安堂，然后也坐车回庙北村去了。

贾刀笔所做的这一切，全是谢知州的意思。原来过完堂，贾刀笔去见谢知州，谢知州在纸上写了一个"拖"字给他，意思是要拖垮胡桑庄。谢知州叮嘱贾刀笔，要与胡桑庄对峙，造成双方打架各有死伤的假象。但不能太张扬，以免激怒胡桑庄人，再起冲突，引起民愤。贾刀笔心领神会，坚决照办。

腊月的夜晚，西北风呼呼呼地刮着，像刀子一样刺人肌骨。胡桑庄人围着登武紧紧挤在一起，以抵挡寒风的袭击。眼见庙北村人大部分撤走了，王居汉心里奇怪，遂叫过田富贵和聂三合，分析三庄人撤离的原因。

聂三合分析道："天太冷了，他们可能住旅馆去了。"

"不对，"田富贵说道，"盼人穷不可能那么大方，让那么多人住旅馆。"

"我认为富贵分析得对，他们没有住旅馆，而是回了庙北村。"王居汉说道。

"那我们咋办？"聂三合问道。

"我看咱们也别留太多人在这儿。"王居汉接着说道，"一来冰天雪地太难熬，二来家里也急于知道我们的消息。咱们也像三庄一样，留上七八个人在这里，其余的人立马回去，反正他们也不敢在这里跟咱们打架。"

聂三合问王居汉道："你是说其余的人立马回胡桑庄去？"

"对，其余的人立马回去。"王居汉接着对聂三合说道，"我和富贵留下，小成也留下，另外再留下三四个人就行。你和董盛虎带其余人回去，向五九爷说明这里的情况，告诉乡亲们该干啥干啥，别担心我们。"

"好的，那就这样。你们辛苦点，我们走了。"

回家的人把剩余的窝头全部放在登武担架上，跟着聂三合和董盛虎回家去了。王居汉等人围着高登武坐下，数着天上的星星，等候天亮。

天寒地冻，缺乏精神支撑的三庄人，个个冻得瑟瑟发抖，心里直骂贾刀笔，怨他给自己安排了苦差事。

难熬的一夜终于过去，天亮了。

衙门前开始有人走动，王居汉继续向路人诉说着胡桑庄人的冤情。

三庄那边，毛蛋本想裹着被子再躺一会，看见王居汉开始向路人喊话，赶紧爬起来，哆嗦着嘴唇向路人重复贾刀笔教给自己的话。

绛州钟楼的钟声响过九响，王居汉等人拿出窝头开始啃。经过一夜的霜冻，窝头全变成了冰坨坨，牙齿根本咬不动。大家只好把窝头放在怀里，暖一暖再啃。

三庄那边，山货店伙计送来了热气腾腾的羊汤和锅盔。三庄人端起羊汤，把锅盔泡进热汤里，一边吃一边故意大声议论。这个说："这羊汤可真香。"那个说："这锅盔才是一绝。"

高登武的疼痛加剧，两条腿动一动都很困难。

看着登武龇牙咧嘴的痛苦模样，王居汉心疼地问道："疼得厉害吧，能坚持得住吗？"

"王叔，我不疼。"高登武指指三庄那边，"云飞都能坚持，我根本没事。"

"说句话头上都疼得出汗，还说没事！"王居汉转身对小成说道，"我这里还有点碎银子，你拿着去大街上给登武买点吃的回来，顺便问一下哪里有治疗跌打损伤的。"

小成为难地摇摇头："王叔，我从来没有来过城里，我不会用银子买吃的。"

高登武咧着嘴说道："王叔，不用给我买吃的。我这腮帮子动一下都钻心疼，哪里吃得下去。"

望着登武和小成，王居汉感叹道，山里娃真是可怜啊！

正感慨时，忽然看见两个头上戴着皮帽子，面部裹得严严实实的陌生人走了过来，其中一个人挎着个小木箱子。

到了跟前，挎小木箱的人问道："请问哪位是王居汉王主事？"

王居汉回答道："我就是，请问你们是……"

挎小木箱的人指着另一个人介绍道："王主事，这位是永安堂的陈先生，绛州城名医，专治跌打损伤的，我是先生的学徒。听说你们这里有一位小伙子摔伤了，先生特来为他诊治。"

"哦,你们可真是雪中送炭,太感谢了!"

挎小木箱的人捏住王居汉的手悄悄说道:"别声张!"接着他悄声告诉王居汉:"我们是受云飞所托过来的。"

王居汉糊涂了,云飞不是躺在对面担架上嘛,怎么可能去找先生来呢?

知道一时说不明白,挎小木箱的人说道:"这事以后你慢慢就会明白,咱先看病。"

两人来到高登武的担架旁,陈先生先问了问登武的感觉,然后分别抓着他的四肢动了动,又打开小木箱取出一把小木锤,在登武全身各部位轻轻敲了敲,最后按住他的右手,凝神静气开始把脉。

王居汉等人围在边上,瞪圆眼睛注视着陈先生的手,静等着诊断结果。

他们终于看见陈先生的手离开了登武的手腕。陈先生轻松地说道:"没伤着骨头,也没有伤着内脏,只是摔得重了点。"接着他感慨道:"从那么高的地方摔下去,竟然没有大事,真是万幸!"

听说登武没事,大伙揪着的心终于放了下来。

"陈……"王居汉发现错了,赶紧改口道,"先生,他需要服药吗?"

"我看这小伙子的身体挺好,不需要服药,躺几天就好了。"

陈先生收拾好东西准备离开,王居汉赶紧拉住他问道:"先生,请问您这出诊费是多少?"

"说哪里话,不要钱。"陈先生接着说道,"你们现在这个样子,帮你们一把是应该的。"

"那就谢谢了!"王居汉说道,田富贵等人纷纷向陈先生表示感谢。

"不必客气!"陈先生拉过王居汉耳语道,"要谢就谢云飞,那小伙子仗义!"他接着对王居汉说道:"你这样不停地说话太费劲,建议你们写几个字放在前边。"

"先生,您是说在布上写几个字,挂起来吧?"

陈先生点点头,带着学徒离开了。

王居汉心里奇怪,陈先生为什么说要感谢云飞,莫非他跟云飞有啥关系?

王主事猜对了,云飞还真是跟陈先生有关系。

原来云飞被送到永安堂之后，陈先生为他进行了全身检查，发现他除了嘴巴的伤口之外，别处都是些皮外伤，随即为他清理了伤口，并重点处置了嘴巴伤口，敷好特制的药面，再用干净布包扎好。

趁没人的时候，云飞拉住陈先生的手，在身旁的案几上写了"给我纸笔"四个字。

陈先生心想这小伙子一定有话要说，于是拿过纸笔放在案几上。云飞于是通过写字的方式，大概把胡桑庄的事讲了一遍，希望陈先生能救人于危难之中。心地善良的陈先生慨然应允，于是便有了之前的一幕。

陈先生走后，王居汉反复琢磨他的话，写几个字，写什么字呢？

王居汉想起了贾刀笔，街上一定还有干这个营生的人，找他们一定有办法。想到此，王居汉对田富贵说道："你在这儿盯着，我去去就来。"

王居汉来到绛州大街上，很快找到一个打着幌子代写书信的摊子。摆摊的也是个落魄秀才，但性格人品跟贾刀笔截然相反。听王居汉说完胡桑庄的事，他是同情加义愤，当即表示，义务帮忙，分文不取，并叮嘱王居汉第二天同一时间来拿，王居汉千恩万谢地离开了。

来州衙的第三天，胡桑庄人用白布打出一条横幅，上面写着：杀人偿命，严惩凶手。

横幅一挂，前来围观的人来了一拨又一拨，胡桑庄人的遭遇引起了广大百姓的同情。

从第四天开始，每天早午晚都有人免费送来吃喝。锅盔、馒头、鸡蛋旋子、羊汤、胡辣汤、面条等，应有尽有。怕胡桑庄人挨冻，还有人送来席子、棉被、棉衣。胡桑庄人感动地热泪直流，王居汉感慨地说道："谁说城里人小气，谁说城里人干敲面盆不和面，该大方时他们是真大方啊！"

三庄人吃饭时不敢再炫耀，甚至开始羡慕胡桑庄人，不过他们没有停止较劲。见胡桑庄打出了横幅，贾刀笔赶紧也写了一条横幅挂起来，上面同样写着：杀人偿命，严惩凶手。

看到对方打出同样的横幅，胡桑庄人刮着脸皮嘲笑道：真不嫌丢人，为啥要学我们？

听了胡桑庄人的话，三庄人感到很没面子。毛蛋埋怨贾刀笔道："贾管家，

四十四　对峙

咱不会换个词吗？为啥要学胡桑庄？"

"你不懂！"贾刀笔呵斥毛蛋道，"好好干好你的事就得了，这些不用你管。"

毛蛋确实不懂，贾刀笔这一招还真是起了作用。有不少百姓看到两边拉着同样的横幅，弄不清事实真相，便摇摇头离开了。

就这样，双方人马面对面对峙了十天。

320

眼见年关已近，谢知州依然是不理不睬。五九爷和聂三合派人来问，要不要先回家，把登武妈安葬好，然后再做打算。王居汉正和田富贵商量该怎么办，永安堂学徒来了。他转达了云飞的话，谢知州意在拖垮胡桑庄，不可再在州衙停留。

原来贾刀笔和盼人穷看望云飞时，不小心说漏了嘴，暴露了谢知州的图谋，云飞遂赶紧托陈先生来传话。

王居汉终于明白，难怪我们干啥三庄人干啥，难怪谢知州这么多天一直不露面，原来如此。他不由得想起了郝知州的话，一小片乌云，不可能遮住整个神州大地！……绛州不行去省里，省里不行去京城告他，相信案子一定能够翻得过来。想到此王居汉果断地说道："咱们回家。"

胡桑庄与三庄在州衙门口的对峙，由于胡桑庄的撤离，终于落下帷幕。

四十五 / 赴京路上

道光九年二月初二早上，胡桑庄男女老少齐聚村口，送别即将赴京城喊冤的王居汉、田富贵和高登武。

乡亲们手里拿着各种吃食，有馍馍，有饦饦，有煮熟的鸡蛋、鸟蛋，有晒干的核桃、红枣。王居汉、田富贵和高登武的背囊里已经塞得鼓鼓囊囊，但人们还是想把手里的东西往背囊里塞，哪怕是一个馍馍、一个鸡蛋或许半块饦饦。孩子们因挤不到前边急得直掉眼泪。

人人竭力往前边挤，三人被紧紧围在中间。眼见难以脱身，王居汉大声喊道："乡亲们，别再塞了，东西多了我们拿不动，何时才能到京城？"

听王居汉这样一说，乡亲们这才不再塞东西，转而又开始叮咛，这个说路上要小心，那个说注意别着凉，这个说别太苦着累着，那个说要吃好睡好……

五九爷和聂三合好不容易才挤到三人跟前，五九爷再三叮咛王居汉道："遇事多和富贵、登武商量，登武年轻容易冲动，要多提醒他。出门在外，银子该花就花，别太节省。三个月后派人给你们送银子，接头地点在天安门前边。"

聂三合接着说道："家里的事情有我和五九爷操心，你们尽管放心就是了。"

其实赴京喊冤的事早已经做过周密规划。从州衙回来，安葬好登武母亲，王居汉立即开始筹划进京的事。

正月初六，为了解京城的相关情况，王居汉带着田富贵、聂三合、董盛虎、高登武四人一起去刘家庄讨教。刘管家尽自己所知，介绍了京城的概况。

京城分外城、内城及皇城三部分。

外城是内城南边的部分，共有七个门，分别为永定门、右安门、广安门、西便门、东便门、广渠门、左安门。

内城是拱卫皇城的城池，共有九个门，分别是正阳门、崇文门、宣武门、阜成门、西直门、德胜门、安定门、朝阳门、东直门。因九门之故，护卫京城的官也叫"九门提督"。

皇城处在内城中央，是皇帝居住的地方，有四个门，分别是天安门、地安门、东安门、西安门。

听了刘管家的介绍，王居汉等人全都晕了，一个个双手抱头面露难色。见几人发愁的样子，刘管家说道："也不必太为难，京城虽然有那么多门，但我们从南边进京，只需要记住南边的几个门便可，也就是外城的右安门、永定门，内城的宣武门、崇文门。进了内城就可以看见皇城的天安门。"

王居汉等人一遍遍在心里默念：右安门、永定门、宣武门、崇文门。

刘管家接着介绍了去京城喊冤的两个途径，即京控和叩阍。

"不管用哪种方式控告地方官吏，都要冒很大风险。"刘管家说道，"这些都是我在书上看到或者听别人说的，具体情况到底如何，你们到了京城再做了解。"

"不管冒多大风险，我们都要去告他谢知州。"王居汉说道。

高登武接着说道："我们直接去告御状，向朝廷告他是个歪嘴和尚。"

刘管家拿出事先写好的上诉状交给王居汉道："上诉状我已经写好了，至于用什么方式控告，你们到京城后根据情况再定。"

从刘家庄回来后，几个人向五九爷转达了刘管家的意思，又一起讨论了赴京喊冤的具体细节，对路上可能遇到的麻烦，到京后递交上诉状的困难一一做了预判。王居汉、田富贵、高登武对所有问题及应对之策都烂熟于胸。

如今要离开了，尽管有些话已经说过很多遍，可五九爷还是交代再交代，叮咛再叮咛，生怕有哪点被忽略。

趁五九爷和王主事说话的机会，小娥好不容易挤到高登武跟前，把自己连夜赶做的两双麻布底鞋塞进他的背囊里。她没有顾及被人议论，忘记了少女的羞涩，两手紧紧拉住高登武的胳膊，歪头靠向他宽厚的胸脯。

登武情不自禁地抓住小娥的手："啊！你的手怎么这么凉？"登武疼爱地抱着小娥，把一双小手放到嘴边哈了哈，接着将冰冷的手握在手心里说："暖和了吧？"

小娥幸福地点点头："暖和了。"

"回去吧，我过些日子就回来了。"

"不，让我再看看你。"

小娥的眼泪像断线的珠子一样，顺着面颊汩汩流下。她泪眼蒙眬地看着登武英俊的脸庞，仿佛要把他的模样刻在心里一样，接着一拳砸向登武心口，哽咽着说道："我在等你！"

看到这对恋人难舍难分的情景，王居汉不由得想起了自己的家人。他转身在人群中扫视，终于发现了老婆、孩子和田富贵一家。王居汉眼睛湿润了，身旁的田富贵眼里也滚动着泪花。他怕两家人像小娥一样拥到跟前，遂果断说道："乡亲们，回去吧，等着我们的好消息！"接着招呼田富贵和高登武："咱们走！"

三人一起转过身，义无反顾地踏上了赴京的路。

山西这地方山多，出了山还是山，过了这道山，又是另一道山。王居汉、田富贵、高登武三人翻山越岭，晓行夜宿，成天行走在高低不平的山路上。

为了安全，王居汉把乡亲们凑的二十两银子分开，田富贵心细，让他带十两，自己和高登武各带五两。一路上，三人舍不得花银子，饿了吃随身带的干粮，渴了捧一把山泉，或者找老乡讨水喝，晚上借住在老乡家。好在山里人可怜山里人，所到之处，三人一直受到照顾。

一个月过去，到了直隶大名府地界。山里人结实的麻布底鞋被凹凸不平的山路磨得开了花，三人不得不换上新鞋。穿上小娥做的新鞋，高登武只觉得步履轻盈，脚下生风。问过老乡，知道不久就会走出大山，王居汉三人心里高兴，不由得多走了一段路，错过了歇息的村庄。

抹黑走了多时，仍然看不到一处房舍。正发愁时，高登武忽然发现旁边的树丛里有一个山洞。前不着村后不着店，三人便走了进去。进得洞来，三人不觉一阵惊喜，地上竟然还铺着干草。走了一天山路，困乏至极，三人也没有多想，躺在草铺上很快睡着了。

最近大名府有土匪。王居汉三人万万没想到，山洞原来是土匪的一个临时歇脚点。半夜里，几个土匪打家劫舍之后，准备回寨子休息。路过山洞时发现里边有人，小土匪悄悄进洞查看，发现有人手里抱着背囊躺在地上，遂回报给土匪头目。头目心想这送到嘴边的肉不能不吃，他轻轻向洞内一指，几个小土匪蹑手蹑脚走了进去。

田富贵睡觉比较轻，蒙胧中听见有动静，睁眼一看，土匪已经到了身边，他大喊一声："有贼！"

走在前边的土匪听见喊声，一把抓起田富贵的背囊就往外跑。田富贵见土匪要溜，赶紧抓住他的一只脚。小土匪挣脱不掉，掏出随身携带的匕首，照着田富贵右手腕扎了一刀，转身逃跑了。

事出突然，当王居汉和高登武起身时，土匪已经逃出山洞。王居汉见田富贵手腕流血，赶紧帮他按住伤口。高登武追出山洞，哪里还有土匪的影子？

土匪跑了，田富贵痛心地说道："银子被抢跑了，这可怎么是好啊？"

王居汉宽慰他道："没事，银子没了不要紧，人好着就行。"他接着对登武说道："这儿不能再待了，万一土匪再来，我们恐怕连命都保不住。"

"田叔的手在流血，能走吗？"高登武问道。

"咱先给他包上，等到了有人家的地方，找个先生看看。"

王居汉边说边从背囊中取出在州衙门前打过的横幅，撕开一条绑在田富贵手腕的伤口处，心里感慨道，这横幅还真是起了大作用啊！

三人站起身准备出洞，田富贵忽感一阵眩晕，高登武赶紧扶住他："田叔，我背您走。"

"不，黑灯瞎火的，山道又这么难走，怎么能让你背。"田富贵坚持道，

"我自己走。"

高登武不由分说，背起田富贵出了山洞，三人继续赶路。

高登武和王居汉轮流背着田富贵，深一脚浅一脚走了半宿，天亮时终于看到不远处有一个村子。走到村口，碰见一位准备上山砍柴的山民，王居汉一问，还好村里有个看病先生。

看见王居汉三人的穿着，山民问道："也是山里人吧？"

王居汉回答："是的是的，我们是山里人，出门在外还请大哥多帮助。"

"看你说的，山里人不帮山里人，那还叫山里人吗？"

"大哥说得对，我们山里人实在、热心。"

"走吧，我带你们去找赵先生。"热情的山民带着王居汉和高登武来到先生家。山民对开门的中年人说道："赵伯，有人受伤了，您给帮忙看看。"说完拎着砍刀、绳索离开了。

赵先生客气地对王居汉和高登武说道："进来吧。"

赵先生家是个四合院，他与妻子住在北房中，独生女儿小燕住在东厢房，西厢房是他为人看病的地方。

高登武背着田富贵进了西厢房，赵先生先洗了手，然后解开田富贵手腕上的布条查验伤口："这是刀伤。"赵先生问道："怎么会被扎伤？"

于是王居汉把因何来到此地，田富贵如何被土匪扎伤的事简单讲给赵先生。

"真是可怜人啊！"赵先生一边为田富贵清洗伤口，一边向门外喊道，"丫头，过来一下。"

"哎！"随着一声清脆的声音，一个身穿大红上衣的少女走进门来，她问赵先生道，"爹，什么事？"

"这几位走了一夜的山路，赶紧去做点热汤面，记着给他们每个人荷包两个鸡蛋。"

"哎！"少女答应着出去了。

赵先生为田富贵清理好伤口，敷上金疮散，然后再用干净白布包裹好。

王居汉问赵先生道："先生，我们还要赶路，他这个伤何时能好？"

"伤口不是很深，按说没啥大问题。"赵先生说道，"可是我看见这位先生精神状态不是很好。你们先住下，观察一两天，假如没事，后天就可以走。"

"哦，这就好。"王居汉感到些许宽慰，他接着问赵先生道："请问赵先生，咱们这地方离京城还远吗？"

"我们这个村子叫赵家庄，是大名府的属地，往东再走几十里就出了山。出山后往北是保定府，过了保定府就是京城管辖区。"

"这么说我们快到京城了？"高登武高兴地说道。

"那倒不是，至少也得再走个把月。"

"先生，您可得想办法尽快治好我叔的伤。"高登武不好意思地说道，"我们没有钱住店。"

"住什么店？"赵先生说道，"你们就住在我这西厢房里，吃饭让丫头做。"

"先生，那太感谢了！可是……"王居汉欲言又止。

知道王居汉想说什么，赵先生十分慷慨地说道："房子闲着也是闲着，几顿饭我还管得起。历来民告官不容易，你们大老远从山西来，能帮到你们是缘分，银子就不用说了。"

这时，小燕端上了香喷喷的热汤面，外带一盘烧饼。

好多天没有吃过热乎饭了，高登武和王居汉就着烧饼很快吃完了热汤面，而田富贵手里端着饭碗，好半天咽不下一口。赵先生发现田富贵脸色不对，遂让他伸出舌头看了看，接着按住他的手腕把脉。

高登武感觉闲得慌，遂轻声对王居汉道："王叔，赵先生对咱们这么好，咱不能在这里干坐着，得帮他干点什么才对。"

"这会正是春种季节，要不我在这里照看你田叔，你去帮他们家干活去，反正你有的是力气。"

"行，我知道了。"高登武接着问赵先生道："先生，您家里有什么活，我现在去帮着干。"

赵先生摇摇头，示意他别说话，高登武心想冒失了，遂吐吐舌头不再吭声。少许，赵先生把完了脉，他问高登武道："地里农活倒是需要人手，可是你在路上奔波了这么多天，身体吃得消吗？"

高登武拍了拍自己的胸脯道："先生，我有的是劲，有啥活尽管吩咐就是。"

"那好。"赵先生冲外边喊道，"丫头，进来。"

清脆的声音过后，小燕走了进来。

"丫头，你带这位哥哥到咱们家地里干活去。"

"好嘞，跟我走吧！"小燕说完就领着登武走了。

赵先生拉着王居汉来到门外边，悄声说道："你这位老伙计的伤口有问题，可能是土匪的刀上边涂有毒药。他中了毒，毒素已经深入骨髓。"

"那可怎么办？"

"估计人是不行了，我只能尽力而为，看能不能出现奇迹。"

王居汉心里一紧，身上顿时冒出了虚汗，他拱手说道："赵先生，拜托您了！"

田富贵的伤势越来越重，半个月后终于抱憾撒手人寰，临死前再三嘱咐王居汉和高登武，一定要为胡桑庄人讨回公道。

王居汉心想田富贵客死他乡，不能亏待了他。他咬牙拿出仅有的十两银子买了一副棺材，在赵先生和赵家庄乡亲们的帮助下，就地安葬了田富贵。

处理完田富贵的后事，王居汉和高登武收拾东西准备离开赵家庄。赵先生叫过王居汉悄声问道："王主事，有一句话不知当讲不当讲？"

"您是我们的大恩人，有什么话尽管说。"

原来，情窦初开的小燕和高登武一起劳作了半个多月，对高大魁梧、勤劳朴实的高登武有了好感，于是跟母亲说了自己的心事。赵夫人对登武也是满心欢喜，便要赵先生向登武说明白，希望他能做上门女婿。

赵先生虽然觉得是件好事，但不好意思说出口。如今要分别了，再不说就没了机会，赵先生只能直言道："王主事，请问你们这位高登武家里都有什么人，他可否有对象？"

王居汉明白了，小燕姑娘喜欢上了高登武，他十分遗憾地对赵先生说道："你们全家的恩情我们永远不会忘记，可是对不起，登武已经有对象了。"

"哦，没关系，高登武是个好娃，希望他幸福！"赵先生说道："你们走吧，从京城回来时请再来赵家庄一住。"

王居汉客气道:"一定,一定!"

赵先生一家把王居汉和高登武送到村口,赵先生愣是把五两银子塞到王居汉背囊里,接着和夫人一起挥手:"再见!"

王居汉和高登武眼里含着泪花,一起向赵先生一家招招手:"再见!"

小燕深情地向高登武望了一眼,接着伏在母亲怀里哭了。

四十六／喊冤京城

　　又经过一个多月的跋涉，王居汉和高登武终于到了京城。远远看见京城的轮廓，高登武惊讶地说道："王叔，这京城可真大呀，一眼望不到边，怪不得刘管家说它有那么多门！"

　　"朝廷的地方，那能不大吗？！"

　　按照之前在刘管家处学得的知识，王居汉和高登武一路打听，找到了右安门，进入了外城。两人不由得感叹道："嚯！人真多啊！"

　　进了外城，王居汉和高登武向路人打听宣武门的方向，哪知道他们满口的山里人土话没人听得懂。两人也听不懂那"儿儿儿"的京城话，面对熙熙攘攘的人群，始终问不出个所以然。

　　走的时候是二月天，三个月后的五月，天已经很热了。穿着破烂棉衣、棉裤的王居汉和高登武，显得是那样的不合时宜，与路人格格不入。看着两人奇异的衣服，听着他们满嘴的绛州土话，行人一个个露出诧异的表情。

　　不觉间天黑下来了，王居汉和高登武找了一处墙根，坐下来靠在墙上准备睡觉。这时过来一个穿着黑衣黑裤的人，肩头上搭着一条布巾，一边吆喝着："各位住店啦，住店啦！"一边走过来问二人道："喂，两位住店吗？"

两人摇摇头，来人指着王居汉和高登武靠着的墙壁，一字一顿说道："住—店—吗？"

这回王居汉和高登武算是听懂了，原来自己靠的这是一家旅馆的墙壁，这人是店小二，两人又一起摇摇头。

店小二摆摆手："不住走开啊，别在这儿待着，挺碍眼的！"

王居汉和高登武赶紧站起来，王居汉向小二拱拱手道："这位大哥，我们没有银子住旅馆，在墙根对凑一晚上就行，求您行个方便。"

店小二听惯了南腔北调，对王居汉的话大概能明白。他问王居汉道："没有银子就好好待在家里，出来干啥，找罪受？"

"大哥，我们也知道出门受罪，可不出来不行啊！"

"为啥不行，谁招你惹你了吗？"小二问道。

"大哥，有人欺负得我们没法活了，所以我们才出来的。"

"那你们这是想要干什么？"阅历广泛的店小二问王居汉和高登武道，"是来告状的吧？"

"大哥，你算是说对了，我们确实是来京城告状的。"王居汉接着说道，"我们想告状，可是找不到告状的门，问了半天，连个宣武门都问不到。求大哥您行行好，帮我们指一下道。"

"告状的程序我也不是很清楚，你们到天桥和大栅栏那一带去吧。外地来京告状的大都在那一带，去问问他们就什么都明白了。"

高登武插话道："我们不认识路，别人又听不懂我们的话，找不到您说的那个地方。"

这店小二倒是个热心人，他想了想对两人说道："我明天正好去大栅栏办点事，吃过早餐我带你们去。"

"那太感谢了！"王居汉接着问道，"大哥，我们今儿个晚上在你家这墙根凑合一下行吗？"

"行。"店小二悄悄叮咛道，"东家见了就说我已经赶过你们了。"

"嗯，知道了。"王居汉回答道。

第二天早饭后，王居汉和高登武随着店小二来到大栅栏。哇！这里太热闹了，卖日用百货的，卖各种吃食的，卖玩具的，卖布匹的，卖皮衣的……

两人的眼睛都要看花了。

凭着多年的经验，店小二从拥挤的人流中一眼就认出了一位外地人，他上前搭讪道："老兄，哪里人？"

"俺是河南的。"

"来京城干什么？"

"俺是来告状的。"河南人问道，"老兄，恁也是来告状的吗？"

"我这里有两位告状的，想跟您请教请教。"店小二冲王居汉和高登武招招手。二人来到跟前，店小二说道："这位是河南来京城告状的，你们问问他吧。"说完办自己的事去了。

王居汉对河南人拱手道："大哥好！"

高登武也跟着拱手道："大叔好！"

河南人虽不及店小二见得人多，但河南毕竟挨着山西，对王居汉和高登武的话也能听个大概。他对两位说道："我姓周，叫我老周好了。"接着他问道："来京城告状的？"

"是的，周大哥，请您帮帮我们，谢谢了。"

老周不同于王居汉和高登武，他是一位读书人，来京城告状不是为了利益，而是为了儿子的功名。

原来老周自幼熟读儒家经典，立志通过科考步入仕途。他曾顺利考取童生，但之后考秀才却屡试不中，转而把希望寄托在儿子身上。儿子经过多年苦读，终于考中了秀才。没想到当地知县弄虚作假，让自己的儿子冒名顶替了老周的儿子。老周气愤不过，从府上告到省上。但因官官相护，一直没能打赢官司，爱较真的老周就来到京城告状。

见王居汉求助，老周客气地说道："穷不帮穷，谁帮穷？都是来告状的，帮忙是应该的。再说了，河南和山西算半个老乡哩，说啥谢不谢的。"

听老周说愿意帮忙，高登武赶紧求他道："周大叔，麻烦您带我们去天安门，我们要找朝廷喊冤告状。"

"哟，看把你急的！这朝廷就那么听你的话，你想啥时候找他都行？"老周说道，"走吧，先跟我走。"

"周大哥，你要带我们去哪儿？"王居汉问道。

"先去找个遮风避雨的地方，安置好吃住，再说告状的事。"

"周大哥，我们不想在这儿住，告完状就得赶回去。"

"你这位大哥，孩子不懂事，你咋也不懂事呢？"老周说道，"告状有那么容易吗？没有个把月，连门都找不着，这个你慢慢就知道了。"

想想昨天的遭遇，王居汉心想老周说的可能也是实情，自己和登武想简单了，他问老周道："周大哥，您要带我们去哪里？"

"天桥。"

王居汉和高登武跟着老周到了天桥。放眼看去，演杂技的、练功夫的、耍猴的、卖艺的，各种绝活应有尽有。表演场旁边略微凸起的地方，有一些用破被烂衣搭起来的窝棚。老周带着两人来到一处窝棚比较集中的地方，指着一个仅容一个人钻得进去，像狗窝一样的窝棚说道："这是我住的地方。边上还有点空地，回头咱找点树枝啥的也给你俩搭个棚子。京城这地方，只要有地方住，吃的问题只要你抹得下脸，那都好解决。"

王居汉和高登武对老周的话虽然没有全弄明白，但见老周实心实意的样子，也就听了他的话，卸下身上的背囊放在地上，准备给自己搭窝。

老周人缘很好，他一声吆喝，哗啦啦一下子过来十几个人。老周告诉王居汉和高登武，这些人大都是来京城告状的。

高登武悄悄问老周道："周叔，来京城告状的人这么多吗？"

"多了去啦。"老周回答道，"咱这地方只是一小部分，其他地方还多着哩。"

大伙七手八脚，很快在老周的窝棚旁边搭起一个小窝棚，王居汉和高登武算是有了"家"。两人一再向各位表示感谢，大伙客气着离开了。

王居汉和高登武把背囊放进窝棚里，心想这下该办正事了，王居汉问老周道："周大哥，这下该带我们去天安门了吧？"

"不忙，先买两身夏天的衣裳，把身上的棉衣换掉，告状的事咱们明天再说。"

王居汉对登武说道："咱们听老周的，去买两身衣服。"

"王叔，买一身吧。我不用，我上身光着膀子就行。"

老周知道高登武是舍不得银子，便对他说道："见京城大官，你光着膀子，他们让你见吗？"

高登武不言语了，老周接着说道："跟我走吧，去旧衣市场，花不了多少银子。"

王居汉和高登武跟着老周到了旧衣市场。经过一番砍价，花了一两银子为两人各买了一身衣服，三人又回到"家"里。

紧挨着老周窝棚的是一位瘸腿的安徽大婶，还有一位福建大叔。高登武好奇地问道："大叔大婶，你们有啥冤枉事要来京城告状？"

一提告状的事，大叔大婶忍不住伤心，眼泪扑簌簌地滚落下来。大婶伤心地摇摇头说道："让老周说吧，他都知道。"

于是老周向王居汉和高登武讲了大婶的伤心事。

大婶青年丧夫，一个人拉扯独生女儿长大。同村一位青年与大婶女儿青梅竹马，长大后两情相悦，两家缔结了婚约，并商定了婚期。邻村恶霸儿子身患重病，想为儿子冲喜。经阴阳先生测算，说村霸儿子与大婶女儿八字相符，村霸便强娶大婶女儿到他家。结婚当晚，大婶女儿趁机逃出村霸家，想与心上人相会，被村霸抓住后毒打致死。大婶从县里告到府上，再由府上告到省里，一直无果，只好到京城告状。听人说可以拦轿告状，错把军机大臣的轿子给拦住了，结果被护卫兵丁打断了腿，留下残疾。

听了大婶的遭遇，高登武抹着眼泪说道："山里人、村里人都受人欺负。"

"城里人也一样。"老周接着讲了福建大叔的遭遇。

大叔家住在福建省一个府城里。因房子位置比较好，被恶霸看中，要强买做烟馆。大叔不同意，恶霸便天天带人来寻衅滋事。大叔的儿子气愤不过，与恶霸理论，结果被打成重伤。还未等大叔一家告状，恶霸不知从啥地方弄来一个死人，抬着死人到府衙告状，说大叔一家把他的人打死了。知府判大叔为死者赔银子，大叔家赔不起，知府便将他家的房产判给恶霸。伤了儿子，丢了房子，妻子因此被气疯。大叔告到省里不行，这才到京城喊冤。

听老周讲完大叔和大婶的遭遇，王居汉和高登武心想这天底下看来不止胡桑庄有冤情。王居汉问道："既然来到了京城，紧着告那些坏蛋就是了，为啥还要住在这地方？"

"事情没你想得那么简单。我们来京城上诉，其实就是告地方官。

333

四十六 喊冤京城

京官知道地方官能坐到那个位置不容易，所以上诉书到了他们手里，除了个别能引起他们注意的人命大案，一般都会被搁置起来。"老周接着说道，"比如我这个案子，已经向刑部递交了三回，结果都是石沉大海，没有任何回复。"

"那怎么才能引起他们注意呢？"

"除非你冒死去拦御驾，或者去刑部滚钉板。"

福建大叔插话道："冒死拦御驾也不行，安徽大姐不是去拦了吗，结果事没办成还被打瘸了腿。"

"告状难道就这么难吗？"高登武问老周道，"周叔，您说我们这事该咋办呢？"

"说了半天还不知道你们是啥事哩。"老周对王居汉和高登武说道，"说说你们的事。"

王居汉于是把胡桑庄与三庄的事从头到尾讲给老周听。

"你们这事大。"老周说道，"我们的事都是个人的事，你们这事是全村人的事，确实事关重大。"老周接着问王居汉道："有上诉状吗？拿出来给我看看。"

王居汉钻进窝棚，打开背囊取出上诉状，出来递给老周。

老周仔细看过刘管家写的上诉状，十分佩服地说道："这个上诉状写得不错，不仅文笔好，还有切身经历和真情实感，不然写不出来，看来小山村有高手啊！"

"我们一个百十人的小山村，连一个识字的都没有，咋会有这样的高手？"王居汉说道，"是我们一个热心朋友帮着写的，他也是受害者。"

"哦，怪不得他写的这么情真意切。"老周接着说道，"不过这诉状的开头四句得改一下。"

"我们不识字，您看怎么合适帮着改一下。"王居汉回答道。

"我的意思是这样的。"老周接着谈了自己的意见，原文开头四句：

绛州无公理，晋阳官场暗。

山民命难活，何处有青天？

建议改为下面四句：

> 绛州无公理，晋阳官场暗。
> 山民命难活，日夜盼青天！

王居汉不太理解，他问老周道："为啥要这样改？"

"原来的四句词打击面太大，京官看了心里会不高兴。"老周解释道。

这样一说，边上的人都觉得老周改得好，王居汉和高登武也觉得老周说得在理，便表示同意。

"等吃过中午饭，咱们去找一个人重新誊写一下。"老周说道。

王居汉抬头看看太阳，已经过了正午时间，他不好意思地说道："周大哥，您去吃饭吧，我们不去了。"

"哪能不去，这以后日子还长哩，不吃饭可不行。"老周接着说道，"这第一顿饭你们跟着我去，以后你们就可以随便了。"

王居汉误以为老周要让自己请吃饭，便对登武说道："去吧，老周帮了咱们这么多忙，吃顿饭是应该的。"

两人跟着老周重新来到大栅栏，走进一家饭馆。老周瞪大眼睛对吃饭的客人瞟来瞟去。王居汉和高登武正疑惑间，只见老周快步走向一张餐桌，麻利地端起半碗剩饭，又熟练地走过来递给高登武说道："年轻人肚子饿得快，你先吃。"

王居汉和高登武明白了，老周是要请自己吃剩饭，他说的抹得下脸原来是这个意思。高登武端着半碗饭，只觉得浑身发热脸发烫。见登武不好意思吃，王居汉端过饭碗几口吞到肚里。有了王叔作榜样，高登武不再感到难堪，从容地吃了来京城后的第一顿饭。

吃过"午饭"，老周带两人来到一处代写诉状的摊子跟前，付了二两银子，把上诉状重新誊写了一遍。老周看过之后确认无误，遂交给王居汉收好，几个人这才往家里走去。

第二天早饭后，老周领着王居汉和高登武两人进了宣武门，往紫禁城

335

走去。老周指着远处红墙金顶的高大建筑说道："那就是天安门，是皇帝老儿和大官们进出的地方。"

远远望着高大巍峨的天安门城楼，王居汉与高登武顿觉自己是那样的渺小，一股莫名的恐惧感涌上心头。

到了跟前一看，像自己一样打扮的百姓比比皆是，原来确如老周所说，赴京申冤的人太多了。交谈中得知，告状的人少则在京城待了几个月，多的一两年、三五年，甚至还有十几年的。

登武问王居汉道："王叔，他们为啥要待那么长时间？"

"没有办法的事。"王居汉说道，"没听老周叔说嘛，想见皇帝见不上，状子递上去又没人理，只能在这里耗着，寄希望于万一。"

"那他们为啥不去滚钉板？"

"人光着膀子从钉板上滚过去，血肉横飞，十有八九活不成，能不能赢下官司还在两可。"王居汉说道，"不到万不得已，谁肯去冒那个风险？"

登武想想是这么个理，官司输赢还说不定，先搭上自己一条命确实不合算。

王居汉和高登武打出在州衙门前的横幅，静静等候。顾不上吃、顾不上喝，等了一天，根本不见皇帝的影子。王居汉和高登武彻底明白了老周的话，只能失望地先回家去。

一个多月过去了，始终见不到皇帝的影子。原来道光皇帝整天忙于西北回民暴乱的事情，加上与英国人的鸦片纷争，一年半载都不出皇宫，根本无暇顾及处理民间纠纷。

九月下旬的一天，两人照常在天安门前边徘徊。听人们风言风语，说有人因告状无果跳进护城河自尽了，死者好像是山西人。两人心想出了人命，朝廷应该重视了，可是等了几天，仍然是外甥打灯笼，照旧不见皇帝的面。

历尽千辛万苦到了京城，原想着见皇帝诉说自己的冤屈，可每天眼望着宫墙却连皇帝的影子都看不到。望着面前深不见底的护城河，委屈、无助、愤恨、恼怒、压抑、失望，五味杂陈一起涌上心头，王居汉紧紧抱着高登武，无奈的泪水潸然而下，恨不得跳进护城河一了百了。

四十七 / 血染钉板

这天早饭后，王居汉和高登武与一帮难友像往常一样，结伴去往紫禁城外，期望碰碰运气，能遇到朝廷里的清官。

走着走着，身旁的安徽大婶突然被一个满脸麻子的大汉拉住了。麻子脸说大婶撞到了他，还撞坏了他的鸟笼子，要拉大婶陪他一起去修理。

身旁的高登武看得明明白白，安徽大婶根本就没有碰到麻子脸，是麻子脸突然过来拉住安徽大婶的。他遂一把拨开麻子脸的手，把安徽大婶护到自己身后，冲麻子脸说道："你这个人怎么这么不讲理？大婶走路一瘸一拐的，连自己都顾不了，怎么会撞到你？！"

麻子脸眼睛一瞪道："一瘸一拐怎么了？就因为她走路不稳，东倒西歪，才撞到了我。"

王居汉也注意到了，麻子脸手里当时根本就没有提鸟笼子，于是为安徽大婶打抱不平道："你当时两手空空的，怎么能说她撞了你的鸟笼子？"

见王居汉和高登武一身的破破烂烂，麻子脸一脸的不屑，蛮横地说道："哪里来的两个叫花子，这里有你们说话的份儿吗？"接着像玩杂耍似的不知从哪里拿出来一个破鸟笼子，他煞有介事地说道："瞪大眼睛看看，这不是鸟笼子是什么？"

看见麻子脸"变"出来一个鸟笼子，安徽大婶赶紧辩解道："我老婆子虽然腿脚不好，可我的眼睛不瞎。你手里当时确实啥都没拿，这个破鸟笼子根本不是我撞坏的。"

这时，边上呼啦啦围上来四五个满脸横肉的家伙，一起帮着麻子脸说话。这个说，亲眼看见安徽大婶撞坏了麻子脸的鸟笼子。那个说，损坏别人的东西就应该赔偿。另一个说，不能因为自己穷就不讲理。

王居汉和高登武真不明白，明明是麻子脸不讲理，为什么有人会颠倒黑白，帮他说话。

麻子脸这边，见有人支持，气焰更加嚣张。他冲高登武和王居汉厉声威胁道："丫老婆子撞坏了我的鸟笼子，我找她说事，你们少多管闲事，否则连你们一起收拾！"说着就要从高登武手里抢人。

见麻子脸气势汹汹的样子，高登武心想这是要打架吗？历经多日的压抑，窝火的情绪一下子从胸膛中迸发出来。高登武一把抓住麻子脸的手腕大喝一声："大胆狂贼，光天化日之下，你这是要抢人吗？"

外强中干的麻子脸，手腕被山里人的铁手一掰，疼得直咧嘴，强装出一副厉害的模样说道："你小子少逞能，看我怎么收拾你！"

边上几个家伙一个个挽胳膊抹袖子，咋呼着要上来帮麻子脸。王居汉一看真要打架，马上拉开架势准备迎击。

这时老周赶紧过来拉过王居汉和高登武，接着扑通一声跪倒在地，对麻子脸一帮人说道："各位爷，我们是一起到刑部告状的恓惶人，不小心冒犯了各位，请各位大爷高抬贵手，放过我们吧！"

见高登武和王居汉凛然不可侵犯的样子，围观的人也越来越多，麻子脸赶紧下了台阶："哼！算你这个老东西知趣。"说完一挥手，一帮人大摇大摆地离去了。

王居汉和高登武赶紧扶老周站起来。高登武气愤难平，不解地问老周道："周叔，那伙人是干啥的？一个个蛮不讲理，我真想揍他们一顿，您为啥还要反过来向他们赔不是？"

"那是一伙卖骨头的，这种人啥事都干得出来，咱们惹不起。"

老周的话令王居汉和高登武丈二和尚摸不着头脑。王居汉问老周道："周大哥，啥叫卖骨头的？"

　　"怎么说呢，卖骨头就是贩卖女人的。"

　　"贩卖女人不都是要年轻女人嘛，安徽大婶那么大岁数了，他们也要贩卖吗？"高登武问道。

　　"要不怎么说他们是卖骨头的呢？这种事在京城待久了你们慢慢就会明白。"见王居汉和高登武一脸茫然，老周问两人道，"在京城待了这么长时间，太监的事总听说了吧？"王居汉和高登武一起点点头，老周接着说道："太监年老体衰失去价值之后，就会被遣出皇宫。这些人被人奴役、驱使了一辈子，性格扭曲，心理十分不正常，希望过那种被人伺候的日子。一些有钱的太监花重金买来穷家的年轻女子做自己的媳妇，让媳妇伺候自己，不过这只是太监中极少的一部分。对于大部分太监来说，出宫后是年老体衰又没钱。他们没有银子买年轻女人，只能花少量银子买中老年妇女伺候自己，其实他们的主要目的是期望死后有人陪葬。一些心肠狠毒的太监，买来女人后，怕她们不跟自己合葬，便提前毒死她们，预先埋到自己墓中，以求保险。所以说，这些太监与其说是花钱买女人，实际上就是为了买一副女人骨头。有了这样的需求，便有了卖骨头这个营生。那些人成天在大街小巷游转，看到一些无依无靠，或者流离失所的中老年女人，便拐骗胁迫她们跟自己走，随后卖给离职的太监赚取银子。"

　　王居汉和高登武终于明白了，麻子脸一伙人原来是干这种营生的。

　　安徽大婶以前也听说过这种事情，但没有想到会碰到自己身上。当天回到家里，安徽大婶向大伙告别，说自己不告了，再告下去怕连老骨头也要丢在京城。

　　第二天早上起来，安徽大婶收拾好仅有的几件破烂，一瘸一拐地离开了。望着她佝偻的背影，一帮窝棚中的难友个个流下了伤心的泪水。

　　这天晚上，王居汉翻来覆去睡不着。胡桑庄充满生机的山山水水，乡亲们一个个和善的面容，男女老幼临别时充满期待的目光，像一幅幅图画一遍遍在眼前滚过。

　　他想起了五九爷临走前的嘱托："胡桑庄的存亡，胡桑庄一百多口子人的命运就看你们了，不能辜负了乡亲们的期望啊！"

他想起了孩子他妈临走前的嘱咐："村里的事大，家里的事小，你放心去吧，家里有我。乡亲们推举你当主事，是相信你能为大伙办事。这次去京城，乡亲们又凑钱又凑物的，你可不能空着手回来，还得给我安全回来！"

他想起了孩子们离别时那一句："爹，我们等着您回来！"

乡亲们望眼欲穿地等着打赢官司的消息，老婆孩子日思夜想盼着自己回去。可是半年多过去了，事情毫无进展，不仅翻案的希望渺茫，三个人还折了一个。望着头顶的破棚子，王居汉一遍遍问自己，怎么办……

如果就这样回去，自己无法面对胡桑庄的大山，无颜面对朝暮相处的乡亲们。王居汉心想，看来必须用狠招，自己这把骨头得撂在京城了。

高登武同样也失眠了。

他想到了三庄人到胡桑庄砍树时，盼人穷、贾刀笔、二牛、黑贼那一个个狰狞的面孔，想到了胡桑庄男女老幼为保护家园所展现的英勇与无畏。年迈的五九爷、豪气的三合叔、白发苍苍的母亲、善良美丽的小娥……

高登武心想，为了乡亲们的现在，为了胡桑庄的未来，死也要坚持下去，一定要讨回公道！

第二天早上起来，王居汉问高登武道："登武，还记得你被狗獾咬腿的情景吗？"

"我这腿上至今还留着伤疤，怎么会忘得了？"

王居汉意味深长地说道："狗獾尚且可以为了幼崽拼命，我们……"

知道王居汉这是借狗獾护崽的事启发自己，没等他把话说完，高登武慨然说道："我们要拼命护群，一定要赢下官司，绝不能让乡亲们失望！"

"说得对！"王居汉接着说道，"安徽大婶的案子是一家人的事，她可以不告。我们的案子关乎全村人的生死存亡，绝不能打退堂鼓！"

"是的王叔，我们死也不能半途而废！"

"可这么长时间没有结果，我们下一步该怎么办？"王居汉问道。

"王叔，我想好了，我们去滚钉板！"

没想到登武和自己想到了一起，王居汉激动地说道："对，咱们今儿个准备一下，明儿个去刑部滚钉板。"

"有啥准备的，咱抓紧时间，今儿个就去！"

"不，咱得准备一下，让周围的人都知道，让更多的人跟咱们一起去，尽量造成声势。事情闹大了，刑部就不得不管。"

高登武愈发佩服王居汉的精明："王叔，还是您想得周到，咱们分头去找大伙帮忙。"登武接着话题一转："王叔，咱可说好了。到时候我去滚钉板，您等着看结果。"

"什么你滚钉板，我去！"王居汉说道，"我老了，死不足惜。你还年轻，小娥在家里等着你，你不能去。"

"王叔，乡亲们这么多年关照我们母子。您更是像亲爹一样照顾我，就让我去吧，给我一次报答您和乡亲们的机会！"

"这么说你就更不能去了，哪有当爹的不护着儿子的道理？"

"不，儿子大了应该护着爹才对！"

"哪里的话，啥时候当爹的也应该护着儿子！"

见两人争着去滚钉板，难友们无不感到钦佩。老周对登武说道："滚钉板不是目的，后面还有好多事要做。听王叔的，你年轻腿快，留下来做好后面的事。"

经老周这样一说，高登武只得顺从。他一把抱住王居汉，眼泪一串串地流了下来："王叔，难为你了！"

王居汉帮高登武擦擦眼泪，平静地说道："孩子，咱们可说好了。滚钉板的时候不能哭，别让人笑话咱山里人！"

"好的王叔，我不哭。"

经过大半年的奔波，胡桑庄的冤案已经在京城传开，在众难友中更是人尽皆知。大伙深知，要想引起刑部的关注，滚钉板是唯一的办法。为制造声势，众难友尽自己力所能及。老周和几个人去制作横幅，其余人四处走动，把王居汉滚钉板的消息传了出去。

第二天，王居汉、高登武在众难友陪同下，早早来到刑部衙门前。京城许多百姓出于同情，纷纷扔下手里的活计前往声援，刑部衙门前边一时间人山人海。

老周和福建大叔适时打出了"古绛州乌云遮了天，山里人申冤滚钉板"

的横幅，高登武敲响了登闻鼓。

刑部的钉板长约一丈八尺，宽五尺，上面密密麻麻布满了尖头朝上的铁钉。锋利的尖钉仿佛一个个张着嘴的小鬼，等着喝人的鲜血。

望着留有斑斑血迹的尖利钉板，围观的百姓发出阵阵唏嘘声。人们议论纷纷，有的说，滚钉板这种要命的事，没有种可不行。有的说，有种事也不一定非要滚钉板。有的问，想别的法子不行吗？有的回答，肯定是万般无奈了才这样干的。

一位白发苍苍的老奶奶挤到跟前，拉住王居汉的手说道："孩子，京城里好多人都知道你们的事，都为胡桑庄打抱不平。你为全村人申冤滚钉板，这股子劲儿令人钦佩！"老奶奶喘了口气接着说道，"仔细想想，申了冤能咋的，不就是为了让胡桑庄人日子过得好一点吗？滚钉板那可是九死一生，为了全村人的事，你搭上自己的命不划算。"

边上一位白发老爷爷搭话道："不要硬往前闯了，退一步天地宽。人咋活都是活，活不好就活赖点嘛，啥事忍一忍也就过去了。别滚钉板了，老婆孩子等着你，回家过日子去吧。"

听了两位长辈的话，王居汉感激地说道："谢谢大叔大婶的关心！如果这是我自己的事，可能也就忍了。可这是全村人的事，我不能忍。我们山里人护群，为了大伙的利益，就算死在钉板上，我也在所不惜！"

说好了不哭的，看到眼前的情景，高登武还是忍不住流下了眼泪。他拉着王居汉的手说道："王叔，不要滚钉板了。听爷爷奶奶的话，咱们回去吧！"

望着高登武瘦骨伶仃的样子，想想当初那么壮实魁梧的一个小伙子，如今被折腾成这般模样，王居汉自己也忍不住掉下了眼泪。他伸出瘦骨嶙峋的手为高登武擦擦眼泪："好娃，说好了不哭的，咱们不哭！"

越是想不哭眼泪越是往下掉，高登武泣不成声道："我……我……不哭，王叔，我们回……回去吧！"

"不！不能回去。"王居汉坚定地说道，"乡亲们盼着我们翻案的消息，我们不能就这样回去！"

"那我去滚钉板吧，我年轻扛得住，您留下来等结果。"

王居汉以不容商量的口气说道："我知道你是心疼叔，可你要明白，我去滚钉板，你做好后边的事就是真心疼叔，就是对叔最好的报答！"

这时老周过来拉住高登武说道："听王叔的，还是让他去吧。"

高登武"哇"地一声哭出声来："周叔，让我去吧，王叔他身体吃不消！"

见王居汉和高登武争着要滚钉板，围观的人们更加为山里人的行为所感动，纷纷流下了同情的热泪。一位旗人打扮的老者挥动手里的拐棍，冲着刑部衙役大声喊道："喂！我说，这滚钉板的律条是为有冤情的个人立的。丫这是为全村人喊冤，又不是为了个人。你们接了丫的诉状就得了，为啥非要丫滚钉板？"

众人跟着喊道："对，别让丫滚钉板，快接了丫的诉状！"

衙役们一个个紧绷着脸，完全不为众人的话所动，示意王居汉滚过钉板再递交上诉状。

旗人打扮的老者发怒了，他大声骂道："嗨，我说孙子们，你们的心也太硬了，怎么就听不进人话呢？告诉你们，我祖上可是铁帽子王，把爷惹火了，看爷不打你们这些龟孙子！"说着话挥舞手里的拐棍就要上前。王居汉和福建大叔赶紧拉住老者，王居汉劝他道："老爷子，差人们也是照规矩办事，您老千万别生气！"

老者依然气愤不已："哎，如今这世道，老百姓伸个冤咋就这么难呢？"

老周那里紧紧拉住高登武，不让他靠前。王居汉这里一把抹掉眼角的泪花，冲人群大声说道，"老少爷们，感谢大伙前来捧场！山里人说话算话，说好了滚钉板就一定要滚！"

围观人群齐刷刷竖起拇指："义气！"

王居汉迅速扒掉上身衣服，竭尽全力喊道："老少爷们！为了能为乡亲们申冤，为了胡桑庄子孙后代能有好日子过，我王居汉去了！"说完手捧上诉状，照着尖利的钉板毫不犹豫地扑了上去。

人群中惊雷般的声音冲天而起："好汉！"

一圈滚过，赤裸的肉体即刻被钉子啄出了数不清的伤口。滚到后来，分不清哪里滴血、哪里涌血、哪里喷血，整个人身仿佛一个红色陀螺，鲜血四溅。殷红的鲜血顺着钉板汩汩流下，染红了钉板下面的地砖，钉子尖头挂满丝丝血肉。王居汉全身血肉模糊，当即昏死过去……

衙役们从王居汉手中接过诉状，径直离去了。高登武和难友们赶紧为王居汉披上衣服，抬着他快速来到前门外一处中医堂。

见一伙人抬着一个浑身滴血的人走了进来，坐堂先生赶紧上前查看伤情。掀开盖在王居汉身上的破衣服一看，先生不由得倒吸一口冷气，双手哆嗦着唏嘘道："这么重的伤，最好去西洋人的诊所医治，他们有治疗外伤的特效药，我这里没有啥好办法。"

这时王居汉醒过来了，他强忍疼痛说道："先生，我们没有银子，就在您这里治吧。"

老周接着求情道："先生，这位是来京城告状的恓惶人，刚滚了钉板。他连吃饭的问题都解决不了，哪里有银子找西洋人治伤？求求您行行好，给他治治吧！"

"唉！这世道穷人真是没法活！那我就尽尽心吧。"坐堂先生说着取出金疮药面，均匀地洒满王居汉全身，之后摇摇头说道，"抬回去吧，好不好得了，只能看个人的命了。"

当天晚上，王居汉开始发烧，浑身上下热得发烫。高登武默默守在他的身旁，眼泪像断线的珠子一样滚滚落下，恨不能把王叔的痛苦安在自己身上。

王居汉滚钉板的事轰动了整个京城，自然也搅动了整个刑部衙门。刑部尚书情知事关重大，亲自审阅了胡桑庄的上诉状。

"山民命难活，日夜盼青天。"这一句深深打动了尚书大人，他提笔在诉状上批示：着山西巡抚三堂会审，严查此案，对贪赃枉法的贪官和谋财害命的恶人严惩不贷！

山西巡抚接到刑部的廷寄，从尚书严厉的措辞中，意识到胡桑庄一案冤情重大与自己的失察，遂立即责成专人调取相关案卷审阅，并派出捕快实地查访。接着按照刑部要求，由巡抚、布政使、按察使三衙门迅速组成专案组，三堂会审胡桑庄一案。

三天后高登武前往刑部衙门听宣，获知刑部尚书已有批示。得到准确信息，高登武一下子晕倒在地。难友们赶紧把他掐醒，大伙一齐跑回家向王居汉报告好消息。

王居汉已经昏迷多时，有一口没一口地喘着气。高登武缓缓俯下身子，贴着他的耳朵轻轻说道："王叔，刑部有批示，我们的官司有望了！"

王居汉突然苏醒过来，他微微睁开眼睛，朝高登武招招手。高登武知道王叔有话要说，赶紧把耳朵紧贴在他的嘴巴边上。王居汉用几乎听不见的声音问道："真—的—吗？"

"王叔，是真的，刑部尚书批示严惩贪赃枉法的贪官和谋财害命的恶人。"

王居汉微微点点头："胡桑庄百姓有救了！"说完面带笑容停止了呼吸。

高登武趴在王居汉身上号啕大哭："王叔，王叔你醒醒啊！"周围的人全都跟着流下了伤心的泪水。

见大伙一个个心情悲伤，不知所措，老周擦干眼泪对众人说道："各位难友，王兄为了全村人的事滚钉板而死。他是条汉子，值得我们每一个人尊敬，我们大伙帮登武一把，把王兄安葬好！"

众难友齐声响应，大伙一起搭手，拆掉窝棚上边盖着的破被子，把王居汉的尸体裹好，随后绑了一副担架，抬着他来到西山乱葬岗。

老周略懂一点风水，他选了一处地方，众人帮着挖好墓坑，安葬好了王居汉。老周将一块木板插在王居汉坟头，上面写着：好汉王居汉。

高登武跪在地上，再三向大伙表示感谢。

老周拉登武起来，叮嘱他道："尚书大人批示要山西三堂会审，你得尽快赶回山西等结果。刑部的马快，等你到了晋阳，说不定已经结案了，你得赶紧走。"

高登武哭着说道："周叔，这次进京喊冤，多亏了您和大伙的帮助，登武永世忘不了你们的恩德。"

望着即将离开的高登武，在场的难友们一个个不禁流下了悲伤的泪水，老周抹掉眼角的泪花，拍拍高登武肩头说道："孩子，啥都别说了，赶紧走吧，一路保重！"

高登武向一帮难友连磕三个响头，起身往晋阳城赶去。

四十八／山村的哭声

话题回到胡桑庄这边。

自王居汉、田富贵和高登武三人赴京之后，全村男女老少是每时每刻都在惦记着他们，希望三人能够平安归来，并带回好消息。

一个月后，进入春种时节。为不误农时，聂三合和五九爷把全村人组织起来，除了在家做饭的老婆家^①，男女老少齐上阵，全部到地里干活。首先在王居汉、田富贵和高登武三家地里分别种上玉米、高粱、谷子和豆类，然后再种好各家的土地。

尽管农活很忙，但人们每天干完地里的农活，回家之前都会到村头的榆树疙瘩转上一圈。在家里做饭的老婆家有空也会去那里看看，孩子们时常爬到榆树顶上向远处张望，都希望能看到三人的身影。去榆树疙瘩成了胡桑庄人的习惯，长满野草的土坡上被踩出一条光溜溜的小道。

话说董家妮子小娥，自从与高登武分别之后，她是每天扳着指头数日子。用度日如年形容小娥的焦虑，显然不够准确，应该是度时如年或者度分如年。

小娥是每天早上村里起得最早的一个，起来后第一件事就是跑到榆树疙瘩张望，希望能看到返家的高登武。天黑前最后一件事，也是到榆树疙瘩张望。

小娥想去京城看登武哥，可她不知道京城在什么地方。从小到大，小娥从没有离开过胡桑庄，只在十三岁那年随父亲去山神庙看过一次跑车鼓，那是她去过的最远地方。听五九爷说，京城在胡桑庄的东北方向。可是小娥自小在胡桑庄周边的山沟里转，心里只有柿柿凹沟底、野猪岭坡下这些地方，不知道啥叫东北方向。

为了弄清楚京城的方位，小娥问母亲道："妈，啥叫东北方向？"一生待在山沟沟里的母亲摇摇头不知道，她又问父亲："爹，啥叫东北方向？"

"东……"大字不识一个的董盛虎哪里会讲这样的概念，他吭哧了半天也想不出一句合适的话，只能告诉小娥，日头升起的那面是东，东的上头是北。

小娥不住念诵父亲的话，日头升起的那面是东，东的上头是北。

她心想，到了日头升起的那个地方，再往上走就到了京城，这有何难？我照着日头升起的地方走，到了地方再往上走，能上到哪里？我成天爬山，还怕上不去？她拿定主意，要去京城找登武。

自打王居汉三人赴京之后，乡亲们家家节省开支，人人省吃俭用。以前打下野味，挖下蘑菇等山珍，大伙都会饱饱口福。自那以后没有人再舍得吃，全都拿去换了银子。小娥更是比别人节省，她常常每天只吃一顿饭，为的是节省粮食，早点攒够银子给登武他们送去。

三个月后，到了该去京城送银子的时候。临时主事聂三合一句话，乡亲们很快凑齐了二十两银子。可是村里没有人出过远门，派谁去呢？正在为难时，小娥主动登门，坚决要求去京城送银子。

聂三合知道小娥的心思，也知道她脑袋瓜机灵会处事，但让一个年轻妮子走那么远的路他觉得不放心。为稳妥起见，聂三合同五九爷商量，决定让小成陪小娥一起去京城送银子。小成年轻力壮可以多做些出力的事情，小娥的机灵又能弥补小成山里娃的过分憨厚。两人虽然都没有出过远门，但年轻力壮跑得快，能尽快把银子送到京城。

村里人一起把小娥和小成送到村口，五九爷叮嘱两人道："路上嘴勤点，不知道路就问人，免得走冤枉路。千万记住，白天日头升起的地方是东，黑夜北斗七星那边是北。"

聂三合接着叮嘱道："你们以兄妹相称，路上有人问起，就说是去京城投靠亲友。银子让小娥带在身上，千万不能跟陌生人说去京城干啥，更不能说自己身上带着银子。"

小娥和小成默默记住了五九爷和聂大叔的话，接着朝乡亲们挥挥手准备离开。这时，人群中突然传来小娥妈的喊声："小娥！"

小娥妈挤过人群，一把抱住心爱的女儿："小娥，你……你从来没有离开过胡桑庄，一下子离开妈去那么远的地方，妈……妈实在是放不下心啊！"

"妈，您哭什么？我这是去给登武哥他们送银子，送到就回来了，您应该高兴才对！"

小娥妈擦擦眼角的泪水，帮小娥理理被风吹散的头发说道："你可要记着回家的路，银子送到一定尽快回来，妈在家里等你！"

"妈，放心吧，我一定记着回家的路。"

就要见到日思夜想的登武哥了，小娥只觉得心里甜丝丝的。她和小成告别了亲人，脚步轻快地踏上了赶赴京城的路。

一路紧走，他们不到一月便到了大名府境内。因两人一口绛州山里话，走得越远人越听不懂。到了大名府境内时，几乎无法与人交流。

这天傍黑，两人匆匆行走在崎岖的山道上。正愁找不到歇脚的地方，恰遇一个走绛州的客商。因经常走绛州，客商能听懂两人的话。听两人说要到京城告状，客商好奇地问道："绛州怎么又有人去京城告状？"

莫非这位大叔见过登武哥他们，小娥赶紧问客商道："大叔，您见过去京城告状的绛州人？"

"见是没见过，但听说过。"

小娥和小成心里一喜，小娥问客商道："大叔，我们两个正要去找他们，您在哪里见过，是京城吗？"

"哪里是在京城，还没到京城人就死了。"

"死了？"小娥眼前一黑，小成赶紧扶住她，小娥怔怔地看着客商问道，

"大叔，您……您真听说他们死了？"

"真听说了。"客商言之凿凿说道，"我路过那个地方，当地人亲口跟我说，去京城告状的绛州人死了，就埋在他们村。"

啊！登武哥他们死了。小娥大叫一声"登武哥！"，咚的一声倒在地上昏死过去。

小成从没见过这样的场面，急得抓耳挠腮。倒是客商见多识广，他赶紧扶小娥坐起来，紧紧掐住她的人中穴。

过了一会儿，小娥醒了，她两眼直直地瞪着前边，一句话也不说。

小成着急地问客商道："大叔，我该怎么办啊？"

"她是你什么人啊？"客商问道。

"她是我们村的，她……"想到聂大叔的话，小成赶紧纠正道，"她是我妹子。"

"为啥她一听绛州人死了就晕倒在地，你们是一伙的吗？"

"是的，大叔，我们是一伙的，我们两个就是找他们来的。"

"那还有啥说的？要找的人死了，妹子也病了，赶紧回家得了。"客商说完就赶路去了。

小成把小娥从地上扶起来："小娥，咱们回家吧。"

天渐渐黑了。

小成搀扶着小娥走在崎岖的山道上，一边是大山，一边是悬崖绝壁。

小娥突然停住脚步，解下身上的包袱让小成背上，接着问道："小成，哪边是北？"

想起五九爷的话，小成抬头看看星星，指着北斗星的方向说道："那边是北。"他接着叮嘱小娥道："小心点，北边是悬崖！"

小娥喃喃说道："我爹不是说到了东边再往上就是北么，北边怎么会是悬崖？"

小成正在纳闷，小娥突然大喊一声："登武哥，我来了！"接着纵身跳下悬崖。

小成还没反应过来，已经不见了小娥的身影。

小成冲着深不见底的深谷大喊："小娥！"，山谷间传来清晰的回声，小—娥—小—娥—

说到这里，我突然发现人世间的词语是如此的贫乏，不知道该用什么样的语言来形容笔下的小娥，只能徒发一些感慨。

人世间，一个情字最为了得，古今中外概莫能外。

为了爱，罗密欧与朱丽叶双双服毒自尽，到另一个世界寻求爱情的自由。

350

为了爱，梁山伯与祝英台，一个抑郁而死，一个跳进墓穴，双双化作蝴蝶比翼双飞。

然而，朱丽叶也好，祝英台也罢，她们都是知识女性。她们为爱而殉情，是因为她们读过书，从书中懂得了爱情的珍贵，她们的爱是经过了修饰的爱。而本书主人公小娥是大字不识一个的山村女孩，离开人世前甚至从没有走出过小山村，她的爱是一种淳朴自然的爱，是没有经过任何雕琢的爱，是真正值得尊重的男女之爱。

故事再回到胡桑庄。

连着出去两拨人都没有消息，胡桑庄百姓人人心里像压着一块大石头，临时主事聂三合更是心急如焚。

这天半夜，小成灰头土脸地回到了胡桑庄。山村静悄悄的，只有一处亮着灯光，那是五九爷家的窑洞。

小成径直朝灯光处走去，还未等敲门，聂三合已经打开了窑洞的门。原来聂三合与五九爷都没有睡觉，爷俩正坐在炕头分析赴京城的两拨人啥情况，说来说去说不出个所以然。正暗自发愁，听见外边有动静，聂三合赶忙下炕去开门。

打开房门，见小成一个人蓬头垢面站在门前，聂三合颇觉意外。他赶紧把小成拉进屋内，着急地问道："你怎么一个人回来了，见到登武他们了吗？小娥人呢？"

"死了。"

聂三合和五九爷同时一惊："谁死了？"

小成哇地一声放声大哭："死了，他……他们都死了。"

"啊！快说说，到底怎么回事？"五九爷着急地问道。

小成于是把遇到客商及小娥跳崖的事详细说了一遍。

听了小成的话，聂三合和五九爷怀疑他的消息不实。王居汉三人因何而死，死在哪里，这些客商并没有说清楚。两人商量后决定，先封锁消息，由聂三合亲自跑一趟，弄清情况再做打算。

两人交代小成，让他先不要把这些事情说出去，以免在乡亲们中造成恐慌，并安排他在五九爷家里先住下。

第二天一早，聂三合只身前往京城打探。五九爷先送小成回了家，然后去了小娥家找小娥爹妈说事，此事按下不表。

且说这聂三合手快、嘴快、腿也快，他只用了一个多月便到了京城。其时已是九月下旬，正是王居汉滚钉板的前一天。

顾不上体验京城的繁华，来不及观赏京城的美景。聂三合一路打听，急匆匆来到天安门前边。放眼望去，护城河边到处是穿着破衣烂衫的人，三五一群聚在一起议论着什么。聂三合瞅准机会，拦住一个戴毡帽的人问道："大哥，这么多人来这里干啥？"

"干啥？都是外地来京城告状的。"戴毡帽的人回答道。

"请问大哥，您见过山西来京城告状的人吗？"

"跳护城河死了。"

"死了，那他们的遗体呢？"聂三合问道。

"听说没人收尸，被衙役捞起来埋到西山乱葬岗去了。"

"他们为啥要跳河？"

"为啥？上告无门呗。官司从地方告到京城告不赢，跳河的、上吊的，寻死觅活的人多了去了。"

聂三合心想坏了，居汉他们一定是告状无门，想不开跳了河。这事耽搁不得，得赶紧回去告诉家里，扭头便踏上了回家的路。假如聂三合换作田富贵，想得细一点，就会发现消息不可靠。假如聂三合迟来一天，就可能碰见王居汉和高登武两人，可惜历史没有假如一说。

回来时路熟，加上回家心切，不到一个月聂三合就回到了胡桑庄。到家时天已经黑了，他径直到了五九爷家，刚进窑洞就哭喊道："五九爷，不好了……"

山里人

王居汉他们死去的消息很快在胡桑庄传开，哭声弥漫了整个山村，震动了周围山谷，响彻天际苍穹。

哭声中透露出山里人对强权的愤恨，对正义的呼唤。

注：
①老婆家——指中老年妇女。

352

四十九／最后的疯狂

那边胡桑庄人的故事暂且按下不表，回头说说三庄这边。

刀对刀枪对枪，与胡桑庄对峙了十天。见胡桑庄人抬着高登武母子从州衙门前离开了，贾刀笔随即让手下抬着田东家的尸体送往庙东村，自己转身去旅馆找盼人穷。

无所事事的盼人穷正想着心事，看见贾刀笔一脸兴奋走进房间，兴冲冲说道："东家，胡桑庄人撤了！"

"什么？胡桑庄人撤了，全撤了吗？"

"一个不剩全撤了。"

"哼，认怂了吧！"盼人穷说道，"一伙穷山毛子还想跟我斗？真是不知道天高地厚！"

贾刀笔附和道："小小的胡桑庄哪里是三庄的对手，他不认怂能行吗？"

"没有吕大炮那龟孙子，咱照样制服了胡桑庄。"盼人穷生气地说道，"他吕大炮没顶半个钱的事，以后不准再提三庄。"

"是，东家，这次能干倒胡桑庄，全凭庙北村，全仗着东家您。"

"也不能那么说，你贾管家也是出了大力的嘛。"

"我也就是动动嘴，干事全凭你们姐弟俩。"

说到自己的姐姐，盼人穷叹了口气说道："为了制服胡桑庄那伙山毛子，我们也是花了大价钱啊！"

"东家，这个钱花得应该，花得值啊！"

"是吗，花得值吗？"盼人穷问道。

"确实花得值！"贾刀笔说道，"东家您想啊，通过这件事，我们得到了胡桑庄的土地，还有那漫山遍野的山林，那可是取之不尽用之不竭的摇钱树。等咱的木材场建起来，冷府可真就是日进斗金，银子哗哗哗地往家里流啊！"

"哦，这倒也是。"盼人穷说道。

"东家，不光是这些。通过这件事，打出了我们庙北村的威风，打出了冷府的声望，您冷家的名气在边山一带如今是如雷贯耳、尽人皆知，这可是用多少银子都买不到的。"贾刀笔接着说道，"毫不夸张地说，冷府今后就是边山一带的紫禁城，您冷家就是这里的小朝廷。从您嘴里说出的话就如同圣旨，谁还敢不听？"

"唔，说得好，说得好！"

"从今以后我们都是您的臣民。"贾刀笔学着满族人的礼节，拂了拂袖子，跪地说道，"奴才为主子请安！"

盼人穷不由得飘飘然起来，他学着戏台上的样子说道："平身！"

哈哈哈……两人一阵开心的大笑。

笑过之后盼人穷说道："你说的这些都没错，但我的意思是我们花了那么大的本钱，得有赚头才行。"

贾刀笔不解地问道："东家，您是啥意思？"

"我的意思很简单，花费的银子让三庄人一起承担，按人头算，每人收他们一钱银子。"

"哦，东家原来是这么个意思。"贾刀笔掐着手指略略一算，三庄合起来有五六千人，每人一钱银子，还真是个不小的数目。他心想这盼人穷还真是会算计，便附和道："东家，这个办法很好，只是不能收庙西村人的银子。"

"为什么？难道朝廷的话他们敢不听？"

"朝廷的话当然没有人敢不听，可是如果收了庙西村人的银子，那胡桑庄的土地山林就得有他们的份。"

"哦，对对对，胡桑庄的土地山林，庙西村休想再沾边。"盼人穷接着说道，"你谋划一下，我们以啥理由向村里人收银子？"

"这个好办。"贾刀笔说道,"这不是快过年了嘛，正月十三跑车鼓之前，咱就说同胡桑庄打官司花了银子，跑车鼓的花费冷府不再负担，由各家各户分担，每人一钱银子。谁家不交银子，不准去看热闹。"

盼人穷比贾刀笔更狠："谁家不交银子，就别想再待在庙北村！"他接着说道："以后遇到跑车鼓这样的大事都这么办，冷府不是单府，不仅不花银子，还要赚银子。我们不但要赚庙北村人的银子，还要赚庙东村人的银子，赚庙西村人的银子，赚全边山人的银子。"

贾刀笔竖起拇指连叫三声："好好好！"接着他奉承盼人穷道："东家这可真是雄才大略！"

"别光说这些没用的，你给谋划一下，咱们怎么才能赚全边山人的银子？"

"咱们一步一步来，先从庙北村入手，然后是庙东村、庙西村，再到全边山，让他们慢慢明白，从冷府传出的话就是圣旨，必须照做。"

"嗯，好。"盼人穷点头道，"接着说。"

"第一步，赚庙北村人的银子，这个要雷厉风行。第二步，从简单入手，咱先为边山人立个规矩。正月十三跑车鼓的时候，让庙东村和庙西村的看台离咱们远一点，三庄的车鼓队每转一圈就在咱们庙北村看台报告一声。"

"这有啥意思？"盼人穷问道。

"这意思可大啦。"贾刀笔解释道，"这件事虽然简单，但只要大伙一照做，就等于执行了冷府的指令。以后咱再层层加码，提别的要求就容易了。"

盼人穷听懂了，他心想这个贾刀笔比自己想得深，想得全，遂当即表示同意："行，就这么办，回去后赶紧组织人练习跑车鼓，庙北村一定要跑第一。"

355

四十九 最后的疯狂

"跑车鼓当然要当第一。"贾刀笔拍着胸脯说道,"这个您就放二十四个心,我有把握。"

"哦,那就好,那就好!"

见盼人穷高兴的样子,贾刀笔趁势说道:"东家,今儿个晚上要不要去惜春院乐呵乐呵?"

多日不着家,盼人穷想黑牡丹了,他推辞道:"不去了,胡桑庄的事情平息了,咱们赶紧回家吧。"

"东家,听说惜春院新来了一位江南女子,不仅容貌好,还会吹拉弹唱,好多达官贵人都去欣赏,您难道不想去尝尝鲜?"

盼人穷心动了:"江南女子,还会吹拉弹唱,真的吗?"

"是真是假,去看看不就知道了。"

"行,咱这就去。"

盼人穷随贾刀笔来到惜春院,直接点了新来的江南艺伎。果如贾刀笔所说,不仅容貌姣好,还会弹琴吹箫。盼人穷急不可耐,与艺伎一番云雨。云雨过后,艺伎意犹未尽地对盼人穷说道:"大哥看似热情,实则不够猛烈。"

盼人穷问道:"哦,是吗?那……那……"

"我这里有个药丸,服用后保你赛过豺狼,威如猛虎。"

"有这样的好药?"盼人穷欣喜不已,"快拿来我试试。"

艺伎取出药丸,玉手一点轻轻塞进盼人穷嘴里,然后倒了半碗白酒让他喝下去。不一会工夫,盼人穷果然觉得浑身发烫,似有无尽的能量要喷发出来,他抱起艺伎一阵猛烈发泄……

第二天早饭后,贾刀笔来找盼人穷。听说他连早饭也顾不上吃,一直与江南艺伎缠绵。知道自己的图谋得逞了,贾刀笔心里不由得一阵激动。

许久,盼人穷终于出了雅间。贾刀笔赶紧迎上去,轻声问盼人穷道:"东家,感觉怎么样?"

"唔,别有风韵,真是开了眼界。"

贾刀笔搀扶着盼人穷来到大厅,盼人穷问贾刀笔道:"轿车套好了吗?"

"套好了。"贾刀笔回答道。

"一起去看看云飞,接上他一起回家。"

"东家，您跟云飞一起回去吧，我过两天再回。"

"怎么，你有事吗？"盼人穷问道。

"是的东家，我想去看看外甥。"

"没听说过你有姐妹，怎么突然冒出个外甥来？"

"这都是我自家的小事，您平常事情多，没好意思跟您说。"贾刀笔回答道。

"好，那你去吧，明早个让他们赶车来接你。"

"东家，不必忙着接，我除了看外甥，还有两件事要办。"

"嗯，什么事？"盼人穷问道。

贾刀笔振振有词道："上两次砍树失败，主要是咱们家护院队的人不给力。他们全是像黑贼一样，只懂得打打杀杀，不会动心眼的粗人。我想从城里招几个懂点谋略的人补充到护院队，下次再砍树，光护院队就能制服胡桑庄那伙山毛子。"

贾刀笔的话令盼人穷激动不已，他说："说得对，黑贼那些人是缺脑子，招几个聪明点的补充进来就好了。"盼人穷接着说道："上两次砍树的月份不好，下次砍树选一个'三六九'①的好日子。过了年天气暖和了，咱们三月十三去砍树。"

"对，就三月十三，一定能够成功。"贾刀笔接着说道，"还有一件事也要紧着办，府上那些丫鬟模样欠佳，上不了台面。我想从城里买几个俊俏的小妮子到府上，显示咱冷府的高贵与典雅。"

贾刀笔的话句句说到了盼人穷心坎上，心想这管家简直就是自己肚子里的蛔虫，遂高兴地对贾刀笔说道："这两件事都很重要，你用心去办，银子不够从咱们山货店柜上拿。"

趁着盼人穷高兴，贾刀笔接着说道："东家，我有一件事相求。"

"说吧，什么事？"

"我想让外甥小福进护院队，只要有碗饭吃就行，不必付他工钱。"

"这算什么事，府上那么多人，还缺你外甥一碗饭？"盼人穷痛快地答应道，"让他来就是了。"

"那就谢谢东家！"贾刀笔接着向盼人穷告辞道，"我这就去了，您跟云飞回家去吧，路上小心。"

贾刀笔招收新护院队队员，明着是为了冷府，其实是为培植自己的亲信。买新丫鬟为的是投其所好，让盼人穷深陷女色泥潭。用边山人常说的一句话就是，助狗上墙②。

通过以前的酒肉朋友，贾刀笔招了梭梭等七八个绛州街上的混混到冷府护院队。接着又精挑细选，买了伍娟等六七个女孩到冷府当丫鬟。

贾刀笔带着新招的护院队员和小丫鬟来到冷府，拜见了盼人穷。看着几个水灵灵的小丫鬟，盼人穷心里乐开了花。

说话间到了跑车鼓的日子，冷府护院队在黑贼和梭梭的带领下向庙北村各家各户收取跑车鼓的经费。按人头计算，普通人家每人交一钱银子。凡雇有伙计与佣人的家庭，每人交一两银子，伙计和佣人按主家人口计算。护院队的人放出话来，谁家不交银子全家不准看热闹！

庙北村百姓虽然心里不高兴，可喜欢热闹的边山人哪里肯错过看热闹的机会，加上贾刀笔新招的护院队队员全是坑蒙拐骗的好手，他们挨家挨户上门讨要，连唬带吓，大部分人如数交了银子。少数交不起银子的户主，为了一家人能看热闹，紧着跟亲戚朋友借银子交到冷府。只有一个叫狗剩的穷光棍不肯向冷府交银子，因为他手里真的没有一丁点银子。当天晚上，有人看见他被黑贼叫走，之后就失踪了。家里雇有伙计的小财主们合伙到冷府求情，盼人穷根本不见。小财东们只好找到贾刀笔，希望他能通融。贾刀笔向盼人穷建议道："东家，这些人大小也是个东家，可否减一点他们的份子钱？"

盼人穷冷笑道："哼！什么小东家，庙北村除了冷家再无东家，谁敢不交银子，狗剩就是他们的下场！"

这样一来，庙北村没人敢再说三道四。邻里们相互叮嘱：以后冷府再收银子，照数交就是，千万不敢说二话。

跑车鼓一事，敛财的同时还树立了冷府的权威，计划的第一步顺利实现，盼人穷心里舒服极了。

庙东村那边，见庙北村很容易收齐了银子，便照猫画虎地向庙东村百姓收了银子，只有庙西村吕东家没有照做。贾刀笔把这个消息告诉了盼人穷，盼人穷恶狠狠说道："他们收也好，不收也好，这边山人的银子迟早都要归冷府！"

收齐了银子，贾刀笔接着把田府管家和吕府管家请到冷府，转达了盼人穷的意思。冷府看台搭的比以往大一些，要庙东村和庙西村看台离得远一点，搭到三十步开外。

两个管家回到府上，分别将贾刀笔的原话传给主子。

庙东村这边，自打胡桑庄人从州衙撤走之后，白牡丹的兴奋之情比盼人穷是有过之而无不及。田东家死了，胡桑庄的事情了结了，田府的万贯家产被自己掌控，白牡丹感到从未有过的舒畅。水性杨花的白牡丹想学戏本里的女皇帝，过过随心所欲的日子。她想跟六子正式拜堂，后来一想，拜了堂就有了约束，所以改变了主意。她让六子当了长工头儿，只安排长工做事，不与长工们一起干活，以方便自己使唤。六子虽然健壮无比，但总归有点木讷。白牡丹因此不择手段，拉年轻长工万和上了自己的贼船。此后与万和形影不离，名义上是让他跑腿，实则是让他时刻陪着自己。听管家说弟弟要自己的看台离他们远一些，白牡丹心想这样正好，免得他们看见自己跟万和在一起，说三道四，便表示同意。

庙西村这边，吕大炮与盼人穷姐弟俩高兴的心情完全相反。他不明白，胡桑庄那么占理，怎么就赢不了官司？他更不明白，盼人穷姐弟那么坏的人，官府怎么就任由他们胡作非为？听管家说盼人穷要自己的看台离他们远一些，吕大炮心想这样正好，免得看见他们心烦，也表示同意。

正月十三，跑车鼓的时间到了。

冷府看台这边，盼人穷趾高气扬地带着黑牡丹、云飞，还有倩云上了看台，分别坐在红楠木椅子上。他左右各有丫鬟伺候，看台前边还站着贾刀笔随时恭候。看台两边分别站着八个彪形大汉，清一色的黑衣黑裤。看着气派的冷府看台，在场观众发出阵阵惊叹声。

田府看台这边，白牡丹高高坐在看台上，左右两边各站着一个丫鬟，守在看台下边的不再是长工六子，而是万和。按照当地风俗，丈夫刚去世，妻子不能参加跑车鼓这样的娱乐活动，可白牡丹偏要来。她要向众人宣示，我白牡丹想干什么就干什么，没人管得了。

吕府看台这边，吕大炮心情不好，本不想来看车鼓，但为了撑起庙西村的门面，他只能应付差事般上了自家看台。为显示自己与盼人穷和白牡丹不是一路人，除了管家，他没有带任何随从，也没有带丫鬟。一个人心情郁闷地坐在椅子上，一言不发，完全没有了昔日吕大炮的豪放与热情。

车鼓比赛即将开始，贾刀笔叫来梭梭问道："吩咐的事情弄好了吗？"

"小事一桩，已经办妥，管家放心就是。"

得到梭梭的准信，贾刀笔转身对黑贼说道："去叫三村车鼓队的旗手过来。"

片刻功夫，三个车鼓队的旗手来到跟前，贾刀笔以管事者的口吻说道："今年的跑车鼓咱们来个新花样，车鼓跑动之前，你们要先向庙北村看台告知，之后每转一圈，过来报告一声。"贾刀笔接着说道："不让你们白报，每报一次赏一钱银子，跑完车鼓找黑贼去领赏银。"

旗手们一听，事情简单，还有赏银，高兴地答应着离去了。

指挥官令旗一挥，车鼓比赛开始。三个旗手来到庙北村看台前，齐声报告："车鼓比赛开始，请主子明示。"

盼人穷摆摆手，学着刘学正的腔调说道："开始吧！"

旗手导引，鼓手们拉起车鼓跑了起来。鼓声咚咚，锣声呛呛，喊声阵阵。每跑一圈，旗手们便到庙北村看台前报一声……

围观的百姓纷纷议论，跑车鼓的规矩变了。

人群中的贾刀笔，对人们的议论听得清清楚楚，他高兴地告诉盼人穷道："东家，计划顺利实现，老百姓都说今年跑车鼓执行的是冷府新规矩，您这个朝廷的圣旨起了作用。"

"哦，哈哈哈……"盼人穷一阵狂妄的大笑。

车鼓比赛按照新规矩继续进行。跑着跑着，庙东村、庙西村两挂车鼓与庙北村车鼓逐渐有了距离。两村的小伙子竭尽全力，奋力追赶，怎么也追不上庙北村。原来梭梭按照贾刀笔的安排，提前在庙东村和庙西村车鼓的车轴里塞进了铁屑。车轴因而越转越涩，车越拉越沉，根本不可能跑到前边。

比赛结束，庙北村以绝对优势获得第一。

鼓手们照例在山神庙举行酒宴，酒席费由庙东村和庙西村负担。赛场失利的猫儿眼们死活不明白，往年跑车鼓三庄总是不相上下，为啥今年的差距就这么大？

　　话说盼人穷，自从喝下江南艺伎的药丸之后，感觉自己的欲望之火时刻在熊熊燃烧，永远无法浇灭。车鼓比赛一完，盼人穷便迫不及待地带着黑牡丹回到家里，两人滚在炕上就是一阵翻云覆雨。

　　三月的一天，心满意足的盼人穷靠在客厅的躺椅上品茶，两个小丫鬟分别蹲在两旁为他捶腿。看着窗外盛开的桃花，盼人穷心想我姓冷的真是有桃花运，不但拥有黑牡丹这样的绝色女子，而且玩遍了惜春院的小妞，小丫鬟也几乎睡了个遍。无论何时，只要自己想要，没人敢不从，也不用提心吊胆地关起门来做事，简直就跟皇帝一样。盼人穷庆幸自己听了贾刀笔的话，没有跟黑牡丹正式拜堂，不然的话就不能像现在这样自由。想着想着，他伸手抓住身边小丫鬟伍娟的手，放到嘴边亲了亲，轻轻感叹道："真嫩啊！"伍娟是新买的丫鬟中盼人穷唯一没有"宠幸"的一位，她虽然极不愿意，但也不敢明显反抗，只能假装羞涩半依半推。盼人穷越拽越紧，眼看就要伸手脱伍娟的衣服了。正在这时，只听黑贼在门外大声嚷道："二当家的，您怎么有空过来？"

　　听见喊声，盼人穷心想哪个二当家的，难道是二牛来了？他松开了自己的脏手，伍娟赶紧退到旁边。

　　门被推开了，进来的果然是二牛，盼人穷一脸的不高兴："闲你妈 X 的没事了，你来干什么？"

　　"舅舅，怎么没事，我找您说正事来了。"二牛辩解道。

　　"你有什么事？"

　　"您不是说三月十三要去胡桑庄砍树的嘛，这都三月初十了，您也没个准信，我妈让我过来问一下。"

　　"我跟贾管家早已经安排好，胡桑庄的事庙东村今后别参与了。"

　　"舅舅，这不合适吧？"二牛接着说道，"我妈说了，去胡桑庄砍树没庙西村可以，但不能没庙东村。我妈还说了，她有好点子，保障砍树能成功。"

"你妈有好点子？"

"是的，我妈说了，用她的办法，肯定能成功。"

"那你去找贾管家，跟他亲自说一下。"

二牛答应着刚要出门，黑贼推门进来了。他火急火燎地告诉盼人穷，手下人来报，胡桑庄人到京城上诉，已经走了一个多月。

盼人穷大惊失色，冲黑贼喊道："快，去叫管家。"

贾刀笔很快来到客厅，他问盼人穷道："东家，有什么事吗？"

"胡桑庄到京城上诉去了，咱得赶紧商量一下，看如何应对。"

"东家，这不要紧。"贾刀笔说道，"去京城上诉的人多了，没几个能赢下官司，能活着回来就不错了。"

"可万一他们告赢了呢？"

"东家，没有万一，山毛子又没银子又没人，肯定赢不了。"贾刀笔接着说道，"这类案子刑部顾不上管，都是批给地方审理。我回头跟刘学正通一下气，让他跟巡抚衙门打个招呼，保证不会有事。"

盼人穷长舒一口气："这我就放心了。"

"以后像这样的事我来处理就行，东家您安心享受就是了。"

"哦，好好好。"盼人穷转身对二牛说道，"砍树的事你跟贾管家说去吧，以后这样的事少来烦我！"

见盼人穷的眼睛一直往伍娟的胸口瞟，贾刀笔对二牛说道："走吧，去我房间，让你舅舅歇一会。"

二牛答应着跟贾刀笔离开了，盼人穷继续把魔掌伸向伍娟……

不远处，黑贼黝黑的脸上流下一串泪珠，心里恶狠狠骂道，盼人穷你等着，我早晚弄死你！

注：

①三六九——吉利数字。不同于南方人喜欢的"一六八"，绛州人认为"三六九"为吉利数字。

②助狗上墙——故意帮着人往墙上撞、往坑里掉的意思。

五十 / 贾刀笔的秘密

贾刀笔带着二牛来到自己房间，二牛迫不及待地说道："贾管家，我妈说了，去胡桑庄砍树，她有好办法。"

"你妈有啥好办法？说来听听。"

"我妈说了，再去胡桑庄砍树，我们要用头脑，不能光用蛮力。"

贾刀笔感到新鲜，遂问二牛道："怎么个用头脑法？"

"我妈说了，只须用两招，保证制服胡桑庄人。第一招，砍树之前先让咱们的人假装衙役去胡桑庄，要王居汉带几个管事的到州衙说事。山毛子消息不灵通，肯定会如约前往。我们的人提前埋伏在娘娘峪口，王居汉他们一到，立即抓起来，然后统统干掉。没有了王居汉那几个主要人物，胡桑庄人就是一盘散沙。第二招，砍树队到了胡桑庄之后，先把胡桑庄的妇女和小孩抓起来，并放出狠话，若阻止砍树就把他们推下悬崖。为了救出自己的老婆孩子，胡桑庄的青壮年男人必然会屈服，我们就可以随意砍树。"

这真是个好办法，贾刀笔不由得打心底里佩服白牡丹，他伸出拇指冲二牛说道："这真是个好主意，可惜我们暂时不能使用，以后再说吧。"

"为什么？"

"没听黑贼说吗？胡桑庄人到京城上诉去了，我们得先考虑应付他们上诉的事，砍树的事等以后再说。"

二牛不以为然道："您不是说让刘学正打招呼，上诉的事不要紧吗？"

"不怕一万就怕万一，我估计他们上诉不起作用，可万一起了作用怎么办？我们得提前防着点！"

"那我们三月十三不去胡桑庄砍树了吗？"

"不去了。"贾刀笔回答道，"回去告诉你妈，就说砍树的事以后再说。"

想想贾刀笔来庙北村之后的所作所为，确实是出手不凡。他帮助舅舅把单府变成了冷府，还通过跑车鼓，让冷府和田府收入大把银子，使舅舅成为动一动踩得边山响的头面人物。二牛颇为服气地说道："贾叔，您是有宏图大略的人，都听您的。"

说贾刀笔具有宏图大略有点言过其实，但他确实是个很有"抱负"的人。之所以离开繁华的州城跟盼人穷到偏僻的庙北村，名义上是帮助盼人穷实现称霸边山的梦想，其实是想利用盼人穷的贪婪，达到自己取而代之的目的。当初云龙去送刘管家，贾刀笔明里不知，实则纵容，结果造成云龙掉崖而死。单府变成冷府，制服了胡桑庄，离冷府变贾府的目标就仅剩一步了，贾刀笔加紧了夺权步伐。他买通江南艺伎，顺利地让盼人穷服下药丸。那是一种慢性毒药，服药后人变得欲火旺盛，半年以后会慢慢变衰不治而亡。他新买了俊俏丫鬟供盼人穷发泄，加速他的死亡。自己的外甥小福进入护院队，让他提前介入冷府的事务，为将来掌管冷府做准备。总之，贾刀笔为盼人穷和冷府所做的一切，都是在利用盼人穷的贪婪和荒淫为自己布局。

说起贾刀笔的外甥小福，这里有一段避不开的故事。

所谓的外甥，其实是贾刀笔的亲生儿子。小福与云飞年龄相仿，是贾刀笔与绛州城内一个暗娼所生。暗娼名叫梅子，本是良家女子，因生活所迫才不得不靠卖笑为生。

梅子出生于绛州城内一个殷实人家，八岁时死了爹，十岁时死了娘。一个远房表叔以照顾梅子的名义住进梅子家，实际是贪图她家的财产。表叔是个十足的瘾君子，没几年工夫，便因抽大烟把梅子家的房产变卖精光。为了继续抽大烟，表叔把十五岁的梅子卖给一个富商做小妾。模样俊俏的梅子深得富商喜欢，也因此招来其原配妻子的嫉恨。三年后，富商因病突然去世，梅子被其原配妻子赶出家门。因娘家的家产已经被表叔败光，梅子只能住在一间无人居住的破房子里。为了活命，无任何收入的梅子只好做起了暗娼。其时，正是贾刀笔穷困潦倒之时。

一天晚上，梅子到一家小饭馆吃饭，巧遇饿昏在饭店门口的贾刀笔。见一个陌生的年轻人倒在地上无人理睬，心地善良的梅子上前扶起他，并买了一碗米粥喂他喝下。喝了米粥，贾刀笔慢慢恢复了体力。望着眼前的救命恩人，贾刀笔感激得热泪直流。

后来，贾刀笔在街上摆起了地摊，生活有了好转。他没有忘记救命恩人，四处打听终于找到梅子，两个人便住到了一起。有了贾刀笔摆地摊的收入，梅子不再卖笑，一年后为贾刀笔生下儿子小福。因贾刀笔与梅子以姐弟相称，小福便叫贾刀笔舅舅。至于他们为什么没有正式拜堂成为夫妻，有人说因梅子怕自己的娼妓名声连累贾刀笔，也有人说因为贾刀笔怕别人说三道四不愿与梅子拜堂，真实原因不得而知。虽然没有正式拜堂，但不是夫妻胜似夫妻，两人感情甚好。

本来一家人可以安安稳稳过日子，不想小福三岁时，梅子因痨病去世。贾刀笔食无保障、居无定所，只好把小福寄养在城内一个小户人家。

多少年无暇顾及儿子，如今终于在庙北村站稳了脚跟。贾刀笔决定把儿子小福接到身边，提前培养他，以便将来接自己的班。

按照自己的预谋，盼人穷已经服下毒药，半年后将因迷恋女色而死亡。贾刀笔决定继续采取行动，毒死云飞，扫清自己梦想的最后障碍。

为了计划能顺利实施，贾刀笔格外关心起了云飞。他有事没事总爱到云飞房间转一转，向云飞问长问短、嘘寒问暖，

这一天，贾刀笔又来到云飞房间，先问了云飞伤势的恢复情况，接着从怀里掏出一个药丸放到桌子上，假装十分关心的样子对云飞说道："二少爷，您这娇贵的身体，受了那么重的伤，需要补一补。这是我托人买的补药，你明儿个早上起来以后，和着酒水服下去，对身体恢复很有好处。"说着他又从怀里掏出一壶酒，认真叮嘱道："酒我也给你带来了，明儿个早上起来一定记着把药丸吃了。"

"贾叔,我年纪轻轻的,受一点小伤没多大关系,用不着吃补药,要不您老拿去用吧。"

"看你说的,我胳膊腿好好的,吃什么补药?"贾刀笔接着说道,"你是咱冷府的未来,身体金贵,要注意保养!"

贾刀笔说完准备离开,云飞拿起桌上的药丸追出房门说道:"贾叔,这药我真的不需要,还是您留着自己用吧。"

贾刀笔以长者的口吻说道:"孩子,这是名贵补药,有病治病,没病防病,不要再推辞了,明儿个早上一定记着喝下去。"

"好吧,我记住了。"

见贾刀笔走远了,云飞顺手把药丸扔进门前的花坛里。

且说贾刀笔外甥小福,生就一副下作相。人穷志不穷,这本是一般穷苦人家孩子应有的品性。小福虽然生在穷人家,长在别人家,却没有一点穷人家孩子的骨气。孩童时期,只要看见别人家孩子吃东西他就眼馋,为此没有少挨养父母的打。大一点之后,不仅羡慕别人的零食,还羡慕别人的玩具。为了吃一点别人的零食,玩一下别人的玩具,别的孩子让他干什么,他就干什么。

有一年中秋,一个孩子抱着占便宜的心态找到小福,晃动着手里的月饼问道:"小福,想吃吗?"

小福流着口水说道:"想。"

"想吃就叫爷爷。"

小福脆脆地叫了一声:"爷爷!"

那孩子用月饼在小福嘴边晃了一下,不满意地说道:"不行,辈分太小!"

小福想也不想立即改口叫道:"老爷爷。"

"不行,还是太小!"

小福随口叫道"老老爷爷!"

"还是太小!"那孩子把手中的月饼越举越高。小福跟着一直在爷爷前边加老字:"老……"

直到那孩子用尽胳膊,再也举不高了,小福才喊出"爷爷"两个字。

那孩子把月饼放到小福嘴边,见小福大张着嘴巴,又收了回去。小福只好缩小嘴巴，那孩子才让他咬了一小口。

小福满足地嚼着嘴里的一丁点月饼，旁边看热闹的孩子都笑了。

来到冷府之后，贾刀笔安排小福与护院队吃住在一起，目的是想让他历练历练。下作的小福看见与自己年龄相仿的云飞一个人住着那么大的房子，吃饭穿衣有丫鬟伺候，连舅舅见了他也点头哈腰，心里十分羡慕。他有空没空总喜欢到云飞的房子前转一转，目的无非是过过眼瘾。

世上有些事情巧合得堪称出奇。

这一天，小福闲来没事，又想到云飞那里过眼瘾。快到云飞房间时，恰巧碰见云飞送贾刀笔出门，听见舅舅反复叮咛云飞要记着吃补药。舅舅一离开，云飞就顺手把补药扔进门前的花坛里。

小福心想这二少爷真是大手大脚，对名贵补药都不在乎。看看周围无人，他从花坛里捡起药丸，装进自己口袋快步离开了。

其实贾刀笔给云飞的根本不是什么补药，而是一种慢性毒药，服用后半个月左右发作。其时服药者全身疼痛，蜷缩成一团，越缩越小，直至丧命。

这一天，贾刀笔正在房间里琢磨心事，梭梭急匆匆跑了进来，喘着粗气说道："贾管家，小福病了？"

贾刀笔心里一惊："小福病了，他得了什么病？"

"我也不知道。"

"他在哪里？"

"他躺在炕上，身体缩成一团，嘴里直喊疼。"

贾刀笔心想坏了，起身就去找云飞。还未到云飞房间，他大老远就喊道："云飞，云飞！"

听到贾刀笔的喊声，云飞从房间走出来，他问贾刀笔道："贾叔，有事吗？"

见云飞一身轻松的样子，贾刀笔结巴着说道："没……没事，我过来看看你。"

原以为贾刀笔是去看小福，没想到他来看云飞，梭梭不解地问贾刀笔道："贾管家，小福病了，你来看云飞干什么？赶紧去看小福啊！"

"对对对，快去看小福。"贾刀笔说着就往小福住处跑去。

小福抽搐成一团，痛苦地呻吟着，已经说不出话了。贾刀笔心想完了，我贾家要绝后了，小福肯定是把自己给云飞的毒药给喝了。

贾刀笔百思不得其解，小福是怎么拿到毒药的？他心里一遍遍问自己：怎么回事？怎么回事……

见贾刀笔一句话不说，梭梭着急地问道："贾管家，要不要把小福送到城里找先生看看？"

贾刀笔心里清楚，这种毒药没有解药，一旦发作，必死无疑。他摇摇头回答梭梭道："不用了，他已经没治了。"

话刚说完，小福就咽气了。

本想毒死云飞，让小福变成冷府继承人，没想到事与愿违，毒死了自己的儿子。贾刀笔懊恼至极，他不甘心就此罢休，心里暗暗发誓：小崽子云飞你等着，我早晚弄死你！

贾刀笔重新设定了目标，一方面伺机害死云飞，一方面加紧笼络黑牡丹。为防止黑牡丹怀上盼人穷的孩子，贾刀笔从惜春院老鸨那里买了麝香交给她，让她防着点，并向黑牡丹允诺，只要盼人穷一死，即刻与她拜堂。贾刀笔明白，黑牡丹是单家明媒正娶的媳妇，不但能为贾家传宗接代，还能继承单家家产，即使害不死云飞，也能以她的身份与云飞争财产。到了关键时刻，有护院队自己的亲信梭梭一帮人相助，贾刀笔相信云飞不是对手。

狡诈的贾刀笔不仅考虑了进攻之道，还想好了自己的退路。经过仔细梳理，他把盼人穷与黑贼掐死丫鬟，逼死单老太太和凤儿，黑贼和云飞把高登武母子推下悬崖，黑贼害死狗剩，盼人穷利用跑车鼓的机会向庙北村百姓收取银子，甚至连白牡丹建议谋害王居汉的情节都做了详细记录。其中，对云飞参与把高登武推下悬崖的细节记得尤为清楚。贾刀笔谋算，万一胡桑庄的案子翻过来，他可以把责任统统推到盼人穷、黑贼及云飞身上，自己既能逃脱法律制裁，又能以黑牡丹配偶的身份，顺理成章成为单府当家人。

回过头再说云飞，他对贾刀笔向自己投毒的事其实心知肚明，因为正直的陈先生早就告诉过他，要防止贾管家下毒。让云飞不解的是，自己没死，反倒是小福死了。利用接头机会，云飞把这件事告诉了刘管家。刘管家分析，小福一定是把云飞丢弃在花坛中的毒药捡去吃了，因而中毒身亡。

刘管家拍拍云飞肩头感叹道："好险啊！"他接着叮嘱云飞："贾刀笔是一条大毒蛇，他一定还会有更大动作。你回去后佯装不知情，先稳住他，然后利用一切机会，注意观察他的一举一动。"

贾刀笔房间的东山墙上有一个通风窗户，窗下边是一个紫藤架。小时候云龙和云飞经常淘气地从窗户爬进去，隔着顶棚的木板偷看刘管家算账。贾刀笔来单府时间不算长，对自己房间的这个结构毫不知情。云飞决定利用这个条件，从暗处观察贾刀笔。

这一天，云飞提前从东山墙的窗户爬进去，悄悄趴在顶棚板上等着贾刀笔进来。过了一会，听见有开门声。云飞轻轻透过木板缝隙，看见贾刀笔掀开墙壁上的墙兜①，用拳头轻轻一捶，取下松动的砖块，露出一个暗洞。贾刀笔伸手从里边拿出一样东西，云飞心里一惊，差点叫出声来，原来他手里拿的正是奶奶给自己的宝盒。贾刀笔打开盒子，取出一个小册子，拿起毛笔在册子上写着什么，写完把册子放进盒子，又把盒子放回原处，然后躺在炕上开始过起烟瘾。云飞趴在上边一动不敢动，直到后来贾刀笔去厨房吃饭，他才从顶棚上下来。

云飞心想，看来贾刀笔确实有秘密，得想办法弄出他墙壁里的东西。之后的日子里，云飞一直在寻找机会。

再说盼人穷，自从服了江南艺伎的药，欲火是越来越盛。除了和黑牡丹厮混，每隔半个月就要去一趟惜春院，且一去就是两三天。对其他事情完全失去了兴趣，一概交由贾刀笔办理。

惜春院三教九流人员复杂，信息也灵。九月的一天，盼人穷听老鸨说，胡桑庄去京城告状的人死在路上，派去送银子的人也掉下悬崖摔死了。

盼人穷回家后立即吩咐贾刀笔："听人说胡桑庄去京城告状的人死了，赶快派人去一趟胡桑庄，了解一下真实情况。"

"东家，别跟庙东村和庙西村说了吧，咱们自己派人去。"

"那是当然啦，不能让他们知道。王居汉他们死了，没人领头了，以后胡桑庄的地、胡桑庄的树就都归咱们了。"盼人穷接着叮咛道，"别让黑贼和毛蛋去，让两个胡桑庄人不熟识的人去。"

"好的东家，我安排榛子和梭梭去，这两人，胡桑庄人不熟。"

"行，让他们去吧。"

榛子和梭梭奉贾刀笔之命去往胡桑庄，刚到村头就听见哇哇哇的哭声。近前几步，只见胡桑庄男女老少跪在地上，人群前边燃烧着一堆纸钱，聂三合对着东北方向大声说道："居汉、富贵、登武、小娥，你们为了胡桑庄人献出了自己的命，胡桑庄百姓永远忘不了你们！"全村人接着哇的一声大哭，哭声震天动地。见此情景，榛子和梭梭转身就往回跑。

除去了后顾之忧，盼人穷去惜春院的次数更勤了。

盼人穷一走，贾刀笔便有了机会，他让亲信梭梭把住管家小院的门，不许任何人靠近，自己抓紧与黑牡丹厮混。

十月初的一天，眼见得盼人穷去了惜春院，贾刀笔不失时机地叫来黑牡丹。正云雨中，忽然听见梭梭敲门，贾刀笔不耐烦地问道："什么事？"

梭梭急切地回答："东家回来了。"

贾刀笔赶紧爬起来，一边穿衣服一边对黑牡丹说道："快走快走！"

贾刀笔随梭梭去接盼人穷，黑牡丹随后急急忙忙离去了。

真是天赐良机。云飞趁机进了贾刀笔房间，取下墙上的砖块，从暗洞里拿出宝盒，取出小册子打开一看，上面分别记着盼人穷与黑贼作恶的时间与手段，以及刘学正因贪女色私授官产予三庄的情节，连盼人穷跑车鼓向庙北村人收银子，以及白牡丹设计抓王居汉等人的计谋都记得清清楚楚。云飞终于弄清了丫鬟无故失踪、奶奶和母亲死亡、狗剩失踪的原因。

为避免打草惊蛇，云飞努力记住了每个事件的时间点，然后把本子放回原处，盖好砖块，退出贾刀笔房间。

注：
①墙兜——平面布缝上大小不一的袋子，挂在墙壁上储存小物品。

　　盼人穷为啥会突然从惜春院返回庙北村呢？

　　原来他从老鸨处听到一个消息，说是胡桑庄人在京城刑部滚了钉板，刑部已经把案子发回山西重审。听到这样的话，盼人穷没有心思再作乐，赶紧收拾东西匆匆忙忙赶回庙北村。

　　一进大门，盼人穷就气急败坏地对黑贼说道："快，快去叫管家，让他跑步过来。"

　　贾刀笔匆匆过来，问盼人穷道："东家，啥事这么着急？"

　　"屎到沟子门了，能你妈 X 不着急吗？"

　　贾刀笔丈二和尚摸不着头脑，愣怔着问道："东家，到底什么事？您说明白。"

　　"胡桑庄人把官司打赢了！"

　　"啥？胡桑庄赢了官司，这不可能！"贾刀笔肯定地说道。

　　"那个不要命的王居汉到刑部滚了钉板，刑部要山西重审此案。"盼人穷说道。

　　听盼人穷这样一说，贾刀笔不免有点心虚，可为了稳住盼人穷，他还是装出若无其事的样子说道："发回山西重审怕啥？咱省里有人，不怕他山毛子！"

371

"别说废话了，赶紧带上银子去晋阳打点。"

"东家，咱何必舍近求远？我跟你姐去州衙一趟，问问谢知州不就啥都知道了？"

盼人穷心想这倒是个好主意，便同意道："行，就去州衙找谢知州，快去快回。"

急匆匆出了盼人穷房间，贾刀笔赶紧让毛蛋套车，乘轿车去往田府接白牡丹。

贾刀笔为何要跟白牡丹一起去找谢知州？因为他知道自打与谢知州认识后，白牡丹与谢知州的幽会一直没有断。

白牡丹这边，听说要去见谢知州，立马上了贾刀笔的轿车，一同往绛州城而去。

熟门熟路，白牡丹与贾刀笔很快见到了谢知州。

贾刀笔说明来由，谢知州惊出一身冷汗。这么大的事竟然一点不知情，谢知州预感到胡桑庄的案子可能要翻。他心里虽然紧张，表面上仍装出十分轻松的样子说道："没什么，省里有我老师顶着，出不了啥问题。"

情知前途不妙，谢知州仍不忘及时行乐。他转身瞅瞅白牡丹，白牡丹会意，对贾刀笔说道："你先回去，跟我弟传达谢大人的意思。我跟谢知州还有话说，暂时不回去了。"

贾刀笔知趣地一个人出了州衙，乘轿车回了庙北村。

从谢知州那里没有了解到有用的东西，盼人穷和贾刀笔商量，决定去省城一趟问问清楚。贾刀笔于是马不停蹄，赶往晋阳。

再说这刘学正，一直渴望重返绛州那片神奇而美丽的土地，梦想着与黑白双牡丹重逢。谢知州主政绛州之后，他通过舅舅打通关节，准备到绛州官复原职。前一段时间，听到消息说胡桑庄去京城告状的人死了，觉得自己的梦想就要实现，心里不免美滋滋的。正得意之时，突然得到刑部把案子发回山西重审的消息。刘学正心里着急，无奈舅舅被排除在审案官员之外，根本得不到任何信息。正为此事懊恼，贾刀笔来找，他只能半真半假地敷衍道："审案的官员是巡抚亲自拟定的，没有我舅舅，不过有舅舅的门生。舅舅一定会尽力，让他们维持谢知州判决。"

见刘学正精神状态不好，贾刀笔意识到大势已去。抱着一丝侥幸，贾刀笔掏出一包银子递给刘学正道："一点心意，请大人收下，若不够请捎信，我即刻送来。"

刘学正明知自己无能为力，还是心安理得地收下了银子，并且宽慰贾刀笔道："我之后把银子转送舅舅，他一定会尽力的。你放心回去吧。"

从晋阳回来，贾刀笔半真半假地告诉盼人穷，刘学正已经把银子转交他舅舅，回话说放心吧没事。盼人穷心想，案子牵涉到刘学正自己，既然他舅舅参与审理案子，一定会尽力维持谢知州判决。这样一寻思，心里算是安稳了，嘴里不由得哼起了小调：一根扁担软溜溜地溜呀呼嗨……

知道事情真相的贾刀笔，远没有盼人穷那么轻松。他反复琢磨案子的审理地点与方式，要么直接传原被告到晋阳城讯问，要么到平阳府讯问，要么到绛州大堂讯问。想过审案的方式，又反复推演讯问的内容。之后，贾刀笔从暗洞中取出早已准备好的证据，仔细查看、逐条核实，确信上了大堂自己能撇清一切责任与罪过，终于放下心来。

十月十二，刘管家与云飞在老地方见了面，云飞说出了贾刀笔的秘密，并根据自己的记忆，把贾刀笔记录的内容写在纸上交给了刘管家。刘管家告诉云飞，胡桑庄三人去京城喊冤，路上死了一个，滚钉板死了一个。好在他们的努力没有白费，刑部已将案子发回山西重审。省里已经开始行动，两天前郑知县和省里来的捕快来刘家庄暗访，向自己了解相关事情，说是还要去胡桑庄实地查勘。

云飞紧紧握住刘管家的手，急切地问道："刘爷爷，您说胡桑庄的案子能翻得了吗？"

"能，一定能！"刘管家回答道，"郑知县说了，不仅要翻案，还要追究那些贪赃枉法者的责任。"

云飞长舒一口气，仰天长叹："苍天啊，您终于睁开了眼睛！"

刘管家帮云飞擦擦溢出眼角的泪花，接着叮嘱道："孩子，这种时候我们千万要冷静。你回去后要设法拿到贾刀笔藏在宝盒里的东西，那是盼人穷他们的罪证。另外，对省里来查案的情况一定要注意保密。"

该说说厄运连连的黑牡丹了。开始被蹂躏时，黑牡丹愤恨不已，真想一口咬死那些坏蛋，但一个弱女子，面对野兽般的男人只能是想想而已。后来她麻木了，心想这大概就是自己的命。再后来她变得头脑清醒，决定利用恶人的好色，为自己谋取利益。

盼人穷想和黑牡丹正式拜堂的事，曾让黑牡丹高兴了一阵子，心想终于有了出头之日，没想到事情没成，盼人穷变卦了。贾刀笔也曾多次表示要娶黑牡丹为妻，但也只是纸上画饼，能看不能吃。

近一段时间，贾刀笔的态度发生了改变。他曾经对黑牡丹说："你是单家明媒正娶的媳妇，本应该是单府的主人。因为有盼人穷在，才受人欺负。盼人穷一死，你就有了出头之日。"

贾刀笔的话让黑牡丹豁然开朗，心想作为单家媳妇，盼人穷一死，我和云飞就是单府家产的继承人。她重新设定了自己的人生目标，她要成为单府的主人，成为边山一带的人上人。黑牡丹谋划着，到时候自己招一个男人，就算得不了单家的全部家产，至少也能跟云飞平分。她把目光投向了黑贼，黑贼能吃苦，关键时刻能踢能咬，自己就需要这样的男人。之后，黑牡丹瞅准机会不断向黑贼展开进攻，终于把黑贼拉到自己身边。两人约定，等盼人穷一死，即刻拜堂成亲。

近一段时间，盼人穷很少叫黑牡丹过去。即使叫过去，也是咳嗽不断、气喘吁吁，远没有过去那样旺盛的精力。黑牡丹预感到盼人穷可能活不成了，不由得暗暗高兴起来，心想自己出头的日子不远了。

这天午后，黑牡丹见盼人穷和贾刀笔都没有动静，便把自己一件贴身内衣挂在房门前边的晾衣架上，这是她召唤黑贼的暗号。

不一会儿工夫，黑贼果然来了。黑牡丹抑制不住心头的激动，她告诉黑贼，盼人穷那个老贼不行了，我们出头的日子到了，两人接着滚到了一起。

正高兴间，忽然有人敲门。黑牡丹赶紧让黑贼躲进衣柜，随手把他的衣服塞进去，然后假装刚睡醒的口气问道："谁呀？"

门外传来贾刀笔急促的声音："快开门，是我。"

黑牡丹披好衣服开了门，假装生气的样子说道："刚睡下就被你叫醒了，大中午的就不怕被人看见吗？"

因为着急，贾刀笔也没有发现黑牡丹房间的异常，他着急地对黑牡丹说道："捕快很快就到了，咱们赶紧走。"

"捕快有什么好怕的？"黑牡丹问道。

"捕快是来抓我们的，怎么能不怕呢？"

"抓我们？"黑牡丹问道，"我又没干什么坏事，捕快抓我干什么？"

"不是抓你。"贾刀笔说道，"是抓我和东家，还有黑贼。"

"捕快抓你们，又不抓我，我怕什么？"

"抓了我，你今后跟谁，靠谁？"贾刀笔急切地催促道，"走，快走！"

"去哪里？"这话是黑牡丹故意说给黑贼听的

"绛州那边不能去，咱们去汾城。"贾刀笔说道。

"去汾城不是要过野狼沟吗？云龙就死在那个地方，我害怕，不去。"

"我们只是从野狼沟路过，又不住在那个地方，有什么好怕的。"

"我们空手不来脚①的，去了汾城吃啥喝啥？"

贾刀笔拍拍怀里的宝盒道："这里边有宝贝，我们下半辈子吃不完用不完。"

听贾刀笔这样一说，黑牡丹这才注意到他怀里藏着一个精致的云雕盒子，心想这大概就是他说过的那个珠宝盒子。她假装不解地问道："这里边有啥呀，能够供我们下半辈子吃喝？"

"这里边全是金银珠宝。"

黑牡丹心里踏实了，心想我得想办法夺下宝盒，于是一语双关地说道："有了这宝贝盒子，我就放心了，咱们走吧。"

贾刀笔为啥要急急忙忙带黑牡丹走呢？

原来郑知县已经接到升任绛州知州的任命，他带着省巡抚的公函到了绛州州衙，向谢知州宣读了省里的决定，革除他的顶戴花翎，永不录用。接着他立即介入公事，命令州衙捕快即刻到边山捉拿相关罪犯。

捕快们骑着快马，很快到了山神庙岔路口。捕快头目扬起马鞭向着庙东村方向一指，带领手下去抓捕白牡丹和二牛。捕快中有一个刘学正的亲信，佯装肚子疼，以解手为名留了下来。大伙离开后，刘学正亲信迅速赶到庙北村，叮嘱贾刀笔赶紧逃跑。

贾刀笔慨叹自己推演了那么多剧本，竟然没有一个有用。事已至此，再想别的也没用，唯有逃命要紧。贾刀笔于是慌忙回到房间，从暗洞里拿出宝盒去找黑牡丹。

黑牡丹跟着贾刀笔出了冷府大门，急匆匆往野狼沟跑去。到了野狼沟峭壁处，忽然听到有人大声问道："贾管家，慌慌忙忙这是要去哪里？"

抬头一看，迎面站着黑贼。贾刀笔心想坏了，怎么会碰到这个恶魔？时间紧急，又没别的道可走，贾刀笔只好硬着头皮迎上去，对黑贼撒谎道："东家让我去汾城办点事。"

"去汾城办事带大少奶奶干什么？"

"这……"贾刀笔随口胡诌道，"大少奶奶身体不舒服，顺便跟着我去汾城看看病。"

黑牡丹朝黑贼使了个眼色，黑贼会意，指着贾刀笔手里的宝盒问道："你手里拿的什么？"

"哦……这……"贾刀笔一时答不上来。

"这什么这？你分明是偷了府上的东西想逃跑！"黑贼说着就上来抢贾刀笔手里的宝盒。贾刀笔哪里肯给，两个人争来夺去扭作一团。

慌忙之中，贾刀笔冲边上的黑牡丹喊道："快，快拿石头砸他！"

正不知所措的黑牡丹，听了贾刀笔的话，赶紧从地上捡了块石头，可是转来转去下不去手。

眼看宝盒就要被黑贼夺走，贾刀笔假装认输道："算了，别夺了，给你吧。"黑贼稍一松懈，贾刀笔照着他的黑头一肘子打过去。黑贼惊叫一声摔下悬崖，见了阎王。

一场危机终于化解，贾刀笔抱着宝盒一屁股坐在地上，大口喘着粗气。

原想着黑贼肯定能从贾刀笔手中夺下宝盒，没想到他竟然被贾刀笔推下悬崖。黑牡丹心里懊恼，表面上假装庆幸，她恭维贾刀笔道："贾大哥，没想到您这么厉害，连黑贼都不是您的对手。"

"他一个莽夫，差远了！"贾刀笔放下宝盒，扬扬自得地说道，"以后好好跟着贾哥过日子，错不了。"

"贾哥，咱们能跑得了吗？万一捕快追到汾城怎么办？"

"咱们到山里去，找一个捕快找不到的地方。"

"那我们不就成了山里人？"黑牡丹问道。

"山里人有什么不好？"贾刀笔说道，"我真是羡慕山里人，想过他们那种人与人之间没有弯弯绕的生活。"

"好，那我们就到山里去，我给你生一堆小山里人。"

黑牡丹的话说到了贾刀笔的心里了。想想黑贼已死，盼人穷也必死无疑，新任知州肯定也查不出自己啥问题，贾刀笔不觉飘飘然起来："爱妃，听朕细说。咱们先在山里住下来，等过了这阵风，咱们再回来，到时候这庙北村就是咱们的天下。"

"哟，看把你拽②的！你有啥能耐，这庙北村咋就能成为你的天下？"

贾刀笔指着旁边的宝盒说道："不是我有能耐，是这个宝贝盒子有能耐，里边的东西一拿出来，单家大院里所有人就得向它跪拜。"

"你不是说这里边装着金银财宝吗？咋还有这能耐？"

"这你就不懂了。"贾刀笔说道，"戏文里不是有一句话嘛，官凭印，虎凭山。这里边装着单家的传家宝玺，谁有它谁就是单家的正宗传人。到时候咱们带着自己的儿子，拿着宝玺回去，谁敢不认？！"

"啊！我知道了，这里边装着单家主人的凭证。"

"这下知道宝盒的珍贵了吧！"贾刀笔对黑牡丹说道："扶我起来，咱们走，去山里生儿子。"

嘴上说羡慕山里人的生活，心里还是忘不了单府的荣华富贵。黑牡丹心想，好你个贾刀笔，我算是看透了你！她扶着贾刀笔慢慢从地上站起来，突然一声惊叫："黑贼，你怎么上来了？"

贾刀笔不知是计，转头看去，黑牡丹趁机两手狠命一推，贾刀笔摔下悬崖，也去见了阎王。

黑牡丹泪如雨下，凄厉的喊声刺向深不见底的山谷："报—应—"

终于解了自己的心头之恨，黑牡丹弯腰抱起地上的宝盒，她要回单府去，成为单府的主人。

正要转身离开，听见有人喊道："站住！"

黑牡丹抬头一看，原来是丫鬟伍娟，她惊奇地问道："伍娟，你来这儿干什么？"

"别废话，放下宝盒离开，咱们井水不犯河水，各走各的路。"

黑牡丹更奇怪了："你怎么会知道宝盒？"

伍娟是怎么知道宝盒的？这还得从黑贼这里说起。

原来黑贼并不真心喜欢黑牡丹，而是喜欢伍娟。自伍娟一进冷府，黑贼便喜欢上了她。之后利用护院队头目的便利，不断向伍娟示好。伍娟一方面因为害怕黑贼下黑手，一方面也为了有个依靠，只能虚与委蛇。那一次盼人穷欲对伍娟下手的时候，黑贼大声喊二当家，其实是想保护她。黑贼曾经告诉伍娟：贾刀笔藏着单府的宝盒，承诺一旦有机会得到它，他就带伍娟远走高飞。

事发当天，虽然藏在衣柜中，但黑牡丹有意讲给自己的话黑贼听得清清楚楚。贾刀笔带着黑牡丹离开后，黑贼赶紧从衣柜中钻出来，急匆匆去找伍娟。他告诉心上人，州衙捕快来抓人，贾刀笔已经带着宝盒跟黑牡丹去野狼沟了。他先去截住贾刀笔，夺下宝盒，让伍娟随后赶来，两人一起带着宝盒逃跑。

伍娟虽然年岁不大，却很有心计。她并没有真心想跟黑贼走，而是想利用他获取宝盒，另作他图。

黑贼前面走，伍娟悄悄尾随其身后，一路向野狼沟奔来。眼见得黑贼和贾刀笔双双跌下悬崖摔死，伍娟心里大喜，便想夺下黑牡丹手里的宝盒逃往他乡。

见黑牡丹不知就里，伍娟挑明了说道："你跟黑贼干的事，我心里清清楚楚。你以为黑贼真看得上你这个脏女人吗？他是假跟你好，真想跟我好，可是我看不上他。"伍娟接着愤愤然道："盼人穷、贾刀笔、黑贼，还有你这个脏女人，你们都不是好东西！"

这一刻，黑牡丹感觉自己真正清醒了。她没有生伍娟的气，反而心平气和地说道："伍娟，你比我小，请允许我喊你一声妹妹。"黑牡丹接着说道："妹啊，我活了二十年，算是明白了一个道理，人获得财富的方法有多种，唯独不义之财不可取。这宝盒我不想要了，你也不能要。"

"我知道你不缺银子，你可以唱高调。可是我缺银子，我们家缺银子，请你把宝盒给我。"

"伍娟妹妹，这宝盒真的不能要。"

"我要，我就要！"伍娟说着朝黑牡丹猛扑过去，黑牡丹来不及躲闪，两人一起跌下悬崖。

宝盒被摔碎了，里面只有几块碎砖头。

宝盒中的东西去了哪里？这里不得不说到云飞。

两天前刘管家来找云飞，告知他州衙很快会有行动，叮嘱他尽快拿到盼人穷等人的罪证，并密切注意盼人穷、贾刀笔和黑贼的行踪，防止他们逃跑。

这一天，眼见得盼人穷去了城里，于是云飞有了专门盯贾刀笔的机会。见看门人传话给贾刀笔，说有州衙捕快来找，云飞便悄悄跟着贾刀笔到了大门口，捕快与贾刀笔的对话被他听得一清二楚。

送走了州衙捕快，贾刀笔快速进了大门，正准备去自己房间，忽然听到云飞喊道："贾管家，我爹有事找您，让您赶紧过去一下。"

云飞本是无奈的应急之举，但贾刀笔因为急过了头，并没有反应过来。听说东家叫自己，遂转身去找盼人穷。

眼瞅着贾刀笔离去了，云飞抢先一步跑到他的房间，取走了宝盒中的东西，随手往里边装了几块碎砖头。

贾刀笔找盼人穷没见到，顾不得多想，匆匆回到自己房间，取走了珍藏多日的宝盒。

再说捕快们到庙东村抓了白牡丹和二牛，接着到庙北村来抓人。刚到村口，州衙派快马前来告知，已经在惜春院抓到了盼人穷，捕快们便紧着去抓贾刀笔和黑贼。得知两人跑路的消息，捕快们扬鞭催马追到野狼沟，发现贾刀笔和黑贼已经摔死，同时摔死的还有黑牡丹和冷府丫鬟伍娟。勘验完现场，捕快们押着白牡丹和二牛回州衙复命。

注：
①空手不来脚——空着两只手的意思。
②拽——显摆的意思。

五十二 / 永昭后世

　　古老的绛州衙门里，胡桑庄一案的查证工作紧张有序地进行着。

　　根据贾刀笔的记录与白牡丹的供述，结合胡桑庄与三庄当事人聂三合、刘管家、云飞、吕大炮及倩云的旁证，查清了盼人穷和黑贼害死丫鬟及狗剩的罪证，查清了贾刀笔和盼人穷指使黑贼将高登武母子推下悬崖的罪证，查清了白牡丹害死田东家的罪证，查清了刘学正私授学产予三庄及谢知州贪赃枉法的犯罪事实。

　　诸多事件一一落实，所有罪犯一一落网。谢知州将查证结果报到省里，省巡抚组织三堂会审，很快对案子进行了判决。

　　道光九年十一月十一日，绛州知州郑大人传胡桑庄和三庄各派十人到绛州大堂听宣。

　　胡桑庄去了聂三合和董盛虎，庙北村去了云飞和倩云，庙东村去了大牛和管家，庙西村去了吕大炮和他儿子，各村另有八名百姓听宣。

　　上午十时，威武的郑知州登上绛州州衙大堂，两边衙役齐呼："威——武——"

　　郑知州当庭宣布了山西巡抚、山西布政使、山西按察使的判决书：

> 绛州原判决与汾城县判决正确，学田属实。胡桑庄界内土
> 地永远归胡桑庄村民耕种，每年付租银十两，交予绛州学政。界
> 内各种树木尽归胡桑庄所有，与三庄等其他人无干。
> 判人犯盼人穷死刑。
> 判人犯白牡丹死刑。
> 判人犯田二牛充军。
> 因贾刀笔、黑贼二犯已经死亡，不再追诉。

历时三年的官司终于画上了句号。

盼人穷因药性发作，没有等到行刑的日子就死在狱中。白牡丹听狱中犯人说，依自己的罪行，肯定要被判骑木驴。白牡丹觉得那样既丢人现眼又万分痛苦，不如自己先死了好，故没等到判决便在监房上吊自尽。

据说当时三堂会审对白牡丹判的就是骑木驴，经郑知州再三要求才改为斩刑，可惜白牡丹没有等到判决。

时近午夜，聂三合一行终于回到了胡桑庄，五九爷带着全村父老迎候在村头。聂三合向五九爷和全村父老乡亲转告了省里的判决，乡亲们悲喜交加，又是哭，又是笑。本想燃起篝火热闹一个通宵，但因高登武没有回来，大伙心里有点沉重，故没有闹热闹。

五九爷和聂三合分析，高登武应该在回家的路上，故而白天黑夜轮流在榆树疙瘩值守，随时准备接应高登武。

高登武确实是在回家的路上。从京城赶到晋阳城，山西巡抚衙门官员接见了他。高登武向官员们诉说了胡桑庄人告状的经过，路上死了田富贵，滚钉板死了王居汉，三人中只有自己一人活着回来。他恳求省衙门伸张正义，为胡桑庄百姓讨回公道。官员们告诉高登武，胡桑庄一案正在三堂会审，不日将有结果，让他回家等候宣判。

离家大半年，归心似箭的高登武，得到省衙门的准信，立即踏上回家的路。此时的高登武，历经大半年的奔波与精神折磨，已然是瘦骨嶙峋，

身体虚弱，走起路来步履蹒跚，远不像出发时那般轻盈灵活。

道光九年十一月十二日午夜，在外奔波了大半年的高登武回来了。进了娘娘峪，过了一沟又一沟，高登武终于看见了榆树疙瘩。啊！那是小娥和乡亲们送自己离开的地方。

高登武两腿一软，跪在地上，他用尽全身力气喊道："乡亲们，我回来了！小娥，我回来了！我……回来了。"然而，传出嘴巴的声音是那样的微弱，而且越来越弱……

山谷中的寒风吹醒了高登武，他仿佛看见小娥和乡亲们在向自己招手，他想跑过去告诉小娥，告诉乡亲们，胡桑庄有希望了！几次勉强站起来，几次又趴下。他只能往前爬行，一边爬，一边在心里喊着："乡亲们，我回来了，小娥，我回来了……"

这天晚上，轮到聂三合带三狗在榆树疙瘩值守。小儿子兔兔听说爹要去接登武哥，非要跟着一起去。聂三合心想小孩眼睛尖，晚上带着他不定有用，于是就同意了。

午夜时分，聂三合正和三狗议论登武啥时候能到，兔兔突然打断两人说话："爹，别说话了，我好像听见下边有声音。"

"嗯，听清楚了吗？"聂三合问道。

兔兔睁大眼睛向榆树疙瘩下边的沟底张望："爹，有人。"

聂三合和三狗顺着兔兔手指的方向仔细看去，地上好像真是有一个人。

"聂叔，该不是登武哥回来了吧？"三狗问道。

聂三合心里一喜："走，过去看看。"一边说一边和三狗、兔兔跑下榆树疙瘩。

到了跟前一看，地上果然趴着一个人，他蓬头垢面，双膝、双肘流着血。

看着地上的怪人，兔兔害怕地躲到聂三合身后，奇怪地问道："爹，这是啥人呀？"

聂三合弯下腰端详，啊！竟然是登武。聂三合和三狗赶紧把登武扶起来，大声喊道："登武、登武，你醒醒！"

高登武慢慢睁开眼睛，看见聂三合、三狗、兔兔围在自己身旁，他吃力地说道："聂叔，胡桑庄有希望了。"说完又昏了过去。

"登武这是累着了。"聂三合对三狗说道,"快背他回去!"三狗赶紧弯下腰,背起高登武向村里走去。

高登武在聂三合家的炕上整整睡了三天三夜。

第四天早上,高登武终于醒了。窑洞里、窑门外站满了前来探望的乡亲们。聂三合老婆把一碗鸡汤面递给高登武,他三下两下就吞了下去,连着吃了五碗,还要再吃。聂三合老婆又盛了一碗端过来,被五九爷挡住了:"不敢再让他吃了,再吃会憋破肚子。"

看到五九爷,高登武终于回过神来,眼泪不由得夺眶而出:"五九爷,乡亲们,省衙门说了话,一定为我们主持公道,胡桑庄有希望了!"

五九爷和聂三合交换了一下眼色,判断高登武还不知道判决结果。五九爷于是把省里的判决告诉了他,老爷子欣慰地说道:"判决不仅为我们争回了土地山林,还为边山除去了害群之马,连三庄人都感到高兴。"

"我要去庙北村。"高登武说道,"我要告诉三庄人,有理不在人多,大村不要欺负小村,川里人不要欺负山里人,不然会遭报应!"

"孩子,这事不着急,这个理三庄人慢慢会明白。"五九爷接着说道,"你辛苦了大半年,身子累垮了,先在家里歇息一段时间。等体力恢复了,咱们去把居汉、富贵,还有小娥他们的遗体找回来。"

听五九爷说出这样的话,高登武才发现小娥不在身边,他发疯般问道:"五九爷,小娥她怎么啦?"

五九爷望望聂三合道:"你跟登武说吧,反正迟早要让他知道的。"

聂三合于是把小娥坚持要送银子,走到半道,听说去京城告状的人已经死亡,于是跳下悬崖的事告诉了登武。听了聂三合的话,高登武大叫一声"小娥!"再次昏死过去。

回头说三庄这边。知道了省里的判决,耿直的边山百姓并没有为输掉官司而气恼,反而觉得心里舒服了、敞亮了。不少被裹挟到胡桑庄砍树的百姓自愧地说道:"咱以前跟着盼人穷、贾刀笔瞎胡闹,真是对不起胡桑庄百姓。"

云飞和倩云回到家时,刘管家和顺子已经在门口等候多时。云飞快步上前,一把抱住刘管家:"爷爷,我……我……"

"我知道你心里憋屈，所以早早在这里等着你。"刘管家说道，"今后你就是这大院的掌门人了，振作起来吧！"

"爷爷，我……我不想当什么掌门人，我不想再待在这里了，我厌倦了这种你妒我恨的生活。"

"不想待在这里，你想去哪里？"

"我想过山里人那种平静的生活，我到胡桑庄去，我要当一个山里人。"

"胡桑庄邻里和睦、安然祥和的日子确实令人向往，但是你不能离开这个大院，这个掌门人你得当。"

"为什么？"

刘管家没有直接回答，他反问云飞道："假如你爷爷还在世，胡桑庄会发生这样的悲剧吗？"云飞肯定地说道："不会，绝对不会，爷爷那么善良的人不可能害胡桑庄人。"

"这不就对了嘛！假如你不当这个掌门人，由一个像你爹或者贾刀笔那样的人掌管这个大院，胡桑庄的悲剧可能还会重演。"刘管家接着说道"你奶奶为了防止单家祖业被恶人篡夺，为了延续单家世代与人为善的家风，豁出自己的老命，把单家的传家宝玺交给你，你可不能辜负了她老人家的一片期望！"

云飞终于明白了刘管家的良苦用心，怪不得老人家会在门口等自己，他感激地说道："爷爷，我明白了您的意思，可是我……我管不了这个家。"云飞为难地说道："这么一个烂摊子，我不知道从何下手？"

"这你放心，我留下来帮你一段时间。我把顺子也带来了，让他帮着跑跑腿，等事情理顺了我再回去。"

"爷爷，理顺了您也不能走，我要让您终老单府。"

"哪能呢？知州老了还要告老还乡哩，我怎么能终老单府？"

"爷爷，您为单府辛苦了一辈子。这次为守住单家祖业又费了这么多心血，临了我让你回家，这是单家传人该做的吗？"

"哦，好好好，那爷爷就不走了，我们一起打理这个家。"

"狼"去了，门额重新换成了"单府"二字。按照刘管家的意思，单府没有搞任何庆祝仪式。云飞辞退了梭梭等心术不正、行为不检的长工和佣人，重新聘用了踏实肯干、品行端正的人，把全部精力投入土地管理和商铺经营中，单府重新步入正轨。

庙东村这边，白牡丹死在牢里，二牛充了军，正直的大牛做了田府当家人。有人提醒大牛不能让白牡丹进祖坟，也有人出主意让大牛辞退六子。大牛没有那样做，他辞退了长工万和，把白牡丹与田东家合葬在一起，让六子继续留在田府，死后还厚葬了他，这是后话。总之，有了好人当家，田府也走上了正轨。

庙西村这边，吕东家原想着自己会受到处罚，没想到省里并没有判自己的罪，他庆幸没有跟着盼人穷和贾刀笔干出格的事。他心想，还是边山人豪爽正直的性格救了自己。

道光九年十一月十七日早上，天刚蒙蒙亮，有早起的人发现庙北村南门口靠墙站着一个人，这个人一动不动。围观的人越来越多，顺子认出来了，他是胡桑庄的高登武。

人群中发出"哇"的一声惊呼，原来他是胡桑庄那位英雄！

顺子上前喊道："登武哥，登武哥！"

高登武毫无声息，他已经去了，安详的脸上带着微笑。

顺子赶紧跑回单府，把高登武死在庙北村南门口的消息告诉了爷爷和云飞。云飞和刘管家经过商量，决定让高登武魂归故里。他们遂派人买了上好的棺材，装殓好登武，抬着棺材送到胡桑庄，与乡亲们一起把高登武安葬在榆树疙瘩下。云飞特意让人从石村定制了一方墓碑，工工整整立在高登武坟头，上面刻着：好汉高登武。

385

因时间久远，关于高登武的结局，众说纷纭。笔者走访了边山一带众多年长者，上面是传说最广的一种，另外还有多种说法。

有人说，高登武去找小娥未果。路上巧遇当初帮助过胡桑庄的云游僧人，他被僧人点化，皈依了佛门。

有人说，高登武沿路去找小娥。他一直走到大名府赵家庄，又冻又饿晕倒在路旁，再次被赵先生所救，与小燕结成了恩爱夫妻。

有人说，高登武沿路去找小娥。到了小娥跳崖的地方，才发现小娥并没有死，只是摔断了腿，被一个没儿没女的采药老汉给救了。两人拜老汉为干爹，并在干爹的主持下拜了堂，定居在当地。之后儿女满堂，人丁兴旺，成为当地一个大家族。

虽只是传说，然笔者喜欢最后一个结局。

道光十年正月，单府、田府、吕府联合发出告示，正月十三的神庙庙会照常举办，三庄的跑车鼓比赛照常进行，所有费用由三大家全部承担。

比赛前一天，云飞、大牛、吕东家亲自到胡桑庄，接全村百姓前往山神庙观看车鼓比赛。

胡桑庄男女老少应邀倾巢出动，一起去看热闹。还未到山神庙，远远就看见三庄的乡亲们站在路口迎接。大伙争着把亲姑子接到自己家里，点燃火锅子，拿出珍藏的美酒，主人与客人围坐在一起，尽情地吃，尽情地喝。

正月十三一大早，山神庙周边开始热闹起来。三庄的车鼓队早早来到现场热身。

车鼓跑道两边，挤满了热情的观众，胡桑庄百姓被安排在最好的观赏位置。

单府、田府、吕府的看台重新并列在一起，台上的观赏者与以往大不相同。单府看台上，五九爷、刘管家，还有庙北村最年长的几位老人坐在一起，云飞谦恭地陪在几位长者身旁。庙东村和庙西村看台上，吕大炮和大牛身边也分别坐着两村最年长的几位老人。三个看台上的人们相互打着招呼，谈笑风生，其乐融融。

临近中午，三家车鼓跑起来了。道旁的喝彩声、加油声比以往任何时候都要响亮。

道光十年十一月十一日，一通碑额为"永昭后世"的石碑矗立在胡桑庄村中大槐树下，碑文是：

> 贪人钱财，终不得逞。
> 害人害己，两败俱伤。
> 与人为善，家庭兴旺。
> 乡邻和睦，百业永昌。

后　记

　　早听说有一通记载胡桑庄讼案的记事碑，虽然深感好奇，但一直没有机会见到。

　　直到 2024 年 6 月初的一天，新绛县延安精神研究会会长王永仁先生约我一同到胡桑庄采访，终于得见记录讼案的原始石碑，有机会了解到案件的始末。

　　碑中记载的小山村男女老幼同仇敌忾，用鲜血和生命保护山林家园的可歌可泣的事迹让我久久不能平静；王居汉、高登武为给全村人申冤，知难而上、舍生忘死，争着滚钉板的情景不断在心中翻滚；好汉王居汉"为了村里子孙后代能活得好，就算死在钉板上也在所不惜"的铮铮话语一直在耳边回响。作为绛州本土作家，深感有责任、有义务把老祖先的故事呈现给现代读者，产生了欲罢不能的创作冲动，有了写一部长篇纪实小说，用文学作品再现这一历史事件的想法。

　　然而，想法归想法，行动归行动。我已经是七十高龄，想想这些年搞文学创作时的艰辛，一时难下决心。

　　文学创作以前叫做"爬格子"，而今变成"敲键盘"，虽然方式有了变化，但个中辛苦丝毫未减。著名作家张平先生曾经说过，文学创作是在耗费作者的生命。当了一辈子音乐教师，业余从事文学创作，写了几十篇散文故事及诸多歌词与演出文本，出版了《绛州锣鼓》《李毓秀传奇》两部长篇小说。虽然文学创作之路还算幸运与顺利，然而，回首大部头作品写作过程，不免心有余悸，一度有过从此不再涉足长篇文学创作的心思。

中国农大高材生段建茂是我为之骄傲的学生，也是我最亲密的文友。他大学毕业后多年从事文案工作，有着极高的文学修养。在文学创作时我喜欢与他探讨，常常会得到有益的启示。于是纠结之际，我把自己的想法告诉了建茂。原想着会被劝阻，没想到他竟然鼓励我："既然欲罢不能，就应该顺其自然。"

好友的鼓励唤起了我内心深处的欲望，坚定了我创作《山里人》的决心与信心。

决心一下，立即投入了前期准备工作。我多次驱车深入当地农村实地走访了案件当事双方后人，并与当地的法律学者、民俗专家、锣鼓艺人等交流。清朝道光年间不算太久远，且由于案件影响深广，民间流传着不少传说。经调查了解，胡桑庄讼案的故事地点、人物形象、案发场景、案件走向等，已然初步形成于脑海之中。

有了第一手资料，即刻转入文字创作。几十年养成的办事雷厉风行、创作时全身心投入的性格得以激发。我是老夫聊发少年狂，每天处于似癫似狂、如痴如醉的状态，完全沉浸于《山里人》的故事之中。不分白天黑夜，打破了作息规律，吃饭喝水时不忘苦思，躺在床上还在冥想，一旦形成故事线条，立刻在键盘上敲打，思路顺畅时连续几个小时不下电脑。五十多章的小说初稿，平均一两天完成一章。两个多月后，长篇纪实小说《山里人》成功杀青。

初稿完成后，我随即向诸多文友征求修改意见。众文友仁者见仁智者见智，提出了许多具有建设性的修改意见。

新绛县三晋文化研究会会长程勤学是我多年的领导，也是我在文学方面的挚友，他中肯地指出故事高潮处分量不足的问题，还慷慨为小说作序。段建茂就小说题目与我多次沟通，几经修改，方才定名《山里人》。裴永和、刘红云夫妇是我引以为傲的两个学生，也是我亲密的文友。两人长期担任报社编辑，文字功底深厚，不仅对初稿提出了具体修改意见，刘红云还就个别章节，逐字逐句与我推敲。文友们的意见与建议，对《山里人》初稿的修改起到了至关重要的作用。

《山里人》定稿之后，我郑重地向山西省作家协会李骏虎主席征询意见，并再次征求了众文友的意见，得到了李主席和众文友的肯定，心里方觉踏实。

　　值此《山里人》成书之际，谨向尊敬的李骏虎主席，向程勤学会长，向对小说初稿提出修改意见的各位文友，以及为小说题写书名的王宝才先生表示衷心的感谢。

　　愿山里人追求公平正义的精神永存，愿贪赃枉法的歪风得到根除！

王　峰

2024 年 12 月

后
记